JO SIMMONS

VAMPIRKÖNIGIN mit biss

WORK,
rest and
SLAY!

Roman

Aus dem Englischen von
Johanna Wais

SCHNEIDERBUCH

1. Auflage 2024
Deutsche Erstausgabe
© 2024 Schneiderbuch in der
Verlagsgruppe HarperCollins Deutschland GmbH, Hamburg
Alle Rechte für die deutschsprachige Ausgabe vorbehalten

© 2023 by Jo Simmons
Originaltitel: »The Reluctant Vampire Queen Bites Back«
Erschienen bei Hot Key Books, an imprint of Bonnier Books, UK
Satz: Fotosatz Amann. Memmingen
Druck und Bindung: CPI books GmbH, Leck
Printed in Germany · ISBN 978-3-505-15196-5

www.schneiderbuch.de
Facebook: facebook.de/schneiderbuch
Instagram: @schneiderbuchverlag

1. Kapitel

Im Bademantel sprang Mo Merrydrew die Treppe hinauf, eine Scheibe Toast mit Butter zwischen den Zähnen. Sie schlug die Zimmertür hinter sich zu, legte ihr Frühstück auf einem Stapel Bücher ab – Physik, Mathe und Macbeth – und trocknete ihre nassen Haare ab.

Es war ein düsterer Dezembertag. Die nackten Zweige vor dem Fenster ragten in den Himmel wie Skelettfinger. Der gerade erst aufgegangenen Sonne war es nicht gelungen, durch die dichte graue Wolkendecke zu dringen. Doch Mo summte vor sich hin.

»Du hast gute Laune«, sagte ihre Mutter, die mit einem heißen Kakao ins Zimmer kam. Rasch warf Mo das Handtuch über die falschen Vampirzähne, die auf ihrem Schreibtisch lagen – neue, eigens angefertigte mit einer passenden Gaumenplatte und handgefertigten, glatt polierten Reißzähnen aus leuchtend weißem Acryl.

»Ist es so schwer, zu klopfen?«

»Tut mir leid. Ich hab nicht daran gedacht, dass Jugendliche gern ihre Privatsphäre haben«, sagte ihre Mutter. »Kaum zu glauben, dass du schon fast sechzehn bist. Es kommt mir vor, als wärst du gerade erst ein Baby gewesen.«

»Mach es dir nicht zu gemütlich!«, warnte Mo ihre Mutter, als diese sich setzte. »Und bitte denk dran, dass du hier nicht mehr einfach so hereinspazieren kannst. Du brauchst deswegen nicht so traurig zu gucken, Mum. Ich ziehe nur ein paar gesunde Grenzen.«

»Klar«, sagte ihre Mutter. »Grenzen sind jetzt voll im Trend, stimmt's? Als ich jung war … «

»Mum!«, sagte Mo mit Nachdruck. »Ich habe jetzt keine Zeit für so was. Ich muss mich fertig machen, sonst komme ich zu spät.«
»Das sieht dir gar nicht ähnlich, Süße. Du warst immer so pünktlich.«

Mo zog die Augenbrauen hoch und fixierte ihre Mutter.

»Bin ja schon weg«, sagte diese. »Hab einen tollen Tag. Viel Spaß beim Lernen.«

Als sie die Tür wieder hinter sich geschlossen hatte, holte Mo die falschen Vampirzähne hervor und schob sie sich in den Mund. Sie blickte in den Spiegel. Ernst und hart schaute ihr blasses, ovales Gesicht zurück. Mit einem Fauchen entblößte sie die glänzenden, dolchartigen Zähne. Ihre Augen funkelten böse. Sie machte ein Selfie und schickte es ihrer besten Freundin.

Gruselig, oder?

Lou antwortete sofort.

Wild! Aber warum spielst du mit deinem Vampirkostüm, wenn du dich für die Schule fertig machen solltest? Wehe, du bist gleich nicht im Bus!

Rasch schrieb Mo zurück.

Das ist kein Spiel – ich bin die Vampirkönigin und du solltest mir besser Respekt erweisen, sonst reiße ich dir den Kopf ab und trinke dein Blut.

Mit einem Ping kam Lous Antwort.

Nee, ist klar.

Mo lachte. Sie verstaute die Zähne in einer abschließbaren Kiste im Kleiderschrank und schnappte sich ihre Schuluniform. Dabei fuhr sie mit der Hand über den weichen Samt ihres königlichen Gewandes, das neben der weißen Schulbluse hing. Schnell zog sie sich an und stopfte die Schulbücher in den Rucksack. Sie versteckte den Brief, an dem sie gerade arbeitete, in der Schreibtischschublade. Er war mit dicker schwarzer Tinte geschrieben und in ihm lud sie alle Untoten Großbritanniens zum Empfang mit der gerade gekrönten

Vampirkönigin. In diesem Moment klingelte ihr Handy. Ein Video-anruf von Luca.

»Guten Morgen, meine Freundin.«

Mo griff nach dem Rucksack und ging zur Tür.

»Hi! Ganz schlecht gerade«, sagte sie durch den Rest Toast, den sie sich in den Mund gestopft hatte. »Wenn ich den Bus verpasse, bist du schuld!«

Das Gesicht auf ihrem Handyscreen lächelte sie an. »Ich wollte nur Hallo sagen, bevor du in die Schule verschwindest und mich wieder allein lässt.«

Mo schlug die Haustür zu und trabte los.

»Luca, hör auf!«, schimpfte sie schnaufend. In der kalten Luft bildeten sich Atemwolken vor ihrem Gesicht. »Du hast es super-leicht. Du bist der treue Gefährte einer falschen Vampirkönigin. Das ist keine richtige Arbeit. Du wirst dafür bezahlt, dass du den ganzen Tag herumhängst.«

»Ich weiß, aber es ist ein bisschen langweilig. Fast fehlt es mir, Bogdans treuer Gefährte zu sein.«

»Du vermisst es, Vampirkotze aufzuwischen und Leichen weg-zuräumen?«

»Ja, okay, das war nicht so toll, aber Bogdan war sehr kultiviert – und er hat mich wenigstens gebraucht.«

»Ich brauche dich auch«, sagte Mo und wurde rot.

»Wann erzählst du deinen Eltern endlich von uns?«, fragte er. »Wir sind schon seit drei Wochen zusammen.«

Drei Wochen zuvor hatte Mo vor dem Vampirkönig des Ostens – alias Matislaw Rosstiewelwitsch alias Steve –, dem mächtigsten Vampir ganz Europas, überzeugend die Vampirkönigin, die Aus-erwählte gegeben, die dazu auserkoren war, unbarmherzig und furchtlos zu regieren und mit links Köpfe abzureißen. Allerdings stimmte das nicht. Sie war weder eine Vampirin noch eine Kopfab-reißerin. Sie war eine menschliche Schülerin aus einem kleinen ländlichen Ort, die sich aufs Lernen und ihre Zukunftspläne konzentrierte, die aber, wie sich herausgestellt hatte, auch hervorragend darin war, Vampirherrschern entgegenzutreten.

»Schämst du dich für mich?«

»Was? Luca! Nein!«, sagte Mo entsetzt. »Wirklich nicht. Ich bin es einfach gewohnt, diese Seite von mir geheim zu halten. Du weißt schon, die Vampirseite.«

»Aber ich bin kein Vampir.«

»Ich weiß, ich ja auch nicht«, meinte Mo. »Aber ich will meine Eltern da raushalten. Es gibt so viel, was sie über mich nicht wissen. Plötzlich habe ich ein zweites, ganz anderes Leben. Ich habe *dich*.« Wieder errötete sie.

»Das verstehe ich«, sagte Luca. »Aber deine Eltern werden immer deine Eltern sein. Und du lebst noch bei ihnen.«

»Ich weiß, ich weiß. Wahrscheinlich bin ich es, die sich verändert hat. Dadurch, dass ich es mit dem Vampirkönig aufgenommen und dich und Lou vor ihm beschützt habe …«

»Du hast uns gerettet«, bestätigte Luca. »Er war drauf und dran, uns zu verspeisen. Zuerst mich – hypnotisiert und vollkommen schlaff – und zum Nachtisch Lou.«

»Ich mag gar nicht daran denken«, sagte Mo. »Wie er mit seinem Fingernagel über deine Halsschlagader gefahren ist und sie gemustert hat …« Sie schüttelte sich. »Dass er dich nicht ausgesaugt hast, ist auf jeden Fall meine größte Leistung bisher. Mum und Dad waren immer stolz auf meine guten Noten und die Preise, die ich gewonnen habe, aber mich gegen den Vampirkönig behauptet zu haben, fühlt sich an wie das Wichtigste, das ich je getan habe, und davon wissen sie nichts.«

»Wirst du es ihnen erzählen?«

»Auf keinen Fall!«, sagte Mo. »Niemals! Mein Vampirleben muss für immer ein Geheimnis bleiben.«

»Aber erzähl ihnen wenigstens von mir. Ich habe es satt, dass wir uns jedes Mal draußen treffen müssen«, sagte Luca. »Deine Eltern werden sich freuen. Du hast einen Freund. Normal. Gut gemacht. Herzlichen Glückwunsch.«

»Ich war schon immer normal, vielen Dank auch.«

»Klar, aber du hast viel gelernt und sie haben sich Sorgen um dich gemacht – und dann kam ich und seitdem ist alles anders!«

»Ach, halt die Klappe«, sagte Mo. »Ich brauche niemanden – weder einen Mann noch eine Frau –, um mich vollständig zu fühlen.«

»Ja, aber schön ist es trotzdem, oder? Einen Freund zu haben, diesen Freund.« Er zeigte auf sich. »Ziemlich gut, oder?«

»Luca, seit wann bist du so selbstzufrieden? Sonst warst du immer so zurückhaltend.«

Er lachte.

»Okay, ich erzähle es ihnen«, sagte Mo.

»Wann?«, fragte Luca.

»Bald«, antwortete Mo. »Ich muss auflegen. Der Bus kommt.«

»Versuch, mich nicht zu sehr zu vermissen.«

»Noch mal: Halt die Klappe«, sagte Mo, während sie in den Bus stieg.

»Ich weiß, es ist hart, nicht mit mir zusammen zu sein, aber du musst dich auf die Schule konzentrieren, ja?«

»Tschüss, Luca«, sagte Mo nachdrücklich und legte auf.

2. Kapitel

Mo ging durch den halben Bus zu ihrem üblichen Sitzplatz. Lou sah zu ihr hoch, wobei ihr blonder Pony ihr fast die blauen Augen verdeckte.

»Na, hast du mit Luca gesprochen? Aaaaah, junge Liebe. So was Schönes!«, sagte sie.

»Ist da noch Platz für mich?«, fragte Mo und zeigte auf Lous nach wie vor eingegipstes Bein. Sie hatte es sich gebrochen, als Bogdan sie in der Gasse vor Mos Haus mit dem Auto angefahren hatte. Nun hatte sie es auf dem Sitz neben sich abgelegt. Mo quetschte sich daneben.

»Wie lange noch?«, fragte sie und klopfte mit den Knöcheln auf den Gips.

»Drei Wochen. Sie nehmen ihn kurz vor Weihnachten ab«, antwortete Lou seufzend. »Macht mich wahnsinnig. Es juckt so sehr. Ich muss eine Stricknadel unter den Gips schieben, um mich zu kratzen. Was hat der schnuckelige Luca gesagt?«

»Er hat sich beschwert, dass er sich langweilt, wenn ich in der Schule bin.«

»Wie süß«, sagte Lou. »Er findet dich gut. Das ist toll.«

»Meinst du?«

»Hundert Prozent«, sagte Lou und machte eine kurze Pause. »Du weißt es doch auch. Siehst du? Du strahlst wie ein Honigkuchenpferd und wirst ganz rot.«

»Ich kann immer noch nicht so recht glauben, dass ich einen Freund habe«, sagte Mo verlegen.

»Ich bin auch schockiert«, sagte Lou und sah nicht so aus, als würde sie Witze machen.

»Vor ein paar Monaten war ich, wenn ich keine Schule hatte, immer zu Hause bei Mum und Dad und habe mich auf den PLAN für mein Leben konzentriert. Ich meine, ich möchte immer noch unbedingt in die Politik gehen, bei den Vereinten Nationen arbeiten oder so, aber momentan habe ich einen Freund, bin die Auserwählte und habe den Vampirkönig des Ostens davon überzeugt, dass ich die rechtmäßige Vampirkönigin Großbritanniens bin. Alles ist anders. Ich bin anders.«

»Jetzt musst du es nur noch tun.«

»Was tun?«

»Königin sein. Herrschen. Was hast du da eigentlich zu tun?«

Mo zuckte mit den Achseln. »Weiß ich nicht so genau, aber ich werde versuchen, es auf ein Minimum zu beschränken. Ich habe mir den echten menschlichen König bei seinen öffentlichen Auftritten angeschaut. Eine kurze Rede, ein paar Hände schütteln und schon ist er wieder weg. Das bekomme ich hin.«

»Ich bin mir ziemlich sicher, dass er auch andere Sachen macht, wenn er zu Hause in seinem Palast ist. Papierkram, Briefe schreiben, Abendessen. Das ist ein Vollzeitjob.«

»Ja, aber er herrscht über Millionen Menschen und ich nur über zwanzig.«

»Zwanzig Vampire«, wandte Lou ein. »Das ist nicht mehr der Debattierklub.«

»Stimmt, aber es sind keine machtverrückten Psychos wie der Vampirkönig. Diese Leute haben sich die vergangenen Jahrzehnte versteckt, seit Vampirjäger bei den Säuberungen unzählige von ihnen umgebracht haben. Sie wurden ignoriert und eingeschüchtert. Wahrscheinlich sind sie froh, dass überhaupt jemand sie bemerkt.«

»Du klingst, als wärst du dir deiner Sache sicher«, sagte Lou.

»Hast du ein Problem damit?«, erwiderte Mo schnippisch. »Du versuchst doch jetzt nicht, mich kleinzumachen, oder? Wir Frauen sollten uns gegenseitig unterstützen.«

»Natürlich unterstütze ich dich, ich will nur, dass es dir gut geht.«

»Tut mir leid, und ja, ich weiß. Danke, dass du dir Gedanken darüber machst, Lou, aber ich habe alles im Griff.«

Lou nickte. »Coole neue Reißzähne, übrigens«, sagte sie. »So viel besser als Tracey Caldwells alter Gebissschutz mit aufgemalten Zähnen.«

Mo blickte über die Schulter nach hinten in die letzte Reihe, wo Tracey mürrisch auf ihr Handy starrte. Tracey, die sie früher immer »Streak« genannt hatte, sobald sie den Bus betrat, jetzt aber schwieg.

»Voll«, sagte sie. »Ich kann sogar sprechen, wenn ich die drin habe, sie sitzen perfekt. Sie waren auch ganz schön teuer.«

»Und du hast noch mehr geshoppt, oder? Einen neuen Mantel, stimmt's?«, sagte Lou. Sie schob Mos lange Haare beiseite. »Und Ohrringe. Hast du die Vampirkreditkarte wieder glühen lassen?«

»Ich habe nur ein paar Teile gekauft. Bogdan hängt mir ständig in den Ohren, ich solle mehr ausgeben. ›Königin Mo, mach Nutzung von Vampirgeld, ja? Du hast jetzt Dunkelkarte. Keine Grenze! Genieße viel Einkaufen.‹«

»Kann ich sie mal sehen, die Dunkelkarte?«, bat Lou.

Mo holte sie aus dem Portemonnaie und reichte sie Lou. Sie glänzte schwarz und auf den ersten Blick sah es aus, als stünde nichts darauf, doch als sie sie im Licht bewegte, erschienen wie ein Hologramm ein paar silberne Zahlen.

»Cool«, sagte Lou. »Wie viel könntest du damit ausgeben?«

Mo zuckte mit den Schultern. »Ich glaube, es gibt kein Limit.«

»Was? Das ist ein Scherz, oder? Mann, ich bin so neidisch!«

Der Bus fuhr durch das Schultor.

»Wir sind da«, sagte Mo und schob die Karte zurück in ihr Portemonnaie. Als sie aufstand und in den Gang trat, stieß sie mit Tracey Caldwell zusammen. Tracey tat einen kleinen Schritt zurück, sagte aber nichts. Mo konnte sich immer noch nicht daran gewöhnen, dass Tracey Caldwell sie nicht anschrie, beschimpfte, niedermachte. Seit dem Abend, an dem Mo sich ihr zur Wehr gesetzt hatte, kurz vor Lous Unfall mit Bogdans Auto, hatte Tracey vollkommen damit aufgehört. Einfach so. Über drei Jahre hatte sie Mo auf dem Kieker gehabt und plötzlich war alles vorbei.

»Hi Tracey«, sagte Mo.

Tracey antwortete nicht. Sie fixierte zwei jüngere Kinder, die hinter Mo im Gang standen. »Macht voran, ihr beiden!«, rief sie. »Lou braucht Platz.«

»Ja, seht ihr nicht, dass sie Gehilfen braucht?«, meldete sich ihr Kumpel Danny Harrington zu Wort. Danny, der keine Großbuchstaben benutzte, weil er »nicht daran glaubt«. Der fand, Ketchup-Sandwiches müssten zur täglichen Obst- und Gemüseration gezählt werden. Der einmal ein Entenküken Mund zu Mund beatmet hatte (es hatte überlebt).

Mo packte ihre Rucksackriemen fest und versuchte, nicht zu grinsen – über Dannys »Gehilfen« und Traceys wie ausgewechselte Persönlichkeit. Hinter den beiden tauchte Jez Pocock auf, das Alpha-Männchen der Jungen an ihrer Schule. Er hatte nicht wie ein Alpha-Männchen ausgesehen, als Bogdan ihn in der Gasse vor Mos Haus zu Boden geschleudert hatte, um ihn auszusaugen. Jez war in Ohnmacht gefallen, sodass er nicht mitbekam, dass Mo Bogdan eins mit dem Chemiebuch überzog. Gut so, dachte Mo nun. Mein kleines Geheimnis. Vielmehr eines meiner kleinen Geheimnisse … Sie lächelte ihm kurz zu und er grüßte zurück, indem er mehrmals die Augenbrauen hob.

»Danke, Tracey«, sagte Lou vorsichtig, als sie sich langsam aufrichtete und den Gang entlanghüpfte. Tracey nickte ernst.

»Wow«, sagte Mo, als sie draußen waren. »Tracey lässt uns immer noch in Ruhe.«

»Sie hat Schuldgefühle. Sie glaubt, sie sei hierfür verantwortlich.« Lou zeigte auf ihr gebrochenes Bein.

»Vielleicht mag sie dich aber auch wirklich«, sagte Mo.

»Soll das ein Witz sein?« Ungläubig riss Lou ihre Manga-Augen auf. »Tracey mag nur sich selbst.«

»Menschen können sich verändern«, sagte Mo. »Ich zum Beispiel habe mich verändert. Ich habe jetzt einen Freund.«

»Ach, wirklich? War mir gar nicht klar. Du hast ihn schon seit ungefähr zwei Minuten nicht mehr erwähnt.«

»Du bist doch diejenige, die gern über ihn redet.«

»Ich schaue ihn mir lieber an.«

»Lou!«, sagte Mo. »Finger weg! Außerdem ist es falsch, einen Mann zum Objekt zu machen.«

»Fühlt sich nicht falsch an«, murmelte Lou und schlug einen anderen Kurs ein. »Was hält deine Mutter von ihm?«

»Äh …«

»Dein Vater? Nicht dein Ernst! Du hast ihn noch nicht deinen Eltern vorgestellt?«

»Nicht wirklich«, sagte Mo verlegen. »Er ist Dad einmal begegnet, bevor wir zusammengekommen sind, aber Dad hat sich komisch benommen und wollte ihm nicht die Hand geben.«

»Mensch, Mo, was soll das? Du kannst Luca nicht für immer vor ihnen geheim halten. Und deine Eltern sind doch total in Ordnung.«

»Mum ist manchmal ein bisschen sentimental«, wand sich Mo.

»Dein Dad ist nett.«

»Er ist besessen von seinen Teppichen.«

»Das ist sein Job.«

»Es ist sein Job, Teppiche zu verlegen, nicht, davon besessen zu sein. Außerdem kann er ziemlich voreingenommen sein.«

»Aber doch bestimmt nicht gegenüber Luca, oder? Sie werden ihn lieben. Er ist toll. Breite Schultern, ein noch breiteres Lächeln, freundlich, intelligent, riecht wie Apfelstreuselkuchen.«

»Na ja, mehr wie eine Zimtschnecke.«

»Sie werden ihn lieben, weil sie dich lieben«, sagte Lou.

»Wahrscheinlich«, sagte Mo.

»Und weil du ihn liebst.«

»Kann schon sein.«

»Ha! Erwischt«, kreischte Lou und versetzte Mo einen Schlag mit einer ihrer Krücken.

»Moment, nein, ich meine damit nicht, dass, na ja, dass das meine Gefühle für ihn sind. Ich liebe ihn nicht, natürlich nicht.«

»Doch, du liebst ihn. Du liiiiiebst ihn. Mo liebt Luca. Für immer!«

»Sei nicht so kindisch.«

»Du bist diejenige, die ihren Freund nicht ihren Eltern vorgestellt hat. Wenn ich einen hätte, würden ihn meine Verwandten sofort kennenlernen. Aber du hast schon immer gern die Dinge in verschiedene Schubladen gesteckt. Ich habe deinen Schreibtisch gesehen. Seltsam ordentlich. Nach Farben sortierte Klebezettel. Angespitzte Bleistifte. Genau das tust du jetzt auch. Luca hier. Vampirkönigin da.« Lou bewegte ihre Hand von einer Stelle zur nächsten. »Schule hier, Eltern da. Alles schön aufgeräumt.«

»Lou! Ich erzähle meinen Eltern von Luca. Wirklich. Ich habe es ihm gerade versprochen.«

»Cool«, sagte Lou. »Und was sagst du jetzt?«

»Ähm …«

»Nicht *ähm*. Du sagst, danke, Lou, du bist die Allerbeste. Wie würde ich nur ohne dich klarkommen?«

»Das sage ich nicht«, sagte Mo und musste lächeln.

»Sag's!«

»Nie im Leben!«

»Sag es!«

»Ich werde es nicht sagen!«, rief Mo.

Lou zuckte mit den Achseln. »Ist schon okay, macht nichts. Aber du denkst es, das sehe ich.«

Dann legte sie Mo eine ihrer Krücken an den unteren Rücken und schob sie durch die Eingangstür in die Schule.

3. Kapitel

Als Mo nach Hause kam, fand sie einen Briefumschlag auf der Türmatte, in einer wohlbekannten, schwungvollen Handschrift an sie adressiert. Darin war eine Postkarte mit Palmen, die sich über einer türkisen See wiegen, und einem Sonnenuntergang. Sie drehte sie um.

> Meine liebe Mo,
>
> wie gefällt dir der Sonnenuntergang? Nicht schlecht, was?
> Das ist der neue Strand, den ich entdeckt habe. Ich schwimme
> hier jede Nacht. Ich habe mich mit einer Schildkröte
> angefreundet. Ich nenne sie Atilla. Sieht aus wie Paradies hier,
> nicht wahr? Aber ich bin ehrlich, Mo, ich bin ein bisschen
> langweilig. Nicht viel zu tun. Kein Kino, keine Galerien, kaum
> Geschäfte. Wenigstens viele Touristen, sodass ich ein hübsches
> internationales Menü habe. Wann triffst du deine Untertanen?
> Zögere es nicht hinaus. Bist du aufregend deswegen?
> Ich wünschte, ich könnte dich herrschen sehen. Und Luca.
> Geht es ihm viel gut? Schreibe mir deine Neuigkeiten!
> Ich hoffe, bald von dir zu lesen.
> Bogdan

Mo lächelte und legte die Karte in ihre Schreibtischschublade zu den sechs anderen, die Bogdan ihr geschickt hatte, seit er sich in der Karibik zur Ruhe gesetzt hat. In jeder beklagte er sich, dass der Ruhestand nicht so viel Spaß mache, wie er gehofft hatte. Sie waren außerdem merkwürdig gefühlsduselig für einen sechshundert Jahre alten Vampir, er sprach oft von ihr als Teil seiner Familie. Sehe ich anders, dachte sie. Ich könnte nie mit einem Vampir verwandt sein. Ich kann allerhöchstens so tun, als wäre ich einer. Bogdan scheint im Alter echt sentimental zu werden.

Die Haustür wurde zugeschlagen. Dad. Fünfzig Jahre alt und immer noch keine Ahnung, wie man eine Tür leise schließt.

Ich muss ihm sagen, dass ich einen Freund habe, dachte Mo. Ich warte, bis Mum zu Hause ist. Dann tue ich es. Und da ist sie auch schon. Na toll. Also gut, bringen wir es hinter uns. Mum, Dad, ich habe einen Freund. Urgs!

Mo spürte ihren inneren Widerstand wie Blasen aufsteigen und sich zu Gedanken formen. Geht sie das überhaupt etwas an? Sie wissen nicht, dass ich die Vampirkönigin bin, warum sollen sie von Luca erfahren? Was, wenn sie anfangen, komplizierte Fragen darüber zu stellen, wie wir uns kennengelernt haben? All das ging Mo durch den Kopf, als sie ihr Zimmer verließ und nach unten in die Küche trottete.

»Alles in Ordnung?«, fragte ihre Mutter. »Du wirkst, als würdest du dir Sorgen machen.«

»Ich habe einen Freund«, stieß Mo hervor.

»Du hast was?«, fragte ihr Vater. Wie ein Fuchs in einem umgekippten Mülleimer kramte er in den Tiefen des Kühlschranks nach Snacks. Nun wandte er sich ihr zu, eine Scheibe Schinken zwischen Zeigefinger und Daumen.

»Einen, äh, Freund?«

»Einen Freund«, wiederholte er und starrte Mo an, als hätte sie ihm gerade einen Ladendiebstahl gestanden oder dass sie sich den gesamten Arm tätowieren lassen hat. Der Schinken hing wie festgefroren in der Luft.

»Ja. Einen von denen. So was.«

Ihr Vater schwieg, aber ihre Mutter kam zu ihr geeilt und umarmte sie.

»Wie schön, Liebes«, sagte sie. »Ist es Jez?«

»Jez? Nein, Luca. Erinnerst du dich?«

Die Augenbrauen von Mos Vater wanderten in die Höhe.

»Hmmm«, sagte er.

»Hmmm?«, machte Mo.

»Ja, hmmm.« Er stopfte sich den Schinken in den Mund.

»Wir würden ihn gern richtig kennenlernen. Bring ihn doch heute zum Abendessen mit«, schlug ihre Mutter vor.

»Heute?«, fragte Mo.

»Okay. Bring ihn mit«, sagte ihr Vater. »Wollen wir mal sehen, aus welchem Holz er geschnitzt ist.«

Als sie wieder in ihrem Zimmer war, schrieb Mo Luca eine Nachricht.

Abendessen hier, heute um sieben.

Luca schrieb zurück:

Das heißt, du hast deinen Eltern von uns erzählt?

Mo antwortete rasch:

Jap. Dad will anscheinend herausfinden, aus welchem Holz du geschnitzt bist. Mum will dich füttern. Du hast es so gewollt! Komm nicht zu spät.

Luca war nicht zu spät. Im Gegenteil, er war überpünktlich. Mo begrüßte ihn mit einem hastigen Kuss auf der Türschwelle.

»Denk dran, du bist hier am Donny College, okay? Erwähne einfach irgendwas Technisches, davon haben sie beide keine Ahnung.«

Luca nickte. Mo führte ihn in die Küche.

»Mum, Luca ist da«, sagte sie. »Wo ist Dad? Oh, Dad, da bist du ja ... Äh, du filmst?«

Er war hinter ihnen im Türrahmen erschienen.

»Ein bisschen«, sagte er und ließ die Handykamera über ihre verwirrten Gesichter gleiten. »Für mein Archiv.«

»Und du hast einen Anzug an. Das ist nett. Wahrscheinlich. Aber heute ist Dienstag. Und wir essen ganz normal zu Abend. Wie jeden Dienstag. Wie jeden Tag, um genau zu sein. Außerdem trägst du sonst eigentlich auch keinen Anzug. Außer bei Beerdigungen.«

»Hoffentlich wird heute niemand beerdigt«, witzelte Luca.

»Wollen wir mal sehen«, antwortete Mos Vater.

»Ich finde, dein Vater sieht sehr schick aus«, sagte Mos Mutter, fuhr ihm mit beiden Händen über die Schultern und rückte seine Krawatte zurecht. »Das erinnert mich an unsere Anfangszeit, wo du immer so elegant und attraktiv aussahst und ich jedes Mal dachte ...«

»Okay, weiter im Text«, sagte Mo ein bisschen zu laut. »Luca, willst du dich vielleicht neben mich setzen?«

»Und ich sitze hier, am Kopfende«, sagte ihr Vater.

»Der Tisch ist rund«, wandte Mo ein. »Er hat kein Kopfende.«

»Und ich tranchiere.«

»Was willst du denn tranchieren?«, fragte Mo. »Es gibt Gemüse-lasagne, keinen gebratenen Keiler.«

Er nahm ein großes scharfes Messer und zeigte damit direkt auf Luca. »Nun, junger Mann, welche Absichten verfolgst du in Bezug auf meine Tochter?«

Prustend spuckte Mo das Wasser, das sie im Mund hatte, in hohem Bogen über den Tisch. »Komm mal runter, Dad! Wir sind nicht im neunzehnten Jahrhundert. Er verfolgt keine ›Absichten‹.«

Ihr Vater würdigte sie keines Blickes. Er hob bloß die Hand, um sie zum Schweigen zu bringen, und nickte Luca zu.

»Tja, Mr. Merrydrew, im Augenblick daten wir einfach nur und genießen das Zusammensein.«

»Definiere daten.«

»Dad, bitte lass es gut sein«, sagte Mo.

Luca schluckte nervös. »Na ja, wir verbringen Zeit miteinander und, äh, ja, das ist eigentlich alles.«

»Macht ihr das so, wo auch immer du herkommst? Du hast einen leichten Akzent.«

»Dad!«, rief Mo laut und scharf aus. »Es tut mir so leid, Luca, mein Vater hat sich anscheinend in einen rassistischen, mittelalterlichen Patriarchen verwandelt.«

»Mo, du musst verstehen, dass dieser junge Mann aus meiner Perspektive einfach von wer weiß wo in deinem Leben, in unserer Familie aufgetaucht ist. Ich würde meiner Vaterrolle nicht gerecht, wenn ich ihn nicht auf Herz und Nieren prüfen würde.«

Mos Mutter stellte eine gewaltige Auflaufform auf den Tisch. »Komm schon, Mike«, sagte sie. »Entspann dich. Tut mir leid, Luca. Manchmal geht sein Beschützerinstinkt etwas mit ihm durch.«

»Natürlich will ich meine Tochter beschützen«, sagte er. »Ich will nur das Beste für sie. Mo ist etwas Besonderes. Ein Schatz. Sie ist mein Ein und Alles. Es gibt nichts Wichtigeres als die Familie.«

»Und was ist mit Freundschaften, Karriere und Reisen?«, fragte Mo. »Und Teppichen, hm, Dad? Manchmal sind eher Teppiche dein Ein und Alles, habe ich recht?«

Er lachte nicht, versenkte nur das Messer in der Lasagne und zog es hindurch.

»Die Familie geht über alles«, sagte er. »Immer. Verstanden, Luca?«

»Jap«, sagte Luca und nickte.

Mo verzog das Gesicht zu einer entschuldigenden Grimasse. Die Familie war vor allem über alle Maßen peinlich. Ich wusste, dass das keine gute Idee ist, dachte sie und drückte unter dem Tisch Lucas Hand.

Ein paar Sekunden aßen sie schweigend, dann lächelte Luca Mos Mutter an.

»Das ist köstlich, Mrs. Merrydrew.«

»Kate«, sagte sie.

»Oder doch lieber Mrs. Merrydrew«, sagte Mos Vater.

»Noch etwas Salat, Luca?«, fragte Mos Mutter und schob ihm

aufmunternd lächelnd die Schüssel zu. Mos Vater schob sie wieder weg.

»Nun zu den harten Fragen«, sagte er.

»Sind wir damit nicht schon durch, Dad?«, fragte Mo.

»Nein. Wir fangen jetzt erst damit an. Bereit, Luca?«

Luca nickte unsicher.

»Warum bist du hier?«

»Hm, das ist eine große Frage. Warum ist jemand auf der Welt?«, antwortete Luca. »Ich nehme an, wir sind hier, um Gutes zu tun, unseren Mitmenschen zu helfen und ...«

»Nein, warum bist du *hier*?«, sagte Mos Vater und bohrte den Zeigefinger förmlich in die Tischplatte. »In Lower Donny.«

»Ach so. Ich bin am Donny College eingeschrieben.«

»Für was?«

»Technologiewissenschaften. Mit digitalen Software Interface-Relations.«

Mos Vater blinzelte ein paarmal und fuhr dann fort.

»Was ist dein Lieblingswochentag?«

»Samstag.«

»Lieblingsgeruch?«

»Zitronen«, sagte Luca.

Mos Vater schnalzte missbilligend. »Frisch gemähtes Gras ist die richtige Antwort. Lieblingsjahreszeit?«

»Frühling?«

»Wirklich?«

»Herbst ist auch ganz schön.«

»Besser«, sagte Mos Vater. »Fernsehen oder Radio?«

»Äh ...«

»Nicht nachdenken, einfach antworten!«

»Beides!«, sagte Luca gequält.

»Ein Bär und ein Löwe kämpfen gegeneinander. Wer gewinnt?«

»Wahrscheinlich der ...«

»Zu langsam. Lieblingsabteilung im Museum?«

»Der Shop?«

»Nein!«, sagte Mos Vater und schlug mit der flachen Hand auf den Tisch, sodass alle zusammenzuckten. »Die mit den Gegenständen aus der Bronzezeit. Wann hast du das letzte Mal geweint?«

»Äh, weiß nicht genau«, sagte Luca. »Vielleicht später an diesem Abend?«

»Nicht frech werden, junger Mann. Was ist besser, Querflöte oder Blockflöte?«

»Äh, wie bitte?«

»Dad, hör auf damit«, bat Mo.

»Nur noch ein paar Fragen. Hast du vor, dir einen Schnurrbart wachsen zu lassen? Was war dein Spitzname als Kind? Hast du jemals einen älteren Mitbürger beschimpft? Bist du schon mal auf eine Giftqualle getreten? Kennst du den Unterschied zwischen einem Frosch und einer Kröte? Beherrschst du irgendwelche Überlebenstechniken? Was ist die korrekte Art und Weise, den Papst anzusprechen? Kannst du die Zunge zusammenrollen? Hast du irgendwelche Piercings? Warst du schon mal im Gefängnis? Was ist aus deiner Sicht deine größte Leistung bisher? Wie viele Kilos kannst du stemmen?«

»Dad!«, sagte Mo.

»Ich habe damit angefangen, also führe ich das jetzt auch zu Ende. Wie lang hast du schon am Stück geschwiegen? Kannst du schnitzen? Jemals Aal gegessen? Was wäre deine Superkraft – Fliegen oder Gedankenlesen? Wie oft sagst du Danke, ohne es wirklich zu meinen? Was ist die beste Zeit, um …«

»DAD!« Mo sprang auf und schob geräuschvoll ihren Stuhl nach hinten.

Blinzelnd sah ihr Vater zu ihr hoch.

»Das ist albern. Und unfair. Du gibst Luca ja nicht einmal die Gelegenheit zu antworten. Kannst du bitte damit aufhören?«

»Mo hat recht, Mike«, sagte ihre Mutter. »Vielleicht reicht es für heute mit den Fragen.«

»Ich will ihn nur kennenlernen«, sagte er. »Man kann viel über einen Menschen herausfinden, indem man Fragen auf ihn abfeuert.«

»Was willst du denn damit herausfinden? Abgesehen davon, dass er den Frühling mag und nicht sicher ist, wer in einem Kampf Bär gegen Löwe gewinnen würde?«

»Ich habe festgestellt, dass er …« Er suchte nach dem Wort. »Dass er akzeptabel zu sein scheint.«

Luca strahlte, als habe er einen Preis gewonnen. Mo war weniger begeistert.

»Akzeptabel?«

»Ja, aber da ist noch etwas, Luca, und zwar … Also, Folgendes. Du bist vielleicht akzeptabel, aber das bedeutet nicht, dass ich dich mögen muss. Wichtig ist jedoch, dass ich dir vertrauen kann. Kann ich dir vertrauen?«

»Ja«, sagte Luca.

»Vertrauen ist das Wichtigste. Es ist essenziell. Verstehst du das?«

»Ja«, sagte Luca.

»Super!«, sagte Mo. »So, jetzt wo wir mit diesem patriarchalen Schaukampf fertig sind und Luca offiziell als ›akzeptabel‹ gilt, gehen wir hoch in mein Zimmer, ja?«

»Danke für das Essen, Mrs. Merrydrew. Ich meine, Kate«, sagte Luca. »War nett, mit Ihnen zu plaudern, Mr. Merrydrew.«

»Du kannst jetzt aufhören zu filmen, Dad«, sagte Mo.

»Lass deine Zimmertür angelehnt«, rief er ihr hinterher.

»Nei-ein!«, flötete Mo zurück.

4. Kapitel

Mo und Luca rannten die Treppe hinauf. Als sie in ihrem Zimmer waren, schlug Mo die Tür so heftig zu, dass eine signierte Fotografie der Bürgermeisterin von Middle Donny von der Wand fiel.

»Oh Gott, oh Gott, oh Gott, es tut mir so leid. Das war so weird«, sagte sie und ließ sich aufs Bett fallen. »Deshalb wollte ich nicht, dass du sie kennenlernst! Deshalb hätte ich dich von meinen unmöglichen Eltern fernhalten sollen. Was zum Teufel war denn mit meinem Vater los? Diese Fragen? Das war so peinlich. Normalerweise ist mein Dad ganz in Ordnung, aber das war furchtbar.«

»Hast du schon einmal einen älteren Mitbürger geschlagen?«, äffte Luca Mos Vater nach. »Würdest du dienstags Schinken essen? Wann war das letzte Mal, dass du mit einem Kind gerungen hast? Hast du Pläne, eine Bank auszurauben?«

»Hör auf, hör auf!«, rief Mo und drückte sich ihren Teddy Mr. Bakewell vor das errötende Gesicht.

»Alles gut«, sagte Luca lachend. »Er will dich bloß beschützen. Lustig ist nur, hätte er eine Ahnung, mit wem du in letzter Zeit zu tun hattest, würde er sehen, dass nicht *ich* das Problem bin.«

»Bogdan, der Vampirkönig … Stell dir vor, er wüsste von *denen* …«

Mo schauderte.

»Na ja. Schönes Zimmer. Viel heimeliger als der Schuppen«, wechselte Luca das Thema.

Er schaute sich Mos Regale an. »Du hast echt viele Bücher. Nicht viele Romane. Dafür jede Menge politische Biografien.«

Luca betrachtete die vielen gerahmten Urkunden und Medaillen an der Wand – für Diktier- und Debattierwettbewerbe und hervorragende Leistungen in Mathematik, Naturwissenschaften und Englisch. Dann setzte er sich neben Mo auf das Bett.

»Wer ist dieser Kerl?«, fragte er auf Mr. Bakewell zeigend. »Ich muss ihm ein paar Fragen stellen, um herauszufinden, ob ich ihm vertrauen kann. Nicht nachdenken, Teddy, einfach antworten. Wann hast du zuletzt Pudding gegessen? Hast du jemals Guten Morgen gesagt, ohne es zu meinen? Glaubst du an Ameisen?«

Mo schlug Luca Mr. Bakewell ein paarmal um die Ohren.

»Oh nein, er hat ein Aggressionsproblem«, sagte Luca. »Das ist nicht akzeptabel. Darf man ihm einen Kuss geben?«

Er beugte sich vor und drückte Mr. Bakewell einen Kuss auf den pelzigen Kopf und wollte Mo auch einen geben. Er näherte sich ihren zu einem Lächeln verzogenen Lippen, als sich die Tür öffnete und Mrs. Merrydrew mit zwei heißen Kakaos hereinkam.

»Lasst euch nicht stören«, sagte sie. »Macht es euch ruhig gemütlich.«

Mo sprang auf. »Mum, du sollst klopfen. Wir haben heute Morgen noch darüber gesprochen!«

»Ging nicht mit den Bechern in der Hand!«

»Aber du musst sie abgestellt haben, um die Tür zu öffnen. Da hättest du auch klopfen können.«

»Man merkt, dass sie die Vorsitzende des Debattierklubs ist«, sagte Mos Mutter und zwinkerte Luca zu.

Mo nahm die Becher und schob ihre Mutter Richtung Tür.

»Tschüss und danke für den Kakao, um den wir nicht gebeten hatten.«

»Es freut mich, dass ihr beiden so glücklich miteinander seid«, sagte ihre Mutter, die sich offensichtlich noch nicht losreißen konnte. »Die erste Liebesbeziehung ist so etwas Besonderes. Mein erster Schwarm hieß Gary Ritter. Wir haben ihn Schwamm genannt.

Keine Ahnung, warum. Er hat in der Ziegelsteinfabrik gearbeitet. Starke Arme. Ich weiß noch, wie …«

»Mum«, sagte Mo nachdrücklich. »Zeit, zu gehen.«

»Nein, nicht gehen, ich möchte mehr über Gary Ritter erfahren«, sagte Luca.

»Klappe, Luca. Mum, raus. Sofort.«

Mo begann die Tür zu schließen.

»Ich erzähl's dir ein andermal, Luca«, sagte Mos Mutter durch den schmaler werdenden Spalt. »Oh, und du musst zu meiner Geburtstagsfeier kommen.«

»Die ist doch erst nach Weihnachten«, sagte Mo.

»Du kommst doch, nicht wahr, Luca?«, fragte ihre Mutter unbeirrt. »Das ist eine jährliche Tradition. Ganz Lower Donny wird da sein.«

»Klingt toll!«, sagte Luca, während Mo die Tür fest zudrückte.

»Das ist überhaupt nicht toll«, sagte sie. »Alle trinken total viel und dann tanzen Mum und Dad einen Klammerblues miteinander. Wenn du das einmal gesehen hast, bekommst du es nicht mehr aus dem Kopf. Du musst nicht kommen. Ich würde auch nicht hingehen, aber anscheinend verpflichtet mich meine Verwandtschaftsbeziehung mit diesen Leuten dazu.«

»Ich komme auf jeden Fall«, sagte er. »Wahrscheinlich hast du bis dahin auch die Vampire getroffen. Hast du schon ein Datum festgelegt?«

Mo schüttelte den Kopf.

»Du schiebst es doch nicht hinaus, oder?«

»Nein, ich bereite mich bloß vor. Habe an einer Rede gearbeitet.«

»Als der Vampirkönig hier war, hast du improvisiert und das lief super.«

»Ich weiß, aber das ist mein ›Freunde, Vampire, Mitbürger‹-Moment.«

»Was wirst du sagen?«

»Irgendetwas, das ihnen Mut macht. So was wie: Kommt schon, Leute, lasst die Vergangenheit ruhen, das ist eine neue Epoche für Vampire, ihr habt jetzt eine Königin, mich, in meinen schicken Kleidern, also geht stolz in die Welt hinaus und wir sehen uns in einem halben Jahr wieder. Oder in einem Jahr. Ja, ein Jahr wäre besser.«

Luca nickte.

»Ich versichere ihnen, dass ich von nun an auf sie aufpasse, mache ihnen aber auch klar, dass ich nicht ihre Mutter bin, verstehst du? Ich kann nicht den ganzen Tag Briefe von ihnen beantworten oder ihre Streitigkeiten schlichten. Dann habe ich keine Zeit mehr für die Schule und, na ja, für uns.«

»Klingt gut«, sagte Luca lächelnd. »Lass die Vampire Vampire sein und nimm dir Zeit für etwas Luca-Lieben.«

Mo zeigte streng mit dem Finger auf Luca. »Wenn du noch einmal so redest, ist es augenblicklich vorbei mit uns.«

»Ja, das klang nicht besonders gut, oder?«

Er lachte, aber Mo hielt eine Hand hoch. »Was war das?«, fragte sie flüsternd.

»Wieder deine Mutter?«, fragte Luca und schaute zur Tür.

»Nein, am Fenster. Pst.«

Diesmal hörten sie es beide. Etwas klopfte an die Fensterscheibe. Mo erstarrte. Luca legte den Finger an die Lippen, huschte lautlos durch das Zimmer, schob den Vorhang ein wenig beiseite und lugte hinaus.

»Alles in Ordnung, nur eine Fledermaus«, sagte er. »Wahrscheinlich eine Nachricht von einem der Vampire.«

Bevor Mo ihn daran erinnern konnte, dass sie Fledermäuse wirklich überhaupt nicht mochte, hatte Luca das Fenster aufgerissen und sie hereingelassen. Sie flatterte einmal durch den Raum und kam auf Mos Schreibtisch zum Sitzen, wo sie die Flügel faltete, sodass es aussah, als hätte sie zwei Arme ohne Hände.

»Komisches Exemplar«, sagte Luca mit einem Blick auf das Tier. »Keine Expressfledermaus. Viel zu klein. Sieht nicht so aus, als hätte sie irgendeine Botschaft dabei, sie hat nichts in den Krallen und …«

»Seid gegrüßt, Königin Mo.«

Erschrocken schrie Mo auf. Es war die Stimme des Vampirkönigs. Unverkennbar. Sie schoss in die Höhe und ließ nervös den Blick durch das Zimmer gleiten.

»Wo ist er?«, zischte sie. »Ist er durch das offene Fenster hereingeflogen? Ist er unter dem Bett?«

»Du fragst dich, wo ich bin«, erfüllte wieder die Stimme des Vampirkönigs den Raum.

Mo packte Luca am Arm und zog ihn an sich. Ihre Finger bohrten sich wie Klauen in sein Fleisch.

»Ich bin die Fledermaus!«, sagte der Vampirkönig und lachte kreischend. »Na ja, nicht ganz. Sie spricht meine Worte. Sie imitiert mich. Ich diktiere ihr meine Botschaft und sie gibt sie euch auf genau dieselbe Weise wieder. Ich nenne sie die Plaudermaus. Cool, hm? Und dank ihres hervorragenden Geruchssinns kann sie jeden überall auf der Welt finden. Die moderne Vampirtechnologie ist so smart! Jetzt muss ich dir nicht mehr mit Tinte schreiben, was so, du weißt schon, langweilig sein kann! Wer hat dafür noch Zeit?«

Stumm vor Verblüffung starrten Mo und Luca die Fledermaus an. Wieder öffnete sie ihr winziges Maul und ließ ein grellrosa Inneres sehen, aus dem weitere Worte des Vampirkönigs purzelten.

»Wie auch immer, Königin Mo, ich lag neulich in der Badewanne, habe mich nach einer anstrengenden Nacht entspannt und meinen Lieblingsrapper Lil Snack gehört, als du mir plötzlich in den Kopf geploppt bist. Plopp!«

Das letzte Wort war so laut, dass Mo zusammenzuckte.

»Ich fragte mich, wie es meiner entzückenden, exzentrischen kleinen Königin drüben im feuchten Großbritannien wohl geht? Es ist schon ein paar Wochen her, dass ich sie kennengelernt habe – rockt sie die Show?

Ich dachte, ich erkundige mich mal lieber. Also, wie sieht es aus? Bist du gnadenlos? Herrschst du so, wie es einer Königin geziemt? Ich hoffe es, denn sonst … Wie soll ich sagen?«

Die Fledermaus schwieg. Hatte sie den Text vergessen? Dann sprach sie wieder, diesmal war ihre Stimme ein drohendes Knurren.

»Wenn du nicht gut herrschst, wenn du nicht dafür sorgst, dass deine Untertanen dir die Gewänder küssen, dir ihre Treue schwören und dass sie dir versprechen, ihr Untotenleben für dich zu geben, dann machst du es nicht richtig. Und nicht richtig herrschen ist nicht gut. Klar?«

Mo nickte schwach, die Augen groß aufgerissen vor Angst. Wie konnte der Vampirkönig so Furcht einflößend sein, wenn er nicht einmal da war?

»Es ist mir im Grunde egal, ob du die Auserwählte bist, Mo. Dadurch bist du in die Position gekommen, aber wie ich selbst schon erfahren durfte, musst du den Thron verteidigen, nachdem du ihn bestiegen hast. Manchmal sind andere Vampire, nicht Menschen, die größte Gefahr. Capito?«

Das habe ich wohl capito, dachte Mo.

»Großartig! Das war's auch schon. Ich organisiere mir einen Snack. Dieses ganze Gerede hat mich ausgehungert. Also, Königin Mo, erledige deinen Job ordentlich. Enttäusche mich nicht! König Stevie hasst es, enttäuscht zu werden. Und ich will nicht noch einmal rüberkommen müssen! Ernsthaft. So ein trauriger Flecken Erde. Gut, das reicht. Bis demnächst, Mo. Ich bin gespannt, wie es bei dir läuft. Sayonara, Schnuckelchen! Ciao, ciao, ciao!«

Die Fledermaus schloss das Maul und rührte sich nicht.

Schwer atmend starrte Mo sie an.

»Kannst du sie hinausscheuchen?«, flüsterte sie Luca schließlich zu.

»Nicht sprechen«, flüsterte er zurück. »Vielleicht nimmt sie auf, was wir sagen.«

Mo presste die Lippen aufeinander und nickte.

»Bitte dankt Eurem Herrn für die Nachricht«, sagte Luca laut und höflich und trat näher an die Fledermaus heran. »Ich bin übrigens Luca, der treue Gefährte der Königin. Der, den Ihr verspeisen wolltet? Danke, dass Ihr euch gemeldet habt. War super, von Euch zu hören.«

Mo starrte Luca an, damit er den Mund hielt.

»Okay, also gut, tschüss dann«, sagte er. Er schob das Fenster so weit auf wie möglich und bedeutete der Fledermaus, hinauszufliegen. Ihre winzigen schwarzen Augen wanderten zwischen den beiden hin und her und ihre haarlosen Ohren zuckten, aber am Ende hob sie ab und glitt rasch und geräuschlos hinaus. Luca schlug das Fenster zu, zog die Vorhänge vor und ging zu Mo, die an der Wand heruntergeglitten war und ihre an die Brust gezogenen Knie umarmte.

5. Kapitel

Luca setzte sich neben Mo.

»Immer nett, von Steve zu hören«, sagte er.

»Dass er ausgerechnet als *Fledermaus* auftauchen musste. Zwei der Dinge, die ich am wenigsten mag, in einem.«

Luca griff nach ihrer Hand. »Du zitterst ja«, sagte er.

»Ich habe noch nicht einmal die Vampire getroffen und der Vampirkönig droht mir jetzt schon aus der Ferne. Ich hatte gehofft, ihn nie wiederzusehen. Er sagte, er rechne damit, erst in Hunderten von Jahren zurückzukommen. Das hat er gesagt. Im Gemeindesaal von Lower Donny.«

»Ich weiß, ich war dabei«, sagte Luca.

»Was hat er dann gemeint mit ›Ich will nicht noch mal vorbeikommen müssen‹?«

»Das sind bloß Psychospielchen. Er will dich unter Druck setzen, das ist alles. Das kann er gut.«

Mo war nicht überzeugt. »Vielleicht reicht es nicht, nur die Vampire zu treffen und eine Rede zu halten?«, sagte sie und sah Luca verzweifelt an. »Vielleicht muss ich doch gnadenlos sein, wie der Vampirkönig gesagt hat, zumindest am Anfang. Direkt etwas richtig Krasses machen. Sie mit einer großen, ungeheuerlichen Aktion einschüchtern – keine Ahnung, so etwas wie einer Taube den Kopf abreißen oder irgendetwas anzünden vielleicht –, damit sie keine Zweifel daran haben, dass ich die wahre Königin bin. Vielleicht hat der Vampirkönig recht – ich muss dafür sorgen, dass sie mich fürchten.«

»Indem du eine Taube köpfst?«

31

»Ich weiß es doch auch nicht!«, sagte Mo gereizt und stand abrupt auf. Luca sah zu, wie sie, sich selbst umarmend und auf der Unterlippe kauend, im Zimmer auf und ab ging. »Das kann ich nicht machen, oder? Ich kann niemandem den Kopf abreißen. So bin ich nicht. Manchmal bekomme ich kaum den Deckel eines Marmeladenglases auf.«

Sie starrte einige Sekunden auf ihre Hände.

»Ich werde als ich herrschen müssen, wie geplant. Eine inspirierende Galionsfigur. Mehr brauchen die Vampire nicht. Vergiss den Vampirkönig. Er ist meilenweit entfernt in seiner Luxusbadewanne und hört Lil Fang oder so … Er wird nicht einmal wissen, wie es bei mir läuft. Er wird das Interesse verlieren. Er ist *ständig* damit beschäftigt, irgendwelche Aufstände niederzuschlagen. Du hast recht, Luca. Das ist bloß eine weitere typische Vampirdrohung. Ich sollte sie ignorieren. Ich werde eine erfolgreiche Vampirkönigin zu meinen Bedingungen. Meine Herrschaft, meine Regeln. Er braucht die Details nicht zu kennen. Solange die Vampire zufrieden sind, wird er fortbleiben.«

»Okay«, sagte Luca, »aber du solltest die Vampire wahrscheinlich schnell treffen, bevor Steve auf die Idee kommt, eine weitere Plaudermaus vorbeizuschicken – oder Schlimmeres.«

»Ja.« Mo nickte. »Ich kann es nicht länger hinausschieben. Ich meine, mich noch länger darauf vorbereiten.«

»Also hast du es doch hinausgeschoben?«

»Ich habe die Pause zwischen der Begegnung mit Steve und dem Herrschen genossen, wenn du es genau wissen willst«, sagte Mo. »Aber die Schonphase für die Vampirkönigin ist wohl vorbei. Ich muss vor meine Untertanen treten und herrschen. Möge das Königinnen beginnen.«

»Das Königinnen?«

»Du weißt, was ich meine«, sagte Mo und machte eine ungeduldige Geste mit der Hand. Sie nahm ihren Laptop und gab ihn Luca.

»Könntest du eine Eventlocation suchen? Irgendetwas mit genug Platz für uns alle. Ich kann keine Tour machen und die Vampire einzeln besuchen. Sie sind in ganz Großbritannien verteilt und es würde zu lange dauern. Außerdem würden Mum und Dad mich nie mit dir irgendwo übernachten lassen. Also müssen wir sie wohl an irgendeinem zentralen Ort treffen – probier es mal in der Gegend um Birmingham. Schau nach einem Hotel mit Tagungsräumen. Wir müssen es riskieren, sie alle an einem Ort zu versammeln. Zwanzig Vampire in einem Raum unter Menschen, was soll da schon schiefgehen?«

Luca machte den Mund auf, um etwas zu sagen.

»Du brauchst darauf nicht zu antworten«, sagte Mo. »Ich schreibe ihnen«, fuhr sie fort, holte den Briefentwurf hervor, mit dem sie schon begonnen hatte, und füllte die leeren Stellen. Wann? Sie schrieb das aktuelle Datum. Heute war Mittwoch, der kommende Samstag wäre also zu bald, aber vielleicht der danach? Ja. Anderthalb Wochen für die Vorbereitungen. Perfekt. Sie schrieb auch dieses Datum und ein paar weitere wichtige Details in den Brief.

»Ich mache ganz deutlich, dass dies eine beißfreie Veranstaltung ist. Kein Bluttrinken, sonst müssen wir mit dem Zaunpfahl winken«, sagte Mo zu Luca, während sie schrieb. »Sie werden sich wirklich unauffällig verhalten müssen. Kleiderordnung: casual (und so wenig vampirisch wie möglich). Ach ja, und: Selbstverpflegung.«

»Super«, sagte er. »Hier ist eine mögliche Location.«

Er zeigte Mo die Website eines Hotels mit schicken Außenanlagen und Konferenzräumen.

»Da gibt es auch einen Wellnessbereich«, sagte er.

»Denkst du, wir könnten alle zusammen in die Sauna gehen?«, fragte Mo. »Oder wie wäre es mit einer Gesichtsbehandlung? Betreiben Vampire Hautpflege?«

Er klickte die Bilder der Konferenzräume an.

»Schicke Stühle mit diesen goldenen, gepolsterten Armlehnen. Das werden die Vampire lieben«, sagte Mo. »Aber das Teppich-

muster ist etwas Übelkeit erregend … Und was für eine Vorhang-
farbe ist das? Senf? Curry?«

»Babykacke?«, schlug Luca vor. »Guck, hier steht, der Raum ist
für ›bis zu 24 Personen‹ ausgelegt und hat eine tolle Aussicht.«

»Auch nachts?«

»Er heißt der Sonnenschein-Sitzungssaal.«

»Haha, was für eine Ironie«, sagte Mo. »Lass ihn uns für eine
Woche ab Samstag buchen. Das ist der zwölfte Dezember.«

Luca tippte ihre Angaben ein. »Das wird teuer.«

»Macht nichts«, sagte Mo. »Hier, nimm meine Dunkelkarte.«

Sie reichte ihm ihre Vampir-Kreditkarte und schrieb dann die
Adresse des Hotels in den Brief. Ein Klopfen an der Tür unterbrach
die konzentrierte Stille.

»Dad findet, ihr seid verdächtig leise«, ertönte die Stimme ihrer
Mutter aus dem Flur.

»Und das kann er uns nicht selbst sagen?«, rief Mo zurück.

»Nein, er hat zu tun«, antwortete ihre Mutter und schob die Tür
einen Spalt auf.

»Wie du siehst, Mum, mache ich Hausaufgaben und Luca ist auf
der Website seines Lieblings-Eselrettungsvereins, um eine weitere
Spende zu überweisen.«

Luca sah auf und grinste. »Die Esel brauchen Unterstützung«,
sagte er.

»Das klingt gut«, sagte Mos Mutter. Sie wirkte verwirrt. »Gut,
dann gebe ich das so an Dad weiter. Alles in bester Ordnung.«

»Wie immer bei uns«, sagte Mo. Ihre Mutter schloss die Tür wieder und sie hörten ihre Schritte auf der Treppe.

»Bei dir ist so *gar nichts* in bester Ordnung«, murmelte Luca.

Mo schnaubte, ohne ihr Schreiben zu unterbrechen. Ihr Füller
kratzte über das dicke cremefarbene Papier, als sie die Vampire in
den Sonnenschein-Sitzungssaal zu ihrer ersten Begegnung mit der
Königin lud.

6. Kapitel

An den folgenden Abenden trudelten die Antworten der Vampire per Fledermausexpress ein. Pat und Richard aus Wales – ja. Derek – ja. Natascha und die Mädels – ja. Die Schottenschocker – aye. Ein Vampir namens Sven, der Wikinger – tak. Jeden Abend brachte Luca Mo die Briefe und sie hakte die Namen auf einer Liste ab. Bis Montag hatten alle zugesagt.

»Sie scheinen sich alle so zu freuen«, sagte Mo an diesem Abend zu Luca. »Sie können es kaum erwarten, die Vampirkönigin Großbritanniens zu treffen.«

»Sehr gut. Sie werden dich mit offenen Armen empfangen. Nicht so wie dein Vater mich. Er stellt mich immer noch auf die Probe. Gerade hat er mich gefragt, ob ich schon einmal eine größere Operation hatte, eine ganze Wassermelone gegessen oder einem Delfin in die Augen gesehen habe.«

»Das tut mir leid«, sagte Mo und verzog das Gesicht.

Ungleichmäßige Schritte auf der Treppe kündigten Lou an.

»Hey, ihr Versager, wie läuft's?«, begrüßte sie die beiden.

»Nicht schlecht – wir haben zwanzig Zusagen zum königlichen Empfang«, sagte Mo.

»Super. Als deine offizielle Stylistin habe ich ein paar abgefahrene Haar- und Make-up-Ideen für dich zusammengestellt.«

»Ich dachte, ich sehe ganz okay aus«, sagte Mo und zeigte auf ihr blasses Gesicht.

»Haha«, lachte Lou. »Ach so, das war gar kein Witz? Ich habe außerdem ein paar Looks zusammengestellt.«

»Ein paar Looks?«

»Ja, dafür sind wir Stylistinnen zuständig. Für Looks.«

»Wenn du meinst.«

»Woher sollst du das auch wissen? Okay, also ich denke, wenn du die ganzen Blutsauger endlich als Königin triffst, solltest du aufs Ganze gehen. Du weißt schon, richtig dick auftragen. Maximales Drama für maximale Wirkung. So in der Art ...«

Lou wischte durch die auf ihrem Handy gespeicherten Bilder von Prominenten auf Premieren und Partys. Während sie Mo die Looks erklärte, runzelte diese die Stirn und kommentierte die Outfits: »Zu protzig ... zu viel Bein ... du weißt, dass ich keine Absatzschuhe tragen werde.«

»Was willst du denn anziehen?«, fragte Lou schließlich frustriert.

Mo ging zu ihrem Kleiderschrank und holte den perlenbestickten Samtmantel hervor, ihre Haarspange mit den Edelsteinen und ihre Armreifen.

»Was hältst du davon?«, fragte sie.

»Zieh mal alles an«, sagte Lou und Mo tat, wie ihr geheißen.

»Du siehst toll aus, Mo. Richtig elegant. Tatsächlich wie eine Königin. Eine Gruftikönigin, um genau zu sein«, sagte Lou. »Hast du den Schmuck von den Vampiren bekommen?«

»Ja, das waren alles Geschenke.«

»Was ist mit deinen Haaren?«, fragte Lou. »Lass mich zumindest damit helfen. Ein Pferdeschwanz schreit nicht gerade königliche Herrscherin.«

»Gern. Und kannst du ein richtig starkes Parfüm für mich aussuchen, um meinen Menschengeruch zu verdecken? Vampire können Menschen nämlich aus weiter Ferne riechen.«

»Kein *Eau de Teppichreiniger* diesmal«, sagte Luca.

»Oh ja, das war fies«, sagte Lou. »Ich finde etwas Besseres, wird erledigt.«

»Danke, Lou, du bist die Beste«, sagte Mo und umarmte sie.

Am Donnerstag hatte Lou ein neues Parfüm besorgt. Mo probierte es nach der Schule.

»Es ist sehr zitronig«, sagte Lou und sprühte es ihr auf.

»Wow, ja, als würde jemand in deiner Nase eine Grapefruit schälen«, sagte Mo. »Hilft es auch gegen Mücken?«

»Nein, nur gegen Vampire.«

Dann setzte Lou sie vor einen Spiegel und stylte ihr Haar, wobei sie jeden einzelnen Schritt erklärte. »Du flichtst einen Zopf, so, dann steckst du ihn hier fest …«

Das beruhigte Mo. Verträumt verfolgte sie im Spiegel, wie Lous Hände sanft ihr Haar kämmten und bearbeiteten.

»Soll ich dabei sein, wenn du die Vampire triffst?«, fragte Lou.

»Wow – dass du das anbietest, nachdem du fast der Nachtisch für den Vampirkönig warst, Lou«, sagte Mo.

Lou zuckte mit den Schultern. »Ich möchte dich bloß unterstützen. Und wenn sie aufdringlich werden, kann ich meine Krücken in sie hineinbohren.«

»Oder sie ihnen zumindest vor die Schienbeine hauen«, sagte Mo. »Aber das wird nicht passieren. Alles wird gut.«

»Was hast du deinen Eltern gesagt, wohin du gehst?«

»Auf den Weihnachtsmarkt.«

»Ach, wie nett. Klingt gut.«

»Ja, bloß dass ich nicht wirklich auf den Weihnachtsmarkt gehe.«

»Ich weiß, aber das solltest du auch tun, wenn du die Zeit hast. Die Gelegenheit für einen richtigen Ausflug nutzen.«

Mo war sich nicht sicher, ob Lou sie auf den Arm nahm.

»So, fertig«, sagte Lou.

Mo beugte sich zum Spiegel vor. Ihre Haare waren immer noch offen, aber es waren lauter dünne Zöpfe hineingeflochten, und einige davon hatte Lou geschickt zu einer Art Krone auf dem Kopf zusammenlaufen lassen.

»Genial, Lou«, sagte Mo, drehte sich zu ihrer Freundin um und umarmte sie fest auf Hüfthöhe. »Komm, wir essen erst mal was. Ich habe Mini-Muffins in der Küche.«

Während Mo Tee kochte, saß Lou am Tisch, das gebrochene Bein auf einem Stuhl abgelegt, als Mos Vater von der Arbeit nach Hause kam. Wie immer schlug er die Tür zu.

»Hallo, ihr zwei«, sagte er. »Oh, du hast aber eine schöne Frisur, Mo.«

»Lou hat sie mir gemacht«, antwortete Mo.

»Ganz schön aufwendig für dich, oder?«

»Ich hatte Lust auf etwas Neues.«

»Ah ja«, sagte ihr Vater, klang aber nicht überzeugt.

»Worauf willst du hinaus, Dad?«, fragte Mo.

»Nichts. Nein. Nichts Besonderes. Es ist nur so, Luca taucht auf und auf einmal lässt du dir die Haare schick machen und, na ja, du veränderst dich, das ist alles.«

»Ich habe mir die Haare nicht für Luca machen lassen«, sagte Mo nachdrücklich.

»Es ist okay, wenn Sie sich ein wenig bedroht dadurch fühlen, dass Mo erwachsen wird, Mr. Merrydrew«, sagte Lou mit einem liebenswerten Lächeln. »Sie ist nicht mehr Ihr kleines Mädchen, stimmt's? Sie sieht älter aus, trägt ihr Haar anders und hat einen Freund. Das muss schwer sein für Sie.«

Sie biss in ihren Mini-Muffin und schien die Verwirrung im Gesicht von Mos Vater nicht zu bemerken.

»So ist es nicht, Lou«, sagte er.

Lou lächelte wieder. »Oder doch. Lieben heißt Loslassen, Mr. Merrydrew.«

Er runzelte die Stirn. »Aha, na gut, ich lasse euch dann mal allein, ihr zwei«, sagte er und verschwand schnell.

»Lou!«, sagte Mo.

»Was?«

»Ich dachte, du wolltest in der Mode arbeiten, nicht als Thera-peutin.«

»Ach, das«, sagte Lou und stopfte sich den Rest des Muffins in den Mund. »Ich habe bloß den Mächtigen gegenüber die Wahrheit gesagt. Na ja, deinem Vater gegenüber.«

»Das war genial und gleichzeitig *total peinlich*«, sagte Mo.

»So ist das manchmal mit der Wahrheit«, antwortete Lou und griff quer über den Tisch nach einem weiteren Mini-Muffin.

7. Kapitel

Ein dunkler Samstag im Dezember, Nieselregen. Mo hatte sorgfältig ihre Vampirkleider, ihren Schmuck und das stinkende Parfüm gepackt und nun, um drei Uhr nachmittags, saßen Luca und sie im Zug, der durch die trübe Landschaft raste.

»Möchtest du?«, fragte Luca und bot Mo Chips an. Sie schüttelte den Kopf und biss sich auf die Lippen.

»Nervös?«, fragte er.

»Vorfreude«, antwortete Mo.

»Wirklich?«

Mo verdrehte die Augen. »Du kannst echt nervig sein, wenn du dir Mühe gibst.«

»Ich muss mir dafür gar keine Mühe geben«, sagte Luca vergnügt grinsend. »Und tut mir leid, Eure Majestät.«

»Bitte nenne mich nicht Majestät. Du weißt, dass ich das hasse.«

»Ich übe«, sagte Luca. »Ich muss schließlich auch eine Rolle spielen. Den treuen Gefährten der Vampirkönigin. Ich muss mich in meinen Charakter einfühlen.«

»Okay, aber können wir jetzt einfach nicht mehr reden?«, bat Mo mit Nachdruck. »Du konzentrierst dich darauf, mein Diener zu sein, und ich darauf, deine Herrin zu sein.«

Eine Weile saßen sie schweigend nebeneinander. In Mos Magen wuselte es wie in einem Marmeladenglas voller Fliegen. Jetzt gilt es, dachte sie. Nicht mehr nur *behaupten*, dass ich die Vampirkönigin bin, jetzt muss ich sie tatsächlich sein. Sie starrte aus dem Fenster, ohne wirklich etwas zu sehen – obwohl sie versuchte, sich auf die vorbeiziehende Landschaft zu konzentrieren, nahm sie nur ihr eigenes Spiegelbild wahr. Lou hatte ihr noch einmal die Haare gemacht und ihr mit dem Eyeliner Katzenaugen verpasst. Es war eine Maskerade, die ihre Menschlichkeit verbergen und es ihr leicht machen sollte, in die Rolle der Vampirkönigin zu schlüpfen.

Von ihrem Zielbahnhof aus gingen Mo und Luca händchenhaltend und stumm zwanzig Minuten zu Fuß.

»Oooh, schick«, sagte Luca, als sie schließlich die Auffahrt zum Hotel hochgingen.

Es war ein schönes altes Backsteingebäude mit vielen dicken Schornsteinen und einem über dem Eingang aufragendem Uhrenturm mit Spitzdach.

»Schau mal, eine Drehtür«, sagte Luca, aber Mo betrachtete gerade die teuren Autos, die vor dem Hotel geparkt waren, die in Form geschnittenen Eiben in gewaltigen Blumentöpfen und den makellosen Rasen, der sich hinter den Tennisplätzen erstreckte. Rasch betraten sie das Hotel.

»Ich habe für dich ein Zimmer reserviert, damit du dich in Ruhe umziehen und vorbereiten kannst«, sagte Luca, während er auf die Rezeption zusteuerte.

Mit einem Kartenschlüssel für Mo in der Hand kehrte er zurück. »Was ist los?«

»Sorry, aber das ist einfach so lieb von dir«, sagte Mo. Ihre Unterlippe zitterte. »Ich dachte, ich müsste mich bis zur Ankunft der Vampire auf dem Klo verstecken.«

Luca blickte sich schnell um und gab ihr dann einen flüchtigen Kuss auf die Wange.

»Gern geschehen«, sagte er ruhig. »Zimmer 204. Ich hole dich ab, wenn sie da sind.«

Mo rannte nach oben in ihr Zimmer. Sie warf Jeans und Pullover von sich, zog das schwarze Kleid über, dann den perlenbestickten Mantel, die goldenen Armbänder, die Haarspange mit den Edelsteinschnüren. Als Nächstes besprühte sie sich mit dem starken, nach Zitrone duftenden Parfüm, um jeglichen Menschengeruch zu überdecken. »Auf die Pulsschlagstellen, ein wenig auf die Haare, viel auf den Hals und auf jeden Fall ein paar Spritzer unter die Arme. Oh Mann, ich *schwitze*«, murmelte sie.

Dann schaute sie auf die Uhr. Fast sechs. Die Vampire sollten nun ankommen. Wie sie wohl aussahen? Ob sie aufgeregt und in Plauderlaune sein würden oder eher griesgrämig und verschlossen? Würden sie Umhänge tragen? Bestimmt, oder? Schwarzer Samt mit rotem Futter?

Mo ging zum Spiegel und starrte sich an.

»Du schaffst das, Königin«, sagte sie und zuckte zusammen, als es zweimal laut an der Tür klopfte.

Sie öffnete und Luca kam hereingeeilt.

»Warum bist du außer Atem? Ist alles in Ordnung?«

»Ja, ja, alles gut, ich habe bloß die Treppe genommen«, sagte er. »Sie sind jetzt alle unten.«

»Oh Gott«, sagte Mo. »Ich meine, oh gut. Super! Hurra! Wie sehe ich aus?«

»Wunderschön«, sagte Luca. »Du stinkst, aber du siehst toll aus.«

»Wie sehen sie aus?«

»Unterschiedlich. Manche, als wären sie monatelang in einem Schrank aufbewahrt worden, andere etwas lebendiger und selbstbewusster.«

»Selbstbewusst?«

»Pat aus Wales«, sagte Luca. »Du wirst sie erkennen, keine Sorge.«

Mo schluckte nervös. »Alles bereit? Haben sie ihre Namen auf die Klebeetiketten geschrieben?«

»Diejenigen, die schreiben können, ja«, antwortete Luca. »Fertig?«

Er hielt ihr die Tür auf, aber Mo zögerte und blickte über die

Schulter zurück ins Zimmer, als wäre sie sicher, dass sie etwas vergessen hatte. Luca nahm sie bei der Hand und führte sie sanft über die Schwelle. Zusammen gingen sie die Treppe hinunter.

Vor dem Sonnenschein-Sitzungssaal zeigte Luca auf ein Schild an der Tür.

»Ich habe es auf BESETZT gestellt. Das wird die Menschen hoffentlich davon abhalten, hereinzuplatzen«, sagte er. Dann stieß er die Tür auf und rief: »Vampire von Großbritannien, erhebt euch für eure große Herrscherin, die mächtige, majestätische, einzigartige Königin Mo.«

Ernsthaft, Luca?, dachte Mo, innerlich zusammenzuckend. War das der richtige Tonfall? Aber nun blieb ihr nichts anderes übrig, als tief durchzuatmen, ihre glänzenden neuen Vampirzähne einzusetzen und erhobenen Hauptes in den Raum zu schreiten.

Sofort spürte Mo, wie zwanzig Vampiraugenpaare sie anschauten. Sie hörte, dass einige die Luft anhielten und ein oder zwei klatschten. Sie starrte kühl in die Ferne und hielt – das Kinn ein wenig gereckt, die Zähne gebleckt, sodass ihre Reißzähne sichtbar waren – auf den großen Tisch in der Mitte des Raumes zu. Erst als sie dort angekommen war, ließ sie den Blick durch den Raum über die versammelten Untertanen schweifen, wobei sie einen ruhigen, selbstsicheren Gesichtsausdruck beibehielt, obwohl es in ihrem Bauch pulsierte, als würde darin eine Glühbirne den Geist aufgeben.

Schweigend standen die Vampire da. Genau wie Luca gesagt hatte, sahen manche grau und gebeugt aus und trugen ausgebleichte, abgetragene Kleidung – Jacken mit fettigen Ellbögen, Hemden mit speckigen Kragen. Andere hielten sich aufrecht und blickten Mo geradewegs in die Augen. Eine von ihnen war Pat, die mit ihrem kühlen, neugierigen Blick jeden Millimeter ihrer neuen Königin abzuschätzen schien. Mo wandte sich schnell ab. Eine andere Vampirin – Natascha, las Mo auf dem Namensschild – strahlte sie warm und mütterlich an und ließ ihr Herz hüpfen. Neben ihr standen zwei jünger wirkende Vampirinnen – wahrscheinlich die »Mädels«, die Natascha immer erwähnte. Sie wirkten zugleich schüchtern und trotzig und trugen einfache, kragenlose schwarze Kleider aus schwerer Baumwolle – die Art von Stoff, die man zum Polstern benutzt. Auf ihren wirren, stumpf aussehenden braunen Haaren saßen aus Efeu und Stechpalme geflochtene Kränze. Nett von ihnen, dass sie sich Mühe gegeben haben, dachte Mo. Es wirkte festlich. Ihre Namen waren Olga und Lenka.

Neben den Mädchen stand ein Vampir wie ein gewaltiges Scheunentor. Sven, der Wikinger. Auf dem Tisch vor ihm lag eine dänisch-englische Sammlung von Redewendungen mit rotem Ledereinband. Und eine Axt.

Ein Vampir fiel besonders auf. Er wirkte gepflegt und frisch und war gekleidet wie ein Popstar aus den 1980ern, mit leuchtendblauem Seidenanzug und weißem Hemd, die langen hellen Haare zu einem Pferdeschwanz zusammengebunden. Überrascht las Mo seinen Namen. Das ist also Derek, dachte sie. Er sieht nicht viel älter aus als ich. Der Vampir winkte ihr zu, machte eine Art Verbeugung und klatschte vergnügt in die Hände.

Mo räusperte sich. Sie breitete die Arme aus, atmete tief durch und …

BUMM!

Benommen taumelte Mo rückwärts. Ihre Ohren klingelten. Eine Explosion hatte den Raum erschüttert. In der Luft hing eine Rauchwolke. Rasch befühlte sie ihren Kopf. War das Blut?

Luca kam an ihre Seite geeilt. »Bist du verletzt?«

»Nein, nein, alles in Ordnung«, sagte sie schwer atmend. »War das eine Bombe?«

Der Raum war nun von grauem Qualm erfüllt und es roch wie bei einem Feuerwerk. Alle Vampire waren in Aufruhr und husteten.

»Das sind die Vampirjäger! Wir werden angegriffen!«, rief einer, woraufhin die anderen aufschrien und riefen: »Lauft«, und: »Wo ist der Ausgang?«

Mo versuchte, etwas zu sagen, um eine Vampirmassenpanik zu verhindern, aber sie konnte nur husten. Dafür erhob jemand anders die Stimme, schrill und vernichtend schnitt sie durch das Chaos.

»Richard, du getrockneter Kackhaufen. Ich habe dir hunderttausendmal gesagt, du sollst die Kanone zu Hause lassen.«

8. Kapitel

Inmitten des Qualms wurde eine Gestalt sichtbar. Pat. Nun war Mo an der Reihe, sie zu mustern. Sie trug eine rote Samtjacke und einen dazu passenden langen Rock. Außerdem einen Zylinder, den sie nun für eine tiefe Verbeugung vor Mo abnahm.

»Majestät«, sagte sie und verzog die roten Lippen zu einem Lächeln. »Es ist mir eine Ehre, Euch kennenzulernen. Ich bin Pat aus Wales und dieser Einfaltsbackpinsel hier ist mein Mann Richard.«

Richard trat durch den Rauch vor, ein Berg von einem Vampir, mit Glatze und ausdruckslosem Gesicht. Stumm verbeugte er sich.

»Er hat darauf bestanden, ein Salutschuss mit der Kanone sei der einzige Weg, unsere neue Vampirkönigin zu begrüßen«, erklärte Pat. »Ich habe ihm gesagt, dass das eine dumme Idee ist, eine Idee, auf die nur eine kleine, verschrumpelte Walnuss kommen kann, aber was soll man machen, er hat nicht auf mich gehört. Hat nichts gesagt, seine Frau ignoriert und die verdammte Kanone trotzdem mitgebracht.«

Mo hob die Hand, doch bevor sie etwas sagen konnte, schrillte ein hohes WIIIIUUUU, WIIIIUUUU durch den Sonnenschein-Sitzungssaal.

»Wieder die Vampirjäger, die uns mit ihren Todessirenen durcheinanderbringen wollen«, jammerte Natascha.

»Nein«, rief Mo, die endlich ihre Stimme wiedergefunden hatte. »Das ist der Feueralarm. Wir müssen raus. Mir hinterher.«

Wow, die sind mega paranoid wegen der Vampirjäger, dachte sie, riss die Sitzungssaaltür auf – und blieb stehen. Menschen liefen durch den Flur zum Ausgang. Menschen mit Weihnachtsmützen auf dem Kopf, die trotz des ohrenbetäubenden Alarms lachten und herumwuselten. Menschen in Partystimmung, ohne Berührungsängste und mit köstlichem, warmem Blut in den Adern. Viele von ihnen. Oh, oh!

»Luca«, sagte sie und winkte ihn zu sich. »Kannst du dafür sorgen, dass niemand beschließt, diese Leute zum Abendessen zu verspeisen? Ich gehe voraus, du am Schluss.«

Mo eilte durch den Flur in die Eingangshalle des Hotels. Das Licht dort war sehr hell. Sie blickte über die Schulter zurück und erschrak. Die Vampire hinter ihr sahen aus wie, nun ja, wie Vampire. Stumpfe Haut, tiefliegende Augen, alle Frauen und die meisten Männer mit langen Haaren. Allerdings keine gesund glänzenden Locken – ihre Haare sahen aus wie mit Haferbrei und Spinnenweben gestylt. Sie bemerkte, dass zwei Hotelangestellte an der Rezeption miteinander flüsterten und in ihre Richtung schauten.

»Wir haben uns verkleidet«, rief sie ihnen über den Lärm des Feueralarms hinweg zu. Sie nickten, wirkten aber nicht überzeugt.

»Verkleidet?«, fragte ein Mann im Anzug, der mit wackeligen Beinen auf Mo zugestakst kam. Er hielt eine Flasche Wodka in der Hand. Er hatte seine Krawatte gelockert und silberfarbenes Lametta wie einen Schal um den Hals gewickelt. »Als was? Uuuh, das sieht ziemlich gruftimäßig aus – und dazu die bleichen Gesichter … Ihr seht aus wie …«

»Nein, tun wir nicht«, unterbrach ihn Mo. Sie führte die Vampire an ihm vorbei Richtung Ausgang; bedeutete ihnen, sich zu beeilen.

»Ja, wie Vampire«, sagte der Mann.

Einige der Vampire zuckten zusammen, fühlten sich nicht wohl dabei, dass sie auffielen, und huschten schnell weiter. Pat dagegen wirkte gereizt. Ihre Oberlippe zuckte.

»Ich bin übrigens Greg«, stellte der Mann sich vor. »Interesse an
'nem Drink?« Er hielt ihnen die Flasche hin.

»Wir trinken nicht«, sagte Mo.

»Das stimmt nicht«, widersprach Pat und griff in ihre Rock-
tasche. »Ich schon.«

Sie holte einen Silberflachmann heraus, öffnete den Verschluss,
nahm einen großen Schluck und wischte sich die Lippen mit dem
Handrücken ab.

»Was hast du da drin?«, fragte Greg stirnrunzelnd, als er Pats rot-
verschmierten Mund bemerkte. »Rotwein oder so?«

»Den rötesten aller Rotweine«, antwortete Pat mit rollenden Rs
und leckte sich die Lippen.

»Wunderbar«, sagte Greg nickend und zurückweichend. »Gut,
ich gehe dann mal.«

»Ja, Gregory, Liebster, genau das wäre auch mein Vorschlag«,
sagte Pat bedrohlich schnurrend.

Schnell brachte Mo Pat zum Ausgang. Nataschas langer Rock
verfing sich in der Drehtür und blockierte sie. Derek versuchte, sie
zu befreien, während Olga und Lenka missbilligend schnalzten und
mit den Augen rollten.

Mo biss die Zähne zusammen und sah mit geballten Fäusten zu.
Ihr war nur allzu bewusst, dass es in Pat bedrohlich brodelte. *Bitte
bring niemanden um, bitte bring niemanden um*, kreiste es in ihrem
Kopf. Sie spürte Pats Tiger-an-der-Leine-Energie. Schließlich gelang es Derek, Nataschas Rock mit einem Ruck loszureißen. Ein
Streifen grünen Samtes blieb zurück, aber die Tür bewegte sich
wieder. Mo eilte hinaus.

»So ein schwachsinniger Schwachkopf«, schäumte Pat, als sie
draußen waren und über den Parkplatz auf das Hotelgelände liefen.

»Wer?«, fragte Mo.

»Dieser betrunkene Affe in dem hässlichen Anzug«, fauchte Pat.
»Was musste der denn so starren? Hat er noch nie einen Vampir ge-

sehen? Ich hätte seine Adern anstechen und ihn austrinken sollen, bis er verschrumpelt wäre wie eine getrocknete Tomate.«

»Ja, das hätte es bestimmt gebracht«, sagte Derek und verdrehte die Augen.

»Wie bitte, Derek?«, sagte Pat, mit jedem Wort lauter. Sie marschierte zu ihm.

»Mord ist nicht die Lösung für alle Probleme im Leben«, sagte Derek. »Werd erwachsen, Pat. Ich meine, wie alt bist du? Vierhundert? Fünfhundert?«

»Wie kannst du es wagen, du kleiner …«

»AUFHÖREN!«, brüllte Mo. »Derek hat recht.«

»Danke, Eure Majestät«, sagte dieser strahlend. »Und darf ich sagen, dass es eine *unglaubliche* Ehre ist, Euch kennenzulernen? Ich habe so viele Ideen für unsere Zukunft mit Euch als unserer Königin, ich kann es kaum erwarten, sie Euch zu präsentieren.«

Das glaube ich dir gern, dachte Mo. Ihr fiel ein, dass Derek ihr einen Rubinring geschenkt und seinen treuen Gefährten zu ihr geschickt hatte, um sie zu bitten, ihn zu ihrem Stellvertreter zu machen. Der edle Schmuck sollte Mo anscheinend bestechen und offen für seinen Vorschlag machen. Hatte nicht funktioniert.

Sie versammelten sich unter einem Baum am Rand des Rasens.

»Denkt alle daran, wir müssen uns unauffällig verhalten«, sagte Mo. »Wir wollen nicht die Aufmerksamkeit von Menschen auf uns lenken, geschweige denn von Vampirjägern. Das bedeutet, kein Fauchen, keine Reißzähne – und Mord ist absolut tabu. Klar?«

Alle nickten. Sie wirkten, als hätte jemand mit ihnen geschimpft.

»Aber sind wir hier sicher?«, fragte Natascha. »Was, wenn diese Menschen uns hinterherkommen? Sie könnten Vampirjäger sein.«

»Sie sind zu betrunken, um irgendwo einen Pflock hineinzuschlagen«, sagte Mo.

»Aber Vampirjäger könnten sich hinter diesem Baum verstecken«, sagte Natascha. »Oder dieser Busch da drüben – was ist das?«

»Ich glaube, ein Rhododendron«, antwortete Mo und schüttelte dann ungeduldig den Kopf. »Luca, sieh nach, ob hier irgendwo Vampirjäger sind.«

Er schaute hinter den Busch, trabte dann um alle weiteren Büsche herum und warf einen Blick in ihr Laub. In angespannter Stille sahen die Vampire zu.

»Keine Gefahr«, meldete er.

Die Vampire seufzten erleichtert. Mo bemerkte, dass ein Feuerwehrauto vor dem Hotel vorfuhr und die Mannschaft hineineilte.

»Wir werden wahrscheinlich eine Zeit lang hier draußen bleiben müssen. Fangen wir also an«, sagte Mo in der Hoffnung, die Versammlung wieder auf Kurs zu bringen. Sie breitete die Arme in ihrem schweren Mantel aus. Ihre Rede hatte sie auswendig gelernt. Sie hatte sie vor dem Spiegel geübt. Sie war bereit. Sie atmete tief durch und begann.

9. Kapitel

»Vampire Großbritanniens, ich stehe vor euch als eure Königin. Ich bin die Auserwählte. Auserwählt, euch zu führen, auserwählt, euch zu inspirieren, auserwählt, euch euer Selbstvertrauen zurückzugeben. Ich weiß, wie sehr ihr seit den Säuberungen gelitten habt.«

Die Vampire fauchten und hielten sich die Ohren zu. Einige wandten sich ab.

Mo hielt inne. »Mir ist klar, dass …«

»Lauter«, sagte Pat. »Wir können Euch nicht hören.«

»Weil ihr euch die Ohren zuhaltet.«

Langsam ließen die Vampire die Hände sinken.

Mo sammelte sich. »Mir ist klar, dass die Säuberungen …«

Erneutes Fauchen, wieder bedeckten alle die Ohren mit den Händen, verletzte, wütende Blicke.

»Herrje«, sagte Mo. »Das ist lächerlich. ›Säuberungen‹ ist bloß ein Wort.«

Noch mehr Fauchen.

»Was soll ich machen?«

»Wenn Ihr so freundlich wärt, von derartigen Aussagen Abstand zu nehmen«, las Sven aus seinem Buch ab.

»Ja, hört einfach auf, das Wort zu sagen«, blaffte Pat.

»Das triggert uns«, jammerte Derek.

»Okay, okay!«, rief Mo. »Ich verspreche, ich werde das S-Wort nicht mehr sagen. Würdet ihr jetzt bitte die Hände von den Ohren nehmen, damit ihr mich richtig hören könnt?«

Langsam senkten sie die Hände. Als alle Vampire ihr Aufmerksamkeit schenkten, sprach Mo weiter.

»Ich sehe, welchen Schaden die … Ihr-wisst-schon-was ange-richtet haben, aber wann wurde das letzte Mal ein Vampir in Groß-britannien von einem Vampirjäger getötet?«

Murmelnd tauschten sich die Vampire aus.

»Ziemlich sicher Onkel Stewie am 5. Februar 2002«, sagte ein Kilt tragender Vampir mit einem wilden weißen Bart und inten-siven dunklen Augen. Auf seinem Namensschild stand Malcolm. »Er war eine gute Seele. Ein Poet.«

»Aye, aye«, stimmten zwei Vampire zu, die neben ihm standen – Duncan und Donald. Die Schottenschocker. Die drei sahen iden-tisch aus. Zusätzlich zu den passenden Kilts hatten sie alle schwarz lackierte Fingernägel und zahlreiche Piercings in den Ohren und der Nase.

»Das ist mehr als zwanzig Jahre her«, sagte Mo. »Wäre es nicht an der Zeit, all das hinter euch zu lassen?«

Die Vampire zuckten mit den Achseln und schauten trotzig.

Mo probierte es erneut. »Ich verstehe, dass es euch enorm mit-genommen hat, was passiert ist.«

»Das ist so«, las Sven aus seinem Lehrbuch ab. »Menschliche Männer erzwangen ein Heraustreten meines geschätzten Kamera-den Ludo aus seinem Domizil und so ward er ungeheuerlich ver-brannt vom Tagesgestirn und verglomm zu Nichts.«

»Sein Englischbuch ist etwas veraltet, Eure Majestät«, erklärte Derek. »Was er sagen will, ist, dass sein bester Freund Ludo von Vampirjägern in die Sonne hinausgezerrt wurde und innerhalb von Sekunden verbrutzelte.«

»Das tut mir leid«, sagte Mo.

»Wir alle haben jemanden an die Vampirjäger verloren«, sagte Malcolm ernst. »Jede und jeder Einzelne von uns.«

»Mum und Dad.«

Das kam von Olga und Lenka.

»Eure Eltern?«

Die beiden nickten.

Mo sah den Schmerz in ihren Augen. »Es tut mir so leid«, sagte sie und versuchte dann, zum nächsten Punkt zu kommen. »Wenn ich das richtig verstehe, gab es immer Vampirjäger, richtig? Es hat immer ein Risiko gegeben?«

»Natürlich«, antwortete Pat. »Es gab immer irgendeinen dummen kleinen Hohlkopf, der dachte, er könnte einen mächtigen Vampir töten, und ab und zu gelang es auch, aber die Vampirjäger, die hinter Ihr-wisst-schon-was standen, waren anders.«

»Sie waren organisiert und brutal«, sagte Malcolm. »Das war nicht das übliche Sarg-Aufbrechen-und-im-Schlaf-Pfählen. Sie waren hinterhältig. Sie haben uns hereingelegt und Hunderte von uns im ganzen Land in den Tod laufen lassen.«

»Wisst ihr noch, wie Alexej gestorben ist?«, fragte Pat die Gruppe. »Sie haben eines Nachts an seiner Tür geklingelt und durch den Briefschlitz gerufen: ›Sonderzustellung – ein französischer Mensch!‹«

Alle nickten feierlich.

»Alexej konnte französischer Cuisine nicht widerstehen, also öffnete er die Tür, dieses dämliche, einfältige, halbgare Spatzengehirn, und wurde in seinem eigenen Zuhause gepfählt.«

Die Vampire schüttelten traurig den Kopf.

»Die Ihr-wisst-schon-was waren ein sorgfältig kalkulierter Angriff, um alle Vampire aus Großbritannien auszulöschen«, sagte Malcolm grimmig. »Ein Krieg, an dem wir nicht teilnehmen wollten. Wir wollten so weit wie möglich Seite an Seite mit den Menschen leben.«

»Wir haben es nicht verdient, so gejagt zu werden«, sagte Pat. »Ja, ich weiß, dass wir Menschen töten, und das nehmen sie sehr, sehr persönlich, aber wir tun es nur, um zu überleben. Wir haben schließlich keine andere Wahl!«

»Ich zum Beispiel hasse in Wirklichkeit den Anblick von Blut«, sagte Natascha und lächelte entschuldigend. »Ich bin furchtbar zart besaitet. Ziemlich lustig eigentlich.«

Niemand lachte.

»Wir haben dem Vampirkönig des Ostens geschrieben und um Hilfe gebeten, aber er hat nie welche geschickt«, fuhr Pat fort. »Er hat immer so viel damit zu tun, mit anderen Vampiren um Gebiete, Geld und Schlösser zu kämpfen, dass er diesen uralten Konflikt vergessen hat – den größten, den es gibt: Vampire gegen Vampirjäger.«

»Er ist eine ekelhafte, eitrige Wunde auf dem Gesicht der Vampirwelt«, sagte Sven.

»Das stimmt«, pflichtete ihm Pat bei. »Ich weiß nicht, wen ich mehr hasse. Die Vampirjäger oder diesen toxischen, kindischen Clown von Vampirkönig. Er hat uns nicht unterstützt, ist uns nicht zur Hilfe gekommen. Er hat uns ignoriert, der dreckige kleine Ohrenschmalz, und so getan, als wäre nichts. Könnt Ihr Euch einen Herrscher vorstellen, der so etwas tut? Das werde ich ihm nie verzeihen. Nie. Es ist, als wäre es ihm einfach egal.«

»Mir ist es nicht egal«, sagte Mo, selbst überrascht über die Kraft ihrer Stimme. Die Vampire schauten sie aufmerksam an. »Mir ist es nicht egal. Ihr seid in euren eigenen Heimen verfolgt, gejagt und angegriffen worden.«

Sie machte eine effektvolle Pause.

»Ihr seid gezwungen worden, zu fliehen und euch zu verstecken.«

Noch eine Pause. Verdammt, Vorsitzende des Debattierclubs zu sein machte sich gerade richtig bezahlt!

»Ihr wart gezwungen, um euer Leben zu fürchten, isoliert und ohne Unterstützung, ohne Hilfe von denjenigen, die dazu in der Lage gewesen wären. Das ist nicht in Ordnung – aber ab heute wird sich das ändern. Auf der Stelle. In diesem Augenblick.«

Die Vampire hörten gebannt zu.

»Ich bin eure Königin und ich bin für euch da.«

»Aber was könnt Ihr schon tun?«, fragte Pat höhnisch. »Wir werden erst sicher sein, wenn jeder Vampirjäger vernichtet ist.«

»Wie wollt ihr jeden Vampirjäger töten?«, fragte Mo. »Wisst ihr, wer das ist? Oder wo sie wohnen? Habt ihr ihre Namen?«

Niemand antwortete.

»Seht ihr?«

»Aber was ist dann die Lösung?« Pat warf ärgerlich die Hände in die Höhe. »Uns weiterhin verstecken wie wehleidige, verängstigte Teelöffelchen? Wenn so der Rest meines Lebens aussieht, möchte ich lieber gleich gepfählt werden!«

»Ihr müsst euer Leben trotz der Vampirjäger leben«, sagte Mo. »Macht das Beste draus, in dem Wissen, dass jeder Tag euer letzter sein könnte. So machen es die Menschen schließlich auch.«

Pat verzog den Mund.

»Es ist an der Zeit, dass ihr stolz auf euch seid«, fuhr Mo fort. »Ihr verdient eine Stimme und Respekt.«

»Aye.« Die Schottenschocker nickten.

»Ihr habt das Recht, euer Wesen zu feiern, euch frei auszudrücken und so akzeptiert zu werden, wie ihr seid. Ihr habt ja nicht darum geben, verwandelt zu werden, stimmt's?«

»Ich schon«, sagte Derek.

»Die *meisten* von euch haben nicht darum gebeten, verwandelt zu werden«, korrigierte sich Mo. »Aber nun seid ihr alle Vampire. *Wir alle* sind Vampire. Seien wir aufrecht, frei und mutig, ohne Angst vor Unterdrückung.«

»Jawohl!«, riefen die Vampire.

»Ohne Rechtfertigungen!«

»Jawohl!«

»Ohne Ausreden!«

»Jawohl!«

»Ergreift euer Schicksal, knüpft an eure uralte Geschichte an. Ihr seid mächtige Vampire, seit Jahrhunderten gefürchtet und bewundert.«

»Ja, ja!«

Mo machte wieder eine Pause und musterte die Menge schweigend.

»Vampire Großbritanniens, nun ist die Zeit gekommen, einen Schritt in die Zukunft zu wagen«, sagte sie dann mit drängender, gesenkter Stimme. »Schwört mir eure Treue und ich werde euch als eure Königin dienen.«

»Ich schwöre Euch meine Treue«, rief Derek und ließ sich, eine Hand auf dem Herzen, auf die Knie fallen.

»Wir schwören Euch unsere Treue«, riefen die Schottenschocker und ließen sich ebenfalls auf die Knie nieder.

»Oh ja, auf jeden Fall«, sagte Natascha, die sich auf Donalds Schulter abstützen musste, aber schließlich sank auch sie auf ein Knie nieder. »Tut mir leid, Arthritis«, murmelte sie.

Einer nach dem anderen knieten sich alle Vampire vor Mo nieder, schworen ihr die Treue und starrten mit glänzenden Augen zu ihr auf.

Mo überkam eine Welle von Adrenalin und Stolz. Einen Moment lang genoss sie das Gefühl, nahm die Szene in sich auf und fühlte sich stark, mächtig und mutig.

Dann flüsterte ihr Luca ins Ohr: »Majestät, die Feuerwehrleute sind weg. Wir können wieder reingehen.«

Mo sah hinüber zum Eingang des Hotels, wo in diesem Augenblick das Feuerwehrauto die Auffahrt hinunterfuhr.

»Erhebt euch, treue Untertanen«, sagte sie und klang superköniglich. »Husch, husch, auf die Füße. Lasst uns in unseren Konferenzraum zurückkehren. Wir haben viel zu besprechen.«

Derek sprang zuerst auf und Richtung Eingang.

»Können wir einen Snack haben?«, fragte er und hüpfte neben ihr auf und ab wie ein aufgeregter Welpe. »Ich bin am Verhungern.«

»In der Einladung stand Selbstverpflegung, Derek, nicht mitbekommen?«, sagte Pat, wedelte mit ihrem Flachmann vor seiner Nase und nahm dann einen großen Schluck.

»Kein Jagen, außer du entfernst dich weit weg von hier«, sagte Mo.

»Wie weit?«

»Ziemlich weit weg.«

»Fünf Kilometer?«

»Einfach *weit*«, antwortete Mo gereizt. »Frische Snacks auf dem Hotelgelände sind verboten. Verstanden?«

»Ups, zu spät. Sorry!«

Alle wirbelten herum, um zu sehen, wer da gesprochen hatte. Eine Gestalt tauchte aus dem Schatten auf. Sie war jung und hatte dichtes, strohblondes Haar, das sich über die riesigen Kreolen und die schwarze Lederjacke ergoss. Die Fingernägel hatte sie scharlachrot lackiert – eindeutig zu erkennen, als sie sich die letzte Spur Blut mit einem Finger aus dem Mundwinkel wischte. Sie ging auf die Gruppe zu und ließ ihren Motorradhelm auf den Boden fallen.

»Lange Fahrt«, sagte sie. »Als ich angekommen bin, hatte ich einen Bärenhunger und da war diese supersüße Kellnerin bei den Mülltonnen und ... Gibt es ein Problem?«

»Wer bist du?«, fragte Pat und entblößte ihre Reißzähne.

»Ich bin neu hier.« Sie hatte eine samtige, tiefe Stimme und Mo meinte, einen Hauch von einem Akzent zu hören, der Bodgans ähnelte. »Ich bin vor ein paar Tagen angekommen. Ich dachte, ich schaue mal vorbei und stelle mich vor. Nicht, dass ihr besonders glücklich zu sein scheint, mich zu sehen ... Ich bin Wanja.«

»Du bist zu spät«, sagte Pat.

»Tut mir leid«, sagte Wanja, aber ihre grauen Augen wirkten eher amüsiert als entschuldigend. »Wie gesagt, lange Fahrt.«

Wanja ging nun auf Mo zu und musterte eingehend ihr Gesicht.

Sie verengte die Augen dabei ein wenig und ihre vollen Lippen zuckten ganz leicht.

»Eure Majestät«, sagte Wanja gelassen. Dann verbeugte sie sich und küsste Mo die Finger.

Mo musste sich zusammenreißen, um nicht die Hand zurückzuziehen. Sie spürte, wie sie rot wurde. Ihr Mund wurde trocken. Ihre Hand ließ Wanja schließlich los, die Augen ruhten aber weiter auf Mo. Sie blinzelte kaum. Gänsehaut breitete sich auf Mos Haut aus.

Sie wandte sich wieder den anderen Vampiren zu. »Na los«, sagte sie fast wütend. »Zurück zum Hotel. Ich komme nach.«

Die Vampire gingen über den Rasen zurück und Mo blickte ihnen hinterher, die Augen fest auf Wanjas Rücken gerichtet. Luca tauchte neben ihr auf.

»Was tust du da?«, fragte er.

Wanja nachschauen, stellte Mo fest.

»Ich dachte, der Plan wäre, den Vampiren Selbstvertrauen einzuflößen und sie dann sich selbst zu überlassen«, flüsterte er. »Und jetzt versprichst du, ihnen zu helfen?«

»Du hast doch gehört, wie sie die Säuberungen beschrieben haben. Die Vampirjäger haben ihnen das Leben zur Hölle gemacht.«

»Na ja, ihr Untotendasein«, sagte Luca. »Sie leben in Wirklichkeit ja gar nicht.«

»Du weißt, was ich meine«, sagte Mo. »Es ist wie eine ethnische Säuberung oder so was.«

»Okay … «, sagte er langsam und klang gar nicht okay.

»Luca, natürlich bist du das Wichtigste für mich, aber ich bin auch ihre Königin, und wenn du denkst, dass ich sie im Stich lasse, dann hast du dich getäuscht.«

»Na gut. In Ordnung. Ich verstehe, dass sie dir leidtun.«

»Eine verfolgte Minderheit ohne Rechte, Anerkennung oder Würde – klar tun sie mir leid. Sie wurden furchtbar terrorisiert durch diese Säuberungen. Wie würde es dir gefallen, zwanzig lange Jahre in Angst zu leben? Ich muss für sie tun, was ich kann, das Unrecht der Vergangenheit wiedergutmachen. Das ist ein Projekt, in das ich mich richtig verbeißen könnte.«

Sie drehte sich um und marschierte mit wehendem Mantel davon. Luca blieb allein auf dem Rasen zurück. Er atmete einmal tief und langsam aus, während er Mo hinterhersah. Dann folgte er ihr nach drinnen.

10. Kapitel

Im Sonnenschein-Sitzungssaal rumpelte Richard herum, hob Tische an und schob Stühle beiseite.

»Sucht er nach Vampirjägern?«, fragte Mo.

»Nein, er sucht seine alberne und vollkommen überflüssige Kanone«, schäumte Pat.

»Sie ist offensichtlich nicht hier«, sagte Derek mit der Zunge schnalzend. »Man kann eine Kanone schließlich nicht einfach verlieren wie einen Schlüssel oder einen Stift oder so.«

Pat fauchte ihn leise an.

»Luca wird später das Hotelmanagement danach fragen, aber jetzt nehmt alle Platz«, sagte Mo bestimmt. »Erst einmal führen wir das Treffen der Vampire Großbritanniens weiter.«

Sie setzten sich an den langen Tisch, strichen ihre Mäntel glatt und schoben die Wassergläser und Keksteller von sich.

»Nun habt ihr mir alle eure Treue geschworen und ich habe euch im Gegenzug versprochen, euch dabei zu helfen, euer Vampirleben zurückzuerobern«, sagte Mo. »Ihr müsst allerdings vorsichtig sein. Hört auf, euch zu verstecken, aber seid besonnen. Fangen wir damit an, wie ihr euch kleidet.«

»Was ist daran verkehrt?«, explodierte Pat.

Mo blinzelte, überrumpelt durch Pats ständige Attacken.

»Ernsthaft, sagt mir, erhabene Königin, wo liegt das Problem mit meiner Kleidung? Dieses Reitkostüm ist aus feinstem Mailändischem Samt, und es wurde mir auf den Leib geschneidert.«

»Es ist wunderschön, Pat«, sagte Mo. »Aber es schreit geradezu Vampir.«

»Wir *sind* Vampire«, antwortete Pat schnippisch. »Zuerst sagt Ihr, wir sollten stolz darauf sein, und nun sagt Ihr, tragt andere Kleider. Ich verstehe nicht, worauf zum Teufel Ihr eigentlich hinauswollt.«

»Ich meine nur, dass ihr eure Outfits etwas weniger auffällig gestalten solltet«, sagte Mo. »Der Mann in der Eingangshalle hat sofort gemerkt, dass ihr wie Vampire ausseht, und er hat seit dem Mittagessen getrunken. Wenn es ihm auffällt, sehen es die Vampirjäger allemal.«

»Okay, Eure Spezialität, ruhig Blut«, murmelte Pat.

»Seht euch meinen Mantel an«, fuhr Mo fort. »Elegant, aber nicht zu auffällig. Ein schlichtes schwarzes Kleid darunter. Ein paar Accessoires. Kleidet euch vielleicht weniger extravagant und nutzt stattdessen Schmuck und so.«

»Schmuck verwende ich bereits«, sagte Pat und wackelte mit den Fingern, an denen schwere Silberringe mit schwarzen und roten Edelsteinen steckten. »Hört zu, Königin Mo, vielleicht versteht Ihr es nicht, weil Ihr erst seit wenigen Wochen Vampirin seid, aber ich bin mehrere Jahrhunderte alt und trage diesen Stil schon mein ganzes Vampirleben lang. Einige dieser Halstücher sind über dreihundert Jahre alt!«

Sie zerrte an dem um ihren Hals gebundenen Spitzentuch. Mo glaubte, eine Motte auffliegen zu sehen.

»Wenn ich mich beleidigen lassen wollte, könnte ich auch meine Mutter besuchen«, sagte sie grummelnd zu Natascha, die neben ihr saß. Natascha lächelte verlegen.

»Ich verstehe das, aber ich denke, du solltest einen Weg finden, gut auszusehen und dich gut zu fühlen, ohne ein Vampirjägermagnet zu sein«, sagte Mo.

»Weniger Samt und Spitze, stimmt's?«, fragte Wanja. »Ich denke, das meint die Königin.«

Mo warf ihr einen Blick zu. »Danke, Wanja, genau das meine

ich«, sagte sie. »Wie wäre es, wenn ich euch meine persönliche Stylistin zur Verfügung stelle, damit sie mit euch allen ein paar Looks erarbeitet?« Sie dachte an Lou und ihr Stilbewusstsein – das könnte nun nützlich sein.

»Ich denke, das ist eine gute Idee«, sagte Derek. »Das wird uns helfen, nicht aufzufallen. Außerdem ist es mal etwas anderes! Ein Rebranding. Weg mit den alten Klamotten und den negativen Verbindungen damit. Die Leute denken an Vampire und haben sofort vor Augen, wie Adern ausgesaugt werden und Blut an die Wände spritzt.«

»Aber so ist es ja auch. Genau so sieht unser Leben aus!«, sagte Pat. »Echt mal, Derek, lebst du hinter dem Mond, oder was?«

»Ja, aber damit wir uns mehr wie jemand aus dem einundzwanzigsten Jahrhundert fühlen und an der Seite der Menschen leben können, was wir ja alle wollen, müssen wir uns anschlussfähiger vermarkten«, sagte Derek. »Anstatt dass sich immerzu alles um das Blut dreht, das wir trinken – wie wäre es, wenn wir uns darauf konzentrieren, was wir *nicht* zu uns nehmen? Ich meine, unsere Ernährung ist glutenfrei und laktosefrei und damit total im Trend.«

»Wovon redet dieser absurde kleine Schwachkopf?«, fragte Pat mit gebleckten Zähnen. »Unsere Ernährung ist nahrungsmittelfrei, du Volltrottel!«

»Seht mal, ich habe diese Anstecker gemacht«, sagte Derek und verteilte einige. »Ich habe sie in traditionellen Vampirfarben gehalten – schwarz und rot – und mir ein paar lustige Sprüche ausgedacht. Es gibt ›GLUTENFREI GUT DABEI‹ oder ›WIR SAUGEN KEINE KÜHE AUS‹ oder ›UNSTERBLICHKEIT BIS ANS LEBENSENDE‹.«

Ausdruckslos starrten die Vampire die Buttons an.

»Ihr könnt sie gern tragen.«

»Danke, Derek«, sagte Mo.

Derek lächelte und setzte sich.

»Über die Kleidung haben wir gesprochen. Wenden wir uns nun unseren Hoffnungen für die Zukunft zu.«

Mo schnappte sich einen Marker und ging zum Whiteboard. »Erzählt mir, was ihr euch für euer Vampirleben wünscht. Ich werde mein Möglichstes tun, um es Wirklichkeit werden zu lassen.«

Zu niemandes Verwunderung ergriff Pat als Erste das Wort.

»Ich will meinen alten Mann zurück«, sagte sie und zeigte mit dem Daumen auf Richard. »Früher mal war er ein mächtiger Vampir, gefürchtet von Menschen wie Untoten. Er trug glänzende Kleider. Sein Haar floss den Rücken hinunter wie Seide. All das hat sich mit Ihr-wisst-schon-was verändert.«

Die Vampire schauderten.

»Das Leben, das wir liebten, wurde uns genommen. Wir haben uns in Wales versteckt und Richard hat sich verändert. Sein ganzes Selbstvertrauen verschwand wie ein Furz im Wirbelsturm. Er war ein Krieger, kein Angstkrieger. Seht ihn euch an. Nichts als ein schlaffbackiger Steckrübenknabberer. Er trägt eine Strickjacke über seinem Hemd. Weil das ›kuschelig‹ sei. Vampire verwenden keine Ausdrücke wie kuschelig. Ich bitte euch! Wer hat je von einem Vampir ohne Haare gehört? Das widerspricht unserer Natur. Doch hier ist er. Völlig kahl, sein Kopf glänzt wie eine Weihnachtsbaumkugel.«

Sie verschränkte die Arme vor der Brust und starrte in die Ferne.

»Danke, Pat. Ich werde mein Bestes tun, um euch allen, nicht nur Richard, Selbstvertrauen und Selbstachtung wiederzugeben«, sagte Mo. »Was noch?«

»Ich würde gern mein Heimatland besuchen«, sagte ein Vampir namens Jimmy. »Ich bin in den 1950er-Jahren mit dem Boot aus Jamaika hierhergekommen und hatte auf beruflichen Erfolg in England gehofft, aber es war ein Vampir an Bord und so …«

Mo schrieb das Wort »REISEN« an das Whiteboard.

»Ich hätte gern neue Steigeisen«, sagte ein kleiner, drahtiger Vampir mit Schnurrbart. Einen merkwürdigen Augenblick lang dachte Mo, er hätte Leibspeisen gesagt, doch dann las sie auf seinem Namensschild: »Francis, der Bergsteiger – auf 1200 Metern verwandelt!«, und schrieb »KLETTERAUSRÜSTUNG« auf.

»Weitere Vorschläge?«

»Wir freuen uns total auf unseren neuen Look«, sagten die Mädchen gleichzeitig. Dann fuhr Olga fort. »Ich hätte gern lange, glatte Haare, genau wie Ihr, Königin Mo. Und ich möchte sie auch kohlrabenschwarz färben.«

»Und wir wollen Wimpern«, fügte Lenka hinzu.

Mo runzelte die Stirn. »Sind eure ausgefallen?«

»Wir wollen künstliche. Können wir die haben? Und Handys.«

»Vampire können keine Smartphones benutzen«, sagte Mo. »Wir können die Touchscreens nicht bedienen. Wir haben keine elektrische Ladung in unseren untoten Fingern.«

»Wir wollen trotzdem welche«, antworteten die Mädchen.

Unsicher, in welche Kategorie diese Wünsche fielen, schrieb Mo »HAARSACHEN« und »HANDYS« auf das Whiteboard. Dann drehte sie sich wieder zu den Vampiren um. Sie bemerkte, dass sich Wanja zu Luca herübergebeugt hatte und ihm etwas ins Ohr flüsterte, woraufhin er lachte.

»Sonst noch etwas?«, fragte sie streng.

»Ich hätte gern mein eigenes Zuhause«, sagte Natascha. »Ich bin zu alt für eine Wohngemeinschaft. Ich bin dreihundertundsechs! Die Mädchen waren verängstigt wegen Ihr-wisst-schon-was, besonders seit sie ihre Eltern verloren haben, also sind sie zu mir gezogen. Olga, Lenka, ihr seid sehr lieb, wirklich, aber ich habe es schon tausendmal gesagt – ihr seid auch furchtbar chaotisch.«

Die Mädchen warfen ihr einen schrägen Blick zu.

Natascha trug Mo ihre Sorgen vor. »Sie haben keinen Respekt vor den Hausregeln. Es ist, als wären sie in einer armseligen Hütte aufgewachsen. Was sie tatsächlich sind, aber trotzdem. Sie räumen nie hinter sich auf. Überall Blut an den Wänden, auf den Möbeln. Neulich kam ich aus meinem Zimmer und trat auf eine Milz.«

»Oh.« Mehr brachte Mo nicht heraus, als sie versuchte, sich die Milz vorzustellen. Es gelang ihr nicht. Sie schrieb »UNTER-KUNFT« auf.

»Ich möchte abends ausgehen, in einen Club oder auf eine Party«, sagte Derek. »Ein bisschen unter die Leute kommen, in der echten Welt.«

»Wir auch«, sagten die Mädchen einstimmig.

»Das bedeutet ja nicht notwendigerweise, sie zu verspeisen, oder?«, fügte Derek hinzu.

»Nicht alle«, murmelte Pat.

Mo schrieb »AUSGEHEN« auf die Liste.

»Okay, super«, sagte sie. »Noch etwas?«

»Den Vampirkönig töten«, sagte Pat kalt und hart.

»Wie bitte?«

»Seid Ihr taub oder was, Majestät? Habt Ihr Hamster in Euren Hörlöchern? Ich sagte, den Vampirkönig töten. Das denken alle hier, aber sie würden es nie aussprechen. Ich will ihn tot sehen, und das wollen die anderen auch.«

Ein Fauchen ging durch die Menge.

»Ich will meinen Ehemann zurück und den Vampirkönig töten. Zwei Dinge. Nur zwei.«

Mo schwieg und atmete durch. »Das kann ich nicht zulassen.«

»Warum nicht? So ist er selbst auch an die Macht gekommen. Hat den damaligen Vampirkönig umgebracht, als er sein Stellvertreter war. Ihr könntet hier und in ganz Europa herrschen. Hervorragend.«

Weiteres Fauchen. Mit beiden Händen bedeutete Mo den versammelten Vampiren, still zu sein.

»Ich denke nicht, dass irgendjemand einen Mord planen sollte.«

»Aber Morden ist großartig!«, sagte Pat.

»Ich will nichts mehr davon hören, den Vampirkönig zu töten. Vergesst ihn und steckt eure Energie in ein mutiges neues Leben mit mir als eurer Anführerin. Okay?«

Nicken hier und da. Schulterzucken.

»Also gut, gibt es sonst noch irgendetwas, das ich für euch tun kann?«, fragte Mo, aufgewühlt von dieser unerwarteten heimtückischen Wende. Die Vampire schüttelten den Kopf. Mo steckte die Kappe zurück auf den Marker.

»Gut. Ich bin sicher, ihr könnt mit mehr Selbstvertrauen, ein wenig Planung und besseren Outfits ein erfülltes Leben an der Seite der Menschen führen, ohne die ständige Furcht, von brutalen Vampirjägern getötet zu werden.«

»Ja, das wäre schön«, sagte Derek. »Ich bin dabei!«

»Ich möchte außerdem, dass ihr alle Laptops bekommt«, fuhr Mo fort.

Stirnrunzelnd begann Sven durch sein Lehrbuch zu blättern.

»Was ist das, *Laptops*?«, fragte er.

»Computer. Dann könnt ihr mir E-Mails schicken – das ist eine Möglichkeit, Nachrichten noch schneller zu versenden als mit der Expressfledermaus – und wir können uns beim nächsten Mal auch online treffen.«

»Wovon redet sie da?«, fragte Pat. »Ohne Leine? Welche Leine?«

»Ich kann dafür sorgen, dass euch ein Computerexperte alles einrichtet«, bot Mo an.

»Ein Mensch?«, fragte Malcolm und leckte sich die Lippen. »Aye, das hört sich gut an …«

»Vielleicht sollte ich übernehmen.« Das kam von Wanja. »Es ist keine gute Idee, Menschen zu Vampiren nach Hause zu schicken, Eure Majestät. Aber ich kann helfen. Ich wurde erst vor einem Jahr verwandelt, mit zwanzig. Ich kenne mich mit Computern aus. Ich kann dafür sorgen, dass alle WLAN bekommen, und ihnen erklären, wie man mit Laptops umgeht.«

»In Ordnung, gut, danke, Wanja«, sagte Mo. »Wenn alle WLAN haben, organisiere ich regelmäßige Zoom-Meetings, damit wir uns austauschen, voneinander lernen und zusammen wachsen können.«

Aufgeregtes Plappern erhob sich. Jemand lachte. Ein tiefes, herzhaftes Lachen. Mo sah in die Richtung, aus der es kam. Es war Wanja, die auf etwas reagierte, das Luca gesagt hatte. Er grinste und wirkte zufrieden.

»Kann ich dir irgendwie helfen, Wanja?«, fragte Mo. Es klang zitronensauer.

Wanja sah auf zu Mo, ein Lächeln noch auf den Lippen.

»Alles gut bei mir, danke«, sagte sie. »Ich könnte allerdings Hilfe mit dem Motorrad gebrauchen. Der Gashebel reagiert ein bisschen langsam. Aber Luca schaut es sich an, wenn wir hier fertig sind. Sind wir fertig?«

Mo spürte, dass ihre Wangen brannten. Rasch wandte sie sich den anderen Vampiren zu.

»Beenden wir unser Treffen«, sagte sie, bemüht um ihren königlichen Tonfall. »Ihr werdet von mir hören. Bis dahin lebt wohl, ihr Unsterblichen.«

Die Vampire verbeugten sich. Derek klatschte. Alle drei Schottenschocker – Malcolm, Donald und Duncan – nickten Mo zu. Natascha strahlte, Olga und Lenka winkten schüchtern. Luca hielt die Tür offen und Mo eilte aus dem Sonnenschein-Sitzungssaal.

Nun stand sie allein im Flur. Was mache ich als Nächstes? Wahrscheinlich wieder auf mein Zimmer gehen und dort warten, bis alle fort sind. Sie bewegte sich etwas unsicher auf den Aufzug zu, doch dann hörte sie Schritte hinter sich. Es war Luca, der ihr hinterhergerannt kam.

»Alles okay?«, fragte er lächelnd.

»Ich glaube schon«, sagte Mo und griff nach seiner Hand.

»Das lief richtig gut. Sie sind alle superaufgeregt da drinnen. Ich sorge dafür, dass niemand auf dem Weg hinaus einen Menschen verspeist, und dann helfe ich Wanja mit ihrem Motorrad.«

»Wirklich? Ist das unbedingt nötig?«

»Es dauert nicht lang. Ich kenne mich mit Motorrädern aus. Meine Brüder und ich haben zu Hause immer an welchen herumgeschraubt. Ich komme auf dein Zimmer, wenn ich fertig bin.«

Die Aufzugtüren öffneten sich mit einem Ping. Mo trat hinein und drehte sich um, um Luca zuzuwinken, doch der war schon fort.

11. Kapitel

Mo zog die Hotelzimmertür hinter sich zu und ließ sich mit geschlossenen Augen auf das Bett fallen. Ihre Haarspange glitt heraus und fiel zu Boden.

Das Treffen lief *wirklich* gut, dachte Mo. Keine Menschen wurden umgebracht, keine Vampire gepfählt. Der »Lasst uns den Vampirkönig töten«-Vorschlag war ein bisschen unerfreulich. Kann keinen Umsturz gebrauchen. Aber ich glaube, das habe ich in den Griff bekommen. Außerdem hat niemand etwas dazu gesagt, dass ich ein Mensch sein könnte – danke, Lou, für das hervorragende Parfüm –, und verrückterweise mochte ich sie irgendwie. Pat ist eine Nummer und Derek ein bisschen anstrengend, aber Natascha ist lieb, die Mädchen waren nett und die Schottenschocker wirkten ernsthaft – und vernünftig für Vampire.

Es wird Arbeit kosten, sie wieder auf Kurs zu bringen. Aber das ist das Mindeste, was ich tun kann, nach allem, was sie durchgemacht haben. Völlig im Stich gelassen vom Vampirkönig. Ignoriert! Während sie massenweise niedergemetzelt wurden! Das ist ein Projekt. Ich liebe Projekte. Anwältin der Vampire. Etwas, in das ich mich verbeißen könnte, wie ich zu Luca gesagt habe. Ha! Das ist lustig. Obwohl er gar nicht gelacht hat, wenn ich mich recht erinnere …

Mo trat ans Fenster. Wenn sie den Kopf an die Scheibe legte, konnte sie den Parkplatz sehen, wo Luca sich über Wanjas Motorrad beugte. Mo verrenkte den Hals noch ein wenig mehr. Da war Wanja, die Luca gerade eine Wasserflasche gab. Mo betrachtete sie und verließ dann ihre Beobachterposition. Sie ist bestimmt in

Ordnung, wenn man sie erst einmal kennenlernt, dachte sie. Sie gibt sich hart, das ist ein bisschen abschreckend. Sie ist wohl ziemlich cool, cooler als ich jedenfalls. Das ist auch okay. Absolut okay. Ich bin ich, Wanja ist Wanja. In einer Lederjacke. Igitt. Ich überlege, Veganerin zu werden, also könnte ich *sowieso* keine tragen.

Ein paar Minuten später klopfte es an der Tür. »Ich bin's«, hörte sie Lucas Stimme. Mo öffnete.

»Ich muss mir die Hände waschen«, sagte er und hielt sie hoch. Sie waren ölverschmiert.

»Ich wusste gar nicht, dass du Motorräder reparieren kannst«, sagte Mo.

»Oh ja«, rief Luca aus dem Bad über das Geräusch von laufendem Wasser hinweg. »Motorräder, Autos, Traktoren … «

»Sind die Vampire alle gegangen?«

Luca tauchte aus dem Bad auf. Er hatte seine Haare mit nassen Fingern zurückgeschoben und es tropfte ein wenig auf seine Schultern.

»Ja.«

»Wanja auch?«, fragte Mo.

Er nickte.

»Muss kompliziert gewesen sein, ihr Motorrad zu reparieren – du warst ziemlich lange weg.«

»Wir haben uns noch ein bisschen unterhalten. Sie kommt aus derselben Ecke wie ich. Sind ähnlich aufgewachsen. Auf dem Land, arm, weißt du?«

»Genau wie ich«, sagte Mo. »Lower Donny ist auch ländlich und ziemlich arm.«

»Ja, aber es liegt in Westeuropa. Das ist nicht dasselbe.«

»Es ist ja kein Wettbewerb, oder?«, sagte Mo, selbst überrascht darüber, wie scharf das herauskam.

Luca schien es nicht zu bemerken. Er setzte sich auf das Bett und redete weiter.

»Na ja, und während ich mich dafür entschieden habe, der treue

Gefährte eines Vampirs zu werden, um aus dem Dorf herauszukommen und die Welt zu sehen, hat Wanja sich dafür entschieden, Vampirin zu werden.«

»Wow! Wie sah ihr Leben aus, dass sie lieber in eine Vampirin verwandelt werden wollte?«

»Sie meinte, ihre Eltern seien gestorben, sie habe zwei Jobs gehabt und in einer winzigen Wohnung mit Gemeinschaftsbad gelebt, und dann bekam sie die Gelegenheit, Vampirin zu werden. Es ergab einfach Sinn.«

»Wenn sie das sagt … Und warum ist sie nach Großbritannien gekommen, wenn alle anderen Vampire hier von den Säuberungen traumatisiert sind? Irgendwie eine dumme Wahl.«

»Ich glaube nicht, dass sie dumm ist«, sagte Luca. »Sie wirkt ziemlich intelligent und ehrgeizig. Sie ist eine starke, unabhängige Frau. Ich meine Vampirin.«

Sie ist außerdem attraktiv und superselbstbewusst und cool, dachte Mo mit einem Anflug von Nervosität.

»Sie hat auch nach dir gefragt«, sagte Luca.

»Wieso? Hat sie den Verdacht, dass ich keine Vampirin bin?«

»Nein, es ging eher darum, wie du bist, um deine Persönlichkeit.«

»Was will sie über meine Persönlichkeit wissen?«

»Sie war neugierig auf dich, ihre Herrscherin. Du bist eine Art Star für die Vampire.«

Mo seufzte und runzelte die Stirn. Sie packte ihre Vampirkleider und den Schmuck in ihren Rucksack und dann verließen sie das Hotel in Richtung Bahnhof.

»Du bist so still«, sagte Luca nach ein paar Minuten. »Was ist los?«

»Ich bin müde«, antwortete Mo.

»Du könntest in den kommenden Monaten noch müder werden.«

»Heißt?«

»Heißt, dass du für all diese Vampire arbeiten wirst. Dich um jedes ihrer Bedürfnisse kümmerst. Du wirst viel zu tun haben. Das ist nicht die Art von Herrschaft, von der du vorher gesprochen hast.«

»Ich konnte vorher ja nicht wissen, wie viel Hilfe sie tatsächlich brauchen, oder? Vielleicht ist Vampirkönigin zu sein doch etwas mehr Arbeit, als ich dachte, aber das schaffe ich. Ich muss es schaffen. Ich muss dafür sorgen, dass sie mir ergeben bleiben, das hat der Vampirkönig gesagt, und wenn mir das gelingt, wird er sich hoffentlich nicht gezwungen fühlen, hierherzukommen und mir irgendetwas Schlimmes anzutun.«

»Das verstehe ich.«

»Aber? Ich spüre ein Aber. Stört es dich, dass ich die Vampire mehr unterstützen werde als angekündigt?«

»Ein bisschen. Ich mache mir auch Sorgen, dass es zu viel sein könnte. Denk dran, du bist keine echte Vampirin. Du musst dazu noch ein ganzes menschliches Leben führen.«

Mo zuckte mit den Achseln und knabberte an ihrem Daumen.

»Wie auch immer, du und Wanja, ihr habt euch ja anscheinend richtig gut verstanden.«

»Du bist also sauer? Weil ich ihr geholfen habe?«

»Nein«, protestierte Mo. »Ich bin bloß nicht so richtig mit ihr warm geworden. Irgendetwas stimmt nicht mit ihr. Irgendetwas macht mich unruhig. Wie sie mich angesehen hat. Glaubst du, sie hat geahnt, dass wir zusammen sind?«

»Auf keinen Fall!«

»Vielleicht mag sie dich«, sagte Mo.

»Das kannst du ihr nicht verdenken.«

»Du findest auch alles lustig, oder?«

»Nicht alles, nein.«

Den Rest des Weges legten sie schweigend zurück. Der Zug war voll. Vier Typen sangen Weihnachtslieder und ein aufgeregter Drei-jähriger im Weihnachtswichtelkostüm rannte den Gang auf und ab. Trotz alledem nickte Mo ein. Als ihr Kopf nach vorn rollte, bewegte Luca ihn sanft zu sich. Den ganzen Heimweg schlief sie an seine Schulter gelehnt.

12. Kapitel

Luca hatte recht, als er voraussagte, dass Mo ganz schön damit beschäftigt sein werde, sich um die Vampire zu kümmern. Sie war es tatsächlich. Sonntagmorgen um neun, kaum zwölf Stunden nach ihrem Treffen, saß sie am Schreibtisch und arbeitete für ihr Wohl. Um zehn hatte sie eine Tabelle aufgesetzt, um zwölf hatte sie organisiert, dass Natascha sich eine neue Unterkunft in einer Seniorenwohnanlage – keine Treppen! – anschauen konnte, und am frühen Nachmittag hatte sie für Jimmy auf einem Kreuzfahrtschiff nach Jamaika eine Kabine mit genügend Platz für seinen Reisesarg gebucht.

Es wurde gerade dunkel, als es an der Tür klingelte und kurz darauf Luca in ihr Zimmer kam.

»Habe auf dem Weg eine Expressfledermaus abgefangen. Weitere Briefe«, sagte er, während er einen Stapel Umschläge auf ihren Schreibtisch legte. Mo stürzte sich auf sie. Luca gab ihr einen Kuss auf den Schopf, legte sich dann auf ihr Bett und sah zu, wie sie die Briefe las, sich Notizen machte und ab und zu etwas in die Tabelle eintrug. Die Schottenschocker wollten den Namen eines Polsterers in der Region Glasgow, der ihre Särge neu auskleiden und keine Fragen stellen würde. Francis, der Bergsteiger, fragte um Rat für die Behandlung von Erfrierungen. Olga und Lenka erinnerten Mo daran, dass sie nach wie vor lange, glatte Haare haben wollten wie sie, künstliche Wimpern und Handys, aber ihnen waren noch einige andere Dinge eingefallen. Sie hatten zudem viele Fragen. War es immer noch in, die Augenbrauen zu zupfen und mit Augenbrauenstift auszumalen? Konnten sie Glitzersteine für das Gesicht bekommen?

(Wofür zur Hölle war das gut?, fragte sich Mo.) Würde Mo bei Lip-
gloss eher einen Naturton oder eine knalligere Farbe empfehlen?
Welche Musik war gerade angesagt? Als sie noch Menschen waren,
Anfang des neunzehnten Jahrhunderts, waren Fiedeln total im
Trend. Waren sie das immer noch?

Das kann ich alles Lou fragen, dachte Mo, als sie Dereks Brief in
die Hand nahm. Er machte weitere Vorschläge für positive Vampir-
sprüche, die er auf T-Shirts drucken lassen wollte. Mo schrieb zurück, sie halte es für riskant, T-Shirts zu tragen, die darauf hinwiesen,
dass der Träger oder die Trägerin ein Vampir war, aber wenn er es unbedingt tun wollte, dann wären »LEBEN OHNE EIN BISSCHEN
SPASS IST SINNLOS« und »AUCH EIN UNTOTES LEBEN IST
LEBENSWERT« ihre Favoriten. »LIEBER INS NACHTLEBEN
STÜRZEN ALS IN DEN TOD« ging dagegen gar nicht.

»Wie läuft's?«, fragte Luca. »Lust auf einen Spaziergang?«

»Eigentlich sehr gerne«, sagte Mo, »aber ich muss all das hier
abarbeiten. Je eher die Vampire wieder allein zurechtkommen,
desto schneller haben wir wieder mehr Zeit miteinander.«

Er trat zu Mo und legte ihr die Arme um die Schultern. Sie nahm
seine Hände in ihre und lächelte.

»Es tut mir *wirklich* leid. Gib mir nur noch ein paar Tage, um das
mit den Vampiren in Ordnung zu bringen. Ab Donnerstag habe ich
auch Schulferien, das heißt, ich bin dann mit den Vampiren fertig
und muss keine Hausaufgaben mehr machen.«

»Ich fliege Samstag über Weihnachten nach Hause und komme
erst am Dreißigsten zurück.«

Mo drehte sich abrupt um.

»Hattest du das vergessen?«, fragte Luca.

»Ja«, gab Mo zu. »Aber es ist in Ordnung. Ich meine, wir haben
immer noch den Donnerstagabend und den ganzen Freitag zusammen.«

»Klar.«

»Am Dreißigsten feiert meine Mum auch ihren Geburtstag.«

»Den würde ich um nichts in der Welt verpassen wollen«, sagte er. »Dann sehen wir uns also am Donnerstag.«

Kurz vor dem Abendessen wärmte sich Mo im Wohnzimmer am Feuer und starrte in die Flammen, als das Festnetztelefon klingelte. Auf dem Display erschien eine Nummer, die sie nicht kannte. Mo rechnete mit einem Verkaufsanruf, aber die Stimme, die dann sprach, war tief und samtig und hatte einen leichten, melodiösen Akzent.

»Eure Majestät? Hier ist Wanja.«

»Hallo«, brachte Mo verwirrt heraus.

»Ich wollte Euch um einen Gefallen bitten.« Die nimmt kein Blatt vor den Mund, dachte Mo. »Ich würde mir gern Luca ausleihen. Ich habe immer noch Probleme mit Motorrad und ich denke, er könnte es reparieren.«

Mo verschlug es vor Überraschung die Sprache.

»Er kann bei mir übernachten, wenn nötig. Ich lebe in Nether Slaughter, sagt Euch das was? Cooler Name, langweiliger Ort. Luca sagte, es sei mehr als eine Stunde von seinem Wohnort entfernt, also ein ganz schönes Stück. Ich kümmere mich um ihn«, sagte Wanja. »Sobald mein Motorrad wieder läuft, kann ich losfahren und dafür sorgen, dass alle Vampire Internet bekommen.«

Mo schwieg nach wie vor.

»Ist das ein Ja?«

»Nein«, sagte Mo schließlich.

»Also ein Nein?«

»Nein, ich meinte damit nur, dass mein Schweigen kein Ja ist.«

»Was im Endeffekt auch ein Nein ist, richtig?«

»Vielleicht«, sagte Mo.

»Jetzt bin ich verwirrt. Kann ich mir Luca nun ausleihen oder nicht?«

»Du hast gehört, was ich gesagt habe«, antwortete Mo, die plötzlich den überwältigenden Drang verspürte, sich merkwürdig zu verhalten.

»Tut mir leid, das verstehe ich nicht«, sagte Wanja.

»Oje«, sagte Mo. »Was für ein Pech.«

»Was ist los?«, fragte Wanja.

»Ja, was *ist* los?«, fragte Mo zurück.

»Ich möchte mir bloß Luca ausleihen.«

»*Ich* möchte mir bloß Luca ausleihen.«

»Okay, jetzt wird es albern.« Wanja seufzte.

»Du bist albern«, gab Mo zurück.

»Nein, Ihr seid es.«

»Nein, deine *Mutter*.«

Wanja stieß einen Laut aus, der eine Mischung aus Nach-Luft-Schnappen und Lachen war. Beide schwiegen. Mo versuchte, herauszufinden, wie die letzten fünfzehn Sekunden ihres Gesprächs passiert waren. Wanja vielleicht auch.

»Woher hast du diese Nummer?«, fragte Mo schließlich.

»Luca hat sie mir gegeben.«

»Luca?«

»Wie gesagt.«

»Also, du möchtest ihn dir ausleihen. Aber was, wenn ich ihn brauche?«

»Er meinte, Ihr wärt momentan sehr beschäftigt und außerdem ziemlich unabhängig«, antwortete Wanja.

»Das stimmt«, bekräftigte Mo. »Ich bin eine starke, unabhängige Frau. Vampirin! Definitiv.«

»Cool«, sagte Wanja.

»Jap. Cool.«

»Seht mal, wenn er heute Nacht vorbeikommt, ist er bald fertig. Wann genau, kann ich nicht sagen, möglicherweise müssen wir Ersatzteile bestellen«, fuhr Wanja fort. »Ich könnte einen Automechaniker beauftragen, aber dann müsste ich erklären, warum es nur nach Anbruch der Dunkelheit möglich ist, und das könnte unangenehm werden und dann müsste ich ihn töten.«

»Wehe, du tötest Luca«, stieß Mo hervor. »Und wage es nicht, ihn zu verwandeln.«

»Weder das eine noch das andere. Ich respektiere, dass er Euer ist.«

»Mein was?«

»Euer treuer Gefährte. Was sonst?«

»Nichts sonst.«

»Gut«, sagte Wanja. »Okay, danke, Eure Majestät. Ich bin sehr dankbar. Es war gut, mit Euch zu reden.«

Gut? Eher komisch. Sie hatte noch nie mit jemandem so gesprochen wie mit Wanja gerade, mit einer Mischung aus Verschlagenheit und Kindlichkeit. Das war neu. Auf eine seltsame Art hatte es sogar Spaß gemacht. Und es hatte sie von dem winzigen Detail abgelenkt, dass sie einer Übernachtung von Luca bei Wanja zugestimmt hatte.

Fünf Minuten später klingelte ihr Handy. Luca.

»Ich bin dann heute Nacht bei Wanja?«

»Das ist der Plan«, sagte Mo.

»Okay. Aber wir sind immer noch für Donnerstag verabredet und dann wirst du mich mit Liebe überschütten, richtig?«

»Jap«, antwortete Mo, ohne auf seinen Scherz einzugehen. »Bis dann. Ach, und übrigens, sie hat versprochen, dich weder zu verspeisen noch zu verwandeln.«

»Hervorragend.«

»Wenn sie dich über mich ausfragt, erzähl ihr nichts. Sie soll mich weiter für mysteriös und mächtig halten.«

»Aber sie hat dich schon kennengelernt, sie weiß also, dass du das nicht bist.«

»Haha«, machte Mo. »Wenn sie irgendetwas probiert, irgendetwas, das dich in Gefahr bringt oder so, dann hau ab.«

»Alles klar, danke, aber es wird nichts passieren. Vertrau mir.«

13. Kapitel

Die letzten Tage vor den Weihnachtsferien waren bis obenhin gefüllt mit festlichen Aktivitäten. Danny Harrington fiel während der Weihnachtsshow von der Bühne – das war für die meisten ein Höhepunkt – und Tracey Caldwell wurde erwischt, wie sie in der Toilette Lametta anzündete. Mr. Pascal, der Schulleiter, spielte *Last Christmas* auf dem Dudelsack, während alle nach dem letzten Schultag durch den Haupteingang hinausströmten.

Mo und Lou hörten ihn noch spielen – es klang wie ein Yak mit Asthma –, als sie in den Bus nach Hause stiegen.

»Hast du Zeit, mit zu mir zu kommen?«, fragte Lou. »Ich habe ein paar neue Looks für die Vampire zusammengestellt, wie du mich gebeten hattest. Ich kann sie dir zeigen. Mein Vorschlag wäre Athleisure für alle.«

»Ich habe keine Ahnung, was Athleisure ist«, sagte Mo.

»Das ist ein Kleidungsstil, du Dinosaurier.«

»Ich bin kein Dinosaurier. Die sind ausgestorben. Sehe ich aus, als wäre ich ausgestorben?«

»Ein bisschen«, sagte Lou. »Wie auch immer, kommst du?«

»Ja, aber ich kann nur kurz bleiben. Luca kommt heute Abend zurück und ich habe ihn seit Sonntag nicht gesehen.«

»Wow, ganze vier Tage. Warum so lange?«

»Ich hatte echt viel damit zu tun, den Vampiren auf die Beine zu helfen. Außerdem hat er ein paar Nächte bei Wanja geschlafen und ihr Motorrad repariert. Habe ich dir von Wanja erzählt?«

»Nein, aber jetzt will ich sofort alles hören.«

»Sie ist diese neue Vampirin. Sie war bei dem Treffen. Ziemlich jung – sie war zwanzig bei ihrer Verwandlung. Attraktiv, nehme ich an, wenn man diesen Rockerbraut-Look mag.«

Lous große blaue Augen waren noch größer als sonst.

»Und du lässt deinen Freund Zeit mit dieser Person verbringen?«

»Na ja, Wanja ist meine Vampiruntertanin. Ich bin ihre Königin und tue ihr einen Gefallen, indem ich ihr meinen treuen Gefährten ausleihe. Es ist wie eine geschäftliche Vereinbarung.«

»Wenn du meinst«, sagte Lou. »Luca ist also jetzt nur noch geschäftlich relevant? Mo, bist du sicher, dass du damit einverstanden bist? Er hat gerade Zeit mit einer heißen Vampirin verbracht!«

»Ja, das ist vollkommen in Ordnung. Ich hatte sowieso zu tun.«

»Okay, aber sie ist heiß und er ist heiß. Das ist ganz schön heiß.«

»Hör auf, heiß zu sagen«, sagte Mo. »Und hör auf, mich mit deinen großen, traurigen, fragenden Augen anzusehen. Es geht mir *gut*, ehrlich. Ich bin Mo Merrydrew, eine starke, unabhängige Frau, stimmt's? Ich habe Wanja übrigens das Versprechen abgenommen, Luca nicht zu verwandeln.«

»Das ist nicht der Grund, aus dem ich mir Sorgen mache. Was, wenn sie ihn dir, na ja, wegnimmt? Ihn verführt?«

»Sag das nicht.«

»Verführt … «, wiederholte Lou und zog das Wort absichtlich in die Länge, sodass Mo eine Grimasse machte. »Kannst du ihr vertrauen?«

Mo zuckte mit den Schultern. »Ich kenne sie kaum. Manchmal denke ich, dass ich auch Luca kaum kenne. Ich wusste nicht einmal, dass er Motorräder reparieren kann. Neulich habe ich ihm eine Tasse Tee aufgegossen und er tat Milch dazu – beim nächsten Mal aber nicht. Ich meine, hallo? Wer bist du?«

»Ja, das ist seltsam«, stimmte Lou zu. »Ihr seid ja auch noch nicht so lange zusammen. Im Gegensatz zu uns. Wir sind seit einer Ewigkeit befreundet, seit wir drei waren. Du musst bloß etwas mehr Zeit mit ihm verbringen, das ist alles.«

»Das will ich ja, aber ich habe so viel damit zu tun, die Vampire zu unterstützen. Ich muss das hinbekommen.«

Mos Handy klingelte.

»Luca«, sagte sie und nahm den Anruf entgegen. Lou beobachtete Mo, als diese ziemlich oft »Ja« und »Nein, kein Problem« sagte und dann ihr Telefon wieder wegsteckte.

Lou hob die Augenbrauen. »Und …?«

»Er bleibt heute noch bei Wanja – sie warten noch auf ein Teil für Wanjas Motorrad. Er kommt morgen.«

»Oh«, sagte Lou.

»Aber Wanja hat mich eingeladen, auch bei ihr zu übernachten, sodass wir alle zusammen sein können. Ich weiß nicht, ob ich das machen soll. Königinnen hängen normalerweise nicht bei ihren Untertanen ab, oder?«

»Ist doch egal. Du könntest ein bisschen herumspionieren. Gucken, wie sie miteinander umgehen. Wenn sie zu lang über seine Witze lacht oder ihm eine Fluse vom T-Shirt klaubt oder ihm etwas zu trinken gibt und er sich nicht bedankt, dann bedeutet es, dass er dir untreu geworden ist.«

»Untreu?«, murmelte Mo. »Mein treuer Gefährte wird untreu.«

»Oder wenn sie seinen Arm berührt oder sie sich zwischendurch kurz anlächeln …«

»Ist gut, Lou, das ist kein alberner Historienfilm.«

Der Bus hielt und Mo sprang dankbar auf.

In Lous Haus zeigte Mo auf den Weihnachtsbaum im Wohnzimmer.

»Der sieht schön aus«, sagte sie. »Bloß ein bisschen nackt untenrum.«

»Nipper hat alles angeknabbert, was er erreichen konnte«, sagte

Lou. »Drei Zuckerstangen, eine Plastikbaumkugel und einen Silberstern aus Holz.«

»Oh, Nipper«, sagte Mo, ging auf die Knie und kraulte sein weißes Fell. »Frecher Hund, frecher Knabberhund, frecher Weihnachtsknabberhund ... Oder bist du ein braver Hund? Ja, du bist ein braver Hund, stimmt's? Ein braver, braver Hund.«

Nipper wand sich und schnaufte vor Vergnügen, leckte Mo über das Kinn und rammte ihre Beine mit dem Kopf.

»Komm, genug herumgealbert«, sagte Lou und hüpfte schwerfällig mit ihrem Gipsbein die Treppe hinauf.

In ihrem Zimmer öffnete sie ihren Laptop und zeigte Mo Bilder von Leggings, Bomberjacken und schillernden Turnschuhen.

»Siehst du? Bequem. Gut für aktive Tage von morgens bis abends.«

»Abend reicht, um ehrlich zu sein«, murmelte Mo.

»Und man kann es auch schicker tragen, wenn nötig – Vampire takeln sich ja gern ein bisschen auf.«

»Auf jeden Fall schon mal kein Samt oder Spitze, das spricht dafür«, sagte Mo. »Super, probieren wir es. Ich bin gespannt, wie sie den neuen Look finden werden. Ich hoffe, sie mögen ihn!«

»Klingt, als wären sie dir wichtig, Königin Mo.«

»Sind sie. Auf jeden Fall möchte ich sie beschützen.«

Sie reichte Lou ein Blatt Papier mit den Kleidergrößen aller Vampire.

»Sven, der Wikinger, und Richard haben XXL.«

»Bezahlt wird mit deiner Dunkelkarte?«

»Jap«, sagte Mo, holte sie aus dem Portemonnaie und gab sie Lou. »Ach, und die Mädels wollen lange, glatte schwarze Haare wie ich. Ich mache nie etwas mit meinen Haaren außer Waschen und Kämmen, deshalb war ich mir nicht so sicher, wie ich ihnen da helfen sollte.«

Lou schüttelte den Kopf.

»Süße, hast du noch nie von Glätteisen gehört?«

»Doch, klar.«

»Wie sehen sie aus? Beschreib mal.«

»Das werde ich nicht tun, Lou.«

»Natürlich nicht«, sagte Lou lachend. »Du weißt nämlich gar nicht, wie sie aussehen. Schau mal, so.« Sie zeigte auf den Monitor. »Okay, ich kaufe ihnen ein kabelloses Glätteisen und Haarfarbe. Tiefschwarz müsste genau richtig sein. Sonst noch was?«

»Sie haben mir unglaublich viele Fragen zu Make-up gestellt. Ich habe gar keine Lust, die zu beantworten.«

»Weil du keine Ahnung hast?«

»Weil es sich nicht sehr feministisch anfühlt, sich pausenlos mit Make-up zu beschäftigen. Ach ja, sie hätten auch gern künstliche Wimpern. Warum um Himmels willen sollte man das wollen?«

»Warum um Himmels willen sollte man Menschenrechtsanwältin werden wollen?«

»Da fallen mir jede Menge Gründe ein, der wichtigste wäre jedoch …«

»Nicht«, sagte Lou, ohne von ihrem Laptop aufzusehen. »Hör auf zu reden. Keine Wörter mehr. Okay, alles erledigt. Diese Vampirmädchen können froh sein, dass ich dir helfe.«

»Ich bin froh«, sagte Mo. »Danke, Lou.«

»Kein Problem«, sagte Lou. »Kann ich mir ein Paar Turnschuhe kaufen? Sie auf die Dunkelkartenrechnung packen?«

»Ich denke schon«, sagte Mo. »Betrachte sie als Bezahlung für deinen Rat, nicht als Geschenk auf Vampirkosten, ja? Ich bin eine moralisch korrekte Herrscherin.«

Lou grinste, wählte ein Paar aus und klickte auf den JETZT-KAUFEN-Button.

»Ich möchte außerdem Selfies von allen Vampiren in den neuen Klamotten«, sagte sie.

»Sie können keine Handys bedienen«, sagte Mo.

»Haben sie keine Freunde, die Fotos machen können?«, fragte Lou.

»Nein, haben sie nicht«, antwortete Mo. »Also keine menschlichen Freunde. Wobei sich das hoffentlich ändern wird. Derek hat mir geschrieben, um zu fragen, ob er bei der lokalen Amateurtheatergruppe mitmachen könne. Sie führen *Sturmhöhe* auf.«

»Nicht *Grabestiefe*?«, sagte Lou.

Mo lachte.

»Er glaubt, er wäre hervorragend geeignet dafür, das Findelkind Heathcliff zu spielen.«

»Welches Windelkind?«, fragte Lou und nun lachten beide, ausgiebig. Mo umarmte ihre Freundin und platzte heraus: »Oh Gott, ich hab dich so lieb.«

»Ich habe einen Vorrat Mini-Muffins im Kleiderschrank.«

»Jetzt habe ich dich noch lieber.«

14. Kapitel

Wanja lebte in einem kleinen Häuschen am Rand von Nether Slaughter. Wie sie gesagt hatte, war die Reise dorthin umständlich. Mo hatte einen Bus nach Middle Donny genommen, war dort in einen weiteren Bus umgestiegen und kam schließlich kurz nach sieben an. Sie hatte von Lou geliehene schlichte schwarze Klamotten angezogen, sich mit dem stinkenden Vampirablenkungsparfüm mit Zitrusnote eingesprüht, das sie immer bei sich trug, und zugelassen, dass Lou ein wenig Lidstrich bei ihr auftrug, bevor sie sich auf den Weg gemacht hatte.

Mo öffnete das Tor und ging über den Pfad zum Haus. Sie musterte es. Es war aus honigfarbenen Steinen gebaut, einstöckig, klein, alt. Die Tür war rosafarben und daneben befanden sich auf beiden Seiten Schiebefenster. Vor dem Haus standen eine Bank und Pflanztöpfe, die nun leer waren, in denen es im Sommer aber wahrscheinlich grünte und blühte. Es wirkte alles ziemlich hübsch und idyllisch, gar nicht wie das Zuhause einer Vampirin.

Mo wollte gerade den schweren Messingklopfer betätigen, als die Tür aufgerissen wurde.

»Hey!«

Luca. Bevor sie ihn warnen konnte, er solle sie ansprechen wie ein treuer Gefährte die Königin, tauchte Wanja hinter ihm auf, legte ihm beiläufig die Hand auf die Schulter und lächelte Mo an.

»Ich grüße Euch, Königin Mo«, sagte sie. »Kommt herein, bitte.«

Mo nickte steif, getroffen von der Vertrautheit der beiden, die offensichtlich geworden war, noch bevor sie das Haus betreten hatte. Am liebsten wäre sie umgekehrt und zurück nach Lower

Donny geflohen, aber ihr Körper trug sie irgendwie über die Schwelle und in die Küche.

Zuerst fiel ihr der Geruch auf. Sauber, frisch, einladend. Die Schränke waren in einem geschmackvollen Salbeiton gestrichen und ein großes Holzscheit in dem alten Kamin verbreitete Wärme.

»Nett hier«, brachte Mo hervor, aber ihre Stimme klang angespannt und dünn.

»Für mich reicht es«, antwortete Wanja.

»Gebt mir Euren Mantel«, sagte Luca. »Dann könnt Ihr und Wanja euch entspannen, während ich die Getränke zubereite.«

Wanja führte Mo ins Wohnzimmer, wo es einen offenen Kamin gab, schön gemusterte Teppiche und ein tiefes graues Sofa, in dessen Kissen Mo nun versank. Wanja fragte sie nach ihrer Reise, aber Mo fühlte sich so sehr wie ein scheues, trotziges Kind (»Ich wollte nicht hierherkommen, ich will nicht hier sein, das ist doof«), dass sie nicht antworten konnte.

Luca betrat das Wohnzimmer mit einem Tablett, auf dem Schälchen mit Nüssen und Chips standen, irgendein Saft und zwei Kelchgläser. In dem einen war irgendeine grau-rosa Flüssigkeit und in dem anderen … Nun, das war offensichtlich Blut.

Er reichte Wanja das Glas mit dem Blut, die es entgegennahm, ohne sich zu bedanken, wie Mo bemerkte, woraufhin sie schlucken musste – Lou hatte genau davor gewarnt –, und gab Mo das andere Glas.

»Ihr bevorzugt oft gehäckselte Würmer, Mo, also habe ich Euch dies hier zubereitet«, sagte er.

Es klang freundlich. Mo spürte, dass er versuchte, Blickkontakt herzustellen, aber sie nahm das Getränk mit zitternden Händen und ohne ihn anzusehen und stellte es auf den Couchtisch vor sich.

Stille breitete sich nun im Raum aus, bis Wanja das Wort ergriff.

»Luca hat mir erzählt, Ihr wart vor Eurer Verwandlung eine sehr gute Schülerin«, sagte sie. Ihre Stimme war sanfter als sonst, der Ton weniger trocken und amüsiert, unverstellter, aber die Frage war Mo unangenehm. Es fühlte sich an, als wäre Wanja die eigentliche Königin, die Mo, die junge, von ihrem Glanz eingeschüchterte Untertanin fragte: »Und was machst *du* so?«

»Das ist richtig«, antwortete Mo, ohne die Augen vom Feuer abzuwenden.

»Als ich in der Schule war, mochte ich Chemie richtig gern«, sagte Wanja. »Eigentlich alle Naturwissenschaften. Lesen aber auch. Das werde ich immer lieben.«

Sie zeigte auf die Bücherregale rechts und links neben dem Kamin. Mo warf einen kurzen Blick darauf und starrte dann wieder ins Feuer.

Wanja, die Wissenschaftlerin. Wanja, die Leserin. Was kam als Nächstes? Wanja, die Gehirnchirurgin? Wanja, die Dichterin? Wanja, die Reiki-Meisterin?

»Ich hätte aber nie Literatur studieren können«, fuhr diese fort. »Ich habe einfach nie Sinn darin gesehen, den Text auseinanderzunehmen, wisst Ihr? Ich ziehe es vor, ihn zu lesen und zu spüren. Ich möchte nichts über Motive oder Spannungsbögen wissen.«

Mo konnte nicht widerstehen: »Aber der gesellschaftliche Kontext, in dem ein Buch geschrieben wurde, kann einem wirklich helfen, die Geschichte besser zu verstehen.«

»Findet Ihr?«

»Natürlich«, antwortete Mo, die nun in Fahrt kam. »Lies *Jane Eyre* in dem Wissen, dass Charlotte Brontë eine unverheiratete, superschlaue Frau war, und dass Frauen in den 1840er-Jahren üblicherweise keine Romane schrieben, geschweige denn welche über eine ehrgeizige, unabhängige, nicht einmal gutaussehende Heldin, und es steckt auf einmal viel mehr Bedeutung darin.«

Wanja beobachtete sie aufmerksam und wohlwollend. Auf einmal fühlte Mo sich befangen. Sie errötete ein wenig und nahm ihr

Glas, doch bevor sie einen Schluck trinken konnte, fiel ihr ein, was darin war, und sie stellte es zurück.

»Ich dachte, Ihr lest nur Sachbücher, Mo«, sagte Luca. »Politische Biografien, Geschichtsbücher und so.«

»Man kann ja beides mögen«, sagte Wanja und lächelte Mo zu. »Aber wie sollst du wissen? Du liest ja nicht so viel, Luca, stimmt's? Du bist eher praktisch veranlagt. Legst gern Hand an.«

Mo warf ihr einen entsetzten Blick zu.

»Nicht, dass du Motorrad schon repariert hättest«, fügte Wanja lachend hinzu.

Ach, sie spricht über die Motorradreparatur, begriff Mo.

»Ja, aber sobald das Ersatzteil da ist«, sagte Luca. »Sie glaubt, ich würde es nicht schaffen«, sagte er zu Mo, während er mit dem Daumen auf Wanja zeigte. »Kein Vertrauen in meine Fähigkeiten.«

»Das stimmt nicht«, protestierte Wanja und warf ein Kissen nach ihm. Es flog an Luca vorbei und traf stattdessen Mos Glas und warf es um, sodass Mo mit gehäckselten Würmern vollgespritzt wurde. Mo schoss in die Höhe, als wäre es kochendes Wasser.

»Oh, Königin Mo, es tut mir so leid«, sagte Wanja und eilte zu ihr. »Ich hole Lappen.«

»Ich mach schon«, sagte Luca.

»Hol Geschirrtuch. Die sauberen sind in … «

»In der Kommode, ich weiß«, sagte er, während er in die Küche flitzte.

Mo wartete nicht auf ihn, sondern ging schnurstracks zur Tür.

»Wohin wollt Ihr?«, fragte Wanja, die ihr hinterherlief.

Luca kam ihr an der Haustür entgegen. Sie fühlte sich gefangen zwischen Luca vorn und Wanja hinter sich. Wie in einem Demütigungssandwich.

»Ich muss los. Ich hätte nicht kommen sollen. Das war ein Fehler«, sagte Mo und griff nach dem Türgriff. Sie riss die Tür auf und stolperte hinaus. Sie spürte weder die Kälte, noch wie sich ihre

Strumpfhose mit dem Drink aus gehäckselten Würmern vollsog. Sie war bereits durch das Tor auf die Straße getreten, als Luca sie einholte.

»Mo, warte«, sagte er. »Lass mich dich wenigstens zurückfahren.«

»Nein, danke«, sagte sie, ohne sich umzudrehen. »Ich nehme den Bus.«

»Aber du bist doch gerade erst gekommen. Was soll ich Wanja sagen?«

Mo wirbelte herum, das Gesicht hochrot. »Sag ihr, sie kann …«, rief sie, doch dann atmete sie, erschrocken vor ihrer eigenen Wut, einmal durch und setzte erneut an: »Sag ihr, was du willst.«

15. Kapitel

Leise, um ihre Eltern nicht zu wecken, schloss Mo die Tür auf und huschte auf Zehenspitzen in ihr Zimmer. Sie war völlig durcheinander. Dass Luca und Wanja sich so vertraut miteinander verhielten – war das ein Test? Sollte sie Wanja den Kopf abreißen? Oder vielleicht Luca? Hätte sie brüllen sollen: »Wie kannst du es wagen, die Vampirkönigin zu beleidigen?«

Nein, das war es nicht. Es hatte alles so natürlich gewirkt. Liebenswert und freundlich. Zu liebenswert und freundlich? Aber das würde Luca nicht tun, oder? Er würde nichts mit Wanja anfangen und es ihr unter die Nase reiben, oder?

Mo schüttelte den Kopf, entsetzt über ihre Gedankenspirale. Erst ein paar Wochen zusammen und schon habe ich Eifersuchtsfantasien. Reiß dich zusammen.

Andererseits … Mo konnte sich vorstellen, warum Luca Wanja mochte. Es war nicht zu leugnen, dass sie cool und intelligent war. Sie ist mir ziemlich ähnlich – die Bücher, die Liebe zu den Naturwissenschaften –, aber dann auch wieder nicht. Das macht alles so verwirrend.

Was war überhaupt mit Wanja los? Die anderen Vampire brauchten bloß Mos Unterstützung und Hilfe dabei, moderner zu werden, Wanja hingegen wollte sich in Mos Leben drängen. Damit ist jetzt Schluss, beschloss Mo. Ich möchte nicht mit ihr befreundet sein. Ich *kann* nicht mit ihr befreundet sein. Sie bekommt auch keine bevorzugte Behandlung mehr. Keine Zeit mit Luca. Ich hätte ihm nie erlauben sollen, zu ihr zu fahren. Eine echte Königin würde ihr Personal nicht ausleihen oder ihren Untertanen irgendwelche Gefallen tun. Das war so unprofessionell, so viel ist mir jetzt klar. Ich hätte sie auch nicht besuchen sollen. Sooo unprofessionell! Ich habe meinen Fokus verloren. Das wird nicht noch einmal passieren.

Am nächsten Morgen schrieb Lou ihr eine Nachricht.

Wie lief's?

Nicht gut, textete Mo zurück. **Sie wirkten ziemlich vertraut miteinander.**

Lou antwortete: Inwiefern???!!!

Sie haben alles gemacht, wovor du mich gewarnt hast. Haben sich angefasst. Die Sätze des anderen zu Ende geführt.

Hast du mit ihm darüber geredet?, fragte Lou.

Er ist noch da! Möchte jetzt nicht darüber nachdenken.

Soll ich zu dir kommen?

Schon in Ordnung. Habe Vampirkram zu erledigen.

Danke trotzdem. Hab dich lieb.

Zum Glück hatte Mo jede Menge Ablenkung. Im Laufe des Morgens kamen weitere Briefe an, mit guten Nachrichten. Die Kleider waren geliefert worden und allen gefiel der von Lou vorgeschlagene neue Look. Olga und Lenka liebten ihr schwarzes, glattes Haar und die Turnschuhe – »Seit 1814 ein tollwütiger Bär in unser Dorf gekommen ist, sind wir nicht so viel gerannt.« Natascha schrieb, sie sei »unglaublich glücklich« in ihrer neuen Wohnung in der Seniorenwohnanlage. »Ab und an knabbere ich an einem der Bewohner, aber die meisten sind ohnehin kurz davor zu gehen, deshalb ist das kein Problem, denke ich.« Derek schrieb, er habe die Rolle des Mr. Lockwood in *Sturmhöhe* bekommen. »Ich muss im Bett liegen und krank aussehen. Sie fanden mein bleiches Gesicht perfekt dafür. Es ist nicht gerade der spannendste Part, aber ich werde alles geben!«

Anstelle von Selfies schickten Pat eine Zeichnung von Richard und Richard eine von Pat in ihren neuen Klamotten. Pat hatte sich einen Umhang ausgesucht, der an eine Superheldin erinnerte, und Richard trug nach wie vor eine Strickjacke über seinem Kapuzenpullover, sah aber definitiv besser aus. Pat berichtete, Richard habe »seine verdammte, alberne Kanone wiederbekommen. Jetzt kann er mit ihr schießen, ohne sich Gedanken wegen irgendeines dämlichen Feueralarms zu machen. Das ist einer der Vorteile daran, hier zu leben. Viel Platz.«

Einen Putsch gegen den Vampirkönig erwähnte sie diesmal nicht und da alles gut lief, hatte er keinen Grund, nach Großbritannien zu kommen und Mo zu »vernichten«. Die Vampire waren zufrieden, freuten sich und waren treu. Mo hatte die Dinge im Griff – und das war normalerweise genau das, was sie glücklich machte –, ihre Gedanken wanderten jedoch immer wieder zurück zu Luca. War zwischen ihnen alles in Ordnung?

Am späten Nachmittag kam eine weitere Expressfledermaus und in Mos Magen verknotete sich etwas, als sie die bekannte krakelige Handschrift auf dem Umschlag sah. Darin steckte eine Karte. Mo schaute sich das Bild auf der Vorderseite an. Es zeigte den Vampirkönig in einer weißen Satinhose, die goldene Borten an den Seiten hatte, und glänzenden schwarzen Stiefeln mit paillettenbesetzten Absätzen. Von der Hüfte aufwärts war er – abgesehen von einigen Medaillons, natürlich – nackt. Er saß auf einem riesigen schwarzen Pferd. Halb Napoleon, halb Stripper, dachte Mo.

Nervös klappte sie die Karte auf. Sie rechnete mit weiteren Drohungen. Stattdessen fand sie eine Nachricht für all seine Untertanen und Untertaninnen. Er schrieb:

Weihnachtliche Grüße!
Das Jahr war ereignisreich. Ich habe einen weiteren Aufstand der Vampire des Wahren Ostens niedergeschlagen. Ziemlich langweilig, aber jetzt wissen sie, wer der Boss ist. Ich habe außerdem meinen Palast ausgebaut: Er verfügt jetzt über eine

unterirdische Gruft für Gäste mit einem integrierten Soundsystem und einen Nachtclub, den die gefeierte Vampir-Innenarchitektin Swetlana Swetlanaswet entworfen hat, ein Studio für Kampfsport und ein Gewächshaus, das ich mit Orchideen, Pfauen und vier eigens in Auftrag gegebenen lebensgroßen Porträts von mir bestücken werde.

Keine Rede von seiner Reise nach Großbritannien oder Mos neuer Rolle als Königin. Die Karte endete mit den Worten:

Ich wünsche euch ein ausgezeichnetes neues Jahr. Saugt Menschen aus, trinkt Blut, hegt große Träume. Ich liebe euch alle — es sei denn, ihr erhebt euch gegen mich. In diesem Fall werde ich heiße Rache über eure stinkenden Köpfe regnen lassen. Küsse! Der Vampirkönig des Ostens.

Mo versteckte die Karte in ihrem Kleiderschrank und zog die Vorhänge zu, als sie jemanden durch das Tor kommen sah. Luca. Sie lief nach unten und aus dem Haus.

»Du bist wieder da«, sagte sie, fühlte sich in diesem Moment aber gehemmt und umarmte ihn nicht.

»Habe das Motorrad endlich repariert«, sagte er. »Alles okay? Warum bist du gestern Abend weggelaufen?«

»Kannst du dir das nicht denken?«, feuerte sie mit blitzenden Augen zurück. War es für Luca nicht völlig offensichtlich, dass seine Vertrautheit mit Wanja seine Freundin, Mo, verletzen würde?

»Nein, wirklich nicht … «, sagte er, aber bevor Mo etwas sagen konnte, tauchte ihre Mutter aus der Garage auf.

»Hallo Luca, schön, dich zu sehen«, rief sie.

»Hallo Kate«, antwortete er. »Wie geht es dir?«

»Gut, danke. Ich habe gerade etwas Farbe gesucht. Muss die

Haustür neu lackieren. Ich glaube, sie ist da oben.« Sie zeigte auf ein hohes Regal in der Garage hinter sich.

»Ich helfe dir sofort«, sagte Luca und wandte sich wieder Mo zu. Sie hatte die Arme verschränkt und sah zu Boden. »Möchtest du mir irgendetwas sagen, Mo?«

Sie schüttelte den Kopf und als sie ihm einen kurzen Blick zuwarf, bemerkte sie etwas. Ein einzelner Scheinwerfer näherte sich in der Gasse. Da war das Geräusch eines Motorradmotors. In der Dunkelheit konnte Mo eine Gestalt ausmachen, eine unverwechselbare schmale Frauenfigur, die nun von dem Motorrad stieg, den Helm abnahm und ihr Haar ausschüttelte.

»Was ist los?«, fragte Luca, als er Mos Gesichtsausdruck bemerkte.

»Ich glaube, es ist Wanja.«

Luca wirbelte herum. »Was macht sie denn hier?«

»Das frage ich dich. Moment mal, Mum ist in der Garage. Schnell, lenk sie ab. Ich versuche, Wanja loszuwerden.«

Mo rannte über die Kiesauffahrt. Wanja kam in ihrer langsamen, entspannten Art, die Mo so aufreizend fand, auf das Tor zu. Sie trug ihre Lederjacke, die Mo so … Wie war das Wort? Keine Zeit dafür. Mo war über das Törchen gesprungen und blockierte Wanjas Weg.

»Eure Majestät«, sagte Wanja und verbeugte sich lächelnd. »Das lässige Outfit gefällt mir. Ich wusste nicht, dass Königinnen Jeans tragen dürfen.«

»Ich kann tragen, was ich will«, sagte Mo scharf. »Was tust du hier?«

»Luca hat etwas in meinem Bad vergessen. Ich dachte, ich komme schnell bei Euch zu …«

»Das ist nicht mein Zuhause«, stieß Mo hervor. »Jedenfalls nicht mein dauerhaftes. Ich lebe nur hier, solange mein Schloss renoviert wird.«

»Schön«, sagte Wanja. »Ist Luca da?«

»Warum interessierst du dich so sehr für Luca? Kannst du es nicht ertragen, von ihm getrennt zu sein?«

Wanja hob die Augenbrauen.

»Jedenfalls ist er nicht hier – und erst recht nicht in der Garage.«

Wanja bewegte sich ein wenig zur Seite, um an Mo vorbeisehen zu können.

»Aber da ist Licht«, sagte sie.

»Wirklich?«, fragte Mo.

»Da ist definitiv jemand in der Garage, das sehe ich durchs Fenster. Ich weiß nicht, wer es ist, aber sie hat mich gesehen. Sie winkt mir zu.«

Wanja winkte zurück. Mo hätte am liebsten ihre Hand nach unten geschlagen. Sie drehte sich rasch um und sah ihre Mutter mit einem nervös wirkenden Luca an ihrer Seite auf sie zukommen.

»Ach, sieh mal an, da ist ja auch Luca«, sagte Wanja. »Er ist also doch da.«

»Mo, bring deine Freundin doch mit rein«, schlug ihre Mutter vor. »Im Schrank sind noch ein paar Weihnachtsplätzchen.«

»Geh weg!«, rief Mo und scheuchte sie mit der Hand fort.

»Was?«, fragte ihre Mutter.

»Ich habe gesagt, geh weg«, rief Mo lauter.

»Wer ist das?«, fragte Wanja.

»Das ist meine Fahrerin«, sagte Mo und wandte sich dann wieder ihrer Mutter zu. »Wir bleiben hier, danke, Fahrerin. Und jetzt hau wieder ab in die Garage.«

»Fahrerin? Was redest du da?«, rief ihre Mutter zurück.

»Komm, Kate«, sagte Luca und versuchte, sie wegzuführen.

»So denkst du über mich? Dass ich deine Fahrerin bin?«, fragte Mos Mutter und ignorierte Luca. »Ich fahre dich ab und zu irgendwo hin, aber …«

»Danke, das ist alles«, rief Mo.

Sie richtete ihre Aufmerksamkeit wieder auf Wanja.

»Tut mir leid, sie ist nicht die Hellste«, flüsterte sie.

»Alles in Ordnung, Liebes?«, fragte ihre Mutter.

Oh Gott, sie ist immer noch da. Mo ballte die Hände zu Fäusten. Wütend wirbelte sie herum. »Luca, bitte bringe diese Frau zurück in die Garage«, bellte sie.

»Diese Frau?«, wiederholte ihre Mutter. »Aber ich bin … «

»Ich glaube, Mo möchte allein mit ihrer Freundin sprechen«, unterbrach Luca sie dringlich. »Mädchenkram, weißt du?«

»Oh«, sagte Mos Mutter und nickte. »Ach so. Tut mir leid. Probleme mit einem Jungen? Dann lasse ich euch mal in Ruhe.«

Wanja wirkte amüsiert. »Sie hat Euch Liebes genannt.«

»Das ist ihr Ding. Ich sollte mir das nicht gefallen lassen, aber wie gesagt, sie ist nicht besonders clever, von daher … «

»Und dann wollte sie noch etwas sagen. Ich bin deine … was?«

»Keine Ahnung«, sagte Mo nachdrücklich.

»Deine … ?«, wiederholte Wanja unbeirrt.

Mo schüttelte den Kopf.

»Deine was? Na los, sagt es mir.«

Mo seufzte. »Na schön, was soll's, ich kann es dir ja erzählen. Aber versprich mir, dass du es nicht den anderen Vampiren sagst, okay?«

»Okay.«

»Es ist ein bisschen traurig, aber … « Wieder flüsterte sie. »Sie hält sich für meine Mutter. Also, sie denkt, sie war meine Mutter, als ich noch ein Mensch war.«

»Ach«, sagte Wanja.

»Sie ist ein bisschen verwirrt, aber eine hervorragende Fahrerin, deshalb lasse ich ihr das durchgehen.«

»Aha. Das erklärt es.«

»Nicht wahr?«, sagte Mo. »Ich meine, ja, das tut es.«

»Also ist sie *nicht* Eure Mutter?«

»Um Himmels willen, nein«, sagte Mo kopfschüttelnd. »Sie?

Nein. Wie gesagt, sie ist bloß eine Frau, die ich nach meiner Verwandlung eingestellt habe. Sie stammt aus Donny-on-the-Wold. Das ist ein Dorf in der Nähe. Da ist das Landwirtschaftsmuseum. Aber das kennst du bestimmt nicht. Das Dorf. Oder das Museum. Aber du solltest es einmal besuchen, wenn du mal Zeit hast. Also, das Museum – das Dorf ist ein wenig langweilig.«

Ich plappere. Ich muss aufhören zu plappern. Halt den Mund!

»Wie auch immer, lass mir einfach Lucas Sachen da, ich gebe sie dann weiter«, sagte Mo in dem Versuch, wieder so zu klingen, als hätte sie alles unter Kontrolle. Wenigstens ein bisschen. Ein winzig kleines bisschen. Das wäre gut. Sie streckte die Hand aus.

Wanja griff in ihre Tasche und gab Mo ein Shampoo.

»Danke«, sagte Mo. »Du sollst den Vampiren helfen, die Laptops einzurichten. Mittlerweile müssten sie bei dir angekommen sein. Wann fängst du damit an? Das ist eine Menge Arbeit. Du wirst viel unterwegs sein.«

»Ich fahre heute Abend zu Derek«, antwortete Wanja.

»Gut. Sag mir Bescheid, wenn alle online sind.«

»Natürlich.«

»Und erwähne den anderen gegenüber nicht, dass ich eine Fahrerin habe. Ich möchte nicht, dass sie neidisch werden oder glauben, dass ich unfaire Vorteile genieße. Erwähne auch nicht, dass ich dich gestern Abend besucht habe. Das war eine Verletzung des königlichen Protokolls und wird nicht wieder vorkommen.«

Wanja nickte.

»Verstanden, Eure Majestät«, sagte sie. »Alles vollkommen verstanden.«

16. Kapitel

Wanja drehte sich um und ging zurück zu ihrem Motorrad, setzte den Helm auf und ließ den Motor an. Mo sah ihr hinterher, als sie davonraste, und beugte sich dann vor, den Kopf in den Händen, sodass die Spitzen ihrer langen Haare den Asphalt berührten.

»Nein, nein, nein, nein, nein«, stöhnte sie. »Nicht gut, nicht gut, nicht gut. Ganz und gar nicht gut.«

Sie spürte eine Hand auf dem Rücken und sprang auf.

»Ich bin's nur«, sagte Luca. »Alles in Ordnung?«

»Warum hast du Mum nicht in der verdammten Garage zurückgehalten?«, keuchte Mo mit wild aufgerissenen Augen.

»Es tut mir leid. Ich war auf der Leiter und habe nach der Farbe gesucht, die sie haben wollte, und da ist sie abgehauen. Hat sie geahnt, dass Wanja eine Vampirin ist?«

»Ich glaube nicht, aber Wanja hat möglicherweise erraten, dass sie meine Mutter ist. Ich musste ihr erzählen, dass sie eine verwirrte Frau ist, der ich einen Job gegeben habe. Hör auf zu grinsen, Luca. Das ist nicht lustig. Wie kannst du in dieser Situation lachen?« Mo warf die Hände hoch. »Wie?«

»Ich bin sicher, Wanja hat nichts geahnt.«

»Bei ihr weiß man nie«, sagte Mo. »Sie hat so höhnisch gegrinst, als fände sie alles wahnsinnig amüsant. Kein Wunder, dass ihr beiden euch versteht.«

»Das ist nicht fair. Ich grinse, aber nicht höhnisch.«

»Was, wenn sie ahnt, dass ich ein Mensch bin?«, fragte Mo. »Sie hat mein Haus gesehen – nicht sehr vampirisch –, meine

Kleidung genauso und meine Fahrerin, die wirkte wie meine Mum. Oh Gott …« Mo legte die Hände vor das Gesicht und seufzte schwer.

»Und was sollte das ›Lass sie in Ruhe, Kate, sie haben Mädchenkram zu besprechen‹?«, fuhr sie unvermittelt fort und senkte die Hände. »Ich habe versucht, das Vampirkönigreich von Großbritannien als überzeugende Vampirkönigin zu führen, damit Steve der Psycho nicht wieder vorbeikommt und allen den Kopf abreißt. Ich habe nicht über Menstruationsprodukte geplaudert.«

»Das weiß ich natürlich«, antwortete Luca. »Aber es hat funktioniert. Sie ist zurück in die Garage gegangen.«

Dann zeigte er auf das Shampoo, das Mo in der Hand hielt.

»Ist das mein Shampoo? Genial.«

»Luca! Gerade ist möglicherweise meine gesamte Vampirtarnung aufgeflogen, und alles, was dir einfällt, ist, deine Wiedervereinigung mit deinem Lieblingshaarprodukt zu feiern?«

Sie wandte sich abrupt von ihm ab, nur um sich fast augenblicklich wieder umzudrehen.

»Wie hat sie mich hier gefunden? Hast du ihr gesagt, wo ich wohne?«

»Natürlich nicht«, sagte Luca.

»Sicher? Ich meine, ihr seid doch so gute Freunde. Ihr verbringt gern Zeit miteinander und plaudert und findet alles ungeheuer lustig – vielleicht hast du es ihr doch erzählt. Schließlich hast du ihr auch meine Festnetznummer gegeben.«

»Ich habe ihr deine Adresse nicht verraten, ich schwöre es.«

»Dann muss sie dir hierher gefolgt sein. Also ist es *in jedem Fall* deine Schuld.«

»Schieb das nicht mir in die Schuhe«, gab Luca zurück.

»Nicht?«, sagte Mo mit roten Wangen. »Wer soll denn sonst schuld sein? Diese Schafe da drüben? Nipper? Alexander der Große? Beyoncé? Meine Mum? Deine Mum? Wer?«

Luca seufzte. »Soll ich mit ihr reden? Ich kann sofort zu ihr fahren.«

»Aha, nur auf der Suche nach Gründen, Zeit mit ihr zu verbringen, in ihrer gemütlichen kleinen Hütte«, sagte Mo. »Guck nicht so entsetzt. Ihr seid offensichtlich mehr als Freunde. Warum gibst du es nicht einfach zu? Ich habe gesehen, wie vertraut ihr beide bei ihr wart, wie sie dich die ganze Zeit berührt hat, wie ihr Witze über die Reparatur gemacht habt, hahaha …«

»Du bist also eifersüchtig«, sagte er, nickte und wandte den Blick ab.

»Du wusstest genau, wo die Geschirrtücher waren«, sagte Mo und zeigte auf ihn.

»Und was beweist das?«

»Dass du dich bei ihr wie zu Hause gefühlt hast, viel zu sehr …«

Luca lachte bitter. »Oh wow. Mo, hör dir mal zu. Komm schon!«

»Ich wusste, dass ich Wanja nicht trauen konnte. Ich verstehe nicht einmal, warum sie hier ist.«

»Na ja, sie ist offensichtlich nach England gekommen, um mich dir wegzunehmen«, sagte Luca.

»Das hat Lou auch gesagt! Dass sie dich mir wegnehmen will.«

Luca schüttelte ungläubig den Kopf. »Mo, das war ein Witz. Würde es helfen, wenn ich dir sage, dass sie lesbisch ist?«

»Sie muss mich für dumm halten. Sie hat gestern Abend bestimmt über mich gelacht und gedacht, hahaha, Mo, du begreifst nicht, dass *ich* jetzt Lucas Freundin bin, während …«

»Mo!«

»… du dachtest, dass er dich mag und …«

»Mo!«, rief Luca. »Sie ist lesbisch.«

Mo sah ihn an und blinzelte. »Was?«

»Lesbisch. Wanja. Sie ist lesbisch«, sagte er. »Verstehst du?«

Die Erkenntnis wanderte über Mos Gesicht, ihr Ausdruck wechselte von verwirrt zu überrascht zu erfreut.

»Oh!«, sagte sie. »Oh, *verstehe*. Das ist großartig. Ich meine, super. Cool. Aber auch, wow. Ja!«

Sie atmete lang aus.

»Also, ihr beide seid nicht …?«

»Nein«, antwortete er.

»Und ihr werdet wahrscheinlich auch nie …?«

»Korrekt.«

Mo nickte. »Verstehe! Okay, das sind sehr, sehr interessante Neuigkeiten. Tolle Neuigkeiten, um genau zu sein. An die Möglichkeit habe ich überhaupt nicht gedacht. Wanja ist lesbisch. Hervorragend.«

»Ja, dann ist also jetzt alles in Ordnung. Wanja ist keine Bedrohung, weil sie nur Frauen datet«, sagte Luca. Mo überhörte seinen sarkastischen Tonfall.

»Genau!«, stimmte sie fröhlich zu.

Er seufzte wieder. »Aber schön zu wissen, dass du mir vertraut hast«, sagte er, und die Kälte in seiner Stimme ließ sie schließlich aufwachen.

»Oh, aber das habe ich, ehrlich«, sagte Mo und griff nach seinen Händen.

»Die Idee, dass ich dich betrügen und dann mit der Person vor dir abhängen würde …« Luca schüttelte den Kopf.

»Nein, natürlich würdest du das nicht tun«, sagte Mo. »Und ich habe dir vertraut. Ich vertraue dir! Ihr habt bloß so innig gewirkt.«

»Wir verstehen uns gut«, sagte Luca, als würde er jemandem, der sehr langsam begreift, etwas sehr Einfaches erklären. Und nun wirkte es tatsächlich einfach, dachte Mo. Sie verstanden sich einfach gut. Was war daran falsch? Nichts! Innerlich zuckte sie zusammen vor Scham, als sie die Wahrheit erkannte.

»Luca, es tut mir leid. Das war dumm von mir. Unsere Beziehung ist meine erste, das ist alles. Ich weiß nicht, wie so etwas geht.«

Nervös beobachtete sie sein Gesicht. Er lächelte nicht. Er schien

sie mit seinem Blick abzuschätzen, doch dann streckte er den Zeigefinger aus und tippte damit sanft auf ihre Nase.

»Was?«, fragte sie.

»Entschuldigung angenommen«, sagte er. Sie gingen zusammen
zurück zum Haus.

»Alles in Ordnung mit euch beiden?«, fragte Mos Mutter, als sie
an der Garage vorbeikamen. »Kam mir vor, als hättet ihr gestritten.
Keine Sorge, ich habe nichts gehört.«

»Alles in Ordnung, danke«, sagte Luca.

»Nie rann der Strom der treuen Liebe sanft«, rief sie ihnen hinterher. »Shakespeare, *Ein Sommernachtstraum.*«

Keiner der beiden reagierte.

»Gern geschehen«, sagte sie.

17. Kapitel

»Ist alles okay zwischen uns?«, fragte Mo nervös, als sie und Luca in ihrem Zimmer waren.

»Ja, ist es«, sagte Luca und schaute Mo fest in die Augen. »Aber ich hätte nicht erwartet, dass du so eifersüchtig und misstrauisch bist. Das erscheint mir nicht sehr ... Wie ist das Wort?«

»Cool? Ausgeglichen? Vertrauensvoll?«

»Ja«, sagte Luca, nun lächelnd. »All das.«

»Es hatte weniger damit zu tun, dass ich *dir* nicht vertraue – eigentlich ging es um Wanja. Irgendetwas an ihr macht mich kribbelig. Ich muss mich zusammenreißen. Sie war gestern Abend eigentlich richtig nett. Sorry noch mal.«

»Du brauchst nicht eifersüchtig auf sie zu sein, Mo, und du brauchst mich nicht wegzuschieben.«

»Okay«, sagte Mo leise.

»Hör auf, vor deinen Gefühlen für mich wegzulaufen.«

»Ich laufe nirgendwohin«, sagte Mo.

»Du läufst vor deinen Gefühlen weg, weil sie so stark sind. Ich verstehe, dass mit mir zusammen zu sein überwältigend ist – das wäre es für jede Frau.«

»Luca ... «, knurrte Mo, als ihr klar wurde, dass er sie aufzog.

»Denk dran – dankbar sein! Dein Freund ist der Hammer, und alles, was du tun musst, ist, dein Glück zu umarmen. Ihn umarmen, um genau zu sein.«

Er breitete die Arme aus. Mo gab ihm einen – nicht sehr harten – Stoß in den Magen. Er ließ sich zu Boden fallen, rollte sich zusammen und tat so, als würde er vor Schmerzen stöhnen.

»Jungs weinen nicht.«

»Das ist sexistisch«, sagte er. »Mensch, Mo. Zuerst bist du eifersüchtig und jetzt auch noch furchtbar sexistisch.«

Mo lachte. »Aber ich bin eine ganz gute Vampirkönigin«, sagte sie.

»*Das* überrascht mich nicht«, sagte Luca, der sich am Boden aufgesetzt hatte. »Hast du noch einmal etwas vom Vampirkönig gehört?«

»Er hat eine Weihnachtskarte geschickt, aber abgesehen davon nichts«, sagte Mo und zeigte Luca die Karte.

»Sieht gut aus, Stevie-Baby«, kommentierte Luca. »Hat er vergessen, sich ganz anzuziehen? Er trägt gar nichts obenrum.«

»Vielleicht hat ihm ein Bär das Hemd vom Leib gerissen«, sagte Mo.

»Und dann hat er den Bären mit bloßen Händen getötet und sein Blut getrunken?«

»Ziemlich sicher«, sagte Mo und lächelte Luca an. Als er zurücklächelte, schien alle Anspannung aus ihrem Körper zu fließen.

»Mo, hier ist deine Fahrerin«, rief ihre Mutter ein paar Stunden später die Treppe hoch. »Das Abendessen ist fertig. Kannst du selbstständig die Treppe herunterkommen oder soll ich dich abholen?«

»Deine Mum ist so lustig«, sagte Luca, als sie die Treppe hinuntergingen.

»Deine Mum ist so lustig«, wiederholte er, als sie später wieder in Mos Zimmer waren. »Sie hat die Fahrerin-Witze den ganzen Abend durchgezogen.«

»Wenigstens hat sie mich dadurch nicht über die geheimnisvolle neue Freundin auf dem Motorrad ausgefragt«, sagte Mo. »Zum Glück sieht Wanja nicht besonders vampirisch aus.«

»Keine Spitze oder Samt«, sagte Luca.

»Ja, sie braucht keinen neuen Look, stimmt's? Sie ist schon cool.« Mo seufzte.

»Was?«, fragte Luca.

»Ich wünschte, sie wäre nicht hierhergekommen. Sie hat viel zu viel gesehen. Was, wenn sie redet? Den anderen Vampiren erzählt, was sie gesehen hat?«

»Das tut sie bestimmt nicht«, sagte Luca.

»Wie kannst du dir da so sicher sein?«

»Ich kenne sie besser als du«, sagte Luca.

Mo verzog das Gesicht und entschuldigte sich dann. »Sorry, ich bin nicht eifersüchtig. Bin ich *nicht*. Ich vertraue dir. Wir hatten das schon.«

»Vielleicht solltest du sie besuchen, während ich weg bin«, sagte Luca. »Sie kennenlernen und selbst sehen, dass du ihr vertrauen kannst.«

»Oh, lieber nicht«, sagte Mo stirnrunzelnd. »Ich bin die Königin! Es ist keine gute Idee, Zeit mit meinen Untertanen zu verbringen. Das ist mir jetzt klar geworden.«

»Ich denke, das ist deine Entscheidung, Mo. Deine Herrschaft, deine Regeln, schon vergessen? Ihr beide habt einige Gemeinsamkeiten. Sie mag Wissenschaft und Lesen. Du magst Wissenschaft und Lesen. Und ihr beide mögt mich.«

Mo bemerkte sein freches Grinsen und seufzte laut, aber im Inneren fühlte es sich warm und gut an, dass Luca einen seiner »Bin ich nicht toll?«-Witze machte. Das war vertrautes, festes Terrain, und dafür war sie dankbar. Am nächsten Morgen würde er heimfliegen, um Weihnachten mit seiner Familie zu verbringen. Sie wollte, dass ihre letzten gemeinsamen Stunden bis dahin glücklich waren und keine Zweifel über ihrer Beziehung hingen, wenn sie sich verabschiedeten. Das taten sie schließlich auf der Türschwelle, bis Mos Vater ihnen sagte, sie sollten »es jetzt mal gut sein lassen«, und Luca ging rückwärts und Mo anlächelnd über den Kiesweg davon.

Anscheinend ist Wanja lesbisch.

Am nächsten Morgen lag Mo auf ihrem Bett und textete Lou.

Was? Sie hat also nicht versucht, Luca zu verführen? PUH!

Wohl nicht. Ich habe trotzdem ein komisches Gefühl bei ihr.

Vielleicht findest du sie heiß?, schrieb Lou.

Tue ich nicht.

Neue Nachricht von Lou.

Denk mal drüber nach. Fünfzehn Jahre lang glaubst du, keine Beziehung zu brauchen, willst nur lernen, jede Menge Mathe machen und für irgendeinen Verein arbeiten.

Für die Vereinten Nationen.

Wie auch immer.

Und plötzlich – bumm! Wachen all deine Hormone auf und du willst nicht nur einen Jungen – Luca –, sondern auch ein Mädchen.

Lou! Hör auf mit dem Quatsch!, schrieb Mo zurück. **Hormone können nicht ›aufwachen‹, das ist biologisch nicht vorgesehen.**

Ich finde es spannend, antwortete Lou. Stürz dich rein!

DAS ist es wirklich nicht. Das komische Gefühl kommt woanders her. Ich weiß nicht genau, was es ist. Ich glaube, ich muss Wanja aus meinem Leben raushalten. Grenzen setzen. Na ja. Wie sieht's aus mit Weihnachtseinkäufen?

Sie verabredeten sich für Montag. Bis dahin kamen weitere Vampirbriefe an. Jimmy schickte eine Postkarte aus Jamaika, in der er sich beschwerte, wie sonnig es dort war. Natascha schrieb mit der Bitte um eine Salbe für ihre steifen Gelenke und Sven bat um »eine modernistische Klinge, um sie im Kampf gegen die wuchernde Natur zu schwingen«. Das muss eine neue Axt sein, um Bäume zu fällen, entschied Mo, kaufte ihm aber bloß ein kleines Taschenmesser. Einem Wikingervampir eine scharfe Klinge in die Hand zu geben, fühlte sich nicht richtig an.

Olga und Lenka fragten, ob sie Gelnägel bekommen könnten, wenn sie versprächen, die Nageldesignerin nicht zu verspeisen. Ich wünschte, sie würden sich um ihre geistige Entwicklung mit derselben Sorgfalt kümmern wie um ihr Aussehen, dachte Mo. Sie buchte den Termin im Nagelstudio, bestellte aber zusätzlich Michelle Obamas Autobiografie. Die Mädchen wollten außerdem Eyeliner und Feuchttücher haben. »Einwegfeuchttücher sind schlecht für die Umwelt, Mädels«, schrieb Mo ihnen. »Sie enthalten Plastik und zersetzen sich nicht, selbst wenn das auf der Packung steht.« Sie machte sich eine Notiz, ihnen ein Video über Fettklumpen im Abwasser zu schicken, sobald sie Internet hatten.

»Sie müssen bald lernen, all diese Dinge selbst hinzubekommen«, murmelte Mo, als sie wieder einmal die Daten ihrer Dunkelkarte eingab. »Ich habe gesagt, dass ich sie nicht bemuttern werde, aber genau das tue ich momentan mehr oder weniger. Sobald sie online sind, hört das auf.« Wanja musste inzwischen bei allen Vampiren zu Hause gewesen sein, dachte Mo. Sie rechnete jeden Tag mit einer E-Mail. Stattdessen bekam sie Besuch. Es war vier Tage vor Weihnachten. Mo hatte zusammen mit Lou ihre Weihnachtseinkäufe in Middle Donny erledigt.

»Viel Glück morgen mit der Entfernung deines Gipses«, sagte Mo, als sie in Lower Donny aus dem Bus ausgestiegen waren.

»Ich kann es kaum erwarten!«, sagte Lou. »Dann kann ich dich endlich wieder richtig umarmen. Zurzeit kann ich die Hände nicht von den Krücken nehmen.«

»Du kannst die Finger nicht von deinen *Gehilfen* lassen, wie Danny sagen würde.«

»Ja, wo ich gehe und stehe.«

Mo lachte und gab ihrer Freundin einen Kuss auf die Wange.

»Hab dich lieb«, sagte sie im Weggehen.

»Hab dich superlieb.«

Mos Einkaufstüten waren sperrig – ein neues Kissen für ihre Mutter, ein dickes Buch über die Geschichte der Teppichknüpferei in der Türkei für ihren Vater. Als sie in die Gasse einbog, die zu ihrem Haus führte, fragte sie sich, ob sie mehr Tesafilm und vielleicht auch etwas für Nipper hätte kaufen sollen. In diesem Augenblick sah sie Wanja. Es war zu dunkel, um Einzelheiten auszumachen, aber sie erkannte den Umriss und die Mähne und natürlich das Motorrad.

»Was ist nur mit dieser Gasse los?«, murmelte Mo, während sie sich schnell etwas Ich-bin-kein-Mensch-Parfüm aufsprühte und die Haare glatt strich. »Bogdan hat immer hier auf mich gewartet, und nun Wanja.«

Sie beschleunigte ihre Schritte, richtete sich auf und ging selbstsicher auf sie zu.

»Guten Abend, Wanja«, sagte sie, um einen königlichen Tonfall bemüht.

»Hallo, Königin Mo«, sagte Wanja und zeigte auf ihre Tüten. »Einkaufen gewesen?«

Mos Herz klopfte. Gingen Vampire shoppen? Wie auch immer, dieser hier tut es, beschloss sie rasch, um sich zu beruhigen. Meine Herrschaft, meine Regeln.

»Ja«, antwortete sie, entschlossen, nicht ins Plappern zu geraten.

»Habt Ihr noch mehr Bücher über Führungskompetenzen gekauft? Ich habe neulich Michelle Obamas Autobiografie gelesen. Sie ist super. Habt Ihr sie gelesen?«

»Selbstverständlich«, sagte Mo bissig und dann, etwas sanfter: »Ich habe das Buch gerade Olga und Lenka zukommen lassen. Michelle ist eine meiner Heldinnen. Diszipliniert, gerecht, hart arbeitend.«

»Ein gutes Vorbild für jeden, Mensch oder Vampir«, sagte Wanja.

Auf einmal kam Mo sich albern vor. Es war, als hätte Wanja in ihr Innerstes blicken und ihre mädchenhafte Bewunderung für die ehemalige Präsidentengattin sehen können und mit der aktuellen Situation verglichen: Mo, die Vampirkönigin, die in Jeans und Daunenjacke vom Einkaufen zurückkam.

»Ich wollte Euch nicht überrumpeln, ich war bloß in der Gegend und dachte, ich gebe Bescheid, dass nun alle online sind.«

»Gut.«

»Es hat ein wenig gedauert, bis sie es begriffen haben, aber sie sollten nun in der Lage sein, E-Mails zu schreiben. Francis, der Bergsteiger, hatte besonderen Spaß daran, Bilder von Sonnenuntergängen zu googeln.«

»Gut.«

»Alle haben ihre neuen Kleider getragen. Massive Verbesserung. Jetzt sehen sie mehr wie wir aus, und wir sind cool, stimmt's?«

Mo war sich nicht sicher, ob Wanja das ernst meinte. Falls ja, dachte Mo, *will* ich überhaupt in einer Art Coole-Mädels-Mini-Gang mit ihr sein?

»Natascha hat entdeckt, dass sie Bingo liebt, und spielt es fast jeden Abend mit ihren Freunden aus der Seniorenwohnanlage. Ach, und die Schottenschocker haben mit Tai Chi angefangen.«

»Was? Das haben sie gar nicht erzählt.«

»Das ist noch ganz neu.«

Mo nickte und konnte der Versuchung nicht widerstehen, mehr positive Rückmeldungen einzuholen: »Sie haben also zufrieden gewirkt?«

»Ja. Sie sind glücklich mit Euch als Königin. Niemand hat böses Wort über Euch verloren.«

Mo nickte kurz und sah zu, wie Wanja nach ihrem Helm griff und ihn sich auf den Kopf drückte.

»Hör mal, bevor du gehst: Tut mir leid, dass ich neulich so schnell aufgebrochen bin, als ich bei dir war«, sagte Mo rasch.

»Kein Problem«, antwortete Wanja.

»Ich hätte nicht zu Besuch kommen sollen, und es wäre mir lieb, wenn du dich auch von meinem Zuhause fernhältst, das ja außerdem nur mein vorübergehender Wohnsitz ist. Komm nicht mehr hierher – es ist besser, wenn zwischen Königin und Untertanen klare Grenzen herrschen.«

»Klar, in Ordnung. Das verstehe ich.« Wanja nickte. Sie schwang sich auf ihr Motorrad. »Macht weiter so. Ich bin stolz auf Euch. Wir alle sind stolz auf Euch.«

Dann gab sie Gas und brauste davon. Mo ging die Gasse weiter auf ihr erleuchtetes Zuhause zu und dachte nicht darüber nach, wie gut sie sich als Vampirkönigin schlug, sondern darüber, dass Wanja stolz auf sie war, und fragte sich, warum ihr das so wichtig war.

18. Kapitel

Um maximal auszunutzen, dass die Vampire nun Internet hatten, beschloss Mo, gleich für den nächsten Tag ein weihnachtliches Zoom-Meeting anzusetzen, und versandte die Einladungen mit dem Link. Luca loggte sich etwas früher aus dem Haus seiner Familie ein, um allein mit Mo zu sprechen.

»Das wird perfekt«, sagte sie. »Keine Reisen – und auf keinen Fall werden sie erraten, dass ich ein Mensch bin, wenn sie mich weder riechen noch berühren können. Großartig.«

»Ich würde nur deinen Hintergrund verändern«, sagte Luca. »Ich kann dein Bett und Mr. Bakewell sehen.«

»Oh je, stimmt. Nicht besonders vampirisch. So. Berge. Perfekt.«

»Ich freue mich schon drauf, zwanzig Vampire mit moderner Technik kämpfen zu sehen. Das wird lustig.«

Es wurde lustig.

Als Erste erschien Natascha auf dem Monitor. Ihr normalerweise wirres graues Haar rahmte ihr Gesicht nun in einem geraden Bob. Olga und Lenka hatten offensichtlich ihre Glätteisen an ihr ausprobiert.

»Natascha, du bist auf leise gestellt«, sagte Mo.

Natascha redete – Mo sah ihre Mundbewegungen.

»Du musst auf das kleine Mikrofonsymbol gehen. Unten, das durchgestrichene Mikrofon.«

»… das nie begreifen. Was ist los? Das hier? Oder, Moment …«

»Natascha, ich höre dich jetzt. Du bist nicht mehr stumm. Das ist gut«, sagte Mo. »Kannst du die Kamera ein bisschen verschieben? So sehe ich nur das Innere deiner Nase.«

Weitere Gesichter tauchten auf. Derek, der in die Kamera winkte. Sven. Er trug ein Stirnband wie ein Tennisspieler aus den 1970er-Jahren – das war zumindest weniger Furcht einflößend als sein Wikingerhelm.

»Ich grüße Euch, meine Lehnsfrau, zu dieser gesegneten Abendstunde«, sagte er.

»Hallo Sven«, begrüßte ihn Mo. »Hi Pat. Hi Richard – könnt ihr mich hören?«

»Und ob wir das können«, sagte Pat und prustete wie ein kleines Mädchen. »Es ist, als wärt Ihr im selben Raum. Ein verdammt echtes, vollkommenes Wunder.«

Pat streichelte den Bildschirm. Selbst Richard schien zu lächeln, aber er saß hinter Pat, die ihn mit ihrer gewaltigen Hocksteckfrisur verdeckte, sodass Mo das nicht so genau erkennen konnte.

»Schöne Berge habt Ihr im Hintergrund, Eure Majestät«, sagte Pat.

»Oh, die sind nicht echt«, antwortete Mo.

»Natürlich. Berge sind absolut echt. Fragt Francis.«

Mo machte sich nicht die Mühe, Hintergründe zu erklären, zumal sich in diesem Augenblick die Schottenschocker zu ihnen gesellten.

»Leute, ihr habt irgendeinen Filter eingestellt«, sagte Mo und versuchte, ein Lächeln zu unterdrücken.

»Was bedeutet das?«, fragte Malcolm.

»Das bedeutet, dass der Computer eure Gesichter wie die von Katzen aussehen lässt«, erklärte Mo und biss sich von innen auf die Lippe, um nicht zu grinsen. Luca gab sich nicht so viel Mühe. Er hatte sich stumm gestellt, lachte sich aber unübersehbar schlapp.

Mo schickte ihm schnell eine Privatnachricht, dass er sich zusammenreißen oder seine Kamera ausschalten solle.

»Schaut mal auf den Bildschirm – könnt ihr sehen, dass etwas auf euren Gesichtern ist?«, sagte Mo.

Blinzelnd versuchten die drei Kerle etwas zu erkennen.

»Wer war das?«, donnerte Malcolm. »Niemand setzt eine Katze auf mein Gesicht, verstanden?«

Gegenseitig tasteten sie ihre Gesichter ab. Donald stand auf und Mo wurde klar, dass er hinter dem Laptop nachsah.

Olga und Lenka nutzten nun die Chatbox. An der Seite des Bildschirms häuften sich Katzen-Emojis, dann Tränen lachende Emojis, schockierte Gesichter, Herzen und schließlich sogar kleine Vampirsymbole.

»Ist das eine echte Katze?«, murmelte Pat fasziniert, die Augen weit aufgerissen. »Wurden sie von einer Hexe verflucht? Menschliche Hexen können unglaublich rachsüchtig sein.«

»Das sind nur Abbildungen von Katzen«, sagte Mo. »Ich schicke euch drei in einen Breakout-Raum mit Wanja, sie kann euch helfen, den Katzenfilter loszuwerden.«

Die Schocker und Wanja verschwanden.

»Was ist mit ihnen passiert?«, schrie Natascha auf.

»Alles in Ordnung«, sagte Mo. »Sie kommen gleich zurück. Ah, da sind sie ja, mit normalen Gesichtern. Okay, fangen wir an. Ich freue mich zu sehen, dass ihr eure neuen Kleider tragt. Ihr seht alle sehr schick aus.«

Die Vampire grinsten und redeten alle auf einmal, es war ein völliges Durcheinander.

»Stellt euch vielleicht auf stumm, wenn ihr nicht in der Runde etwas sagen wollt«, empfahl Mo. Weiteres Herumfummeln, Verwirrung. Mo beschloss, weiterzumachen.

»Ich möchte gern mit einer Achtsamkeitsübung beginnen. Das soll euch dabei unterstützen, euch auf die Gegenwart zu konzentrieren«, sagte sie. »Nicht auf die Vergangenheit und auch nicht auf die Zukunft. Es soll euch helfen, die Sorgen über die Vampirjäger und das S-Wort – das wir nicht in den Mund nehmen – zu vergessen.«

»Die Säuberungen«, sagte Derek.

»Ich dachte, wir wollten es nicht aussprechen.«

»Vielleicht müssen wir es zurückerobern, uns zu eigen machen«, schlug Derek vor. »Auf diese Weise können wir ihm seine Macht nehmen.«

»Wunderbare Idee, Derek«, sagte Mo. »Okay, ich möchte, dass ihr die Augen schließt und euch eine Zitrone vorstellt.«

»Sind Zitronen die gelben oder die grünen?«, fragte Natascha. »Es ist schon so lange her, dass ich Obst gegessen habe.«

»Die gelben«, sagte Derek. »Die grünen sind Limetten.«

»Ah ja, jetzt erinnere ich mich.«

»Stellt euch die Zitrone in allen Einzelheiten vor«, ermunterte Mo sie.

»Wir haben Obst gehasst«, sagte Olga.

»Und Gemüse«, fügte Lenka hinzu. »Was war das grüne Zeug, das wir essen mussten?«

»Spinat.«

»Nein, das andere, das aussah wie kleine Bäumchen.«

»Brokkoli.«

»Ich mag Zitronen nicht«, meldete sich Derek zu Wort. »Sie sind ziemlich sauer.«

»Du magst keine Zitronen, weil du allgemein keine Lebensmittel magst, oder?«, kommentierte Pat. »Du nimmst Blut zu dir und du bist ein Vampir. Das Thema hatten wir schon, Derek.«

Derek fauchte.

»Dann stellt euch etwas anderes vor«, sagte Mo.

»Eine Milz?«, fragte Natascha.

»Meinetwegen«, sagte Mo. Ihr fiel auf, dass Lucas Kamera ausgestellt war. Wahrscheinlich konnte er sich kaum halten vor Lachen. Mo fuhr fort.

»Alle einverstanden mit einer Milz?«

Die Vampire nickten.

»Gut. Ausgezeichnet. Dann fangen wir an.«

19. Kapitel

»Also gut«, sagte Mo langsam mit sanfter Stimme. »Nun haltet die Milz in euren Händen. Wie fühlt sie sich an? Ist sie schwer?«

»Meine ist ziemlich schwer«, sagte Pat mit geschlossenen Augen, die Hände vor sich zu einer Schale zusammengelegt. »Es ist eine große Milz.«

»Versucht, nicht zu sprechen, bitte, stellt euch das nur im Geiste vor«, sagte Mo. »Haltet die Milz. Nehmt ihr Gewicht wahr. Und nun ihre Struktur. Fühlt sie sich glatt an? Ist sie uneben? Nass? Ist sie weich und schwammartig oder dicht und hart? Und nun haltet sie euch an die Nase. Wie riecht sie?«

Luca tauchte wieder auf, die Augen groß wie Ampellichter. Er konnte nicht glauben, dass seine Freundin gerade zwanzig Vampire dazu aufforderte, sich vorzustellen, an einer Milz zu schnuppern.

»Drückt die Milz ein wenig zusammen und fangt die Tropfen in einem Glas auf«, sagte Mo und sah zu, wie die Vampire Quetschgesten mit den Händen machten. »Hebt das Glas zu den Lippen und trinkt.«

Sie gaben vor zu trinken. Olga und Lenka lächelten. Derek leckte sich die Lippen. Sven grunzte zufrieden.

»Und jetzt öffnet allmählich und behutsam die Augen«, sagte Mo.

Blinzelnd taten die Vampire wie geheißen und richteten die Blicke wieder auf sie.

»Wie war das? Ich hoffe, viele von euch konnten die Milz wirklich spüren und schmecken. Wie sieht es aus?«

»Ihr kräftiger Geschmack erinnerte mich an einen nordischen Landwirt, den ich einmal verspeist habe«, sagte Sven.

»Ich fand, es schmeckte eher nach Honig«, sagte Olga.

»Wir haben früher Honig geliebt«, ergänzte Lenka.

»Aber warum trinken wir von einer vorgestellten Milz?«, fragte Pat.

»Es zeigt, dass ihr eure Gedanken mit der Wirklichkeit verwechseln könnt«, erklärte Mo. »Eure Vorstellungskraft ist so mächtig, dass ihr glauben könnt, was ihr denkt, sei real. Da war keine Milz, und dennoch konntet ihr sie spüren und schmecken.«

»Ja, und?«, fragte Pat schnippisch.

»Na ja, jedes Mal, wenn ihr euch Sorgen macht, die Vampirjäger könnten euch auflauern, denkt daran, dass eure Sorgen bloß Einbildungen sind – sie sind nicht real. Kommt dann einfach wieder zurück ins Hier und Jetzt. Seid dankbar für das, was heute ist. Die Zukunft kennen wir nicht, alles, was wir haben, ist heute.«

Die Vampire schwiegen nachdenklich. Sogar Pat.

»Ihr könnt die Milz-Übung jederzeit durchführen, wenn ihr angespannt seid oder euch Sorgen macht. Oder ihr arbeitet an eurer Atmung.«

»Ich glaube kaum, dass ich das nötig habe«, grummelte Pat. »Ich atme seit Hunderten von Jahren.«

»Ich schicke euch eine Mail mit einigen geführten Atemübungen«, sagte Mo. »Nach all den Jahren der Angst können die sehr hilfreich sein.«

»Also, ich fühle mich auf jeden Fall angenehm entspannt«, sagte Natascha. Andere nickten.

»Ich fühle mich bloß hungrig«, sagte Pat. »Hätte nichts gegen ein bisschen echte Milz einzuwenden.« Sie machte wieder eine Quetschgeste mit den Händen und zog gleichzeitig eine Grimasse, die Mo ein wenig abstoßend fand. Zeit, zum Ende zu kommen.

»Sehr gut«, sagte Mo. »Beenden wir dieses Treffen der britischen Vampire. Ich lade euch bald zu einem weiteren Online-Meeting ein.«

»Aber können wir uns auch wieder persönlich treffen?«, fragte Derek. »Vielleicht das ein oder andere gesellige Zusammensein organisieren?«

»Ich erfreue mich an herzlichen Zechgelagen zu nächtlicher Stunde«, bekräftigte Sven.

»Aye, das würden wir auch begrüßen«, sagte Malcolm. »Vielleicht ein All-you-can-eat-Buffet mit Menschen? Und Tanz?«

»Wie wäre es mit etwas, das eure Gesundheit und euer Wohlbefinden wirklich fördert?«, fragte Mo.

»Das tut ein All-you-can-eat-Buffet«, sagte Malcolm. »Nichts ist förderlicher als das.«

»Vielleicht hat Eure Majestät an ein Yoga-Wochenende gedacht? Oder einen Parfüm-Workshop? Oder Kunsttherapie?«, schlug Derek vor. Da hat jemand TripAdvisor entdeckt, dachte Mo.

»Kunst?«, dröhnte Pat. »Was sollen wir denn mit Kunst?«

»Wir könnten vom lebenden Modell abzeichnen«, sagte Derek.

»Nur, wenn ich das Modell danach verspeisen darf«, sagte Pat. »Auf gar keinen Fall kann ich stundenlang einen Menschen anschauen und ihn nur abzeichnen. Das ist wie eine Speisekarte anstarren, ohne etwas zu bestellen. Vergiss es – keine Chance auf dieser winzigen, lächerlichen Erde.«

»Das war nur ein Vorschlag, Pat«, sagte Derek beleidigt. »Hast du etwa eine bessere Idee?«

»Ich habe eine Idee, aber nicht so etwas Dummes wie Zeichenunterricht«, sagte Pat. »Es ist etwas Ehrgeizigeres.«

»Wandgemälde? Streetart?«, fragte Derek.

»Halt die Klappe, Derek«, sagte Pat hitzig. »Königin Mo, ich habe einen Brief von meiner Cousine Ludmilla bekommen, die im Osten lebt. Zuerst der ganze übliche Kram – wir waren im Sommer an der Küste, Bobs Rücken macht immer noch Probleme, bla, bla –, aber dann hat sie erwähnt, es gäbe Gerüchte, dass der Vampirkönig diesen Sommer heiraten wird. Er hat sein Schloss auf Vordermann bringen lassen. Er hat seine Vampirgesandten auf die Suche nach einer möglichen Braut geschickt. Ludmilla war extrem angetan davon. Vampirhochzeiten sind traditionell sehr dekadent, wisst Ihr? Aber wenn das wahr ist, würde ihn das noch mächtiger machen. Es würde seine Stellung in Europa festigen, und wer auch immer seine Zukünftige ist, könnte auf die Idee kommen, Euch zickzack vom Thron zu stürzen.«

»Verstehe«, sagte Mo.

»Es wirkt nicht gerade, als würdet ihr es *wirklich* verstehen, Majestät«, sagte Pat ungeduldig. »Der Punkt ist, nun ist die Zeit, zuzuschlagen, Königin Mo. Sagt nur ein Wort. Ich werde Euch mit Freuden dabei unterstützen.«

»Bei einem Coup d'État?«, fragte Mo.

»Einem was?«

»Einem Aufstand? Ist es das, worauf du hinauswillst?«

»Ja!«, sagte Pat – das Wort wurde zu einem langen, begeisterten Fauchen. »Werft diesen nutzlosen, arroganten König von seinem fetten Thron und übernehmt die Kontrolle. Ihr könntet über Großbritannien und ganz Europa herrschen. Ihr würdet das viel besser machen als dieses verwöhnte, Medaillons tragende dumme Blag.«

Die Vampire leckten sich die Lippen, nickten und hatten sich weit zu ihren Bildschirmen vorgebeugt. Alle außer Wanja, die in ihrer ruhigen Beobachterposition blieb.

»Ich habe euch schon bei unserem ersten Treffen gesagt, dass ich das nicht tun werde«, sagte Mo mit so viel Nachdruck wie möglich. Enttäuscht ließen sich die Vampire zurücksinken. »Wenn du oder irgendeiner von uns ihn tötet, bringen wir möglicherweise Hunderte Vampire aus dem Osten gegen uns auf, die den König rächen wollen.«

»Kuhfladenplumps!«, sagte Pat. »Sie hassen ihn alle genauso

wie wir. Sie wären verdammt dankbar. Befreit uns von diesem nichtsnutzigen, albernen Pfau.«

»Es ist zu gefährlich«, sagte Mo. »Das könnte zu einem Bürgerkrieg zwischen den Vampiren führen. Wir könnten alle sterben und was dann?«

»Wären wir tot?«, sagte Derek.

»Ja, genau. Wollt ihr tot sein?«

»Sind wir schon«, antwortete er.

»Noch toter? Supertot?«

»Nein, okay, das wollen wir nicht. Das klingt nicht gut.«

Pat warf die Hände in die Luft. »Ich denke nach wie vor, dass es das Richtige wäre. Rache an ihm dafür, dass er so lange ein schlechter Anführer war, und ein ausgezeichneter Karriereschritt für Euch, Königin Mo.«

»Nein. Ich verbiete es«, sagte Mo und starrte streng in die Kamera. »Jetzt ist die Zeit, eure neue Freiheit als Vampire zu genießen, nicht, sie wieder zu verlieren, indem ihr den Vampirkönig gegen euch aufbringt. Er ist sehr brutal und regt sich leicht auf. Man muss vorsichtig mit ihm umgehen. Überlasst ihn mir, verstanden? Kein Gerede mehr über einen Putsch.«

Einige Vampire zuckten mit den Schultern, andere nickten. Pat verschränkte die Arme vor der Brust wie ein Kind, das sich weigert, sich dafür zu entschuldigen, dass es die Sofakissen mit Schokoaufstrich beschmiert hat.

»Beenden wir das Treffen mit einem Treueschwur.«

»Schon wieder?«, fragte Derek. »Das haben wir doch schon im Hotel getan.«

»Da braucht jemand Bestätigung«, murmelte Pat.

»Ich kann dich hören, Pat«, sagte Mo.

Pat stellte sich stumm und sagte über die Schulter etwas zu Richard.

»Also, schwört ihr mir, eurer Königin, immer noch die Treue?«

»Natürlich«, sagte Derek. »Warum sollten wir das nicht tun?«

»Ihr habt in den vergangenen Tagen mehr für uns getan als der Vampirkönig in Jahrzehnten«, sagte Natascha. »Ich persönlich bin Euch so dankbar.«

»Ja, Ihr seid die Beste, Königin Mo«, sagten Olga und Lenka und schickten eine Reihe von Emojis: Ballons, Sterne, Herzen. »Aber könnten wir auch noch Handys bekommen?«

»Meine Lehnstreue bleibt so massiv wie die Fjorde der Wikingerlande«, sagte Sven.

»Danke«, sagte Mo und versuchte, eher königlich als erfreut zu klingen (obwohl sie es war). »Massiv ist gut. Unsere Stärke liegt in unserer Einigkeit. Stolze Vampire Großbritanniens stehen zusammen.«

»Teamwork ist der Schlüssel zum Erfolg«, mischte Derek sich grinsend ein.

»Ich bin immer noch der Meinung, dass Ihr den Vampirkönig stürzen solltet, aber egal, ich stehe hinter Euch«, sagte Pat. »Wir alle stehen hinter Euch. Hier gibt es keine Verräter. Ich hasse Verräter total. Tod allen Verrätern. Stimmt's, Vampire?«

Die anderen nickten und fauchten.

»Gut. Dann sind wir fertig für heute«, sagte Mo. »Gehabt euch wohl, meine treuen Vampiruntertanen. Auf Wiedersehen.«

Mo sah zu, wie die Vampire einer nach dem anderen herausfanden, wie sie sich ausloggen konnten, und vom Bildschirm verschwanden, bis nur noch sie und Luca übrig waren.

»Das war großartig«, sagte er. »Unfassbar witzig, aber auch großartig.«

»Sven hat seinen Milzsaft sehr genossen.«

»Er war mit ganzer Seele dabei!«

»Und Olga und Lenka haben Emojis für sich entdeckt. Diese Vampire sind fit für das einundzwanzigste Jahrhundert. Dagegen sieht König Stevies Plaudermaus alt aus.«

»Dass sie putschen und dich auf den Thron setzen wollen, ist allerdings nicht so gut.«

»Das stimmt«, sagte Mo. »Ich wünschte, sie würden aufhören, darüber zu reden. Das ist Verrat! Sie könnten mich in ernsthafte Schwierigkeiten bringen. Und ich kann es auf keinen Fall machen – ich habe im Sommer Abschlussprüfungen.«

»Sie werden von nun an sowieso stundenlang an ihren Laptops hängen und nicht mehr an den Vampirkönig denken.«

»Das ist das Ziel«, sagte Mo. »Gut, ich muss Schluss machen. Ich übernachte heute bei Lou. Ihr wurde heute der Gips abgenommen. Die Haut darunter ist wohl ganz blass geworden und an ihrem Bein sind lange, dunkle Haare gewachsen, wie bei einem Werwolf.«

Luca riss die Augen auf.

»Denkst du, sie ist einer?«, fragte er entsetzt. Dann lachte er. »War nur ein Witz.«

»Ich dachte, du würdest mir erzählen, dass es auch Werwölfe gibt.«

»Auf keinen Fall!«, sagte Luca. »Vampire ja, aber Werwölfe? Vergiss es. Menschen, die sich bei Vollmond in riesige Wölfe verwandeln und herumlaufen und andere Menschen auffressen? Das ist das Dümmste, das ich je gehört habe.«

»Ja, viel dümmer als Menschen, die zu untoten Wesen der Nacht werden, die Blut saugen und nur durch Pfählen oder Sonnenlicht getötet werden können«, sagte Mo.

»Genau«, sagte Luca. »Grüß Lou von mir. Ich wünschte, ich wäre da und könnte mir ihr extrem behaartes, verschrumpeltes Bein anschauen. Klingt super.«

»Das werde ich ihr ausrichten.«

20. Kapitel

Einen großen Teil der Weihnachtsferien verbrachte Mo mit Essen. Sie sah sich mit Lou und Nipper in Lous Bett Filme an, knabberte Chips und, der Jahreszeit entsprechend, Mini-Stollen. Zu Hause schaufelte sie sich die Festmähler rein, die ihr Vater zubereitete. Es begann an Heiligabend mit Mikes mega massivem Mjamjam-Mahl, wie er es nannte. (Etwas übertrieben, es war bloß ein Eintopf.) Als am 29. Dezember um sechs Uhr abends die Türglocke klingelte, fühlte sich Mo, als würde sie zur Tür watscheln, um sie zu öffnen. Ihre Haare waren zerzaust vom Mittagsschlaf auf dem Sofa und der oberste Knopf ihrer Jeans stand offen.

»Luca!«, rief sie erschrocken.

»Hi«, sagte er und sein typisches Strahlen badete sie in köstlicher, honigartiger Wärme, seine perfekten Zähne glänzten wie Sonnenlicht auf Neuschnee.

»Wer ist es?«, fragte Mos Mutter auf dem Weg in die Küche. »Nein! Luca?«

Sie schob Mo beiseite und drückte Luca fest, führte ihn dann ins Wohnzimmer, wo Mos Vater rasch ein paar Fragen auf ihn abfeuerte – »Wie lang hast du gebraucht, um hierherzukommen? Bist du über Middle Donny gekommen oder direkt durch das Dorf? Viel Verkehr? Füchse auf der Straße? Dachse?« –, die Luca mit Nicken und Lächeln überstand, bis Mos Eltern in die Küche gingen, um noch mehr Essen zu holen.

»Du bist früher zurück als geplant«, sagte Mo, als sie endlich allein waren.

»Ich habe dich vermisst.« Er strahlte sie an.

122

Warum merkt man erst, wie sehr man jemanden vermisst hat, wenn derjenige wieder da ist?, dachte Mo und strahlte zurück. Dann kamen ihre Eltern mit Sandwiches und Stollen zurück. Im Fernsehen lief ein kitschiger Weihnachtsfilm, die Lichter am Weihnachtsbaum blinkten – das sollten sie eigentlich nicht tun, etwas stimmte nicht mit der Verkabelung – und Mo saß still und nah bei Luca und spürte, wie die Wärme seines Körpers auf ihren abstrahlte.

»Gut, dass du wieder da bist, du kannst mir morgen helfen, den Garten für Kates Party mit Teppich auszulegen«, sagte Mos Vater.

»Ich wusste gar nicht, dass man im Garten Teppich legen kann«, sagte Luca.

»Teppich geht überall.«

»Auch auf einem Hund?«

»Sei nicht albern – auf allem, was sich lang genug nicht bewegt.«

»Ein gut erzogener Hund?«

Mo stieß ihm den Ellbogen in die Seite.

Obwohl er zahlreiche Anekdoten zum Verlegen von Teppichen über sich ergehen lassen musste, erschien Luca früh am nächsten Morgen, um zu helfen.

»Dein Freund ist ein Teppichlegernaturtalent«, sagte Mos Vater später zu ihr. »Er ist begabt. Er könnte es weit bringen.«

»In der Teppichwelt? Oder in der Welt?«, fragte Mo und hoffte, er bezog sich auf Letzteres.

»Gibt es da einen Unterschied?«, fragte er zurück. »Ich werde mit ihm darüber sprechen. Wenn du kein Interesse daran hast, das Familienunternehmen weiterzuführen, tut er es vielleicht, wenn er mit seinem Technologiedingsbumsstudium fertig ist.«

Mo hatte viele Einwände dagegen, aber bevor sie etwas sagen konnte, war ihr Vater wieder zu Luca zurückmarschiert und rief: »Nimm die Reißklaue!«, was in Mos Ohren ziemlich aggressiv klang, es ließ sie wieder an Werwölfe denken. Doch Luca wusste, was gemeint war, und griff nach dem richtigen Werkzeug.

Am Nachmittag kam Lou vorbei, um bei der Dekoration von Haus und Garten zu helfen. Sie brachte die Girlanden mit, die Mo wenige Wochen zuvor im Gemeindesaal von Lower Donny für den Empfang des Vampirkönigs aufgehangen hatte. Heute hängten sie die Girlanden über die Eingangstür und zwischen die beiden Apfelbäume, die an beiden Seiten des – nun mit Teppich ausgelegten – Rasens standen. Lampions hingen von den Zweigen und der Geruch nach Würstchen und Punsch erfüllte das Haus.

Ab sechs Uhr abends kamen die Nachbarn angeströmt, darunter auch Mrs. Spreadbury und die Mitglieder des Häkelclubs von Lower Donny. Als sie Luca wieder erblickten, fingen sie augenblicklich an zu turteln.

»Sie scheinen deinen Freund zu mögen«, sagte Mos Vater. »Ein guter Teppichverleger flößt allen Respekt ein.«

»Was redet er da?«, fragte Lou, als Mos Vater weitergegangen war.

»Frag nicht. Ignorier meinen Vater einfach. Das mache ich auch so. Komm, wir holen uns etwas Punsch. Mum hat ihn nach ihrem Spezialrezept gemacht.«

»Was ist so speziell daran?«

»Du wirst schon sehen«, sagte Mo und reichte Lou ein Glas. Beide nahmen einen Schluck und verzogen das Gesicht.

»Oh Gott, ist das ekelhaft«, sagte Lou und hielt sich die Hand vor den Mund, um nicht auszuspucken. »So was wie Limo mit Zwiebeln? Ist da Alkohol drin?«

»Nope.«

»Aber Zucker. So viel Zucker. Er ist so süß, dass mein Mund komische Dinge macht. Ich bekomme keine Luft. Schnell, lass uns rausgehen.«

Sie huschten in den Garten.

»Mach das hier, Lou«, sagte Mo. »Streck die Zunge raus und leck die Luft. Das hilft.«

Lou streckte die Zunge heraus und die beiden leckten die kalte Abendluft, bis sie sich vor Kichern den Bauch hielten.

»Ihr scheint meinen Punsch ja zu genießen«, rief Mos Mutter aus dem Küchenfenster. »Wie wär's mit einer zweiten Runde? In dem Rezept sind ein paar geheime Gewürze, die ich niemandem verrate.«

»Wie sieht es aus mit Zucker?«, fragte Lou.

»Nur eine Prise«, sagte Mos Mutter.

Die beiden prusteten wieder los.

»Was ist denn so lustig?«, fragte Luca.

»Wir haben einen enormen Zuckerschock«, erklärte Lou. »Komm, lasst uns tanzen. Kein Gips und keine Krücken mehr. Ich will mich bewegen!«

Sie griff nach Lucas Hand und führte ihn auf die Tanzfläche. Mo folgte und stand dann etwas steif herum.

»Komm schon, Mo, tanz!«

Sie zogen sie in ihre Mitte, begannen, auf und ab zu hüpfen, und zwangen Mo, mitzumachen, was sie lachend und kreischend tat, bis sie sich losriss und sich auf ihre eigene Art und Weise bewegte.

»Yas Queen!«, rief Lou applaudierend. »Die Königin geht ab. Du tanzt richtig gut, Mo. Wer hätte das gedacht?«

Mo antwortete nicht, sie war zu sehr in die Musik vertieft. Die Luft war kalt, aber ihr war warm, ihre Wangen glühten rosa und ihre Augen glitzerten. Luca sprang mit Lou auf dem Rücken auf der Tanzfläche herum.

»Sieh dir die Mitglieder des Häkelclubs an«, rief Lou Mo zu. »Die können sich bewegen. Whoop! Whoop! Häkel-club! Häkel-club! Häkel-club!«

Sie tanzten eine halbe Ewigkeit, bis Mos Vater am Ende des Abends das Mikrofon nahm und eine Rede über seine unsterbliche Liebe zu seiner Kate hielt. Mo hörte nichts, weil sie sich die Finger in die Ohren gesteckt hatte. Dann begannen ihre Eltern mit dem Klammerblues.

»Das sehen wir uns *nicht* an«, sagte Mo, nahm Luca bei der Hand und führte ihn rasch fort.

»Ob meine Eltern jemals aufhören, peinlich zu sein?«, fragte sie, als sie den dunkleren Teil des Gartens erreicht hatten.

»Sie sind doch süß. Nach so langer Zeit noch verliebt.« Luca zog Mo an sich heran. »Sollen wir auch tanzen?«

»Oh nein, nein, nein, das geht gar nicht«, protestierte Mo, aber er wiegte sie bereits langsam hin und her.

»Weißt du noch, wie wir einmal auf dem Marktplatz von Middle Donny getanzt haben?«

»Kommt mir vor wie eine Ewigkeit«, sagte Mo. »Da waren wir noch gar nicht zusammen.«

»Aber du warst schon verrückt nach mir.«

Sie piekste ihm in die Rippen.

»Jetzt sind wir zusammen, du bist die Königin, die Vampire sind zufrieden und es sind keine Drohungen vom Vampirkönig gekommen. Hast du dir das schon bewusst gemacht, Mo?«

»Es läuft ziemlich gut.«

Er beugte sie zurück und sie schrie auf.

»Es läuft hervorragend«, sagte er, holte sie wieder hoch und küsste sie.

»Ah, wunderbar«, sagte eine Stimme im Schatten.

Mo und Luca sprangen auseinander und standen ganz still, suchten die Dunkelheit ab.

»Wer ist da?«, rief Luca.

»Du kennst mich viel gut«, sagte die Stimme. Sie klang vertraut. Und das Gesicht, das nun aus der Dunkelheit auftauchte, war ebenfalls kein unbekanntes. Stechende Augen, kurze graue Haare, schmale Lippen.

»Bogdan!«, sagte Luca und rannte zu ihm.

»Mein lieber Luca«, sagte dieser strahlend. »Ich bin so aufregend, dich zu sehen. Und Königin Mo, du bist auch da.«

Wütend schüttelte Mo den Kopf und marschierte auf Bogdan zu.

»Was zum Teufel tust du denn hier? Das ist die Geburtstagsparty meiner Mutter. Willst du mich in gewaltige Schwierigkeiten bringen?«

»Überraschender Besuch!«, sagte er mit funkelnden Augen. »Ich will keine Schäden anrichten. Ich bin gerade erst in Großbritannien angekommen und hatte viel große Lust, euch beide zu sehen.«

»Aber warum bist du überhaupt gekommen? Ich dachte, du wärst in der Karibik?«

»Ich habe ihm gesagt, es wäre in Ordnung«, sagte Luca.

»Was?«

»Er hat mir auch Postkarten geschickt und erzählt, dass er sich einsam fühlt. Da habe ich ihm gesagt, er könne uns besuchen.«

»Und das wollte ich tun und nun bin ich hier«, sagte Bogdan freudestrahlend.

»Mo, es ist alles okay, solange er niemanden verspeist«, sagte Luca. Dann, zu Bogdan gewandt: »Ihr werdet doch niemanden von Mos Familie oder Freunden aussaugen, oder, mein Herr?«

»Moment mal, ich bin jetzt die Herrin hier«, sagte Mo.

»Ich dachte, du möchtest nicht so genannt werden«, sagte Luca.

»Nein, aber trotzdem – das heißt nicht, dass du Bogdan so ansprechen kannst. Er ist im Ruhestand. Bogdan, es ist schön, dich zu sehen, natürlich ist es das, aber bitte geh wieder!«

»Können wir uns treffen, wenn Gäste weg sind?«, bat er. »Ich vermisse euch.«

Eine Stimme von der Tanzfläche rief: »Mo! Wo bist du? Wir schneiden den Kuchen an.«

»Das ist Dad«, flüsterte Mo. »Okay, um Mitternacht im Schuppen. Aber jetzt geh bitte weit, weit weg.«

Bogdan verbeugte sich und zog sich zurück.

»Ein Vampir auf der Geburtstagsfeier meiner Mum. Nicht gut! Er hätte Bescheid sagen sollen, dass er hierherkommt.«

»Aber schön, ihn zu sehen, oder?«, fragte Luca.

Mo antwortete nicht. Nervös warf sie einen Blick über die Schulter nach hinten in die Dunkelheit. Sah sie dort eine Gestalt, die auf die Büsche zuhuschte? Der Mond schien zu schwach, um etwas zu sehen. Sie starrte angestrengt in die Richtung. Da war es wieder! Eine rasche Bewegung. Jemand ging davon. Bogdan? Aber die Gestalt war kleiner und schneller.

»Was ist?«, fragte Luca.

»Ich glaube, ich habe etwas gesehen …«

»Wahrscheinlich bloß Bogdan, der abgehauen ist, so wie du es wolltest. Gehen wir«, sagte Luca und zog Mo weiter. »Jetzt gibt's Kuchen.«

21. Kapitel

Alle hatten sich in der Küche versammelt, wo ein riesiger Kuchen auf dem Tisch stand. Mos Vater schnitt ihn mit einem langen, scharfen Messer an – »Zuerst die Gemüselasagne und jetzt das«, flüsterte Luca – und Mos Mutter verteilte die Stücke.

»Es ist schon fast elf«, sagte Luca. »Bist du sicher, dass um Mitternacht alle weg sind?«

»Ganz sicher«, sagte Mo. »Die Leute aus Lower Donny feiern wild, aber nicht lang. Sie haben auf den Kuchen gewartet, aber bald machen sie sich auf den Weg.«

Sie hatte recht. Um Mitternacht waren alle Gäste gegangen. Nur Mos Mutter und Vater waren noch da, leerten Flaschen und räumten die Spülmaschine ein. Sie bekamen nicht mit, dass Mo und Luca aus dem Haus schlüpften und zum Schuppen gingen.

»Kommt mir irgendwie bekannt vor«, flüsterte Mo Luca zu. »Durch den Garten zum Schuppen zu gehen, um Bogdan zu treffen.«

Sie rief sich die Verwandlungszeremonie ins Gedächtnis, die dort stattgefunden hatte. Dabei hatten sie Bogdans Blut in einem Plastiksandeimer für Kinder aufgefangen, Mo hatte vorgegeben, es zu trinken, und sich daraufhin brüllend und mit falschen Vampirzähnen im Mund umgedreht. Die Vampirkönigin! Sie erinnerte sich an Bogdans Gesicht voller kindlicher Freude und Erstaunen.

Sie zogen die Schuppentür auf. Drinnen saß Bogdan gemütlich im Sessel, als wäre er nie fort gewesen. Er sprang auf, als er Mo und Luca sah, und breitete die Arme aus. Mo umarmte ihn und dachte dabei:

Klar, warum nicht, Vampire umarmen ist nichts Besonderes mehr für mich.

»Sehe ich viel gut aus? Ich sage dir, Mo, im Ruhestand zu sein ist sehr schön und entspannend. Keine Sorgen mehr, weißt du? Kein großer Stress.«

»Du siehst fantastisch aus«, sagte Mo. »Deine Wangen haben sogar ein wenig Farbe bekommen, das sieht man selten bei einem Vampir.«

Sie lachten.

»Ja, ja, ja, Ruhestand ist gut, aber ich habe mich ein klein wenig langweilig gefühlt. Deshalb dachte ich, ich besuche einmal meine Lieblings-nicht-vampirische-Herrscherin und ihre Familie, ja? Und danach ein kleiner Roadtrip zurück in die alte Heimat. Ich muss an meinem Schneider vorbeischauen. Die Kleider auf meiner Karibikinsel sind viel hässlich. Blumenhemden und weite kurze Hosen. Igitt! Aber genug von mir, wie geht es euch? Mo, du siehst hervorragend aus. Kümmert sich Luca gut um dich?«

Mo errötete ein wenig.

Bogdan klopfte Luca väterlich auf den Rücken und setzte sich dann wieder. »Und wie ist das Regieren als Vampirkönigin?«

»Gut«, sagte Mo.

»Die anderen Vampire – sind sie zufrieden?«

»Ich denke schon«, antwortete Mo. Sie beschloss, nicht zu erwähnen, dass Pat danach lechzte, den Vampirkönig zu töten.

»Sie ist bescheiden«, mischte sich Luca ein. »Sie ist eine großartige Anführerin. Und die Vampire sind ihr wirklich wichtig.«

»Ausgezeichnet. Ich wusste, das würde der Fall sein«, sagte Bogdan. »Klingt viel beeindruckend, Mo. Das ist der Trick, nicht wahr? Das Gleichgewicht hinzubekommen. Wenn die Vampire nicht auf dich hören, denkt der Vampirkönig, du bist schwach. Aber wenn sie dich zu sehr mögen, hält er dich für eine Bedrohung.«

»Ich bin keine Bedrohung.«

»Nicht beliebt genug, und er hält dich für eine Versagerkönigin. Zu beliebt, und er hält dich für gefährlich.«

»Ich bin auch keine Gefahr«, sagte Mo, etwas lauter.

»Wenn sie dich nicht respektieren, hält er dich für erbärmlich. Respektieren sie dich zu sehr, glaubt er, du bist hinter seinem Thron her.«

»Bin ich nicht!«, rief Mo, schrill vor Anspannung. »Alles, was ich will, ist, meine Arbeit gut erledigen und für meine Untertanen da sein. Ich möchte weder den Vampirkönig noch seine Frau beleidigen – falls er je heiratet. Es gehen Gerüchte um, dass das bevorsteht. Hast du davon gehört?«

Bogdan zuckte mit den Achseln.

»Ich möchte den Vampirkönig nie wiedersehen! Das ist die Wahrheit«, fuhr Mo fort. »Er hat bereits gedroht, mich zu vernichten, wenn ich nicht dafür sorge, dass mir die britischen Vampire folgen.«

»Ah ja, immer eine Drohung bei der Hand. Er hat sie in der Tasche wie ein Kind ein paar Bonbons. Nun ja, wie gesagt, es geht um das Gleichgewicht. Nicht mächtig genug, und er denkt, du bist Katzenbaby. Zu mächtig, und er denkt … «

»Ich hab's verstanden«, sagte Mo. »Aber woher will er eigentlich wissen, wie ich mich schlage? Er ist weit weg. Hast du etwas mitbekommen? Hat er vor, wieder nach Großbritannien zu kommen?«

Erneut zuckte Bogdan mit den Achseln. »Wahrscheinlich nicht. Es hat ihm hier nicht gefallen. Aber er wird auch so mitbekommen, wie du dich machst. Er hat viele Kräfte. Weißt du noch, wie er mich durch den Gemeindesaal von Lower Donny geschleudert hat? Psychokinese. Eine seltene Fähigkeit bei Vampiren, aber nicht seine einzige.«

»Also kann er auch Telepathie oder was? Hat er einen Laserblick? Was ist es?«

»Glaube mir einfach, Mo, dass er Bescheid weiß«, sagte Bogdan nachdrücklich.

Mo bekam eine Gänsehaut auf den Armen.

»Kein Grund, sorgenvoll auszusehen, meine Liebe. Hoffen wir, dass alles nett bleibt. Aber es ist gut, vorsichtig zu sein, was den Vampirkönig angeht. Er ist ziemlich gnadenlos, wie wir wissen, manchmal gefährlich und immer eine Nervensäge, um ehrlich zu sein.«

Mo lächelte.

»Ich kann das jetzt sagen, wo ich im Ruhestand bin«, fügte Bogdan zwinkernd hinzu. »Nun, meine Freunde, Zeit für mich, aufzubrechen.«

Er stand auf und knöpfte seinen schweren Mantel zu. Er musste ihn ein wenig über seinem Bauch zusammenziehen, denn der war seit seinem Ruhestand etwas gewachsen, wie Mo auffiel.

»Ich bin zum Abendessen verabredet. Ein netter Mann vom Autoverleih. Er weiß noch nicht, dass er mein Abendessen ist, aber er wird es bald erfahren ...«

Wieder zwinkerte er ihnen zu. Luca schob die Schuppentür auf und Bogdan trat hinaus. Mo und Luca folgten ihm.

»Sehr gut, ihr beiden«, sagte er. »Ich fühle mich ein kleines bisschen wie ein stolzer Vater, wenn ich hier so stehe und euch ansehe. Ach! Ich muss gehen, bevor ich Gefühle bekomme. Bis bald. Lebt wohl.«

Er streckte die Hand aus, um Lucas zu schütteln, zog sie dann jedoch im letzten Augenblick zurück und gab ihm einen sanften Klaps auf die Wange.

»Hey«, protestierte Luca lachend. »Ihr seid nicht mehr mein Herr. Ich könnte euch besiegen.«

»Es wäre mir viel großes Vergnügen, wenn du es versuchen würdest«, neckte Bogdan ihn seinerseits, hob die Fäuste und tänzelte herum.

Luca duckte sich, hüpfte von einem Bein auf das andere und versetzte Bogdan spielerisch einen Stoß in die Seite, woraufhin Bogdan einen Schlag gegen Lucas Schulter landete und der sich mit einem gespielt entsetzten »Au!« fallen ließ und im Gras herumrollte wie ein verletzter Fußballer. Mo beobachtete die beiden und dachte, dass sie wie zwei große Kinder aussahen, wie sie sich in dieser eiskalten Dezembernacht zum Schein auf dem Rasen prügelten. Deshalb bemerkte sie die Gestalt nicht, die sich von hinten näherte. Ein Mann, der aus der Dunkelheit des Gartens kam. Ein Mann, der raschen Schrittes auf sie zuging, die breiten Schultern zusammengezogen. Bis er ihnen etwas zurief.

»He! Was ist da los?«

Mo drehte sich um.

»Dad!«, entfuhr es ihr entsetzt. Er rannte nun und hatte im Nu Bogdan erreicht. Mit einer Hand packte er dessen Schulter von hinten und wirbelte ihn zu sich herum. Bogdan, erschrocken und wütend, fauchte laut. Mo sah seine Reißzähne aufblitzen. Sie sah, wie Luca rasch aufstand. Und sie rannte los, rief dabei: »Dad, hau ab!«, wollte ihn vor diesem uralten, aber tödlichen Vampir warnen, wollte Bogdan wissen lassen, wen er da anfauchte, doch dann blieb sie plötzlich wie angewurzelt stehen. Ihr Vater hatte in seine Jacke gegriffen, einen Holzpfahl hervorgeholt und ihn mit einer einzigen geschickten und kraftvollen Bewegung tief in Bogdans Herz gestoßen.

Mos Mund war weit aufgerissen zu einem stummen Schrei. Sie sah Bogdan rückwärts taumeln. Er wirkte verwirrt. Er sah hinunter auf den Holzpflock, verblüfft darüber, dass er aus seiner Brust stakte. Eine Lache dunklen Blutes breitete sich von seiner Spitze ausgehend aus. Dann wanderte Bogdans flackernder, unsicherer Blick zu Mo und von ihr zu Luca, der auf den Vampir zurannte, bevor dieser mit dem Gesicht voran ins Gras stürzte.

Mo rührte sich nicht. Sie war wie festgefroren. Nun war ihr Vater an ihrer Seite. »Mo, alles in Ordnung? Geht es dir gut?«, fragte er eindringlich. Er nahm ihr Gesicht in seine Hände und sah ihr tief in die Augen. »Hat er dir wehgetan?«

133

Langsam löste Mo die Augen von Bogdan und blickte ihrem Vater ins Gesicht.

»Du hast ihn umgebracht«, flüsterte sie. »Oh Gott, Dad, du hast ihn umgebracht.«

»Keine Sorge«, antwortete er. »Das war kein Mensch. Das war eine Kreatur der Nacht. Ein Vampir. Er ist nun tot. Richtig tot. Er kommt nicht wieder zurück. Dir kann nichts mehr passieren.«

Mo blinzelte und sah zu der Stelle, wo Bogdan lag. Luca hatte ihn auf den Rücken gedreht und betrachtete sein Gesicht. Er zog seinen Mantel aus und deckte Bogdan damit zu. Mit dem Pflock, der immer noch in dessen Brust steckte, sah es aus wie ein kleines Zelt.

»Das ist nicht nötig, Luca«, rief Mos Vater ihm zu. »Dieser Vampirabschaum verdient keinen Respekt.«

Mo sah, wie Luca mit den Zähnen knirschte. Er versuchte, sich eine Bemerkung zu verkneifen. Sie stellte sich vor, wie er innerlich schrie: »Er war mein Herr und auch einmal ein Mensch.«

Er fragte jedoch nur leise und angespannt: »Was haben Sie mit der Leiche vor?«

»Vergraben«, antwortete Mos Vater. »Ich rufe Jez an, er soll vorbeikommen und mir helfen.«

»Jez?«, rief Mo. »Warum Jez?«

»Er ist auch Vampirjäger. Na ja, er ist noch in der Ausbildung, ein Anfänger, aber er hat das Potenzial, ein richtig guter Schlächter zu werden – und da ich der vorerst Letzte bin, dachte ich, es wäre an der Zeit, für frisches Blut sozusagen.«

Mos Mund öffnete und schloss sich wie bei einem ins Netz gegangenen Fisch.

»Tut mir leid, Liebes, es gibt eine Menge, was du nicht weißt. Ich kann dir alles erklären. Komm, bringen wir dich hinein ins Warme. Das war ein großer Schock für dich. Und dann lassen wir diesen ekelhaften Blutsauger verschwinden.«

22. Kapitel

Mos Vater ging hinüber zu Bogdan, riss den Pflock heraus, wandte sich dann ab und ging zielstrebig zum Haus zurück. Mo und Luca folgten ihm. Irgendetwas ließ Mo auf der Schwelle stehen bleiben und sich noch einmal umschauen. Der Mond war hervorgekommen und beleuchtete die Einfahrt und dort stand direkt hinter dem Tor, deutlich zu erkennen, Wanja. Ein paar Sekunden starrte Mo sie an und Wanja starrte zurück, aber dann war sie fort, plötzlich verschwunden. Sie war die Gestalt in den Büschen gewesen, als Bogdan gekommen war, begriff Mo. Warum war sie dort?

»Kate, rate, wer gerade im Garten einen Vampir gepfählt hat!« Die triumphierend klingende Stimme ihres Vaters drang zu ihr durch. Dann die entsetzte ihrer Mutter.

»Hier? Ein Vampir ist hier?«

»War«, antwortete ihr Vater. »Er ist jetzt ein Ex-Vampir.«

Mo kam rein.

»Du hast ihn vor Mo gepfählt?«

»Er hat Luca angegriffen. Ich hatte keine Wahl.«

Mo schaute zu Luca hinüber. Sein Gesicht wirkte reglos, seine Augen waren jedoch voller Schmerz. Die beiden setzten sich schwer. Unter dem Tisch drückte Mo Lucas Hand. Er starrte ausdruckslos geradeaus und erwiderte den Druck nicht.

»Ha! Ich habe es immer noch drauf«, sagte Mos Vater und riss die Fäuste in einer Siegerpose hoch. »Du bist schockiert, dass nach wie vor Vampire herumlaufen, Mo, das sehe ich. Wahrscheinlich dachtest du, es gäbe keine, hm?«

Falsch.

»Dass sie reine Fantasiegespinste wären.«

Auch falsch.

»Und du konntest nicht wissen, dass ich ein Vampirjäger bin.«

Richtig. Das war tatsächlich eine Überraschung.

»Ich hatte gedacht, die meisten dieser Blutsauger wären erledigt«, fuhr er fort. »Wir haben unser Bestes gegeben, sie in Großbritannien auszulöschen. Ein Team von Vampirjägern hat vor ungefähr zwanzig Jahren eine Mission begonnen, um sie ein für alle Mal auszumerzen, aber sie sind wie Kakerlaken oder Bumerangs. Sie kommen immer wieder zurück.«

Die Säuberungen!, dachte Mo. Oh Gott. Oh nein, nein, nein. Mein Vater war an den Säuberungen beteiligt. Mein *Vater*!

»Sehr gut, dass du dich gewehrt hast«, sagte er und klopfte Luca auf die Schulter. »Aber Schläge reichen nicht im Kampf gegen Vampire. Das Einzige, was sie aufhält, sind Pflöcke. Ich kann dir einen geben, damit du immer einen bei dir hast. Okay, gut, ich rufe mal Jez an und danach feiern wir.«

Mo warf Luca einen Blick zu. Sein Gesicht war wie versteinert. Mos Mutter stellte jeweils eine Tasse Tee vor sie und drückte ihrer Tochter die Schultern. Dann saßen sie schweigend zusammen, bis ihr Vater zurückkam.

»Jez ist unterwegs«, sagte er. »Macht doch nicht so traurige Gesichter! Ein toter Vampir ist etwas, über das man sich freuen sollte. Wenn wir nicht gerade eine Party gehabt hätten, hätte ich vorgeschlagen, eine zu feiern.«

Mo sah hinunter auf ihre Hände. Schmerzhaft deutlich spürte sie den reglosen Luca neben sich.

»Aber warum war er hier, Mike?«, fragte Mos Mutter. »Was wollte er?«

»Ich weiß es nicht«, sagte er. »Ich bin mir ziemlich sicher, dass er nicht britisch war. Die Kleidung ließ auf Osteuropa schließen – die Nähte, die Knöpfe – und der Akzent auch.«

»Aber er hat doch gar nicht gesprochen«, sagte Mo.

»Er hat gefaucht. Man kann die Herkunft eines Vampirs am Fauchen erkennen«, sagte er. »Die Region um das Schwarze Meer, würde ich sagen, wahrscheinlich vor dreihundert bis vierhundert Jahren verwandelt.«

Sechshundert, dachte Mo, aber auch: Wow, Dad weiß Bescheid. Die ganze Zeit war ein weiterer Vampirexperte im Haus, wenn auch mit einer ganz anderen Perspektive auf die Dinge.

»Ich vermute, er war allein. Das sind sie meistens. Fiese Einzelgängerkreaturen ohne Freunde.«

»War er hinter dir her, Mike?«, fragte Mos Mutter. »Ist deine Tarnung aufgeflogen?«

»Nein, er war ehrlich überrascht, mich zu sehen. Sein Gesichtsausdruck, als ich ihn gepfählt habe!«

Er verzog das Gesicht zu einer übertrieben überraschten Grimasse und wedelte mit den Armen. Niemand lachte.

»Keine Sorge, Leute. Das Wichtigste ist, dass ich ihn erwischt habe. Der Beißer lässt mich nicht im Stich.«

»Der Beißer?«, fragte Mo. Das Grauen schnürte ihr die Kehle zu.

Dad klopfte auf seine Tasche. »Mein treuer Pflock. Ich besitze den Beißer seit Jahren. Er hat *viel* mitgemacht.«

Mo schluckte, aber ihr Mund war trocken. Es klopfte an der Tür.

»Das wird Jez sein«, sagte ihr Vater, stand auf und zog sich den Mantel an. »Luca, willst du uns helfen, das dreckige Miststück zu begraben?«

Luca blinzelte ein paarmal. Das Angebot überraschte ihn.

»Ich komme«, sagte er.

Mos Vater stürzte sich in die Dunkelheit.

Mo folgte Luca zur Tür. »Du musst das nicht tun.«

»Ist schon in Ordnung. Ich möchte es«, sagte Luca. »So kann ich dafür sorgen, dass er sorgfältig begraben und nicht bloß in die Grube geworfen wird.«

Mo blinzelte Tränen weg. »Er hätte gewollt, dass du dabei bist«, sagte sie und umarmte Luca fest. »Oh Gott, es tut mir so leid.«

»Beeil dich, Luca«, rief Mos Vater aus dem Garten. »Komm raus, wenn du mitmachen willst. Wir könnten deine Muskelkraft gebrauchen.«

In der Küche verteilte Mos Mutter Backofen-Pommes-frites auf einem Blech.

»Dein Vater isst immer gern Fleischspieße und Pommes, nachdem er einen Vampir aufgespießt – oder gepfählt – hat«, sagte sie und klang entschuldigend. »Schrecklicher Witz von deinem Vater, aber du weißt ja, wie er ist, er liebt schlechte Witze – fast so sehr, wie er es liebt, Vampire zu töten. Bloß dass wir keine Fleischspieße haben. Er wird sich mit den Pommes frites begnügen müssen.«

Mo ließ sich auf den Stuhl fallen.

»Das ist ganz schön viel zu verdauen, hm?«, sagte ihre Mutter.

»Mein Vater ist ein Vampirjäger«, antwortete Mo. »Ja, das kommt unerwartet. Sicher. Jap. Hätte ich nicht mit gerechnet. Ich dachte, Teppiche wären sein Ding, aber wie sich herausstellt, ist es Morden.«

»Na ja, eher eine Gefahr ausmerzen. Stell es dir vor wie Schädlingsbekämpfung.«

Mo schüttelte den Kopf.

»Du brauchst dir keine Sorgen zu machen«, fuhr ihre Mutter fort. »Dein Vater ist wirklich gut darin, Vampire zu jagen. Er hat schon unzählige umgebracht. Kein Grund, das Gesicht zu verziehen. Es sind bloß Vampire. Es ist das Beste, wenn sie ausgelöscht werden.

»Sie waren mal Menschen.«

»Streng genommen, ja. Aber nun nicht mehr. Sie sind gefährlich. Dieser Vampir hätte Luca töten können und dann dich. Oh Mo, ich mag gar nicht daran denken. Hier, in unserem Garten, während meiner Geburtstagsfeier.«

Sie wischte nervös die Arbeitsfläche ab.

»Warum hast du mir nicht erzählt, was Dad macht?«, fragte Mo.

»Um dich zu schützen«, sagte ihre Mutter. »Wir wollten verhindern, dass du dich fürchtest. Außerdem pfählt er nicht mehr so viel wie früher. Es hat seit Jahren keine Vampiraktivitäten mehr gegeben, bis Clive Bunsworth und der Lehrer angegriffen wurden.«

»Mr. Chen«, sagte Mo. »Ihr wusstet also, dass sie von Vampiren umgebracht wurden? Ich meine, *sind* sie von Vampiren umgebracht worden?«

»Wir haben es vermutet, ja, aber dann schien es wieder ruhig zu werden. Hoffentlich war der, den dein Dad getötet hat, derselbe, der für die beiden Tode verantwortlich war, sodass wir nun wieder in Sicherheit sind.«

Die Haustür ging auf und Mos Vater, Jez und Luca kamen in die Küche.

»Erledigt«, sagte ihr Vater mit einem breiten, zufriedenen Grinsen. Er goss einen Schluck Whiskey in drei Gläser und gab Jez und Luca je eins.

»Prost! Ein weiterer Vampir, der ins Gras gebissen hat.«

Er trank den Whisky in einem Schluck. Jez nahm einen vorsichtigen Schluck und hustete ein wenig. Luca starrte sein Glas bloß an.

»Wie geht es dir, Mo?«, fragte ihr Vater.

Sie schüttelte den Kopf.

»Wahrscheinlich hast du einen kleinen Schock. Bald wird es wieder besser. Ich muss sagen, *ich* fühle mich großartig. Es geht doch nichts darüber, einen Vampir zu pfählen. Der Adrenalinrausch! Wow, unglaublich! Das habe ich schon länger nicht mehr gemacht. Der Letzte war ein dürres kleines Exemplar, das mir vor ein paar Jahren im Urlaub in den Alpen über den Weg gelaufen ist, aber einen hier, auf meinem eigenen Grund und Boden, auszulöschen – das ist eine große Sache. Das fühlt sich bedeutsam an, wisst ihr?«

Er grinste Jez an.

»Du hättest mich sehen sollen, Jez. Ich muss sagen, das war

ziemlich lässig. Hand auf die Schulter, Vampir herumgedreht, Reißzähne gesehen. Und dann eine einzige, wunderbar geschmeidige
Bewegung. Pflock aus der Tasche gezogen und TREFFER! Rein
damit.«

Luca stellte sein Glas mit einem Knall auf der Arbeitsfläche ab.
Alle drehten sich zu ihm um.

»Sorry«, murmelte er.

»Wie auch immer«, fuhr Mos Vater fort. »Daraus lässt sich eine
Menge lernen, Jez. Nummer eins?«

»Habe immer einen Pflock bei dir«, sagte Jez.

»Korrekt. Tag und Nacht. Nummer zwei?«

»Achte immer auf die Reißzähne?«

»Gut«, sagte Mos Vater. »Wenn du eine bestätigte Sichtung
hast, handle zügig. Geschwindigkeit ist essenziell. Vampire können
sich unglaublich schnell bewegen, wenn sie in Gefahr sind. Du
musst also wahnsinnig fix und entschlossen sein. Ziel auf das Herz
und zögere nicht.« Er strahlte alle an. »So erwischt man sie. So beschützt man sein kleines Mädchen.«

Er wollte Mo über die Wange streichen, aber sie wich aus.

»Ich gehe schlafen«, sagte sie.

»Ich gehe auch«, sagte Luca.

»Wollt ihr keine Fleischspieße mit Pommes?«

»Ich bin Vegetarierin, Dad. Und es gibt sowieso keine Spieße«,
sagte Mo gereizt. Rasch verließ sie die Küche, drückte sich an Jez
vorbei, ohne etwas zu sagen, und blieb dann an der Treppe stehen.
Luca kam ihr hinterher.

»Es tut mir leid«, sagte sie. »Das wusste ich nicht, ehrlich. Für
mich ist es genauso ein Schock wie für dich.«

Er nickte.

»Sehen wir uns morgen?«, fragte Mo und wieder stiegen ihr
Tränen in die Augen.

Luca nickte, öffnete die Haustür und war fort.

23. Kapitel

Was mache ich jetzt? Was zur absoluten Hölle mache ich jetzt?

Die Frage brummte am nächsten Morgen in Mos Kopf, noch bevor sie ganz wach war.

Sie setzte sich im Bett auf, drückte sich Mr. Bakewell an die Brust und versuchte, die neue Situation zu begreifen.

Mein Vater ist ein Vampirjäger. Das ändert – eindeutig – alles.

Ich vertrete die Vampire, mein Vater tötet sie. Es ist wie Vorsitzende eines Tierschutzvereins zu werden, wenn die eigenen Eltern einen Schlachthof besitzen. Das konnte nicht funktionieren, oder?

Wie kann ich meinen Untertanen als Tochter eines Vampirjägers entgegentreten? Und nicht nur irgendeines Vampirjägers – eines der Typen, die verantwortlich sind für die Säuberungen. Die Säuberungen, deretwegen sich die britischen Vampire in den vergangenen zwanzig Jahren zu Hause versteckt haben.

Mo ging zum Spiegel und starrte sich ins Gesicht. »Was mache ich nur? Was mache ich nur? Was mache ich nur?«, murmelte sie, als hoffte sie, ihr Spiegelbild habe eine vernünftige Antwort parat. Nichts. Das Einzige, dessen sie sich sicher war: die Reaktion der Vampire. Wie die aussehen würde? Schrecklich.

Wenn sie erfuhren, dass Bogdan von einem Vampirjäger gepfählt worden war, würden sie durchdrehen. Ihr schlimmster Albtraum würde wahr geworden sein, nur Wochen, nachdem sie begonnen hatten, ihr Leben zurückzuerobern, Wochen, nachdem Mo ihnen klargemacht hatte, dass sie die Vergangenheit hinter sich lassen müssten, wieder erhobenen Hauptes durch die Welt gehen und stolz auf sich sein sollten. Das würde ihre Ängste erneut wecken und sie würden rasend vor Wut sein. Konnten sie ihr danach noch vertrauen? Würde ihr auch nur ein Hauch von Autorität bleiben? Würden sie ihr die Treue halten?

»Gerade als ich dachte, alles würde gut laufen«, stöhnte Mo. »Dad. Du hast alles kaputt gemacht. Zerstört!«

Sie setzte sich an den Schreibtisch und trommelte mit den Fingern, während ihr panischer Geist versuchte, eine Antwort auf die Frage zu finden: Was tut man, wenn man Vampirkönigin ist und gerade herausgefunden hat, dass der eigene Vater ein Vampirjäger ist?

Ich könnte mich verwandeln lassen, dachte Mo. Eine echte Vampirin werden. Mich von meiner Familie und meinem Vampirjägerdad lossagen. Sie könnten allerdings erwarten, dass ich ihn töte. Urgs. Das würde sich nicht gut anfühlen. Oder es könnte sein, dass Dad *mich* jagen und töten müsste. Nein, nein, nein, das ist keine gute Familiendynamik!

Was sonst?

Ich könnte zurücktreten. Aus persönlichen Gründen. Oder wegen eines Skandals. Ungerechtfertigte Ausgaben vielleicht? Meine Dunkelkarte für nicht vertretbare Privatausgaben nutzen.

Vielleicht könnte ich einfach jemand anderen bitten, die Position zu übernehmen. Eine Nachfolgerin wählen. Tracey Caldwell ist tough. Vielleicht könnte sie herrschen? Dann könnte ich zurücktreten und vielleicht untertauchen …

Ihre Gedanken verpufften wie eine Wunderkerze im Regen. Sie wanderte im Zimmer auf und ab, bis sie schließlich am Fenster stehen blieb und den Vorhang zurückzog. Drüben bei der Hecke am anderen Ende des Gartens befand sich ein Erdhügel. In der Größe einer Person. Es war ein Grab. Bogdans Grab.

»Oh Gott«, flüsterte sie. Eine neue Welle des Entsetzens schlug über ihr zusammen. Bogdan war ermordet worden, nach all den untoten Jahren. Sechshundert.

Sie kniff die Augen zusammen und öffnete sie erst wieder, als ein paar Minuten später Schritte auf dem Kies der Auffahrt knirschten. Luca ging auf die Haustür zu. Er hatte die breite Stirn gerunzelt und die sirupbraunen Augen blickten finster. Dann ging die Türklingel und Luca sprach unten. Ihr Herz schlug wild, als Schritte auf der Treppe zu hören waren. War er wütend auf sie? Trauerte er genau wie sie?

Ein leichtes Klopfen an der Tür, dann kam er herein. Er lächelte. Nicht das volle Strahlen, mit dem er sonst ihr Innerstes zum Schmelzen brachte, sondern ein schwaches Hallo, das, wie Mo sofort sah, vor Traurigkeit triefte.

»Es tut mir so leid«, sagte sie, während sie auf ihn zueilte. »Ich weiß, dass Bogdan dir wichtig war. Mir auch.«

Sie umarmten sich und dann nahm Luca eine Strähne von Mos langen Haaren und wischte sich damit die Tränen weg. Sie fand das ein wenig seltsam, sagte aber nichts. Es war das Mindeste, was sie für ihn tun konnte.

»Ich kann nicht glauben, dass er tot ist«, sagte Luca, der nun auf ihrem Bett saß.

»Und mein Vater ist schuld daran«, sagte Mo. Ihre Unterlippe zitterte und Tränen quollen ihr aus den Augen. Ungeschickt wischte sie sie fort.

»Herrje, mein dummer, dummer Dad. Er hat mich in diese vollkommen verfahrene Lage gebracht. Warum hat er mir nicht erzählt, dass er ein Vampirjäger ist? Warum hat er mich angelogen?«

»Na ja, der Erfolg seiner Arbeit hing wahrscheinlich davon ab, dass er seine wahre Identität verbarg«, sagte Luca matt, »und er wollte dich nicht damit belasten, dass er es mit Vampiren aufnimmt, obwohl es genau das ist, was du selbst tust. Ihr habt mehr gemeinsam, als du denkst.«

»Wir haben *nichts* gemeinsam«, schäumte Mo. »Meine Aufgabe ist es, ihr Leben zu verbessern, er ist damit beschäftigt, sie auszulöschen.« Wieder ging sie im Zimmer auf und ab.

»Weißt du was?«, fragte sie und stach mit dem Zeigefinger in die Luft. »Ich kann meinem Vater *nie* wieder trauen. Nie. Er hat *alles* kaputtgemacht. Er ist ein Lügner, ein Lügner mit dicken, fetten Geheimnissen.«

Luca hob langsam eine Augenbraue, sagte aber nichts.

»Oh, komm mir nicht damit«, sagte sie. »Es war gut, dass ich meinen Eltern nicht erzählt habe, dass ich die Vampirkönigin bin. Erst recht, wo ich jetzt weiß, was mein Vater tut. Das ist *meine* Angelegenheit.«

Luca zuckte mit den Achseln.

»Was? Du denkst doch nicht etwa ernsthaft, ich hätte es ihnen sagen sollen?«

»Ich denke nur, dass es auf beiden Seiten der Familie Unehrlichkeit und Geheimnisse gibt.«

Mo verschränkte die Arme vor der Brust und marschierte zum Fenster. Bogdans Grab wieder zu sehen, ließ ihren Ärger in sich zusammenfallen wie eine Nadel einen Luftballon. Ihre Schultern sanken und als sie weitersprach, war ihr Ton ruhig.

»Tut mir leid«, sagte sie und drehte sich zu Luca. »Es ist der Schock. Ich bin gestresst und weiß nicht, was ich tun soll. Und ich fühle mich richtig schlecht. Furchtbar schlecht. Es ist meine Schuld, dass Bogdan tot ist. Er ist meinetwegen hierhergekommen.«

»Unseretwegen«, sagte Luca. »Und ich bin schuld. Wir haben im Spaß gekämpft. Dein Vater dachte, er greift mich an.«

»Dad hätte ihn in jedem Fall getötet, Luca«, sagte Mo, setzte sich neben ihn und drückte seine Hand. »Er hätte gesehen, dass er ein Vampir war, und es getan. Es war weder deine Schuld noch Bogdans, weil er vorbeigekommen ist. Niemand hat Schuld außer Dad.«

Luca ließ sich auf den Rücken fallen und starrte an die Decke.

»Ich dachte, er würde für immer da sein«, sagte er leise. »Ich hätte ihn beschützen müssen.«

»Es geschah zu schnell. Es gab nichts, was du hättest tun können.«

Mos Mutter rief aus der Küche. »Kommt, ihr beiden, esst etwas. Ich mache Spiegeleier.«

Luca richtete sich auf.

»Wird das zwischen uns stehen?«, fragte Mo, Schmerz und Nervosität im Gesicht. »Dass mein Dad deinen früheren Vampirherren umgebracht hat?«

Luca schüttelte den Kopf.

»Als du Dad kennengelernt hast, habe ich mir Sorgen gemacht, er könnte peinlich sein. Jetzt wünschte ich, das wäre alles, worüber ich mir Gedanken machen müsste.«

»Er macht es mir jedenfalls nicht leicht, mich mit ihm anzufreunden«, sagte Luca und versuchte zu lächeln, aber es gelang ihm nicht. »Du stellst mich endlich deinen Eltern vor und er feuert tausend alberne Fragen auf mich ab, ob ich jemals Suppe mit einem Teelöffel gegessen habe oder so, er entscheidet, dass ich akzeptabel bin, und ich denke, okay, jetzt kann ich mich entspannen. Und dann kommt heraus, dass er ein Vampirjäger ist. Was, wenn ich *ihn* nicht akzeptabel finde?«

»Ich weiß. Geht mir genauso. Der Witz ist, dass er glaubt, er hätte mich beschützt, dabei stecke ich nun in Wirklichkeit seinetwegen bis zum Hals in Schwierigkeiten.«

Sie legte das Gesicht in die Hände und stöhnte.

»Kommt ihr?«, rief ihre Mutter wieder.

»Wir sollten etwas essen«, sagte Luca. Er nahm Mos Hand, zog sie auf die Füße und sie gingen lustlos zur Tür.

»Warte, Luca, da ist noch etwas«, sagte Mo und blieb stehen. »Gestern Abend habe ich Wanja im Garten gesehen.«

»Was?«

»Ja, zuerst, als wir Bogdan getroffen haben, aber dann noch mal, nachdem er getötet wurde. Sie stand am Tor.«

»Und es war definitiv sie?«

Mo nickte.

Luca rieb sich die in Falten gelegte Stirn. »Heißt das, sie hat den Mord gesehen?«, fragte er.

»Muss sie. Was, wenn sie redet?«

»Das wird sie nicht tun.«

»Wie kannst du dir da so sicher sein?«, fragte Mo. Ihre Stimme klang schrill und angespannt. »Vor Weihnachten war sie hier in der Gasse und sie hat versprochen, sich dem Haus nicht mehr zu nähern. Und dann ist sie wieder da, in unserem Garten, an dem Abend, an dem mein Vater durchdreht und Bogdan pfählt.«

Sie verschränkte die Hände fest ineinander und tippte sich gegen den Mund. »Ich muss mit ihr reden. Oh Gott, noch mehr Probleme. Sie muss mir schwören, dass sie nichts verrät.«

»Sie wird nichts sagen«, wiederholte Luca. »Ich weiß, dass sie es nicht tun wird.«

Mo schüttelte den Kopf, ein panischer Ausdruck in den Augen. »Ich wünschte, ich könnte so sicher sein. Bei Wanja bin ich es nie.«

»Komm«, sagte Luca und ergriff wieder Mos Hand. »Vergiss sie für den Moment. Lass uns etwas essen.«

In der Küche bog sich der Tisch unter Toast, gegrillten Tomaten, gebackenen Bohnen und Spiegeleiern.

»Lasst es euch schmecken«, sagte Mos Mutter. »Ein großer Brunch am Morgen nach einer Party ist immer eine feine Sache.«

»Am Morgen, nachdem man herausgefunden hat, dass der eigene Vater ein Vampirjäger ist«, sagte Mo.

»Ich dachte, du würdest beeindruckt sein«, sagte ihr Vater. »Ich weiß, ich bin nicht auf TikTok oder so, aber ich bin ein echter Vampirjäger, Liebes. Ziemlich cool, oder?«

»Es ist brutal, Dad, seltsam und ekelhaft.« Wütend starrte Mo ihn an. Er sah erschrocken aus und lehnte sich zurück.

»Mit so einer Reaktion habe ich nicht gerechnet. Hoffentlich erkennst du, dass es eine gute Sache ist, wenn du dich etwas beruhigt hast.«

»Mich beruhigt? Du hast das mein Leben lang vor mir verborgen, mich im Grunde genommen angelogen, und jetzt soll ich die Partykracher rausholen? Tja, tut mir leid, dich zu enttäuschen, aber das ist eine ziemlich große Sache für mich. Sehr groß. Du bist ein Vampirjäger, Dad!«

»Und stolz darauf. Gestern Abend habe ich Luca und dir das Leben gerettet.«

»Okay, okay, hört auf, euch zu streiten. Alle beide«, sagte Mos Mutter.

»Ich dachte, Mo wäre wenigstens ein klitzekleines bisschen dankbar.«

»Warum sollte ich? Woher weißt du überhaupt, dass ich in Gefahr war? Oder Luca?«

»Mo! Das war ein Vampir. Sei nicht so naiv. Er hat mit Luca gekämpft und hätte uns alle getötet und ausgesaugt, wenn ich ihn nicht gepfählt hätte. Ich wundere mich wirklich, dass du das nicht siehst. Ich weiß, du bist Vegetarierin, aber trotzdem.« Er schnaubte.

Mo funkelte ihn an.

»Sieh mal, du bist offensichtlich aufgewühlt.«

»Ach ja?«, gab Mo zurück.

»Aber ich nicht. Willst du wissen, wie ich mich fühle? Luca, du? Ich sage es euch. Erleichtert. Ich bin erleichtert, dass ich ihn getötet habe. Ein Vater, der seine Tochter beschützt – das ist stark. Außerdem habe ich der Öffentlichkeit einen Dienst erwiesen. Wir alle können etwas ruhiger schlafen, weil ich es getan habe.«

»Du hast jemandem das Leben genommen, ohne Fragen zu stellen oder Gründe anzugeben, einfach nur, weil er ein Vampir war. Was gibt dir das Recht dazu? Vielleicht hatte dieser Vampir Freunde und Familie, die nun verzweifelt sind.«

Mos Vater lachte, bis er Mos Gesichtsausdruck sah.

»Oje, du meinst das ernst, oder?«, fragte er. »Sieh mal, Liebes, du kannst es dir in diesem Punkt nicht leisten, sentimental zu sein. Es hat keinen Sinn, hier die Menschenrechtsanwältin herauszukehren. Du musst verstehen, dass Vampire außerhalb der menschlichen Gemeinschaft existieren. Sie sind keine Menschen. Sie *vernichten* Menschen. Sie trinken unser Blut. Ihre Gegenwart verdirbt unser Leben, sie infiziert unsere Gesellschaft und gefährdet alles, was uns wichtig ist – das Leben, die Liebe, die Familie. Sie dürfen in diesem Land, auf dieser Insel nicht geduldet werden, verstehst du? Deshalb habe ich mein Leben ihrer Tilgung gewidmet.«

»Tilgung?«, wiederholte Mo. »Bist du jetzt ein Buchhalter?«

»Findest du das lustig?«

»Nein, das ist total cool. Nichts Cooleres als einen *Tilger* zum Vater zu haben.«

»Mo, ich verstehe nicht, warum du dich in dieser Sache so querstellst.«

»Sie ist durcheinander, Mike«, sagte Mos Mutter. »Sie hat gerade erst erfahren, dass Vampire existieren.«

Das ist in Wahrheit Wochen her, dachte Mo.

»Dass sie mitten unter uns leben.«

Jap, auch das ist nichts Neues.

»Und sie hat gestern Abend gesehen, wie du einen von ihnen getötet hast.«

Bogdan. Sein Name war Bogdan.

»Wie viele Fünfzehnjährige haben so etwas erlebt?«

»Ich verstehe, dass es ein kleiner Schock ist, aber es ist zum Besten so, Mo, ehrlich«, sagte ihr Vater. »Es hat die Welt für uns alle ein wenig sicherer gemacht.«

Sicherer für uns alle?, wollte Mo schreien. Wirklich? Du hast gerade einen der ältesten Vampire Europas umgebracht, der bis vor Kurzem für Europas grausamsten, mächtigsten Vampir gearbeitet hat – den Vampirkönig des Ostens. Wanja hat es mit ziemlich großer

Sicherheit beobachtet. Falls, oder vielmehr wenn, meine – bisher – treuen Untertanen das herausfinden, werden ihre alten Ängste ausgelöst werden, sie werden Panik bekommen und superwütend werden. Sie werden verlangen, dass ich reagiere, und damit meine ich, dass ich dich umbringe. Oder sie versuchen es selbst. Ich kann nicht einmal sagen, wer in größerer Gefahr ist. Ich, die Vampirkönigin, die zugelassen hat, dass in ihrem Reich ein Vampir gepfählt wurde, oder du, Dad, der Vampirjäger, der es getan hat.

Lautstark schubste Mo den Stuhl zurück und rannte nach oben in ihr Zimmer. Luca entschuldigte sich und ging ebenfalls.

»Sie wird sich einkriegen, Mike«, hörte Mo ihre Mutter sagen. »Du musst ihr nur ein wenig Zeit geben.«

24. Kapitel

Zeit war jedoch nicht das, was Mo brauchte. Zeit allein in ihrem Zimmer war nur eine Gelegenheit, sich wegen der jüngsten Entwicklungen verrückt zu machen, den Mord an Bogdan immer wieder im Kopf durchzugehen wie einen Horrorfilm oder sich darum zu sorgen, was passieren würde, falls – wenn – die Neuigkeiten herauskamen.

Sie klappte ihren Laptop auf und schrieb Wanja eine E-Mail mit dem Betreff: »DRINGEND – LIES DAS, SOBALD DU WACH BIST!« Darin bestand sie darauf, dass Wanja erklärte, warum sie am vergangenen Abend in Mos Garten gewesen war, und befahl ihr, über alles, was sie gesehen hatte, Stillschweigen zu bewahren.

Dann schnappte sich Mo ihren Mantel und fuhr mit dem Fahrrad zu Lou.

»Oh nein, was ist los? Hast du dich mit Luca gestritten?«, fragte Lou, als sie Mos verzweifelten Gesichtsausdruck sah.

»Nein, es ist mein Vater. Er hat etwas richtig Schlimmes getan.«

Lous Miene erhellte sich. Sie witterte Drama.

»Er hat doch nicht etwa eine Affäre, oder? Vielleicht eine Midlife-Crisis. Oder die männliche Menopause. Das gibt es! Sind seine Brüste gewachsen?«

»Lou! Bitte.«

»Achte mal darauf. Dagegen kann er vermutlich Medikamente nehmen.«

Mo lachte nun, ein dankbarer Ausbruch hinter den Händen, die sie vor das Gesicht gelegt hatte.

»Es ist kompliziert und extrem geheim. Können wir spazieren gehen?«

Lou versuchte, ernst und erwachsen auszusehen, aber ihre Augen funkelten vor Vorfreude, als sie Nipper rasch die Leine anlegte und sich eine Jacke anzog.

Mo ging voraus und hatte schon ein halbes Feld durchquert, als sie sich zu Lou umdrehte und die Bombe platzen ließ.

»Mein Vater ist ein Vampirjäger.«

»Was zur ...?«

Mo hielt die Hand hoch, um sie zum Schweigen zu bringen, und fuhr fort. »Und gestern Abend hat er ... hat er ...«

»Was?«, fragte Lou gespannt.

»Gestern Abend hat er Bogdan getötet, den Vampir, der dich angefahren hat. Lucas ehemaliger Herr.«

»Nein! Dein Dad? Mike Merrydrew? Sicher, dass er es war?«

»Ja«, sagte Mo mit einer gewissen Schärfe in der Stimme.

»Hast du es gesehen? Wie hat er es getan?«

»Mit einem Holzpflock, den er den Beißer nennt und in der Tasche trägt.«

»Oh ... mein ... Gott!«, sagte Lou und auf ihrem Gesicht spiegelten sich Abscheu, Begeisterung, Verwunderung. »War es sehr blutig? War es ein richtiges Schlachtfeld?«

»Ich möchte eigentlich nicht über die Einzelheiten sprechen«, sagte Mo.

»Das solltest du aber wahrscheinlich tun. Friss es nicht in dich hinein, sonst bekommst du PTBS.«

»Ich mache mir keine Sorgen wegen PTBS. Ich mache mir Sorgen wegen ... Nein, das ist eine massive Untertreibung ... Ich drehe vollkommen am Rad vor Sorge über meine nächsten Schritte.«

»Wahrscheinlich musst du ihn begraben. Du kannst keinen toten Vampir herumliegen lassen. Sicherheit und Gesundheitsschutz. Wo ist es eigentlich passiert?«

»Im Garten, in der Nähe des Schuppens. Sie haben ihn schon

begraben. Dad und Luca.« Mo strich Jez heraus. Das war eines der Details, die sie lieber nicht erzählte.

»Oh, wie furchtbar. Das muss hart für Luca gewesen sein. Er mochte Bogdan, oder?«

»Ich mochte ihn auch.«

»Wirklich? Er hat mich angefahren, Mo.«

»Er war nicht perfekt.«

»Unglaublich schlechter Autofahrer«, murmelte Lou.

»Es hat Luca ziemlich mitgenommen, mich auch – und ich bin *so* gestresst. Was, wenn die anderen Vampire es herausfinden?«

»Wow, du fragst mich nicht oft um Rat«, sagte Lou. »Du musst *richtig* Schiss haben. Okay, na ja, ich würde sagen, er ist eines natürlichen Todes gestorben, friedlich eingeschlafen.«

Ungeduldig schüttelte Mo den Kopf. »So sterben Vampire nicht. Entweder leben sie für immer oder sie werden gewaltsam getötet – mit dem Pflock oder durch Sonnenlicht. Dazwischen gibt es nichts. Er wäre nie in die Sonne gegangen, also ist klar, dass er gepfählt wurde.«

»Erzähl den Vampiren nicht von dem Mord. Ganz einfach. Klappe halten.«

»Ganz so einfach wird es nicht«, sagte Mo. »Wanja – sie war gestern Abend da. Sie muss es gesehen haben und könnte es ausplaudern.«

»Was zum Teufel wollte Wanja bei euch?«, fragte Lou. »Mensch, das ist kompliziert. Wahrscheinlich musst du ihr sagen, dass sie auch die Klappe halten soll. Ihr befehlen, die Klappe zu halten. Du bist die Königin.«

»Ja, du hast recht. Ich habe ihr schon eine E-Mail geschickt. Ich sollte wohl auch mit ihr sprechen. Oh Gott, das bedeutet noch mehr Stress. Sehr viel mehr Stress.«

Lou nahm Mos Hand und blickte ihr fest in die Augen. »Alles wird gut, Mo. Du bringst Wanja dazu, den Mund zu halten, und tust dasselbe. Du schweigst es tot und machst weiter. Das ist es doch, was Führungskräfte tun, wenn etwas schiefläuft, oder?«

»Schlechte Führungskräfte tun das. Ich versuche, eine *gute* Anführerin zu sein. Ich weiß nicht, Lou. Das ist nicht besonders ehrlich. Würde es funktionieren? Dass ich einfach nichts sage und weiterherrsche?«

»Ja.«

»Nicht mehr an meinen Dad und sein extrem gewalttätiges, seltsames zweites Ich denken?«

»Es ist gar nicht so seltsam«, sagte Lou. »Mein Vater hat leere Chipstüten gesammelt. *Das* ist seltsam. Mit ein Grund, weshalb sich meine Mutter hat scheiden lassen. Vampire zu jagen ist wenigstens ein bisschen dramatisch. Verstehst du?«

Mo schüttelte den Kopf.

»Jedenfalls cooler als Teppiche.«

»Er bleibt trotzdem ein Teppichnerd. Was für eine Kombination – Vampirschlächter und Teppichtechniker.«

»Das klingt wie ein Rap.«

»Oder ein total abgefahrener Verkäufer auf Etsy.«

Sie machten sich auf den Rückweg über das Feld.

»Mini-Muffins und heißer Kakao bei mir?«, fragte Lou.

»Klingt gut«, sagte Mo. »Danke, Lou. Ich fühle mich ein bisschen ruhiger.«

Die Ruhe hielt jedoch nicht an. Als Mo am Nachmittag nach Hause kam, war Jez da. Er half ihrem Vater, Tüten aus dem Auto zu laden. Sie steckten sie in die Gefriertruhe in der Garage.

»Ah, Mo, jetzt, wo du über mein Leben als Vampirjäger Bescheid weißt, muss ich nicht mehr verbergen, was wir tun«, sagte ihr Vater.

»Und *was* tut ihr? Sieht verdächtig danach aus, als wärt ihr dabei, den zerstückelten Leichnam von etwas, das ihr gerade ermordet habt, zu entsorgen. Ist das ein weiterer Vampir?«

»Schön wär's«, sagte ihr Vater fröhlich. Vampire abzuschlachten versetzte ihn anscheinend in gute Laune. »Aber es ist tatsächlich Fleisch. Für Jez' Training. Damit er das Pfählen üben kann, nicht wahr, Jez?«

Jez nickte und rieb sich nervös die Hände.

»Das verstehe ich nicht«, sagte Mo – und ich bin mir nicht sicher, ob ich es verstehen will, dachte sie.

»Ganz einfach, man hängt das Fleisch auf und sticht hinein. Das gibt einem ein Gefühl dafür, wie es in echt ist. Man muss ein Gespür für den Fleischwiderstand bekommen.«

»Den Fleischwiderstand?«

»Ja, ich meine, ein Schweinebraten ist natürlich nicht dasselbe wie die Brust eines Vampirs, aber es ist schon vergleichbar.«

»Der ...«

»Der Fleischwiderstand, genau.«

Mo merkte, dass sie die Hände zu Fäusten geballt hatte und dass ihr Kiefer angespannt war. Sie warf Jez einen Blick zu. Er vermied es, ihr in die Augen zu sehen, und irgendetwas daran ließ Mo nachhaken.

»Hast du jemals einen Vampir getroffen, Jez?«

»Nein, soweit ich weiß, nicht.«

»Und, freust du dich darauf?«, fragte Mo. »Wahrscheinlich hast du keine Gelegenheit, ihn oder sie kennenzulernen. Keine Zeit für Geplauder, hm? Du musst schnell zuschlagen, wie mein Dad gesagt hat. Wie wird das sein? Deine erste Tötung. Den Pflock in das Fleisch zu treiben, an den Rippen vorbei ins Herz. Angespitztes Holz gegen weiches Fleisch. Oh wow, das wird sich gut anfühlen, oder?«

Unbehaglich trat Jez von einem Bein auf das andere. »Es ist ein Dienst«, sagte er. »Wir leisten einen Dienst für die Allgemeinheit.«

»Ein Dienst für die Allgemeinheit, der Töten beinhaltet.«

»In Ordnung, Mo, das reicht«, sagte ihr Vater. »Das Thema hatten wir schon.«

»Was hat mein Vater dir noch gesagt, Jez? Dass es eine große, männliche, mutige Sache ist, Vampire zu jagen? Etwas, das harte Kerle in ihrer Freizeit tun?«

Stirnrunzelnd schüttelte Jez den Kopf.

»Weißt du, was ein guter Dienst für die Allgemeinheit gewesen wäre? Weißt du, was mutig gewesen wäre?«, fragte Mo. Die zornigen Worte strömten aus ihr heraus. »Du hättest Tracey Caldwell im Bus sagen können, dass sie mich nicht immer ärgern soll. All die Bezeichnungen, die sie für mich benutzt hat, all die Male, die sie dafür gesorgt hat, dass ich mich klein fühlte und Angst hatte. Das ist die Art von Dienst für die Allgemeinheit, die ich gut gefunden hätte. Stattdessen hast du einfach nur dagesessen.«

»Worum geht es?«, fragte Mos Vater und sah zwischen den beiden hin und her. Jez sagte kein Wort. »Tracey wer?«

Jez leckte sich nervös über die Lippen. Mo starrte ihn noch eine Sekunde lang wütend an, dann wandte sie sich ab und marschierte ins Haus.

25. Kapitel

An diesem Abend hatte Mo eine Mail von Wanja im Posteingang.

»Tut mir leid, dass ich wieder zu Eurem Haus gekommen bin. Vielleicht sollten wir uns treffen, um darüber zu reden?«

Keine Erklärung, weshalb sie dort gewesen war, bemerkte Mo. Sie stöhnte leise, fühlte sich erschöpft.

»Heute Abend acht Uhr in der Gasse«, schrieb sie zurück. Und dann textete sie Luca, dass er auch kommen solle.

Um Viertel vor acht zog Mo widerstrebend ihr langes schwarzes Kleid und den Vampirköniginnenmantel über und schlich sich gemeinsam mit Luca hinaus.

»Was zum …?!«, sagte Mo und rannte los. Wanja kam über die Kieseinfahrt auf die Haustür zu. Mo raste zu ihr und zerrte sie zurück zum Tor.

»Was zum Teufel tust du da?«, zischte sie. »Wolltest du an die Tür klopfen?«

»Was zum Teufel tut *Ihr* da, dass Ihr mich so anfasst?«, fauchte Wanja und riss sich los. »Ich war früh dran, das ist alles. Wo ist das Problem?«

Mo funkelte sie an, mahlte mit dem Kiefer vor Wut.

»Wie auch immer, Ihr habt gesagt, ich solle kommen, und hier bin ich«, sagte Wanja und funkelte Mo ebenfalls an.

Mo spürte ein paar dicke Regentropfen auf dem Gesicht. Wind kam auf und wehte ihr Haar hin und her. Es war kalt. Sie unterdrückte ein Schaudern.

»Gehen wir in den Schuppen.«

Dort drinnen war es wärmer und trocken. Mo schaltete das Licht an und musterte Wanja. Sie trug ihre übliche Kombination aus Bikerjacke, Seidenbluse und enger, schwarzer Hose sowie teuer wirkende Halbstiefel mit Nieten. Mo nahm alles mit einem Blick auf. Sie registrierte die großen Creolen, den dicken schwarzen Lidstrich und einen Nasenstecker, der ihr vorher nicht aufgefallen war.

Mo fühlte sich dagegen, als trüge sie einen Vorhang. Sie legte die Hände mit gespreizten Fingern an ihr Samtkleid, um sich den Schweiß abzuwischen.

»Eure Majestät«, sagte Wanja. »Was kann ich für Euch tun?«

Mo zuckte innerlich zusammen – derart von oben herab! –, aber sie konnte nichts dazu sagen. Schließlich wollte sie etwas von Wanja. Sie musste Stillschweigen bewahren.

»Bogdan wurde gestern Abend ermordet. Ich weiß, dass du es gesehen hast, denn du warst hier. Ich befehle dir, darüber zu schweigen. Weder die anderen Vampire noch der Vampirkönig dürfen es erfahren.«

»Ich werde es niemandem erzählen«, versicherte Wanja. »Ihr könnt mir vertrauen.«

»Ich möchte auch nicht, dass die Identität des Vampirjägers aufgedeckt wird.«

»Weil es Euer Vater war?«

Mo zuckte zusammen.

»Korrekt.«

Wanja nickte langsam. »Ein bisschen ungünstig, oder? Euer Vater ist ein Vampirjäger. Ihr seid die Vampirkönigin.«

Mo betrachtete Wanja und dachte: Das macht ihr Spaß. Alles zu wissen, zuzusehen, wie ich mich winde. Mo hätte sich gern an irgendetwas festgehalten, um nicht zu schwanken.

»Also, versprichst du, mir die Treue zu halten und nichts auszuplaudern?«, sagte sie ungeduldig.

»Selbstverständlich.«

Mo nickte und merkte, dass sich ihre Schultern etwas entspannten. Vielleicht konnte sie die Geschichte kontrollieren, genau wie Lou gesagt hatte. Doch dann …

»Pst!«, machte Luca. Er zeigte auf die Tür. Sie erstarrten alle. Ein Kratzen war zu hören. Auf Zehenspitzen schlich Luca zur Tür, schob sie langsam auf und spähte hinaus.

»Eine Plaudermaus«, sagte er und erlaubte ihr, hereinzuflattern. Sie ließ sich auf dem Sessel nieder. Die drei starrten das Tier an. Zuerst saß es einfach da, tat nichts, sagte nichts, bis es schließlich das Maul öffnete.

»Also, ich spüre, dass Bogdan tot ist.«

Mo hatte das Gefühl, dass sich ihre Beine verflüssigten. Es war die Stimme des Vampirkönigs.

»Und ich spüre, dass er von einem Vampirjäger gepfählt wurde. Das ist nicht besonders gut – wer mag schon eine Pfählerei? Ich jedenfalls nicht! Aber Bogdan war alt und ich hatte sowieso keine Verwendung mehr für ihn. (War er nicht in der Karibik?) Er soll jedoch eine anständige Beerdigung bekommen. In guter Vampirtradition begraben wir – wie Ihr wisst – unsere Verschiedenen exakt siebzehn Tage, nachdem sie ermordet wurden, das ist also der sechzehnte Januar. Alle britischen Vampire sollen sein Leben feiern. Gebt ihm den Abschied, den er verdient. Keine Girlanden. Eine richtige Vampirbeerdigung.

Leider kann ich nicht dabei sein. Da braut sich wieder ein Aufstand zusammen. Diesmal die Vampirische Befreiungsfront. Dummköpfe. Ich muss sie niederschlagen. Ich bin mir sicher, Ihr seid enttäuscht, mich nicht zu sehen, und das ist auch richtig so, aber so ist das Leben als König nun einmal. Ich werde Euch aber meinen neuen Abgesandten vorbeischicken – Bogdans Nachfolger. Er wird mich vertreten. Der neue Bogdan verabschiedet den alten. Wie passend!

Bis denne.«

Die Fledermaus verstummte. Luca scheuchte sie aus dem Schuppen. Mo spürte, dass sie anfing zu zittern. Sie blinzelte schnell, ihr

Kopf drehte sich, sie ballte die Hände zu Fäusten und dann wandte sie sich Wanja mit einem Blick kalten Hasses zu.

»Du!«, sagte sie mit einer tiefen, drohenden Stimme. »Du hast es ihm gesagt. Du hast es dem Vampirkönig verraten!«

»Nein, habe ich nicht, ich schwöre es«, sagte Wanja.

Mo fiel auf, dass sie wirklich besorgt aussah und nicht ihren üblichen ironischen Gesichtsausdruck hatte.

»Du bist eine Schlange! Eine Spionin des Vampirkönigs! Deshalb bist du hier! Deshalb hast du mich gestalkt!«

»Das stimmt nicht«, sagte Wanja.

»Mo, weißt du noch, was Bogdan über die seltsamen Kräfte des Vampirkönigs meinte? Und durch die Plaudermaus hat er gesagt, er *spüre*, dass Bogdan tot ist, nicht, dass er es von jemandem erfahren habe.«

Mo machte bloß »Pffft« und wischte Lucas Worte mit einer Handbewegung beiseite.

»Wie konntest du nur?«, fragte sie und funkelte Wanja weiter an. »Was habe ich dir je getan?«

»Mo, bitte, hört auf«, sagte Wanja. »Atmet durch. Hört mir zu. Es war nicht in Ordnung, dass ich gestern Abend hierhergekommen bin, und es tut mir leid, aber ich bin keine Spionin des Vampirkönigs. War ich nie. Werde ich nie sein. Für diesen arroganten, narzisstischen Gockel? Vergesst es. Das würde ich nie tun.«

Mo blinzelte wieder.

»Glaubt Ihr mir?«, fragte Wanja eindringlich.

»Warum sollte ich?«, gab Mo zurück.

»Weil ich die Wahrheit sage«, antwortete Wanja und trat einen Schritt auf Mo zu.

»Komm mir nicht zu nahe«, rief Mo mit zitternder Stimme. »Ich muss nachdenken, *denken*. Was mache ich nur? Ich muss dich irgendwie bestrafen, ja, du musst bestraft werden, und dann muss ich es den anderen Vampiren sagen.«

Sie kaute auf ihrer Unterlippe, ihr Blick schoss durch den Schuppen und kam nirgends zur Ruhe.

»Warum setzt Ihr Euch nicht?«, schlug Wanja vor.

»Ich will mich nicht setzen.«

»Bitte! Ich muss Euch etwas sagen.«

»Ich bleibe lieber hier stehen, danke«, antwortete Mo. »Und ich will nicht hören, was du zu sagen hast, okay? Halt die Klappe. Halt jetzt einfach die Klappe.«

»Mo«, sagte Luca und legte ihr die Hand auf den Arm.

Sie schüttelte ihn wild ab. »Ich weiß was. Wie wäre es, wenn ich dich dafür bezahle, dass du fortgehst und nie wiederkommst? Du willst Geld, oder? Du würdest alles dafür tun. Deshalb bist du eine Spionin für den Vampirkönig geworden, stimmt's? Für die Kohle. Gut. Ich habe Geld! Ich habe eine Dunkelkarte. Na los, sag's, wie viel willst du? Bringen wir es hinter uns. Wie viel, damit ich dich nie wiedersehen muss?«

»Mo, hör auf, ich will Euer Geld nicht.«

Mo blinzelte ihre Tränen zurück. Sie verspürte den starken Drang, Wanja in einem kindischen Singsang nachzuäffen – »*Ich will Euer Geld nicht*« – und ihr dann die Zunge rauszustrecken. Stattdessen wandte sie sich ab, wobei ihr Wanjas begehrlicher Blick schmerzlich bewusst war.

»Ich muss Euch etwas zeigen«, sagte Wanja und griff in ihre Jacke.

»Ich will es nicht sehen«, schrie Mo. »Wir sind hier nicht im Kindergarten. Was auch immer du in der Tasche hast, du kannst es dir sonst wohin stecken«, fügte sie hinzu. Sie merkte, wie sie die Kontrolle verlor.

»Mo, wenn Ihr mir einfach nur zuhören würdet, würde sich das alles vielleicht weniger schlimm anfühlen.«

»Das?«, kreischte Mo und fuchtelte mit den Armen. »Das! Du meinst, die Tatsache, dass du mich ausspioniert hast und einen

Mord beobachtet hast, den – ooooh, Treffer – mein menschlicher Vater begangen hat.«

»Ich bin keine Spionin, Mo, und ich arbeite nicht für den Vampirkönig. Ich hatte meine Gründe, weshalb ich gestern Abend hier war. Bitte lasst es mich erklären.«

»Bist du eifersüchtig auf mich? Oder auf meine Position? Was steckt hinter alledem, hm? Du willst mich ja offensichtlich tot sehen. Und möglicherweise bin ich es bald. Es wird einen Aufstand geben, wenn die Vampire hören, dass Bogdan ermordet wurde. Wenn sie herausfinden, dass mein Vater es getan hat oder dass ich zugesehen habe und es nicht verhindert habe, könnten sie meutern, mich umbringen – und wer kann es ihnen verdenken? Ich habe sie im Stich gelassen. Aber wenn du nicht hier herumgespitzelt, herumgeschnüffelt, deine Nase überall hineingesteckt hättest, hätte ich diese absolute Horrorshow unter Umständen kontrollieren können.«

Sie formte die Hände zu Krallen und schüttelte sie in der Luft, ihr Blick war wild.

»Mo, beruhige dich«, sagte Luca. »Du kannst Wanja vertrauen.«

»Hör auf, sie in Schutz zu nehmen«, rief Mo. »Verteidigst du sie immer noch? Sie hat uns ausspioniert.«

»Das ist nicht wahr. Wie oft muss ich das noch sagen?«, fragte Wanja nun ungeduldig. »Ich verstehe ja, dass Ihr gestresst … «

»Ich bin nicht gestresst. Ich bin wütend. Das bin ich. Und ich habe genug von dir.«

Wanja schüttelte den Kopf und ging Richtung Schuppentür.

»Ich hätte nicht kommen sollen«, sagte sie gereizt. »Ich wollte es Euch erklären, aber Ihr seid nicht bereit, es zu hören. Ich weiß nicht, warum ich es überhaupt versucht habe.«

»Weil ich deine Königin bin. Die Vampirkönigin«, sagte Mo scharf. »Wenn du hier bist, auf diesem Gebiet, in meinem Schuppen, dienst du mir, klar? Ich bin deine Anführerin und du bist hier, weil du mir gehorchst. *Du* gehorchst *mir*.« Sie stach mit dem Zeigefinger in Wanjas Schulter.

Wanja trat einen Schritt zurück, sah zu Boden, schürzte die Lippen.

»Oder vielleicht auch nicht. Vielleicht bist du gekommen, um mir das unter die Nase zu reiben. Um damit anzugeben, wie du mich die ganze Zeit ausgelacht hast. Mein Zuhause, meine Familie, mich ausspioniert hast. Dumme, kleine Mo, die glaubt, sie könne herrschen. Du wolltest mich schon absetzen, bevor du mich das erste Mal gesehen hast. Ich verstehe es. Jetzt ist mir alles klar. Also verschwinde. Ich befehle dir, meinen Schuppen zu verlassen. Auf der Stelle!«

Wanja ging erneut zur Tür, aber Mo war noch nicht fertig.

»Ich kann dir nicht glauben. Wir sind fast gleich alt, aber du scheinst mich zu hassen. Du tust mir leid. Du hast keine Gefühle. Du bist keine Feministin! Was ist daraus geworden, dass wir Schwestern zusammenhalten müssen?«

Wanja klappte der Mund auf.

»Vampirinnen sollten vampirische Feministinnen sein, Schwestern. Sie sollten sich umeinander kümmern.«

Mo keuchte nun, kämpfte mit ihren Gefühlen, kämpfte darum, herauszufinden, wer sie war – Vampirin? Mensch? Königin? Feministin? Ein kleines Mädchen, das von den Großen ausgelacht wurde?

»Mo, es tut mir leid«, sagte Wanja.

»Hör auf, mich Mo zu nennen. Für dich immer noch *Königin* Mo. Du bist bloß eine niedere Vampirin, du bist nichts, vergiss das nicht. Du bist bloß eine dumme Kuh.«

»Warum sagst du das?«

»Ich bin die Chefin, die Königin, ich habe das Sagen«, brüllte Mo. »Ich könnte dich hier und jetzt erstechen mit diesem, mit diesem …« Sie sah sich im Schuppen um und schnappte sich ein hölzernes Werkzeug, das wie eine Möhre geformt war. Ihr Vater verwendete es, um Löcher in die Erde zu bohren, wenn er Pflanzen setzte, aber nun hielt Mo es in der Hand wie einen Dolch – oder einen Pflock.

Wanja lachte.

»Ernsthaft?«

»Das ist ein Pikierstab!«, schrie Mo und als sie hörte, wie albern das klang, wurde sie noch rasender.

Wanja trat auf sie zu. »Bitte, Eure Majestät, legt das beiseite.«

Sie streckte die Hand aus. Mo schlug sie weg. Reflexartig schlug Wanja zurück. Mo schubste Wanja an der Schulter, Wanja knurrte und schubste Mo hart zurück.

»Stopp!«, rief Luca. »Was macht ihr da? Ihr prügelt euch doch nicht etwa?«

Genau das taten sie. Plötzlich kreischten sie, schlugen und verknoteten sich. Mo drückte Wanja gegen die Wand, Wanja murmelte »Lasst mich los!« und versuchte, freizukommen. Wanja duckte sich und wich aus, aber Mo hielt sie im Schwitzkasten. Mit der freien Hand griff Wanja nach oben und versuchte, Mos Nase zuzuhalten, doch stattdessen kratzte sie ihr über das Gesicht. Mo taumelte rückwärts, spürte das Brennen.

»Du absolute … Raus!«, rief sie und warf sich ein weiteres Mal auf Wanja. Diesmal schubste sie sie Richtung Tür wie jemand vom Sicherheitsdienst, der einen Betrunkenen aus dem Nachtklub wirft. Wanjas Absatz blieb am Rahmen der Schuppentür hängen und anstatt einen Schritt zurück zu machen, stürzte sie. Mo verlor das Gleichgewicht und fiel auf sie. Sie spürte, wie sich der Pikierstab unter ihr in Wanjas Brust bohrte, dort, wo ihre Bluse ihre milchigblasse Haut freigab.

Keuchend richtete Mo sich auf. Sie starrte hinunter auf Wanja. Diese lag reglos auf dem Rasen. Ein Fleck tiefdunklen Blutes breitete sich auf ihrer Bluse aus. Mo warf einen Blick auf den Pikierstab. Da war Blut an der Spitze.

»Oh mein Gott, oh mein Gott«, murmelte Mo. »Habe ich …?«

»Ich glaube, sie ist okay«, sagte Luca, der neben Wanja kniete und nach ihrem Puls tastete. Mo rührte sich nicht. Sie konnte nicht aufhören, Wanja anzustarren, die dort mit ausgebreiteten Armen lag. Habe ich gerade einen Vampir getötet? Wanja? Was ist passiert? Dann sah sie, dass Wanja sich bewegte, die Augen öffnete und stöhnte.

»Du lebst«, sagte Mo.

Luca half Wanja, sich aufzusetzen. Sie schüttelte den Kopf und berührte die Wunde in ihrer Brust, untersuchte das Blut an ihren Fingerspitzen.

»Na ja, nicht wirklich, aber ja. Ihr habt mir das Ding jedenfalls nicht ins Herz gestoßen.«

»Es ist ein Pikierstab. Ich habe dich pikiert«, sagte Mo mit leiser, ängstlicher Stimme.

»Wolltest du mich umbringen?«

»Nein, ich glaube nicht. Ich weiß nicht so richtig, was passiert ist.«

»Ich auch nicht«, sagte Wanja und stand auf. »Viele Schläge.«

»Und an den Haaren ziehen. Willst du ein Pflaster dafür?«, fragte Mo und zeigte auf Wanjas Brust, wo nach wie vor das dicke rote Blut glänzte.

»Passt schon«, antwortete diese. »Habe Schlimmeres erlebt. *Viel* Schlimmeres.«

Mo nickte und sah Wanja hinterher, als sie davonging.

»Tut mir leid«, rief Mo ihr nach. Wanja wandte sich um und warf ihr einen ruhigen Blick zu.

»Schon in Ordnung«, sagte sie. »Ich verstehe das. Und zum letzten Mal: Ich bin keine Spionin. Versprochen. Okay?«

Mo nickte und Wanja verschwand in der Dunkelheit des Gartens.

26. Kapitel

Als Mo am nächsten Morgen aufwachte, schien die Sonne und ließ den Frost auf dem Rasen glitzern. Freitag, der erste Januar. Der jährliche Lower Donny Neujahrsspaziergang würde in ein paar Stunden beginnen und Mo nahm immer teil.

Alle Dorfbewohner kamen in Weihnachtspullovern zusammen, um gemeinsam über die Felder, um den Ententeich und an der Kirche vorbeizustapfen. Der Pfarrer hatte ein Schild aufgehängt, um neue Gemeindemitglieder anzulocken.

»GOTT GUT, SÜNDE BÖSE, WEITERE INFOS DRINNEN.«

Der Spaziergang endete im Garten des Pfarrhauses. Mo und Lou kamen als Letzte an. Sie nahmen sich Stollen und zogen sich in eine Ecke zurück, um ihn zu essen.

»Woher hast du diesen Kratzer im Gesicht?«, fragte Lou Mo.

»Ich habe meinen Eltern erzählt, ich wäre mit der Pinzette abgerutscht, als ich mir die Augenbrauen gezupft habe«, sagte Mo.

»Du zupfst dir nie die Augenbrauen.«

»Ja, aber das wissen sie nicht.«

»Also, wie hast du ihn wirklich bekommen?«

»Ich habe mich mit Wanja geprügelt.«

Lou griff nach Mos Arm. »Hat sie dich mit ihren Reißzähnen erwischt? Hat sie versucht, dich zu beißen?«

»Nein, es war eine richtige Prügelei.«

»Mit Fäusten?«

»Mit Schlagen und Ringen.«

»Oldschool. Gefällt mir.«

»Ich habe angefangen. Im Schuppen meines Vaters. Gestern.«

»So wie als du Danny Harrington an Halloween gegen den Hot-Dog-Wagen geschubst hast?«, fragte Lou.

»So in der Art, aber irgendwie auch anders«, sagte Mo. »Bei Danny Harrington habe ich diese pure Wut gespürt – ziemlich aufregend eigentlich –, aber bei Wanja war ich total daneben. Ich hatte einen großen, fetten, emotionalen Wutanfall. Ich bin echt durchgedreht. Ich bin mir ziemlich sicher, dass ich sie als Kuh bezeichnet habe.«

»Als was? Wer nennt denn jemanden eine Kuh? Mo, das ist so lustig.«

»Ist es nicht. Ich wollte heulen und schreien und sie an den Haaren ziehen. Das habe ich tatsächlich getan. Und dann hat sie mir das Gesicht zerkratzt, als ich sie im Schwitzkasten hatte.«

»Oh mein Gott«, sagte Lou mit funkelnden Augen. »Das klingt großartig. Ich wünschte, ich hätte es gesehen.«

»Luca hat es gesehen.«

»Nein! Hat er nicht!« Lou legte die Hand vor den Mund. »Tut mir leid, aber ich möchte eigentlich lachen.«

»Das ist nicht lustig. Es ist richtig, richtig schlimm. Der Vampirkönig weiß von Bogdan.«

»Hat Wanja es ihm gesagt?«

»Das *dachte* ich. Ich bin total davon ausgegangen, dass sie es war. Es schien Sinn zu ergeben. Deshalb haben wir uns geprügelt. Aber jetzt glaube ich ihr, denke ich.«

»Okay … Verstehe«, sagte Lou stirnrunzelnd. Sie biss in ihren Stollen.

»Ich habe sie niedergestochen.«

Lou prustete Krümel und Rosinen über den Friedhof.

»Du hast was?«

»Ja, mit einem Pikierstab. Das ist ein hölzernes Werkzeug, mit dem man Löcher für Samen in den Boden macht. Ich bin auf sie

166

drauf gefallen und dabei hat er sich in ihre Brust gebohrt. Das war keine Absicht. Sie ist gestolpert. Oder habe ich sie geschubst? In meinem Kopf ist alles durcheinander. Ich habe sie aus dem Schuppen geschoben. Sie ist rückwärts gefallen und ich bin auf ihr gelandet und …«

»Hat sie es gut überstanden?«

»Ja. Sie hat ein bisschen geblutet. Ihre feine Bluse hat Blut abbekommen, aber sie ist aufgestanden und weggegangen. Und sie war überraschend nett trotz allem. Sie hätte mich umbringen können. Schließlich ist sie eine Vampirin und viel stärker als ich. Sie hätte mich aussaugen können und wie einen getrockneten Teebeutel wegwerfen können, aber das hat sie nicht getan.«

»Dann akzeptiert sie dich also als Königin. Luca hatte recht. Du kannst ihr vertrauen.«

»Anscheinend«, sagte Mo. »Ich spüre es irgendwie, weißt du?«

Sie rieb sich ein paar Zuckerkrümel von den Fingerspitzen. »Aber in gewisser Weise ist es auch egal, weil ich jetzt noch größere Probleme habe. Der Vampirkönig will, dass ich eine Beerdigung für Bogdan organisiere, was nicht einfach wird, weil er schon in meinem Garten begraben ist. Der König hat darauf bestanden, dass alle britischen Vampire teilnehmen, was bedeutet, dass ich ihnen sagen muss, was passiert ist.«

Sie versuchte, Lou anzulächeln, aber Tränen stiegen ihr in die Augen.

»Mein einziger Plan war, dafür zu sorgen, dass Wanja den Mund hält, und Bogdans Tod zu vertuschen. Mehr weiß ich nicht, Lou. Ich habe keine Ahnung, was ich tun soll. Oh Gott, wenn die Vampire hören, dass Bogdan von einem Vampirjäger gepfählt wurde …« Rasch und panisch schüttelte sie den Kopf.

»Sie werden ausrasten. Sie werden toben. Vielleicht jagen sie mich. Für mich ist alles gegessen. Und für Dad auch. Wir werden gegessen. Von Vampiren!«

»Nicht, wenn der Vampirjäger tot ist«, sagte Lou.

»Lou!«, rief Mo. »Ich kann doch nicht meinen Vater umbringen.«

»Ich meine, so tun als ob. Ein Foto von einer Leiche am Boden machen. Du könntest Luca nehmen. Ein Bild inszenieren und fertig. Dann erzählst du ihnen, dass du ihm den Kopf abgerissen oder ihn gepfählt hast oder so.«

Mo schüttelte den Kopf noch heftiger. »Das würde sie nicht überzeugen. Es reicht nicht. Und Dad ist nach wie vor ein Vampirjäger. Er ist immer noch eine Gefahr. Er könnte wieder zuschlagen. Oder ich könnte ihn versehentlich zu den Vampiren führen oder die Vampire zu ihm, und das Ergebnis wäre in keinem Fall schön.«

Sie schlug sich mit der Faust vor die Stirn und strich sich dann mit zitternden Fingern die Haare glatt.

»Ich denke, alles, was ich tun kann, ist, mich von der ganzen Sache zu distanzieren. Ich werde ihnen sagen, dass Bogdan gepfählt wurde, aber nicht, wo es passiert ist, und dass ich nicht weiß, wer es war, sodass ich auch nichts tun kann.«

»Das könnte funktionieren«, sagte Lou.

»Ich muss es ihnen bald sagen. Es hinter mich bringen.«

Lou nickte.

»Es ist kein besonders toller Plan, oder?«, fragte Mo und kaute auf ihrer Unterlippe.

»Aber sie werden sich nicht gegen dich wenden«, sagte Lou. »Sie lieben dich.«

»Falsch – sie *haben* mich geliebt, damals, bevor all das passiert ist …«

»Sie *werden* dir die Treue halten, Mo. Du bist eine großartige Anführerin und die einzige, die sie haben. Das werden sie nicht einfach wegwerfen.«

Mo starrte Lou mit einem etwas wilden Blick an. »Tja, nun … Ich hoffe, du hast recht.«

27. Kapitel

Um sieben Uhr an dem Abend klappte Mo den Laptop auf und ließ die Vampire zu dem Zoom-Meeting herein, zu dem sie eingeladen hatte. Überschrift: NEUIGKEITEN. Sie hatte wieder den Hintergrund mit den Bergen gewählt, um Luca zu verstecken, der hinter ihr auf dem Bett saß.

Mo sah zu, wie die Vampire einer nach dem anderen auf dem Bildschirm erschienen und dann stellte sie mit zitternden Fingern ihr Mikrofon an und begann zu sprechen.

»Danke, dass ihr alle gekommen seid. Ich werde euch nicht lange aufhalten. Schließlich ist es Abendessenszeit.« Sie räusperte sich.

»Ich habe Neuigkeiten. Bogdan, ein großer, uralter Vampir, den viele von euch kannten, weilt nicht mehr unter uns.«

»Wie, er weilt nicht mehr unter uns?«, fragte Derek.

»Sein Leben ist zu Ende. Vorbei. Weder lebendig noch untot. Nur noch tot. Ganz normal tot.«

Sven stieß vor Trauer ein animalisches Brüllen aus und schlug sich mit den Fäusten gegen die Brust. »Mein koronares Organ ist schmerzhaft zerbrochen.«

»Wie ist er gestorben?«, wollte Pat wissen, die Augen misstrauisch zusammengekniffen.

»Ja, wie ist es passiert, Eure Majestät?«, fragten Olga und Lenka einstimmig.

»Wurde ein spitzes hölzernes Instrument grob in seinen Brustkorb eingeführt?«, vermutete Sven.

Alle drei Schottenschocker blickten finster. »Eure Majestät, wurde er gepfählt?«, fragte Malcolm.

Schnell und treffsicher wie Spürhunde hatten sie die Wahrheit über Bogdans Tod ermittelt. Was hatte ich erwartet?, dachte Mo. Sie nickte und verfolgte dann, wie Chaos unter den Vampiren entstand. Sven brüllte etwas in rollendem, wütendem Dänisch. Derek war aufgesprungen und lief nervös auf und ab. Die Mädchen feuerten eine Salve von Emojis im Chat ab – schreiende Gesichter, Herzen mit Dolchen darin – und Pat rief, dass sie es verdammt noch mal nicht glauben konnte.

Jede kleine Kachel auf Mos Bildschirm enthielt einen Vampir, der außer sich und panisch war. Manche rauften sich die Haare, sie schrien und fauchten, schlugen den Kopf auf den Tisch. Zum Glück bin ich nicht im selben Raum wie sie, dachte Mo. Das ist schon durch den Computer Furcht einflößend genug.

»Bitte, könnt ihr alle einmal still sein?«, rief sie in ihr Mikrofon. »Stellt euch stumm, damit ich etwas sagen kann.«

Aber Derek schnitt ihr das Wort ab. »Jetzt wissen wir, dass da draußen ein Vampirjäger herumstreunt«, sagte er, legte kurz eine Hand auf den Mund und unterdrückte aufkommende Tränen. »Was wollt Ihr dagegen unternehmen, Eure Majestät?«

Mo hatte ihre Antwort darauf parat.

»Niemand hat es beobachtet«, sagte sie und wagte es nicht, Wanja anzusehen. »Niemand weiß, wer der Vampirjäger ist, deshalb kann ich leider nichts tun.«

Die Vampire stellten die Stummschaltung aus und ein Stimmenchaos drang durch Mos Laptop zu ihr hindurch.

»Wir sind in Gefahr, nicht wahr, Königin Mo?«, fragte Olga.

»Die Premiere von *Sturmhöhe* ist in ein paar Wochen. Wie kann ich auf die Bühne treten, wenn klar ist, dass es einen aktiven Vampirjäger gibt?«, fragte Derek.

»Aye, und was ist mit unserem Tai-Chi-Unterricht?«, warf Malcolm ein. »Der diente uns zur Entspannung, aber damit ist es jetzt vorbei.«

»Können wir wieder bei dir einziehen, Natascha?«, fragte Olga und Lenka nickte nervös.

»Es ändert sich nichts«, rief Mo in dem Versuch, die Kontrolle wiederzugewinnen. »Das war der Angriff eines Einzelgängers. Eine einmalige Sache. Ich schlage vor, dass ihr weitermacht, als wäre nichts geschehen.«

Pat beugte sich zur Kamera vor. Sie sah entsetzt aus. »Weitermachen, als wäre nichts geschehen? Entschuldigung? Haben meine Ohren den Verstand verloren? Weitermachen, als wäre nichts geschehen, Königin Mo? Wie bei allen Unheiligen stellt Ihr Euch das vor? Habt Ihr Euer Gehirn weggeworfen und durch eine Linse ersetzt?«

»Ich denke, es ist wichtig, positiv zu bleiben.«

Die Vampire fauchten nun.

»Weigert euch einfach, euch davon aus der Ruhe bringen zu lassen.«

Das Fauchen verwandelte sich in Kreischen.

»Grübelt nicht zu viel darüber nach.«

»Wir werden an nichts anderes denken, Königin Mo«, sagte Olga. Lenka nickte und wimmerte. »Ich habe Angst.«

»Ich auch«, sagte Derek. »Das triggert mich stark.«

»Probiert es mit ein paar Achtsamkeitsübungen«, schlug Mo vor und lächelte nervös.

Pats Augenbrauen gingen in die Höhe. »Das ist alles, was Ihr zu bieten habt? Ihr, unsere mutige Herrscherin. Wir sollen uns eine Milz vorstellen und einfach weitermachen, ja? Während hier irgendwo ein Vampirjäger herumläuft und uns aufspießt. Ich denke nicht, dass das ausreicht. Was denkt ihr anderen? Wie fühlt ihr euch, wenn sich das, was eure Königin tut, um diese Gefahr für uns zu beseitigen, in einer einzigen fetten Zahl zusammenfassen lässt: null?«

Niemand sagte etwas, aber die Gesichtsausdrücke hatten sich

von ängstlich zu wütend gewandelt. Da ist es. Es geht los, dachte Mo. Der Aufstand. Die Rebellion.

»Hört zu, ich weiß, dass ihr aufgebracht seid. Ich bin es auch. Aber es gibt nichts, was wir tun können. Niemand weiß, wer der Vampirjäger ist. Ich weiß es definitiv nicht. Wie sollte ich?«

»Sicher?«, fragte Pat und starrte Mo an.

»Ich war nicht da!«, protestierte Mo.

»Wo? Wo ist es passiert?«

»Irgendwo. Auf irgendeinem Feld.«

»War es in der Nähe von meinem Schloss? Von Dereks Haus? Von Nataschas Seniorenwohnanlage? Wir müssen wissen, wo sich dieser Jägerabschaum herumtreibt.«

»Ich weiß es wirklich nicht«, sagte Mo. »Ziemlich weit von allen von euch entfernt, denke ich.«

»War Bogdan nicht im Ruhestand?«

Mos Herz hämmerte in ihrer Brust. So viele Fragen! Sie spürte Luca hinter sich, der aufmerksam und angespannt zuhörte.

»Er war zu Besuch.«

»Zu Besuch bei Euch?«

»Kann sein, ich bin mir nicht sicher, ich habe ihn nicht gesehen.«

Die Lügen sprudelten nur so aus ihr heraus, eine nach der anderen.

»Wenn er hier war, um Euch zu besuchen, als er ermordet wurde, warum sollte er dann meilenweit von uns allen und Euch entfernt gewesen sein? Das ergibt keinen Sinn. Hat er die landschaftlich reizvolle Strecke genommen?«, fragte Pat.

»Warum nicht? Vielleicht hat er sich noch etwas angeschaut, die Kathedrale von Durham beispielsweise«, sagte Mo.

»Es ist also in der Nähe von Durham passiert?«

»Nein. Jedenfalls weiß ich es nicht. Es kann in der Nähe von Durham gewesen sein! Aber Durham war nur ein Beispiel. Was ich sagen will: Bogdan war ein sehr kultivierter Vampir. Es ist gut möglich, dass er bei Großbritanniens herausragendsten touristischen Attraktionen Halt gemacht hat, bevor er zu mir kam. Wenn er überhaupt auf dem Weg zu mir war. Das weiß ich nicht sicher. Wir wissen es nicht. Niemand weiß es.«

Die Vampire schwiegen nun. Sie wirkten verwirrt und nervös. War es das?, fragte sich Mo. War es vorbei?

»Wie habt Ihr von Bogdans Tod erfahren? Wer hat es Euch gesagt?«, wollte Pat wissen.

Na toll, es ging also noch weiter.

»Niemand, ich habe es einfach mitbekommen. Ich bin die Königin. Ich erfahre von Dingen«, sagte Mo.

»Hat jemand anders es gesehen? Ein anderer Vampir? Ein menschlicher Informant? Wer?«

»Neuigkeiten erreichen mich schnell. Sie sprechen sich herum in der Vampirwelt.«

Mo war nun schrecklich heiß. Nervös zupfte sie am Kragen ihres Kleids. Sie hatte das Gefühl, nicht atmen zu können. Ihre Handflächen wurden schweißnass und sie bemerkte, dass sie breit und steif grinste wie ein hysterischer Hai.

»Okay, machen wir weiter, ja?«, sagte sie kühl. »Sprechen wir über die Planung für die Beerdigung.«

Aber Pat war nicht bereit, aufzugeben. »Jemand hat also die Leiche gefunden? Wer war es?«

»Niemand. Na ja, wahrscheinlich hat jemand ihn gefunden, aber ich weiß nicht genau, wer …«

»Ihr macht uns noch mehr Angst, Königin Mo«, sagte Olga. »Ich bin verwirrt *und* habe Angst«, ergänzte Lenka.

»Hat ein Vampir die Leiche gefunden? Es war niemand von uns, wer also war es?«

Mos Augen huschten über die aufmerksamen Vampirgesichter auf ihrem Bildschirm.

»Lasst mich kurz nachdenken«, sagte Mo. »Mich wühlt das auch auf und das sind ganz schön viele Fragen. Lass mich nur ...« Sie nahm einen Stift in die Hand und legte ihn wieder ab.

Luca beugte sich vor und berührte ihren Arm, aber Mo spürte es kaum.

»Entschuldigung, wie war die Frage noch mal?« Sie reckte den Kopf vor, als wäre sie schwerhörig.

»Wir wüssten gern, wer die Leiche gefunden hat«, sagte Derek.

»Ach ja, natürlich!«, antwortete Mo und grinste sie an. »Ich habe diese Information im Augenblick nicht, aber ich notiere mir die Frage hier ...« Wieder nahm sie den Stift in die zitternde Hand.

»Königin Mo, ist alles in Ordnung mit Euch? Ihr benehmt Euch ziemlich seltsam«, sagte Olga.

»Es geht mir hervorragend, danke, Olga. Wie geht es dir? Die glatten Haare stehen dir ausgezeichnet.«

»Wer hat die Leiche gefunden?«, wiederholte Derek.

»Äh ...«

»Das ist eine ganz einfache Frage«, sagte Pat und begann dann sehr langsam zu sprechen. »Wer ... hat ... die ...«

»Ich«, sagte eine Stimme ruhig und deutlich. »Ich habe ihn gefunden. Ich war da. Ich habe gesehen, wie er gepfählt wurde.«

Wanja.

Die Vampire machten einen schockierten und misstrauischen Eindruck. Mo sah zwischen ihnen und Wanja hin und her, die cool und gelassen wirkte.

»Du warst *da*? Also, wer hat ihn umgebracht? Wer war es?«, fragte Derek.

Sag nicht Dad, sag nicht Dad, du hast versprochen, du würdest nicht verraten, dass es Dad war ...

»Ich weiß es nicht. Es war unmöglich zu erkennen. Es war dunkel, der Jäger trug eine Kapuze und es ging schnell. Ich konnte sein Gesicht nicht sehen.«

Mo atmete weiter.

»Die Königin hat recht«, fuhr Wanja fort. »Wir wissen nicht, wer es war. Wir müssen es hinter uns lassen.«

Mo spürte eine Welle der Dankbarkeit, gefolgt von Verwirrung. Was tat Wanja da?

»Dich scheint die Sache nicht besonders mitzunehmen, Wanja«, sagte Pat. »Du hast gesehen, wie ein Vampir gepfählt wurde, aber du zuckst nur mit den Schultern.«

»Ich bin vermutlich einfach nicht so schnell auf hundertachtzig wie du, Pat«, sagte Wanja kühl.

»Heißt?«

»Heißt, ich bin nicht wütend oder ängstlich. Ihr scheint die Säuberungen einfach nicht hinter euch lassen zu können, oder? Immer noch nervös deswegen. Haltet immer noch daran fest. Lebt immer noch in der Vergangenheit.«

»Erzähl mir nichts von den Säuberungen, Mädchen«, gab Pat hitzig zurück. »Wie willst du das verstehen – du warst nicht dabei. Du bist erst seit jämmerlichen fünf Minuten Vampirin.«

»Ich denke bloß, dass du mal runterkommen solltest, Pat. Sonst bekommst du noch ein Magengeschwür.«

Pats Gesicht verzerrte sich vor Wut. »Wie *kannst* du es wagen?«, schrie sie, aber Wanja hielt die Hand hoch und beugte sich vor.

»Entschuldigung, es hat geklingelt. Ich muss aufhören. Meine Bestellung ist da. Die Pizza kommt natürlich in die Tonne, aber der Lieferant … Ich schlage vor, dass ihr alle tut, was Königin Mo vorgeschlagen hat. Hört auf, den Kopf einzuziehen, und lebt euer untotes Leben. Dinge passieren. Findet euch damit ab.«

Und damit war sie weg.

28. Kapitel

Angespannte Stille senkte sich über das Zoom-Meeting. Mo merkte, dass sie die Luft anhielt. Sie ließ den Blick über die verbleibenden Vampire auf dem Bildschirm schweifen. Niemand sagte etwas.

»Also gut, wenn das alles ist, beende ich unser Treffen für heute«, sagte sie. »Wir können ein andermal über die Beerdigung sprechen.«

»Wartet, Königin Mo«, sagte Derek.

»Was denn?«, fragte Mo und merkte, wie sich ihr die Kehle zuschnürte.

»Ich spüre tief drinnen, dass hier etwas nicht stimmt. Irgendjemand lügt.«

»Tja, also ich bin es nicht«, log Mo.

»Natürlich nicht, Eure Majestät. Also muss es Wanja sein.«

Es lief Mo eiskalt über den Rücken. Wo würde das enden?

»Aber ich glaube ihr. Ich glaube, dass sie gesehen hat, wie Bogdan gepfählt wurde.«

»Glaubt Ihr auch, dass sie nicht erkennen konnte, wer es war? Wie kann es sein, dass sie den Angriff beobachtet hat, aber nicht den Vampirjäger?«

»Aye, einen Vampir kann man nicht in zwei Sekunden töten«, sagte Malcolm. »Das ist schwere körperliche Arbeit. Bogdan hat sich sicher gewehrt, also muss Wanja die Gelegenheit gehabt haben, den Mörder zu sehen.«

Mo wurde ein wenig übel, als sie sich daran erinnerte, wie ihr Vater den Pflock in Bogdans Brust versenkte, und an dessen entsetzten Gesichtsausdruck.

»Warum hat sie Bogdan nicht geholfen?«, fragte Donald.

»Warum hat der Jäger sie nicht auch getötet?«, fragte Duncan.

»Diese Schlange!«, zischte Pat und schlug mit der Faust auf den Tisch. Mo zuckte zusammen. »Ihr habt alle recht. Es ist unmöglich, einen Mord durch Pfählen zu beobachten und nicht zu sehen, wer es getan hat. Und welches feige, schwache Wesen der Nacht verteidigt nicht seinen Mit-Vampir, wenn dieser von einem Jäger niedergestreckt wird?«

Alle Vampire nickten und murmelten zustimmend.

»Außerdem – welcher Vampirjäger tötet nicht beide Vampire, denen er über den Weg läuft?«

Mo schüttelte den Kopf. Sie hatte Mühe, mitzuhalten. »Vielleicht hat er sie nicht bemerkt? Vielleicht war er zu sehr dadurch abgelenkt, dass er, na ja, dass er Bogdan tötete? Vielleicht …«

Pat übertönte sie: »Es ist doch offensichtlich, Königin Mo. Wanja arbeitet mit dem Vampirjäger zusammen.«

Alle Vampire fauchten.

»Was? Das würde kein Vampir tun«, sagte Mo über den Lärm hinweg.

»Leider haben das viele getan, Eure Majestät, während der Säuberungen, um ihr eigenes Leben zu retten«, sagte Derek. »Sie opferten andere Vampire, um selbst in Ruhe gelassen zu werden.«

Mos Herz sprengte fast ihre Brust. Sie hatte das Furcht einflößende Gefühl, in einem führerlosen Zug zu sitzen.

»Sie ist erst seit einem Jahr Vampirin, vielleicht weiß sie nicht so recht, zu wem sie gehört«, sagte Natascha.

»Sie ist aus dem Nichts hier aufgetaucht«, ergänzte Malcolm.

»Wir wissen nichts über sie«, sagte Derek.

Mo spürte, dass die Vampire einander gegenseitig zu einer katastrophalen Schlussfolgerung anstachelten, aber was konnte sie sagen? Das Rätsel darum, wer Wanja war und warum sie plötzlich bei ihrem ersten Treffen erschienen war, beunruhigte sie ja selbst.

»Ich war mir nie so ganz sicher, was Wanja angeht«, sagte Pat. »Ich vertraue ihr nicht. Tut Ihr es?«

»Ja«, sagte Mo. »Ja, doch, ich vertraue ihr.«

»Tatsächlich?«, hakte Pat nach. »Also hattet Ihr selbst auch Zweifel?

Mo spürte, dass sie rot wurde. »Ich, äh … «

Olga beugte sich zur Kamera vor. Sie sah furchtsam aus. »Wenn Wanja für diesen Vampirjäger arbeitet, kann sie ihm sagen, wo wir wohnen. Sie war bei jedem von uns zu Hause, um unser Internet einzurichten.«

Nun jammerten die Vampire durcheinander, echte Panik ergriff sie. Olga und Lenka sendeten weitere schreiende Emojis im Chat.

»Fürwahr, erst vor wenigen Augenblicken tadelte sie mit Verve unsere geschätzte Vampirkollegin Pat«, sagte Sven.

»Das stimmt!«, sagte Derek. »Sie hat Pat missachtet. Wir alle haben unsere Unstimmigkeiten, sicher, aber es ist nicht in Ordnung, so mit einem anderen Vampir zu sprechen.«

»Gut, dann ist ja alles klar«, sagte Pat.

»Was ist klar?«, fragte Mo und fürchtete die Antwort.

»Zur Zeit der Säuberungen hatten wir eine Regel, wie wir mit vampirischen Verrätern verfuhren, die sich von schmutzigen Vampirjägern bezahlen ließen.«

»Was für eine Regel? Ich weiß nichts davon.«

»Ganz einfach, Königin Mo«, sagte Pat. »Ihr müsst sie vernichten.«

»Sie vernichten?«

»So läuft es nun mal.«

»So läuft es?«

»So und nicht anders. Diese Regeln existierten schon vor uns, Königin Mo. Ich weiß, Ihr wollt uns modernisieren, wollt, dass wir Kleidung aus Lycra tragen und in Weinstuben gehen oder was auch immer, aber Ihr müsst vampirische Traditionen respektieren.«

»Pat spricht richtig und wahr«, meldete sich Sven zu Wort. »Es liegt in Eurer Pflicht, Wanja für ihren ungeheuren Mangel an Lehnstreue tödlichen Schaden zuzufügen.«

»Tödlichen Schaden?«, wiederholte Mo mit bebender Stimme.

»Aye, aye, Ihr müsst sie auslöschen«, sagte Malcolm.

»Ihr Leben beenden, ein für alle Mal«, sagte Donald.

»Wenn wir den Vampirjäger nicht finden können, können wir zumindest seine Quelle töten. Auf diese Weise sind wir geschützt. In Sicherheit«, sagte Duncan.

»Aber wir haben keine Beweise dafür, dass sie für den Vampirjäger gearbeitet hat.«

»Es ist doch offensichtlich«, sagte Pat. »Sie hängt da mit drin. Ich wusste, dass es richtig war, sie nicht zu mögen.«

»Lasst mich mit ihr reden«, sagte Mo.

»Kein Reden. Es ist Zeit zu handeln. Taten sagen mehr als Worte, Königin Mo. Wir werden uns nie sicher fühlen, solange sie unter uns ist.«

»Ich finde Morden nicht okay«, sagte Mo mit schwacher Stimme.

»Aber Ihr glaubt an uns, an unser Recht, ohne die Angst vor Gewalt durch die mörderischen Vampirjäger zu leben?«, fragte Pat.

»Natürlich«, sagte Mo und hatte das Gefühl, dass sich das letzte bisschen Kontrolle, das ihr geblieben war, in Luft auflöste.

»Dann müsst Ihr sie töten«, sagte Pat. »Das fordern wir. Das *brauchen* wir!«

»Wir vertrauen Euch, Königin Mo«, sagte Derek.

»Ihr seid eine starke weibliche Anführerin«, sagte Olga.

»Unser Vorbild«, sagte Lenka.

»Es ist das Richtige, Majestät«, sagte Malcolm mit fester Stimme und Donald und Duncan nickten.

»Leider hat sie es verdient«, sagte Natascha.

»Weigert Euch, ihr auch nur ein nichtiges Jota Gnade zu gewähren«, rief Sven.

»Stellt wieder Vertrauen und Sicherheit in unserem Vampirreich her«, sagte Derek.

»Löscht diese hinterhältige, hündische Verräterin aus«, sagte Pat und machte dabei eine energische Quetschgeste mit ihrer Faust. »Für einen Vampirjäger zu arbeiten, das ist das Dreckigste, Niedrigste, was ein Vampir tun kann. Dieser kleine Wurm. Diese infizierte Kakerlake. Diese stinkende, schmuddelige Ratte. Man muss ihr zeigen, wo der Hammer hängt.«

Die anderen Vampire brüllten nun wie die Menge bei einem Boxkampf und übertönten Mos stammelndes »Aber … Aber …«. Nur die Mädchen waren stumm und beobachteten Mo mit großen, ängstlichen Augen.

»Also gut, Eure Majestät«, sagte Derek, als schließlich alle wieder leise waren. »Wir vertrauen Euch, dass Ihr Wanja auslöscht – so aufregend, ich wünschte, ich könnte dabei sein! –, um die Sicherheit unseres Vampirdaseins wiederherzustellen. Wir sind dankbar und schwören Euch ein weiteres Mal die Treue.«

Er legte eine Hand an sein Herz. Die anderen Vampire taten es ihm nach. Mo merkte, dass ihr Mund trocken wurde und ihre Augenlider nervös flatterten. Sie starrte ausdruckslos in ihre blassen Gesichter, die sie nun alle ruhig und vertrauensvoll, ja, mit großer Zuneigung, anschauten.

Mo brachte kein Wort hervor. Keine Idee. Ihr Gehirn schien alle nützlichen Gedanken verloren zu haben, als wäre jemand heimlich dort eingebrochen und hätte seinen Inhalt gestohlen. Sie wankte ein wenig und spürte dann, wie sie kurz nickte. Sie drückte auf »Beenden«. Der Bildschirm wurde schwarz.

29. Kapitel

Mo stand langsam auf und setzte sich, ohne Luca anzusehen, neben ihn auf das Bett.

»Alles in Ordnung? Sie waren wütend«, sagte er und strich ihr über den Rücken. »Ich nehme an, wenn du ihnen morgen eine Mail schickst, um alles klarzustellen, werden sie sich etwas beruhigt haben.«

»Was klarstellen?«

»Dass du Wanja nicht umbringen wirst, denn das tust du natürlich nicht.«

»Natürlich? Warum natürlich? Du hast sie gehört. Sie waren sehr, sehr deutlich, was das angeht. Ich muss Wanja töten.«

»Mo, Moment mal, du hast doch nicht einmal zugestimmt. Du hast nichts gesagt. Es ist mit ihnen durchgegangen.«

»Das ist immer so«, sagte Mo mit gepresster Stimme. »Es sind Vampire. Sie sind sehr reizbar und greifen gern auf Gewalt zurück. Oh Mann, ich hatte wirklich geglaubt, ich wäre weitergekommen mit ihnen. Ich war so dumm, mich für eine gute Anführerin zu halten, dachte, ich könnte die Dinge auf meine Art machen. Fürsorgliche, engagierte Führung. Aber guck dir an, was heute Abend passiert ist! Sobald man Vampirjäger erwähnt, bekommen sie Panik, die Reißzähne schießen hervor und es heißt töten, töten, töten – das ist die traditionelle, blutrünstige, ultra-brutale Vampirart!«

»Du kannst dich gegen sie behaupten. Dir treu bleiben. *Meine Herrschaft, meine Regeln*, weißt du nicht mehr?«

Mo schüttelte den Kopf. »Vielleicht gelten doch ihre Regeln,

Luca, und Wanja zu töten ist meine Aufgabe. Die Vampire haben darauf bestanden. Vielleicht sollte ich es machen. Vielleicht ist es das, was alle Anführer tun – sie hören auf ihr Volk und sind flexibel, wenn nötig.«

»Mo, was ist los?« Luca wich vor ihr zurück, Abscheu im Gesicht.

»Außerdem habe ich Wanja sowieso schon pikiert. Ich habe sie beinahe umgebracht und da hatte ich es noch nicht einmal drauf angelegt. So schwer kann es also nicht sein.«

»Mo, du machst mir Angst. Du klingst gerade überhaupt nicht nach dir.«

»Sieh mal, Luca, vielleicht ist es das Beste, Wanja zu töten. Selbst wenn sie nicht wirklich eine Spionin für den Vampirkönig ist – sie *hat* mich ausspioniert, uns. Sie muss wissen, dass ich ein Mensch bin und dass wir zusammen sind. Wenn das herauskommt, habe ich ein noch viel größeres Problem.«

»Aber gerade eben hat sie nicht verraten, wer der Vampirjäger ist.«

»Sie könnte es immer noch tun!«

»Ich dachte, du fängst an, ihr zu vertrauen.«

»Tja, es ist jetzt nicht mehr nur meine Sache.«

»Mo, du bist die Königin, vergiss das nicht. Es ist immer deine Sache!« Er stand auf und ging ein paar Schritte von ihr weg.

»Luca, ich bin natürlich nicht froh darüber«, sagte Mo. »Aber es ist ein entscheidender Moment, der sicherstellt, dass meine Herrschaft in Zukunft in ruhigen Bahnen verläuft, und außerdem bleibt so mein großes Geheimnis – dass ich in Wahrheit keine Vampirin bin – bestehen. Ich bin in Sicherheit. Meine Untertanen sind treu und glücklich. Der Vampirkönig bleibt, wo er ist. Dad ist in Sicherheit, du, Lou … Alles ist gut.«

»Gut?« Luca explodierte, wirbelte auf dem Absatz herum. »Daran ist nichts Gutes.«

»Doch, du siehst es bloß nicht. Du magst sie sehr und das trübt dein Urteilsvermögen.«

Luca sah schockiert aus. »Mo, es geht nicht darum, dass ich Wanja mag, es geht darum, dass ich nicht fassen kann, dass du einen *Mord* planst.« Er starrte sie an, sein Mund stand offen vor Ungläubigkeit.

»Na gut. Was auch immer«, sagte Mo und wedelte wegwerfend. »Tatsache ist, *irgendetwas* muss ich tun.«

»Ja, aber nicht das. Du musst Wanja nicht töten.«

Luca kam zu Mo zurück und kniete sich vor sie. Er nahm ihre Hände in seine und sah ihr eindringlich in die Augen. Sie rückte ein wenig zurück, unfähig, seinem Blick standzuhalten.

»Schreib den Vampiren eine Mail und sag ihnen, dass du Wanja nicht ermorden wirst. Sag, du wirst sie verbannen oder exkommunizieren oder so etwas, aber du musst sie nicht umbringen.«

»Das kann ich nicht machen, es würde mich schwach aussehen lassen.«

»Du bist die Königin. Du kannst tun, was du willst.«

Sie schüttelte den Kopf. »Ich muss es durchziehen.«

»Nein, musst du nicht. Entscheide dich um. *Ändere deine Meinung. Sag es ihnen.*«

»Luca!«, sagte Mo und zog abrupt die Hände zurück. »Ich bin ihre Anführerin. Ich muss stark sein. Ich kann nicht mal dies, mal jenes sagen.«

»Du bist aber im Augenblick nicht stark, du bist vollkommen irrational. Komm schon, Mo, das ist doch keine Lösung. Warum sprichst du nicht mit Wanja? Finde heraus, warum sie sich für dich eingesetzt hat. Sie hat gestern Abend versucht, dir etwas mitzuteilen, aber du hast ihr nicht zugehört.«

Mo lachte, leicht hysterisch.

»Luca, das klingt alles sehr nett, aber ich habe versprochen, sie zu töten, schon vergessen?«

»Du hast es nicht versprochen!«, rief Luca nun und seine Augen glühten vor Frust.

»Ich muss meinen Untergebenen zuhören. Meine Aufgabe ist es, sie zu vertreten.«

»Sie vertreten, ja, aber nicht, dich von ihnen zu irgendetwas zwingen lassen.«

»Jetzt einen Rückzieher zu machen, *würde* lächerlich und erbärmlich aussehen. Die Vampire würden noch mehr Panik bekommen. Sie wollen, dass ich Wanja töte, und das werde ich tun. Es wird so sein, wie als wir unseren Hund Ronnie einschläfern lassen mussten. Es gefiel mir nicht, aber es war das Beste.«

»Hast du ihn gepfählt?«

»Nein! Er hat beim Tierarzt eine Spritze bekommen.«

»Dann ist es etwas ganz anderes als das, was du mit Wanja vorhast«, gab Luca zurück.

»Ja, vielleicht, bla, bla, bla«, sagte Mo. »Weißt du, es ist ziemlich anstrengend, die ganze Zeit verständnisvoll zu sein. Sich alle Argumente anzuhören und gegeneinander abzuwägen. Es gibt Zeiten, in denen man, wie mir der Vampirkönig gesagt hat, gnadenlos sein muss.«

»Dein Ziel ist also, so zu werden wie er?«, fragte Luca und seine Wangen färbten sich rot. »Der Typ, der mich und deine beste Freundin beinahe umgebracht hätte? Der ist auf einmal dein Vorbild? Ernsthaft?«

»Ich habe versucht, anständig zu herrschen, Luca«, sagte Mo und rieb sich die Stirn, als würde sie für eine Paracetamolwerbung vorsprechen. »Aber es ist so schwierig, den eigenen Überzeugungen treu zu bleiben mit all diesen wütenden Vampiren, der Gewalt, den Reißzähnen, dem Fauchen und Problemen, Problemen, Problemen. Jede Lösung in der Vampirwelt hat mit Vernichtung zu tun. Nie ist es etwas wie: Warum redet ihr nicht miteinander, besprecht alles, einigt euch darauf, dass ihr unterschiedlicher Meinung seid?

Immer ist es *Töten*, Auslöschen, Morden. Es ist wie Cancel Culture mit Reißzähnen.«

Luca antwortete nicht.

»Es ist zu viel für mich. Das kannst du sicher nachvollziehen. All meine tollen Ideen dazu, wie man herrschen sollte. Ich war eine Idiotin. Eine absolute Idiotin. Viel zu ehrgeizig. Ich kann mich nicht allein gegen die Vampire behaupten.«

Luca schüttelte den Kopf. »Was ist mit dir passiert?«, fragte er leise. »Ich erkenne dich nicht wieder.«

»Ich bin die Vampirkönigin, Luca, und das ist ein *echt* harter Job.«

»Das heißt aber nicht, dass du einen gefährlichen, schrecklichen Plan durchziehen musst, als hättest du keine andere Wahl.«

»Ich *habe* keine andere Wahl«, sagte Mo und sah ihn unvermittelt an, Tränen in den Augen. »Ich bin vielleicht die Königin und die Auserwählte, aber ich bin auch ein Mensch in einer Vampirwelt. Ich bin verletzlich. Vielleicht habe ich in Wirklichkeit einfach Angst, Luca. Hast du daran schon mal gedacht?«

Mo wartete darauf, dass Luca sie beruhigen würde, ihr sagen würde, dass sich alles zum Guten wenden wird. Das tat er nicht. Er stand langsam auf. »Du hast immer eine Wahl, Mo«, sagte er. »Du musst nur die Augen aufmachen.«

»Oh, super, danke für deine Unterstützung«, sagte Mo gereizt und warf die Hände hoch. »Du bist mein treuer Gefährte, schon vergessen? Dein Job ist es, auf meiner Seite zu sein.«

»Ich bin auf deiner Seite, aber das scheinst du nicht zu verstehen.«

»Bist du nicht! Du bist überhaupt nicht hilfreich.« Sie keuchte nun. »Vielleicht kann ich dir auch nicht vertrauen. Vielleicht ziehst du Wanja vor. Vielleicht bist du in sie verliebt. Vielleicht ... «

»Du redest vollkommenen Blödsinn, Mo!«, sagte Luca wütend. »Wir haben das alles schon einmal durchgekaut. Wanja ist für mich wie eine Schwester. Das ist natürlich etwas, das du nicht verstehen kannst, als verhätscheltes Einzelkind.«

Mo fühlte sich, als hätte sie eine Ohrfeige bekommen.

»Ich vermisse mein Zuhause, weißt du?«, fuhr Luca fort. »Ich vermisse meine Familie, meine Brüder. Hast du jemals darüber nachgedacht? Hast du jemals nach ihnen gefragt oder danach, wie es für mich ist, Hunderte von Kilometern von meiner Heimat entfernt zu leben? Nein! Nie. Zeit mit Wanja zu verbringen, mit einer Person aus meiner Kultur, die mich voll und ganz versteht, fühlt sich gut an. Das ist alles.«

Mo blinzelte, um nicht zu weinen. Die Wahrheit traf sie und sie schämte sich und die Scham ließ sie auf Luca losgehen.

»Dann hau doch ab und sei mit ihr zusammen!«, wütete sie mit brennenden Wangen.

»Was?«

»Los, arbeite mit ihr zusammen, sei mit ihr zusammen, verbring Zeit mit ihr, was du willst. Sie ist dir offensichtlich wichtiger als ich und du verstehst wirklich nicht, wie schwierig es ist, die Vampirkönigin zu sein. Du, der entspannte, nette Typ, immer ein Lächeln auf den Lippen, der nie wirklich arbeiten muss, nie die schwere, unbarmherzige Arbeit einer Führungskraft erledigen muss. Du bist bloß der treue Gefährte, du herrschst nicht. Das ist ja nicht mal ein richtiger Job. Du musst auch keine Hausaufgaben machen oder Eltern zufriedenstellen. Dein Leben ist so unglaublich einfach, Luca, und du merkst es nicht einmal.«

Die letzten Sätze hatte Mo herausgeschrien. Ihre Augen glühten und sie atmete schwer.

»Ich habe immer versucht, dich zu unterstützen, Mo«, sagte Luca, verletzt, aber auch wütend. »Ich verstehe, wie schwierig deine Position ist, aber du hast dich dafür entschieden, Vampirkönigin zu werden, ohne dich verwandeln zu lassen. Es war deine Entscheidung.«

»Ich habe versucht, alle glücklich zu machen!«, rief Mo wieder. »Ich versuche die ganze Zeit, alle glücklich zu machen. Momentan versuche ich bloß, den Vampiren ihren Willen zu geben, damit wir alle am Leben bleiben können, aber das kapierst du nicht. Du willst über Moral und Prinzipien reden und deine schöne, unschuldige Beziehung zu Wanja. Herrgott, Luca, warum gehst du nicht einfach zu ihr? Los, geh zu ihr. Machen wir Schluss. Das ist es doch, was du willst, oder? Beenden wir es hier und heute.«

»Meinst du das ernst?« Luca wirkte fassungslos. »Willst du das wirklich?«

»Ja«, sagte Mo und verschränkte die Arme vor der Brust.

»Ich kann nicht glauben, dass du das sagst.«

»Tja, solltest du aber. Das war es erst mal zwischen uns. Vorbei. Lass mich meine Arbeit machen. Du kannst gehen. Tu, was du willst.«

Luca sah sie ein paar Sekunden an. Dann stand er auf, verließ ihr Zimmer und schlug die Tür hinter sich zu. Mo blieb sitzen, wo sie war, auf der Bettkante, und starrte auf den Teppich.

30. Kapitel

»Dad, ich habe mich gefragt, ob du mich zur Vampirjägerin ausbilden kannst«, sagte Mo. Sie schüttete weiter Cornflakes in ihre Schale und sah nicht, dass verschiedenste Gefühle wie umfallende Dominosteine über das Gesicht ihres Vaters klackerten – von Schock über Misstrauen über Neugier bis zu Begeisterung.

»Mo, ich halte das für keine gute Idee«, sagte ihre Mutter. Mo reagierte nicht. Sie begann, sich Cornflakes in den Mund zu löffeln, und starrte ausdruckslos vor sich hin. Wenn man bedachte, dass sie sich gerade bereiterklärt hatte, Wanja umzubringen, und dass sie mit Luca Schluss gemacht hatte, hatte sie gut geschlafen und sich ruhig und leidenschaftslos gefühlt, als sie aufgewacht war. Schließlich hatte sie einen Plan. Einen zugegebenermaßen sehr groben und gewalttätigen, aber dennoch … Er sah so aus:

1. Von Dad lernen, wie man Vampire pfählt
2. Vampir pfählen (Wanja)
3. Dad überreden, als Vampirjäger in den Ruhestand zu gehen

»Tja …«, sagte ihr Vater.

»Es ist unglaublich gefährlich«, unterbrach ihre Mutter.

»Warum lässt du dann zu, dass Dad es tut?«, fragte Mo, ohne aufzusehen.

»Das ist etwas anderes, Mo. Er ist ein erwachsener Mann.«

»Das ist nicht sehr feministisch, Mum«, antwortete Mo. »Männer können rausgehen und Vampire bekämpfen, aber wir Frauchen müssen zu Hause bleiben und sticken?«

»Das habe ich nicht gesagt. Was ist heute Morgen in dich gefahren? Du wirkst wirklich …«

»Wirklich was, Mum?«, fragte Mo.

»Du strahlst so etwas Böses aus. So kenne ich dich gar nicht.«

Etwas Böses. Wo sie recht hat, hat sie recht, dachte Mo mit einem inneren Achselzucken. Böse ist in Ordnung für mich. Obwohl ich mich in Wahrheit bloß … Hm, wie fühle ich mich? Emotionslos. Schwer. Wie betäubt. Sonst empfinde ich nichts. Normalerweise rauschten Gedanken durch Mos Kopf wie ein Wasserfall in der Regenzeit, einer nach dem anderen, Sekunde um Sekunde. Nun war da nichts außer einem dünnen Rinnsal, das schwach auf ein unvermeidliches Ende hinzutröpfelte: Wanja zu töten. Dass sie getötet würde, stand außer Frage. Mo kaute nicht auf ihrer Unterlippe und fragte sich: »Kann ich das tun?« Oder: »Sollte ich es tun?« Es fühlte sich vielmehr an wie eine langweilige Aufgabe, die sie zu erledigen hatte, wie Wäscheaufhängen oder der Tante eine Dankeskarte für den Büchergutschein schreiben, bevor sie mit etwas Spannenderem weitermachen konnte. Wäre das, wieder mit Luca zusammenzukommen? Mo konnte im Augenblick nicht darüber nachdenken. Eins nach dem anderen. Sie konnte ihn sich nicht einmal mehr vorstellen. Dort, wo in ihr sein Bild gewesen war – die dunkelbraunen Augen, das honigsüße Lächeln –, war nun ein graues Nichts.

»Natürlich können Frauen dieselben Dinge tun wie Männer.« Ihre Mutter hatte den Faden wiederaufgenommen. »Aber das heißt nicht, dass ich damit einverstanden bin, dass du rausgehst und es mit Vampiren aufnimmst.«

Zu spät, dachte Mo. Sie kaute ihre Cornflakes und starrte weiter vor sich hin.

»Du bist mir zu wichtig, Mo. Du bist mein einziges Kind. Und du *bist* immer noch ein Kind.«

»Ich bin fast sechzehn.«

»Ich weiß, und du bist sehr reif für dein Alter, aber trotzdem … «
Sie verstummte.

»Betrachte es als Selbstverteidigung«, sagte Mo und hob endlich den Kopf, um ihre Mutter anzusehen. »Als vernünftige Vorsichtsmaßnahme. Ich kann mich nicht immer darauf verlassen, dass Dad angerannt kommt, um mich zu retten.«

»Aber wenn du mit Luca unterwegs bist, kann er dich beschützen«, sagte ihr Vater. »Ich kann ihm ein paar Pflöcke geben. Er ist stark.«

Mo ließ den Löffel fallen und schob die Schale weg. »Ich brauche keinen Mann, der mich beschützt. Das kann ich selbst. Wenn du es mir beibringst. Aber wenn du es vorziehst, mit dem Kopf in den 1950er-Jahren zu bleiben, und glaubst, ich müsste jedes Mal, wenn ich das Haus verlasse, von einem Vertreter des männlichen Geschlechts bewacht werden, bitte schön, Dad.«

Dieser kleine Wutausbruch war hell aufgeflammt, aber schnell wieder erloschen, wie ein Feuerwerk in feuchter Novembererde.

»Tut mir leid«, murmelte Mo. »Wir haben uns getrennt.«

»Du und Luca? Warum?«, fragte ihre Mutter.

Mo zuckte mit den Schultern. »Es ist kompliziert.«

»Oh, Liebes, wie schade.«

Mo zuckte erneut mit den Schultern – oder war es eher ein gereizter Tick? »Schon in Ordnung«, sagte sie, erpicht darauf, das Thema zu wechseln. »Also, bringst du es mir nun bei, Dad? Ich kann das Familiengeschäft übernehmen und du kannst dich zur Ruhe setzen. Hast du in deinem Leben nicht genug Vampire gepfählt?«

»Oh, ich weiß nicht. Ich betrachte es eher als Berufung, weniger als Beruf«, sagte ihr Vater.

»Eine sehr riskante Berufung. Vielleicht solltest du dein Kreuz an den Nagel hängen und die Pflöcke weiterreichen, weißt du?«

»Lass mich darüber nachdenken. Es freut mich natürlich, dass es dein Interesse geweckt hat.«

»Vielleicht wäre mein Interesse schon viel früher geweckt worden, wenn du es nicht geheim gehalten hättest.« Mo konnte dieser Spitze nicht widerstehen.

»Sieh mal, ich verstehe, dass es sinnvoll ist, wenn du dich selbst schützen kannst. Aber Vampirjäger zu sein ist noch einmal eine ganz andere Nummer. Es ist eine fiese Arbeit, bei der man fiese Kreaturen tötet. Und sie ist voller Gefahren. Die Leute denken, man rammt ihnen einfach einen Pflock ins Herz. Jeder weiß schließlich, wie man einen Vampir umbringt, stimmt's? Aber in Wirklichkeit sind dafür Wissen, Übung, Kraft und alles Mögliche andere nötig – wenn man es richtig machen will. Vampire sind gefährlich. *Sehr* gefährlich. Nicht nur wegen ihrer Reißzähne, sie sind auch ungeheuer stark. Das muss irgendetwas mit ihrer Blut-Ernährungsweise zu tun haben, denn sie sind alle extrem kräftig, selbst die scheinbar Schmächtigen.«

»Kräftig genug, um jemandem den Kopf abzureißen?«, fragte Mo.

»Aber hallo«, sagte ihr Vater. »Moment mal, warum fragst du?«

»Nur so.«

Ihr Vater sah sie einen Moment lang mit zusammengekniffenen Augen an und fuhr dann fort. »Da war dieser eine Vampir, den ich vor etwas mehr als zwanzig Jahren getötet habe, oben in der Nähe der schottischen Grenze. Dürr und unterernährt sah er aus. Lebte in einem alten heruntergekommenen Bauernhaus. Anwohner hatten uns den Tipp gegeben. Behaupteten, er habe ihre Schafe ausgesaugt. Ich meine, das ist ein echter Tiefpunkt. Manchmal ernähren sich Vampire von Vieh, aber es ist ein Zeichen dafür, dass sie zu kämpfen haben.«

»Oder vielleicht keine Menschen mehr töten wollen?«, warf Mo ein.

Ihr Vater sah verärgert aus. Weil sie ihn unterbrochen hatte? Oder wegen der Idee, dass Vampire einen moralischen Kompass haben könnten? Er erzählte weiter.

»Ich bekam den Auftrag, ihn zu pfählen, und erreichte den Bauernhof kurz vor Anbruch der Nacht. Es war kalt und regnete. Furchtbare Nacht. Von draußen sah ich, wie er ein paar Kerzen anzündete. Er schien mit sich selbst zu sprechen. Ging auf und ab. Ich hatte den Eindruck, dass er, na ja, nicht alle beieinanderhatte.«

Wow, dachte Mo. Es genügt nicht, auf den Typen herabzublicken, weil er ein Vampir ist, jetzt kritisierst du ihn auch noch wegen möglicher psychischer Probleme. Super, Dad. Richtig mitfühlend. Dann erinnerte sie sich daran, wie Malcolm von Onkel Stewie erzählt hatte. Dem letzten in Großbritannien getöteten Vampir (wenn man Bogdan und Bogdans Grab, den nachlässig aufgeworfenen Hügel Erde in einer Ecke des Gartens, ignorierte), damals 2002. Er war ein Dichter gewesen. War er der Vampir aus Dads Geschichte? Hatte er vielleicht Verse rezitiert? Ist es das, was ihr Vater gesehen und nicht begriffen hatte? Mo spürte, wie ihr das Blut aus den Wangen wich.

»Na ja, jedenfalls dachte ich, das wird einfach. Ein Kinderspiel. Ich klopfte an die Tür und hatte vor, ihn zu pfählen, sobald er sie öffnete, aber das war das Problem. Er machte nicht auf.«

»Und dann?«, fragte Mo, nun gespannt, wie die Geschichte weitergehen würde.

»Ich trat die Tür auf und ging rein.«

»Und?«

»Er war nicht da.«

»Hatte er sich materialisiert?«

»Woher kennst du das Wort?«

Ihr Vater bohrte plötzlich seinen Blick in sie. Schnell, Mo, sag etwas!

»Welches Wort?«

»Materialisieren.«

»Habe ich das gesagt?«

»Ja.«

»Oh, sorry, ich habe meine Periode«, sagte Mo und schüttelte albern den Kopf.

Einen Augenblick lang wirkte ihr Vater verblüfft, dann fuhr er fort. »Wie auch immer, ich ging durch alle Räume und hielt meine Pflöcke die ganze Zeit so« – er nahm zwei Teelöffel und hielt sie wie Dolche rechts und links neben seinen Kopf – »aber ich fand ihn nirgendwo. Ich wollte schon gehen, dachte, er wäre abgehauen, als er plötzlich von den Dachsparren herunterschwang und brüllend – du kannst dir nicht vorstellen, wie er brüllte – gegen meine Brust trat.«

Mo schnappte nach Luft.

»Ich flog rückwärts zu Boden und stieß mir ziemlich heftig den Kopf an. Dann hatte er die Oberhand. Buchstäblich. Er hockte auf meiner Brust und nagelte meine Arme förmlich an den Boden.«

»Oh Gott«, murmelte Mo angewidert, als sie sich die Szene vorstellte.

»Er war stark. *So* stark. Er wirkte sehr schmächtig, und trotzdem hatte er ein Gewicht … Es war, als hätte ein Nashorn auf mir gesessen, verstehst du?«

»Und dann?«

»Ich gab ihm eine Kopfnuss, genau zwischen die Augen«, sagte ihr Vater und die Erinnerung brachte ihn zum Lächeln. »Er fiel auf den Rücken, ich sprang auf und – *BÄM!* – gab ihm einen Doppelten.«

»Einen Doppelten?«

»Zuerst einen Pflock, dann den zweiten. Zack, zack.« Er spielte es mit den Teelöffeln nach.

»Die Moral der Geschichte ist: Vampire sind stärker, als sie aussehen, und sie sind hinterhältig.«

»Mike, ich glaube, das waren genügend Erinnerungen an deine glorreichen Tage als Vampirjäger, oder?«, sagte Mos Mutter. Sie wirkte besorgt.

»Die glorreichen Tage sind eindeutig noch nicht vorbei«, antwortete Mos Vater. »Es wird immer Vampire geben, die es zu bezwingen gilt.«

»Guter Grund, mich auszubilden«, sagte Mo und stand auf. »Wobei ich dachte, der Fachausdruck wäre Tilgen, nicht Bezwingen.«

»Das ist dasselbe in Grün.«

31. Kapitel

Den Rest des Tages verbrachte Mo auf dem Sofa.

»Bist du krank?«, fragte ihre Mutter gegen Mittag und hielt Mo die Hand an die Stirn. »Normalerweise siehst du tagsüber nicht fern. Oder überhaupt.«

Mo reagierte nicht.

»Ist es der Herzschmerz? Wegen Luca?«

Gereizt schüttelte Mo den Kopf. Herzschmerz? Wegen eines Jungen?, dachte sie. Wie albern. Als ob! Ich bin kurz davor, einen Mord zu begehen, um meine Herrschaft über zwanzig gewalttätige Vampire zu sichern, und das beeinträchtigt zugegebenermaßen meine Stimmung ein wenig, aber Mum sieht bloß ein kleines Mädchen, das weint, weil es mit seinem Freund Schluss gemacht hat. Sehr. Nervig.

Mo verstärkte den Griff um die Fernbedienung und konzentrierte sich auf den Fernseher, ließ sich von den flackernden Bildern betäuben. Kurz vor dem Abendessen rief ihr Vater sie in die Küche.

»Was ist los?«, fragte sie, als sie die Spannung spürte, die in der Luft hing. »Ist irgendetwas passiert?«

»Setz dich bitte«, sagte er. »Keine Sorge. Ich wollte dir bloß das hier geben.«

Er drehte sich um und holte eine Kiste hervor. Sie war etwa dreißig Zentimeter lang und schien mit grünem Leder bespannt zu sein.

»Das ist für dich. Er hat mir gehört. Mein Erster. Ich möchte, dass du ihn nun hast.«

Mo klappte den Deckel hoch. In der Kiste lag ein Pflock auf rotem Samt. Der Pflock bestand aus dunkelbraunem Holz und hatte einen geschnitzten Griff.

»Er ist wunderschön«, sagte Mo, fühlte sich aber gleichzeitig unwohl dabei, ein Mordwerkzeug als schön zu bezeichnen. Das war in etwa so, wie einem Serienmörder ein Kompliment für seine Haare zu machen.

Sie betrachtete die anspruchsvolle Schnitzerei auf dem Griff genauer. Kunst und Tod vereint, wie bei den verzierten Schwertern, die sie in Museen gesehen hatte, bei denen die tödlichen Klingen mit dekorativ gefertigten Griffen kontrastierten, als hätte ihr blutiger Zweck durch diese hübschen Details hinnehmbar gemacht werden müssen.

Sie nahm den Pflock aus der Kiste und legte ihn sich auf die Hand.

»Nicht so«, sagte ihr Vater, griff nach einem Löffel und hielt ihn fest in der Faust. »So geht das.«

Mo umschloss den Griff mit den Fingern und packte zu. Wenn meine Vampiruntertanen mich jetzt sehen könnten, dachte sie und ihr wurde ein wenig flau. Sie verstand, warum Vampire anderen Vampiren lieber den Kopf abrissen. Einen Pflock zu nehmen, dieselbe Waffe, die Vampirjäger gegen sie selbst verwendeten, das war zu sehr, als würde man zum Feind überlaufen.

»Du wirst ihn aber nicht im Training benutzen«, sagte ihr Vater. »Dafür kannst du die einfachen Pflöcke nehmen, die Jez und ich geschnitzt haben. Verwende diesen hier für besondere Anlässe.«

Mo versuchte sich vorzustellen, welcher besondere Anlass das Pfählen eines Vampirs beinhalten könnte. Oder vielleicht *war* das Töten eines Vampirs in der Welt ihres Vaters ein besonderer Anlass.

Mo sah zu ihm hoch. Ein Grinsen zog sich über sein Gesicht.

»Willkommen in der Familie«, sagte er und breitete die Arme aus wie ein Mafiaboss.

Mo umarmte ihn widerstrebend. »Ich gehöre schon zur Familie, Dad.«

»Ich weiß, ich weiß, ich meine die Vampirjägerfamilie. Also, wann fangen wir an?«

Mos Handy klingelte in ihrer Tasche.

»Sorry, das ist Luca«, sagte sie und merkte, dass sie rot wurde. Sie rannte nach oben und sagte Hallo.

»Als dein treuer Gefährte wollte ich nur fragen, ob du irgendetwas brauchst, oh große Königin«, sagte er. Sein Tonfall war kühl und geschäftsmäßig.

»Du musst nicht so bitter sein.«

»Ich bin nicht bitter, ich bin professionell«, gab Luca zurück. »Ich bin immer noch dein treuer Gefährte. Es sei denn, du möchtest mich auch davon freistellen.«

Mo seufzte. »Nein, schon okay. Und, äh, ich brauche im Augenblick nichts.«

»Cool.«

Sie schwiegen eine Weile, dann fragte Luca: »Was machst du gerade?«

»Ich habe ferngesehen, aber jetzt habe ich etwas mit meinem Vater zu tun. Kochen«, stieß sie hervor. »Wir machen eine Quiche zusammen.«

Eine Lügenquiche, vervollständigte ihr Gehirn wenig hilfreich.

Eine weitere unangenehme Pause.

»Gut, okay, man sieht sich«, sagte Luca.

»Jap«, antwortete Mo. Luca hatte aufgelegt. Mo starrte ihr Handy eine Sekunde lang an, als hätte es sie beleidigt. Luca hatte aufgelegt. Das tat er *nie* auf diese Weise, nicht ohne sich richtig zu verabschieden. Sie warf das Telefon auf ihr Bett. Männer! Wer brauchte die schon? Ich muss mich auf meinen Job konzentrieren, sagte sie sich. Meine königliche Autorität sichern. Danach kann ich meine Beziehung mit Luca reparieren. Wenn ich will. Vielleicht will ich aber auch gar nicht.

Als Mo wieder nach unten ging, war niemand in der Küche. Sie bemerkte jedoch, dass das Licht in der Garage leuchtete und dass ihr Vater dort war. Sie ging zu ihm.

»Was machst du?«, fragte sie und ihr Gesicht verzog sich vor Abscheu. Er hängte ein altes Einkaufsnetz an die Garagenwand, in dem sich bei genauerem Hinsehen ein großes Stück Fleisch befand.

»Keine Sorge, ich bin sicher, wir können es noch braten, nachdem wir fertig sind«, sagte er lächelnd.

»Nachdem wir mit was fertig sind?«, fragte Mo, kurz davor, mal wieder darauf hinzuweisen, dass sie Vegetarierin war, als ihr Vater ihr einen schlichten Pflock in die Hand drückte.

»Los«, sagte er, trat einen Schritt zurück und verschränkte die Arme vor der Brust. »Stich zu.«

»Was?«

»Stich in das Schweinefleisch«, sagte er. »Mit dem Pflock. Stell dir vor, es ist ein Vampir.«

»Geht es um den Fleischwiderstand?«, fragte Mo. Sie erinnerte sich daran, wie ihr Dad neulich mit Jez das Auto ausgeräumt hatte.

»Richtig«, sagte er. »Du pfählst keinen Pudding, sondern einen Körper. Na los, probiere es mal. Schau, wie es sich anfühlt.«

Hätte jemand Mo ein Mikrofon unter die Nase gehalten und gefragt, was da gerade geschah, hätte sie nicht antworten können. Eine ganz leise Stimme in ihrem Kopf murmelte: »Entschuldigung, Mo, bist du dir sicher, dass das wirklich in Ordnung ist? Dass die Vampirkönigin bei ihrem Vampirjäger-Vater Unterricht nimmt, um eine ihrer Vampiruntertaninnen töten zu können?« Aber der singende Chor in ihrem Kopf – du musst es tun, du musst es tun, töte Wanja, töte Wanja … – übertönte sie.

Mo nahm den Pflock fest in ihre Faust.

»Halte ihn hoch«, sagte ihr Vater, »und stich mit Kraft zu. Arbeite mit deinem Körpergewicht.«

Mo trat auf das hängende Stück Schweinefleisch zu. Ich hasse Fleisch, hasse Fleisch, hasse Fleisch, dachte sie. Sie holte aus. Stechen, stechen, stechen, dachte sie. Fleisch stechen, Fleisch stechen,

Fleisch stechen, muss in das Fleisch stechen. Dann ließ sie ihre Hand nach vorn schießen und verzog das Gesicht so, dass sie die Augen zukniff. Schmatzend traf der Pflock auf und fiel dann mit einem Plonk zu Boden. Ihr Vater lachte.

»Du hast kaum daran gekratzt«, johlte er. Warum machte ihm das so viel Spaß?

Er reichte Mo den Pflock und sie versuchte es ein zweites Mal. Diesmal gelang es ihr, die Augen offen zu halten, aber ihr Arm spannte sich in dem Moment an und zögerte, als der Pflock sich in das Fleisch bohren sollte. Kein überzeugendes Pfählen.

Ihr Vater nahm ihr den Pflock ab und hockte sich wie ein Fußballtrainer bei der Halbzeitbesprechung mit der Mannschaft auf die Kante eines alten Picknicktisches.

»Gehen wir mal einen Schritt zurück«, sagte er.

Dankbar tat Mo einen Schritt zurück von dem Einkaufsnetz voller Schweinefleisch.

»Das war nicht wörtlich gemeint!« Wieder lachte er. »Was ich sagen will: Überlegen wir einmal, warum du das machst. Warum möchtest du Vampire töten?«

Mo fiel nicht sofort eine Antwort ein. Weil ich mich dazu bereiterklärt habe? Weil ich gesagt habe, dass ich es tun würde? Das klang alles etwas schwach und Mo konnte sich nicht leisten, das vor sich selbst – oder vor ihrem Vater – zuzugeben.

»Um mich selbst zu schützen?«, sagte sie schließlich.

»Okay, klar«, sagte ihr Vater. Er veränderte seine Haltung und starrte Mo bedeutungsvoll an.

»Ich töte sie, weil sie mich wütend machen. Sehr wütend. Sie haben seltsame Rituale und unheimliche Kräfte. Materialisieren zum Beispiel. Sie trinken Blut, Herrgott noch mal. Das ist doch keine richtige Nahrung. Was haben sie für ein Problem mit Fish'n'Chips?«

»Das esse ich auch nicht«, murmelte Mo.

»Sie kommen hierher, töten uns Menschen, zerstören den Frieden und die Sicherheit unserer Wohnviertel«, donnerte er weiter. »Sie gehören nicht in dieses Land.«

Mo spürte, wie sie sich anspannte, argumentieren wollte. Die jahrelange Debattierkluberfahrung …

»Aber Mrs. Kumari aus Mums Altenheim ist auch nicht hier geboren. Und unser Nachbar Mr. Kowalski auch nicht oder Familie Afzal oder …«

»Mo, das ist doch etwas anderes. Mr. Kowalski ernährt sich nicht von menschlichem Blut. Ich stand beim Einkaufen hinter ihm in der Schlange. Hatte jede Menge Chips im Einkaufskorb. Wirklich sehr viele.«

»Jede Kultur hat ihre eigenen Rituale, oder?«, fuhr Mo fort. »Eine eigene Art und Weise der Sinnstiftung, Regierungsweise, Grenzsetzung.«

»Mo, Mo, ich weiß, dass du für die Vereinten Nationen arbeiten möchtest und all das, aber in Bezug auf Vampire ist das nicht der Punkt. Sie sind eine gefährliche Bedrohung und sie haben in diesem Land nichts verloren.«

»Deshalb tötest du sie?«

»Exakt, und ich tue das effektiv, indem ich mich auf meinen Sinn für das Richtige besinne, der mir sagt, wie falsch es ist, was sie tun. Verstehst du?«

Mo seufzte. »Was, wenn sie gern einfach an unserer Seite leben würden?«, fragte sie, weil ihr einfiel, dass die Vampire genau das gesagt hatten.

»Dann sollten sie verdammt noch mal aufhören, uns umzubringen, oder nicht? Gut, machen wir weiter, Mo. Probiere es noch einmal. Verbinde dich mit deiner Wut. Verbinde dich mit deinem Sinn für Gerechtigkeit. Lass es durch deinen Arm in deinen Pflock fließen und …«

»Ahhhhh!«, brüllte Mo und stürzte sich auf das Netz mit Schweinefleisch. Sie biss die Zähne zusammen, verzerrte den Mund

und stach den Pflock mit einem wilden Stoß kraftvoll hinein. Dann trat sie keuchend einen Schritt zurück.

»Nicht schlecht«, sagte ihr Vater und applaudierte. »*So tötet man einen Vampir.*«

Mo hörte nicht zu. Sie sprang wieder nach vorn und riss den Pflock heftig aus dem Fleisch. Dann stach sie ihn wieder hinein, wieder und wieder. Bei jedem Hieb entfuhr ihr ein kleines Fiepen vor Anstrengung. Es steigerte sich zu einem wütenden, wirren Kreischen, bis ihr Vater ihr die Hände auf den Arm legte und sie sanft zurückzog.

Mo keuchte und schwitzte.

»Alles in Ordnung, Mo?«

Mo fuhr sich rasch mit den Händen über die Augen, um die Tränen wegzuwischen.

»Ja, alles in Ordnung.« Sie gab ihrem Vater den Pflock und marschierte aus der Garage.

»Du warst großartig«, rief er ihr hinterher. »Ich wusste, dass du es draufhast. Du bist schließlich meine Tochter.«

32. Kapitel

Als Mo zurück ins Haus kam, duschte sie lang, und nachdem sie sich die Haare geföhnt und einen heißen Kakao getrunken hatte, fühlte sie sich etwas ruhiger. Sie klappte ihren Laptop auf und fand einen Haufen Vampir-E-Mails in ihrem Posteingang. Sie machte sich nicht die Mühe, sie zu öffnen. Bei allen lautete der Betreff: HABT IHR SIE SCHON GETÖTET?

Wo war Wanja nun? Noch immer in ihrem ruhigen Haus auf dem Lande mit dem gemütlichen Sofa und den geschmackvollen Teppichen. Noch immer nichtsahnend, was Mos Plan anging, ihr Leben zu beenden. Mo schlug ihren Kalender auf. Wann sollte sie es tun? Es musste bald geschehen. Ihre Vampiruntertanen dürstete es nach Blut.

Ihr Stift schwebte über der Seite. Sie konnte den ganzen folgenden Tag, Sonntag, trainieren, und es dann Montagabend tun. Vielleicht würde ihr Vater ihr erlauben, ein wenig Rindfleisch zu pfählen, um mit dem Fleischwiderstand zurechtzukommen? Oder ein ganzes Huhn? Dann besah sich Mo die Daten noch einmal genauer und realisierte plötzlich mit Herzklopfen – Montag würde die Schule wieder beginnen.

»Wie konnte ich das vergessen?«, fragte sie sich entsetzt. Ihre Uniform lag in einem schmutzigen Haufen auf dem Boden des Wäschekorbs und sie hatte ihren Rucksack nicht einmal ausgepackt, geschweige denn auch nur einen Bruchteil der Hausaufgaben erledigt, die sie über die Ferien aufgehabt hatte.

Mo wusste, warum. Sie begriff, dass sie sich bereits Lichtjahre von dem fleißigen Mädchen entfernt hatte, das sie einmal gewesen war.

Sie war nun die Vampirkönigin – und wow, war das eine Herausforderung – und würde in wenigen Stunden ihre Verpflichtung erfüllen, eine ihrer Untertaninnen auszulöschen.

Um die am Rande ihres Geistes wie hungrige Raubtiere lungernden, furchtbaren Bilder loszuwerden, wie sie den Pflock in Wanjas milchweiße Brust stechen würde, begann sie, ihr Zimmer aufzuräumen. Erinnerungen daran, wie sie auf das Einkaufsnetz mit dem Fleisch eingestochen hatte, überfluteten sie, als sie ein paar Stifte nicht mit den Fingern aufhob, sondern sie, ohne nachzudenken, in die Faust nahm. Sie holte das Bündel, das ihre Schuluniform war, aus dem Wäschekorb und warf es schnell in die Waschmaschine. Das Geräusch, als das Wasser in die Trommel rauschte, schien einen Wasserfall beängstigender Gedanken in Gang zu setzen.

»Komm schon, Mo«, schimpfte sie laut mit sich, als sie ihre Lehrbücher in den Rucksack stopfte. »Du hast einen Plan. Du *liebst* Pläne. Bleib dabei. Die Vampire bestehen darauf, dass du es tust, und du nimmst ein Versprechen nicht zurück. Sie können sich auf dich verlassen. Sie können dir vertrauen. Das macht dich zu einer guten Anführerin.«

Einer guten Anführerin, die einen Mord begeht.

»Nein!«, sagte Mo erschrocken. Sie war entschlossen, bei ihrer Aussage zu bleiben. Schnell, tu etwas, irgendetwas, schien ihr Gehirn zu rufen. Ich weiß was! Dämonisiere deine Gegnerin. Ja! Die perfekte Ablenkung von komplizierteren Problemen wie Töten und Moral und …

Wanja hat damit angefangen, dachte Mo. Sie ist schwer zu greifen und nicht vertrauenswürdig. Sie ist aus dem Nichts in unserer Vampirgemeinde erschienen, hat sich in unser Leben eingeschlichen, mich und Luca ausspioniert. Einer wie ihr kann man nicht trauen.

Das war besser, entschied Mo. Ein wenig rechtschaffene Empörung, damit sie nicht vom rechten Weg abkam. Dem einzigen Weg. Wanja zu töten.

Sie warf ihre Wasserflasche in den Rucksack.

»Halte dich an den Plan.«

Sie stopfte ein paar Stifte in die Vordertasche.

»Halte dich an den Plan.«

Sie schloss geschickt den Reißverschluss.

»Halte. Dich. An. Den. Plan.«

Dann setzte sie sich auf ihr Bett. Zuerst hörte sie, wie flach sie atmete, und dann hörte sie den Wind draußen. Am Nachmittag war er noch mild gewesen, aber nun rüttelten Böen an den Fenstern und zwangen die unbelaubten Äste an den Bäumen zu einem wilden Tanz. Der Sturm, der sich da zusammenbraute, passte perfekt zu den Turbulenzen in Mos Innerem.

»Alberner Trugschluss«, murmelte sie.

Das Ping einer Textnachricht riss sie aus ihren Gedanken. Vielleicht war sie von Luca, dachte Mo. Vielleicht ist er wieder auf meiner Seite und bereit, mich zu unterstützen, wenn ich Wanja töte.

Tatsächlich aber war sie von Jez.

Hey, super, dass du dich zur Vampirjägerin ausbilden lässt.
Hat mir dein Vater erzählt. Lass uns doch irgendwann mal
zusammen trainieren, ja?

Da war noch eine zweite Nachricht.

Ich habe außerdem darüber nachgedacht, was du gesagt
hast. Dass ich nichts getan habe, als Tracey dich auf dem
Kieker hatte. Es tut mir leid. Vielleicht können wir
irgendwann mal darüber reden?

Ok, antwortete Mo. Sie wusste nicht, was sie sonst hätte sagen sollen. Sie ließ sich von ihrem Vater trainieren, damit sie Wanja töten konnte. Es fühlte sich nicht wie ein »Hurra«-Moment an. Und was die erneute Beschäftigung mit den Jahren, in denen Tracey Caldwell sie schikaniert hatte, und Jez' Rolle dabei anging … Mo hatte viel zu sehr mit dem Hier und Jetzt zu tun, der schweren Last, die Vampirkönigin zu sein, um daran viele Gedanken zu verschwenden.

Ihr wurde bewusst, wie weit sie gekommen war, seit Bogdan im Oktober aufgetaucht war. Die naive Sicherheit ihres alten Lebens mit dem PLAN, der hervorragende Noten in der Abschlussprüfung und eine glänzende Karriere beinhaltete, war dahin, niedergetrampelt von Vampiren und Gewalt, Liebe, Luca und Verlust, Freude und Chaos und einem Ereignis nach dem anderen.

Mo sah nun alles klar und deutlich, sah sich selbst gestochen scharf in allen Einzelheiten. Ihre Absicht, mit menschlichen Werten in einer Vampirwelt zu regieren, ohne Blutvergießen und Kopfabreißen, war idealistisch und unrealistisch gewesen.

Es war an der Zeit gewesen, erwachsen zu werden, und das bin ich tatsächlich, dachte Mo. Das hier ist nicht der Debattierklub. Das ist nicht der Donny-Diktierwettbewerb (bei dem ich 2014 jüngste Siegerin aller Zeiten war), das hier ist Herrschen über Vampire. Ein Kampf aller gegen alle – Vampir gegen Vampir. Überleben des Stärkeren in einer gefährlichen Welt. Die einzige Möglichkeit, diese Blutsauger zufriedenzustellen, war Gewalt. Nicht zu viel, aber definitiv ein wenig. Was nun zählte, waren Taten statt Worte.

Sie schlug sich mit der geballten Faust gegen die Handfläche und fletschte die Zähne. Jawoll. Zeit, sich der Realität zu stellen. Das bedeutete, Lucas Verzweiflung über ihren neuen Plan zu vergessen. Es bedeutete, Luca insgesamt zu vergessen, zumindest fürs Erste. Es bedeutete, Lou nie etwas davon zu erzählen. Es bedeutete, Wanja zu beseitigen, ohne an ihre Beweggründe und Gefühle zu denken. Hey, zumindest ihr Vater war stolz auf sie. Und er war schließlich ihre Familie. Blut ist dicker als Wasser. Und Vampirblut ist noch dicker. Das habe ich gesehen. Sehr klebrig.

»Denk an Macbeth«, sagte sie sich und holte ihre Ausgabe aus dem Bücherregal. Sie blätterte durch die abgegriffenen Seiten. »Da war doch diese Stelle, dass er so tief im Blut watete, dass umzukehren genauso schwierig wäre wie weiterzugehen..«

Na bitte, dachte sie, als sie das Zitat ohne Probleme fand. Da war Macbeth, am Boden zerstört und schicksalsergeben angesichts all der Morde, die er würde begehen müssen, um den Thron zu behalten. So fühle ich mich, dachte Mo. Ich stecke schon zu tief drin. Ich muss es erledigen. Vielleicht muss ich nicht so viele Menschen töten wie Macbeth. Momentan habe ich vor, es bei einem zu belassen, und sie ist noch nicht einmal ein richtiger Mensch, sondern eine Untote. Aber ich muss es tun. Ein Rückzieher ist keine Option.

Wieder hörte sie den Wind draußen. Die Garagentüren klapperten wütend, zerrten an den Riegeln und schlugen schließlich auf. Ihr Vater rannte über den Kies, um sie wieder zu verschließen. Soll doch der Schweinebraten, übersät mit Löchern vom ihrem Pfähltraining, vom Nagel geweht werden und in die Pfützen aus Öl und Schmutz fallen. Wen stört das schon?, dachte Mo. Ich bin Vegetarierin. Vielleicht war Macbeth auch Vegetarier.

33. Kapitel

Der Sturm wütete weiter, und als Mo morgens nach einer unruhigen Nacht ans Fenster trat, sah sie, was er angerichtet hatte. Äste lagen am Boden, Dachziegel waren heruntergeweht worden und auf der Kiesauffahrt zu Mosaiken zerschmettert, Blumentöpfe waren an die unmöglichsten Ecken im Garten gerollt und eine Bank war umgekippt.

Mos Telefon klingelte.

»Hast du schon gehört?«, sagte Lou atemlos. »Ein Baum ist auf die Turnhalle gestürzt, und jetzt ist das Dach kaputt und es gibt keinen Strom. Das heißt, die Schule fängt Montag noch nicht wieder an.«

»Entschuldigung, wie alt bist du noch mal?«, fragte Mo.

»Ach, komm schon. Dass keine Schule ist, ist wirklich aufregend. Anscheinend soll sie die ganze Woche noch geschlossen bleiben. Willst du mitkommen, das angucken?«

»Ich sollte mich wohl eher an meine Hausaufgaben setzen«, antwortete Mo.

»Du? Du hast die Hausaufgaben noch nicht gemacht? Bin ich in einem Paralleluniversum aufgewacht? Bin ich durch ein Portal in ein anderes Reich geschlüpft? Bin ich …«

»Aber lass uns doch später gucken gehen«, schlug Mo vor.

Irgendetwas daran, das Turnhallendach in tausend Teile zersplittert zu sehen, zog Mo – die in wenigen Stunden ihren ersten Vampir töten würde – an. Gewalt, Zerstörung … Her damit. Sie würde nun viel Zeit haben, mit ihrem Vater zu trainieren, und da die Schule geschlossen war, konnte sie genauso gut am nächsten Abend zu Wanja gehen, kurz bevor diese aufwachte, und …

»Ja! Lass uns das machen!«, sagte Lou begeistert.

Die Hausaufgaben, die Mo dann erledigte, hatten mehr mit Mord als mit Mathe zu tun. Diesmal bearbeitete sie einen Schinken.

»Auch Schweinefleisch«, verkündete ihr Vater, als er ein gewaltiges rosafarbenes Stück Fleisch in einen alten Kopfkissenbezug fallen ließ, »aber super zum Trainieren.«

Er hängte es an einem Baum im Garten auf und forderte Mo auf zu zielen. Diesmal hatte sie weniger Hemmungen, im Gegenteil, sie war ungeduldig. Mit erbarmungsloser Effizienz, die Augen zu Schlitzen zusammengekniffen, die Faust geballt, die Armmuskeln angespannt, pfählte sie den Schinken, ohne zu zögern.

»Gute Arbeit!«, lobte ihr Vater.

»Sehr gut«, sagte ihre Mutter aus dem Küchenfenster.

»Ich glaube, ich habe es im Griff«, sagte Mo. In ihrem Mund kribbelte es unangenehm metallisch. »Können wir aufhören?«

»Klar, auch wenn ich dir noch eine Menge beizubringen habe. Zum Beispiel, wie man Vampire aufspürt, Vampirgeschichte, klassische Vampirangriffsstile und Verteidigungstaktiken.«

Mo ging in die Küche und setzte sich an den Tisch. Ihr Vater folgte ihr.

»Hier, ich habe dir einen Kakao gemacht«, sagte ihre Mutter. Mo legte die Hände um den warmen Becher. »Wenn du mir ein paar deiner Oberteile gibst – deinen blauen Mantel vielleicht und deinen Lieblingskapuzenpulli –, kann ich Taschen für die Pflöcke hineinnähen, damit du sie immer griffbereit hast.«

Eine Pflocktasche, dachte Mo. Ein ähnlich nettes Nähprojekt wie ein Pistolenhalfter.

»Bist du mittlerweile damit einverstanden, Mum?«, fragte Mo.

»Ich habe darüber nachgedacht«, sagte ihre Mutter. »Und mir ist klar geworden, dass es leider viele böse Menschen auf dieser Welt gibt, Mo. Wenn du mit deinem Vater trainierst, wirst du in der Lage sein, dich gegen jede Gefahr zu wehren, sei sie menschlich oder vampirisch. Du hast von Selbstverteidigung gesprochen, und ich denke, du hast recht. Es ist eine vernünftige Vorsichtsmaßnahme.«

»Bloß dass ich keinen Menschen pfählen kann, oder? Ist es legal, auf der Straße Menschen mit Pflöcken zu töten? Ich bin mir ziemlich sicher, dass mich das immer noch in Schwierigkeiten bringen würde.«

»Sei nicht so neunmalklug, Mo«, sagte ihr Vater. »Deine Mutter will nur sagen, dass dir das Training hilft, dich zu verteidigen, dass es dich ein bisschen tougher macht.«

Mo verschluckte sich beinahe an ihrem Kakao. »Sorry«, sagte sie und wischte sich den Mund mit dem Handrücken ab. »Ich habe dich nur noch nie so reden hören. Das war tough.«

Ihr Eltern sahen sich stirnrunzelnd an.

»Sieh mal, Liebes«, sagte ihre Mutter und versuchte, beruhigend zu klingen, konnte aber nicht ganz verbergen, dass sie etwas ratlos war. »Es gibt viele Dinge, über die wir nachdenken müssen, jetzt, wo du fast sechzehn bist und dich ein bisschen selbstständiger in dieser Welt bewegst.« Sie zeigte Richtung Fenster. »Wir müssen viele Gespräche führen, nun, da du fast erwachsen bist.«

Mo schob ihren leeren Becher von sich weg. »Können die noch etwas warten?«, fragte sie. »Ich habe viel gelernt, danke dafür, aber für heute reicht es mir, glaube ich.«

»Klar«, sagte ihre Mutter.

»Natürlich«, sagte ihr Vater. »Du hast dich diesmal sehr gut geschlagen beim Pfählen, Mo. Ich bin stolz auf dich.«

Er stand auf und umarmte sie. »Mein großes Mädchen«, sagte er.

Als Mo nach oben trottete, wurde ihr bewusst, dass es nicht ihre zahlreichen schulischen Erfolge und spektakulären Noten waren, die ihren Vater am glücklichsten gemacht hatten, sondern die Tatsache, dass sie im Garten einen Schinken gepfählt hatte. Sie wusste nicht, ob sie schreien oder stolz sein sollte.

34. Kapitel

Nach dem Mittagessen atmete Mo tief durch und rief Luca an. Als er ans Telefon ging, war die Härte in seiner Stimme unüberhörbar.

»Fährst du mich morgen zu Wanja?«, fragte Mo.

Stille.

»Sagst du gar nichts?«

Er sagte nichts.

»Du bist immer noch mein treuer Gefährte. Das hast du gestern selbst gesagt.«

Stille. Dann sagte er: »Das werde ich nicht tun.«

Mo fühlte sich, als hätte jemand ihr einen Schlag versetzt.

»Was?«

»Ich werde dich nicht zu Wanja fahren.«

»Das ist nicht sehr hilfreich«, sagte sie (und klang verletzt). »Du musst mir gehorchen«, sagte sie (und klang verwöhnt).

»Ich bin nicht einverstanden mit dem, was du vorhast, Mo, tut mir leid. Dabei kann ich dir nicht helfen.«

Mo blinzelte heftig. Sie hatte Mühe, zu verarbeiten, was Luca sagte.

»Gut, dann mache ich es eben allein«, sagte sie und legte schnell auf.

Mo war wütend und durcheinander, als sie auf ihr Fahrrad sprang und zu Lou fuhr. Sie trat fest in die Pedale, um ihre komplizierten Gefühle wegzutrampeln. Als sie bei Lou ankam, war sie außer Atem, aber ruhiger. Sie nahmen den Bus nach Middle Donny, um sich das Schulgebäude anzuschauen. Sie waren nicht die einzigen Schaulustigen. Es war, als hätte der Baum, indem er so geradewegs auf die Turnhalle gefallen war, den gelegentlichen Wunsch jedes Schülers, die Schule kaputt zu schlagen, ausgedrückt. Er schien sie als Symbol für eine Rebellion anzuziehen.

»Wow, die ist wirklich total kaputt«, sagte Lou mit großen Augen, als sie den Schaden begutachtete. Das eingedrückte Dach, die zersplitterten Fenster und Menschen in Neonjacken, die herumschwärmten, während Mr. Pascal, der Schulleiter, mit grimmigem Gesichtsausdruck zusah.

Sie beobachteten, wie ein LKW mit Kran langsam vor die Turnhalle fuhr, parkte und die Stützen ausfuhr. Noch mehr Männer in Neonjacken und Helmen liefen nun geschäftig herum und bald erhob sich der Kran über dem gestürzten Baum und der Mann im Korb schwang eine Kettensäge, als hielte er Excalibur in den Händen.

Mo entdeckte Jez an einer Seite und lächelte ihn an.

»Er kommt hierher«, flüsterte Lou. »Alles klar, Jez?«, rief sie. Er nickte ihr zu und wandte sich dann rasch Mo zu. »Kann ich mit dir sprechen?«

Sie gingen zu den Tennisplätzen.

»Ich warte hier auf euch«, rief Lou ihnen hinterher.

»Hast du meine Nachrichten bekommen?«, fragte Jez. »Ach, natürlich. Du hast ja geantwortet.«

Ein Hauch von Rot huschte über seine Wangen. Oh Gott, dachte Mo, er ist nervös.

»Ja, also, es tut mir wirklich leid, dass ich nicht mehr getan habe, als Tracey so gemein zu dir war.«

»Schon in Ordnung«, sagte Mo. »Ich hätte es nicht erwähnen sollen. Ich brauche keinen Mann, der mich verteidigt.«

»Nein, das weiß ich, aber du brauchst auch keinen Mann, der zuschaut, während du ungerecht behandelt wirst.«

Wow, dachte Mo. Er kann sich ja richtig gut ausdrücken. Das ist nicht der stirnrunzelnde, einsilbige Alpha-Jez, von dem ich dachte, dass ich ihn kenne.

»Entschuldigung angenommen«, sagte Mo, lächelte ihn kurz an und studierte dann wieder den Boden vor sich.

»Ich habe außerdem darüber nachgedacht, was du über das Vampirjagen gesagt hast. Dass es Machogehabe ist. Du hast recht, ich habe nie wirklich darüber nachgedacht, wie es sein würde, einen Vampir zu töten. Verrate es nicht deinem Vater, aber ehrlich gesagt bin ich mir immer noch nicht ganz sicher, was ich darüber denke. Ich meine, sie waren auch mal Menschen.«

Mo wäre beinahe zusammengezuckt. Das war genau das, was sie immer gesagt hatte, aber es heute zu hören, an dem Tag, bevor sie Wanja töten würde, brannte wie Essig in den Augen.

»So wie ein Hund mit Tollwut ja auch immer noch ein Hund ist, nicht?«, fuhr Jez fort.

Mo antwortete nicht, nahm sich aber vor, Jez für den Debattierklub zu gewinnen, sobald sich die Lage beruhigt hatte.

»Hast du schon mit dem Training angefangen?«, fragte er.

»Gestern«, sagte Mo. »Ich musste Schweinefleisch pfählen. Heute Morgen Schinken.«

»Schick«, sagte Jez. »Ich habe mit Wild angefangen und damit meine ich, auf der Straße angefahrene Rehe.«

Mo machte ein Geräusch, als würde sie brechen, und lachte.

Jez kniff die Augen zu zwei kleinen vergnügten Sternchen zusammen und grinste sie an. »Trainiert Luca auch?«, fragte er. »Ich weiß, dass dein Vater sich freuen würde, wenn er es täte.«

»Nein. Luca ist dagegen. Auf jeden Fall ist er dagegen, dass *ich* es tue.«

»Weil du eine Frau bist?«, fragte Jez. »Das ist sexistisch.«

Jez, der Feminist. Gleichberechtigung für alle, auch für Vampirjäger:innen. Was kam als Nächstes?

Sie waren zurückgegangen und hatten wieder die Gruppe Schüler erreicht. Mo spürte Lous Augen auf sich.

»Also, lass mich wissen, wie du vorankommst und ob du Hilfe

benötigst oder, keine Ahnung, du brauchst wahrscheinlich keine Hilfe von mir, oder? Na ja, wie auch immer …« Stotternd kam Jez zum Schluss und schenkte Mo ein kurzes, zartes Lächeln.

Lou kam herüber und sah zwischen ihnen hin und her. »Oh, Entschuldigung, störe ich?«

Ernsthaft?, dachte Mo müde. Musste Lou in jedes Gespräch einen romantischen Hintergrund hineinlesen? Luca, Wanja, Jez – Lou hatte sie alle irgendwann einmal mit ihr zusammengebracht. Ihre Vorstellungskraft war so subtil wie eine Reihe von Emojis – Herzen mit Schleifen, runde gelbe Gesichter mit Kussmündern und zwinkernden Augen.

Sobald Jez außer Hörweite war, packte Lou Mo am Arm.

»Was zur Hölle?«, fragte sie und ihre Augen bohrten sich wie Laser in Mos. »Ist Jez Pocock jetzt dein bester Freund? Oder mehr? Ich komme nicht mehr mit. Vor wenigen Monaten wusste niemand auch nur deinen Namen. Du warst bloß der traurige Streak. Und jetzt hast du einen richtig gut aussehenden Freund *und* der beliebteste Junge der Schule interessiert sich für dich. Wer bist du und was hast du mit meiner besten Freundin gemacht?«

Es war ein Witz, aber Mo war nicht zum Lachen. Wenn du wüsstest, was ich morgen tun werde, würdest du mich wirklich nicht wiedererkennen.

»Ist das die Rache dafür, dass Luca mit Wanja abhängt?«, fragte Lou.

»Es ist gar nichts«, sagte Mo genervt.

»Sorry«, sagte Lou, sah aber nicht so aus, als täte es ihr wirklich leid. »Wo ist Luca überhaupt?«

»Lou, ich habe dich lieb, okay«, sagte Mo und ihr Lächeln passte überhaupt nicht zu ihrem verzweifelten Blick, »aber ich will gerade wirklich nicht über Jez, Luca oder sonstwas sprechen.«

»Oh, okay«, sagte Lou und wirkte verwirrt und verletzt.

»Ich will einfach nur nach Hause.«

35. Kapitel

Montagmorgen. Mos Eltern waren wieder bei der Arbeit und die Schule blieb geschlossen. Mo hatte Lou gesagt, sie könnten sich nicht treffen, weil sie noch Hausaufgaben zu erledigen hätte. Nun lag sie im Bett und hörte sich den kompliziertesten wissenschaftlichen Podcast an, den sie finden konnte, um sich davon abzulenken, was an diesem Tag auf dem Plan stand. Es funktionierte nicht. Sie dachte an Luca. In Kürze würde sie zu Wanja fahren, um sie zu töten, und er würde nicht zu ihrer Unterstützung dabei sein, weder als ihr Freund noch als ihr treuer Gefährte. Ihr wurde bewusst, wie sehr seine Gegenwart sie beruhigte. Einfach, dass er da war, wie eine Zimtschnecke roch, schlechte Witze machte und lieb und ruhig war und ...

Mo riss sich die Kopfhörer von den Ohren und griff nach ihrem Handy. Sie wischte durch die Hunderten von Fotos von ihm, schaute sich die länger an, auf denen seine Honigaugen funkelten oder die Sonne die goldenen Strähnen in seinem dunklen Haar hervorhob. Dann öffnete sie ihre Kontakte, tippte auf eine Nummer und lauschte. Es klingelte und klingelte. Er ging nicht ans Telefon.

»Komm schon, komm schon ...«, murmelte Mo und kaute auf ihrer Lippe. Auf einmal wollte sie nichts sehnlicher, als dass er ranging. »Bitte geh ans Telefon, bitte ...« Und dann ...

»Hallo?«

Die Stimme klang überrascht, sogar ein wenig argwöhnisch.

»Ich bin's, Mo.«

»Hi, Mo.«

»Als du gesagt hast, dass du mir helfen würdest, wenn nötig –

meintest du das ernst? Ich habe heute etwas Wichtiges zu erledigen.«

»Äh, sicher.«

»Super. Dann treffen wir uns in einer Stunde an der Bushaltestelle in Middle Donny. Bring deine Pflöcke mit. Danke. Tschüss.«

Mo warf das Handy beiseite. Sie biss sich auf die Zähne und ihr Gesicht war hart wie Granit. Wenn du mir nicht hilfst, Luca, dachte sie, dann wende ich mich an den Nächstbesten. Jez. Er ist verfügbar, er ist dabei, er unterstützt mich. Da hast du's.

Sie packte ihren Rucksack, warf den edlen Pflock hinein, den ihr Vater ihr gegeben hatte, und ihre Kleider. Es war wichtig, angemessen königlich auszusehen, wenn man eine seiner Untertaninnen tötete, fand Mo. Dann ging sie rasch zur Bushaltestelle. Normalerweise stand sie dort, wenn sie zur Schule fuhr. Heute aber … Sie weigerte sich, den Gedanken zu Ende zu denken.

Der Bus fuhr die Haltestelle an und aus reiner Gewohnheit ging Mo zu Lous und ihrem üblichen Sitz in der Mitte links. Doch da saß schon jemand. Mo blinzelte und sah genauer hin.

»Lou! Was machst du denn hier?«

»Nein, was machst *du* hier?«, schoss Lou zurück. »Hast du nicht gesagt, du müsstest Hausaufgaben nachholen? Das tust du ja offensichtlich nicht.«

Mo trat von einem Fuß auf den anderen und verzog gequält das Gesicht.

»Vampirkram?«, riet Lou.

Mo seufzte und setzte sich. »Ja. Ich muss, äh …«

»Was?«

»Etwas tun.«

»Was etwas?«

Mo schüttelte den Kopf und starrte geradeaus.

»Du willst es mir nicht sagen?«

»Es ist zu deinem Besten.«

»Oh, danke, Mum«, sagte Lou. Dann, mit weicherer Stimme: »Wäre es nicht gut, es dir von der Seele zu reden?«

Mo antwortete nicht. Sie blickte weiter geradeaus, die Arme vor der Brust verschränkt, und sobald sie die Bushaltestelle in Middle Donny erreicht hatten, sprang sie auf.

»Wir sind da«, sagte sie. »Bis dann.«

Mo sah Jez sofort, als sie aus dem Bus stieg. An eine Mauer gelehnt, starrte er so angestrengt ins Nichts, dass sich zwischen seinen Augen eine kleine Falte gebildet hatte. Seine Miene hellte sich auf, als er Mo sah.

»Ist das nicht Lou?«, fragte er und zeigte auf sie.

»Ich glaube nicht«, sagte Mo, packte Jez am Arm und führte ihn entschieden zu dem Bus nach Nether Slaughter am anderen Ende der Bushaltestelle. Sie stiegen hinein und Mo ließ sich auf den ersten Sitz fallen, den sie finden konnte. Jez setzte sich neben sie.

»Verrätst du mir, was wir machen?«, fragte er.

»Später«, sagte Mo und schloss die Augen. Sie spürte, wie der Motor rumpelnd zum Leben erwachte, und hörte, wie sich die Tür schloss. Dann hörte sie, wie sich die Tür erneut öffnete. Jemand stieg ein und setzte sich hinter sie. Die Türen schlossen sich erneut und der Bus fuhr los.

Als der Bus schneller wurde, lullte die Bewegung Mo ein. Doch dann sprach jemand sie an.

»Na, wenn das kein netter kleiner Ausflug für uns drei ist?«

Mo riss die Augen auf und wirbelte herum. »Lou! Was machst du hier?«

Lou lugte durch die Lücke zwischen den Sitzen und strahlte Jez und Mo an.

»Ich komme mit dir, wo auch immer du hingehst. Es ist definitiv gefährlich, sonst hättest du mir gesagt, was du vorhast, und vielleicht brauchst du Hilfe.«

»Brauche ich nicht«, sagte Mo.

»Aber Jez ist hier. Warum?«

»Ich bin hier, um ihr zu helfen«, sagte er.

»Siehst du?«, sagte Lou.

»Ich weiß bloß auch noch nicht, was wir machen«, fügte er hinzu.

»Lou, steig aus«, sagte Mo.

»Geht nicht, der Bus fährt schon. Zu spät.«

»Du kannst nicht mitkommen. Du musst aussteigen.«

»Das werde ich nicht tun, also vergiss es.«

Mo funkelte sie an.

»Also, was macht ihr nun?«, fragte Lou. »Du kannst es uns genauso gut jetzt sagen. Jez, du willst es doch auch wissen, oder?«

»Äh …«

»Jez will es wissen. Ich will es wissen. Sag's uns.«

»Ach, irgendwas.«

»Was?«

»Nur, du weißt schon …«

»Nein, weiß ich nicht.«

»Bloß Wanja töten«, platzte Mo plötzlich heraus.

»Wer ist Tanja?«, fragte Jez.

»Wanja. Sie ist eine Vampirin«, erklärte Lou. »Vampire existieren tatsächlich.«

»Das weiß ich zufällig«, sagte Jez.

»Echt? Tja, ich wurde von einem angefahren und von einem anderen fast ausgesaugt«, gab Lou zurück.

»Okay, okay, das ist kein Wettbewerb«, sagte Mo und klang wie eine gestresste Mutter von zwei sich streitenden Kindern. »Jez, Lou wurde fast von einem Vampir gegessen. Und sie wurde wirklich angefahren – von dem Vampir, der dich in der Gasse vor meinem Haus angefallen hat. Weißt du noch, als du dir unerklärlicherweise den Kopf angeschlagen hast?«

Jez wurde ein wenig blass.

»Und Lou, Jez wird von meinem Vater zum Vampirjäger ausgebildet. Deshalb ist er hier. Um mich zu unterstützen, wenn ich Wanja töte.«

»Du willst sie wirklich töten?«, stieß Lou hervor. »Mo, das klingt überhaupt nicht nach dir.«

»Lass es!«, sagte Mo und hielt warnend einen Zeigefinger hoch. Ihr Blick bohrte sich in Lous Augen und ihr Ton war scharf. »Fang nicht damit an. Ich muss es tun. Ich werde es tun. Du würdest es nicht verstehen. Okay?«

»Okay«, sagte Lou und lehnte sich ein wenig in ihrem Sitz zurück. »Was auch immer die durchgeknallte Dame will. Und du hast recht, ich verstehe es nicht.«

»Ich auch nicht, glaube ich«, sagte Jez und runzelte entschuldigend die Stirn. »Du hast dein Pfähltraining noch nicht abgeschlossen. Ich auch nicht. Sollten wir nicht deinen Vater anrufen, damit er uns hilft?«

Mo stöhnte genervt. »Es war ein Fehler, dich mitzunehmen, Jez. Und Lou, du hättest nie in diesen Bus steigen sollen. Ihr solltet beide gehen. Sofort.«

»Auf keinen Fall«, sagte Lou. »Ich habe für meine Fahrkarte bezahlt. Ich komme mit. Keine Diskussion. Warum willst du Wanja eigentlich töten?«

»Können wir das unter vier Augen besprechen?«, bat Mo. Sie quetschte sich an Jez vorbei und ging im Bus nach hinten.

Lou folgte ihr.

»Ich werde Wanja töten«, erklärte Mo, »weil die anderen Vampire wollen, dass ich es tue.«

»Das ist alles?« Lou sah schockiert aus. »Das ist der einzige Grund? Du sollst sie doch führen, nicht andersherum.«

Mo schüttelte ungeduldig den Kopf. »Ich muss es tun. Vampire verstehen nur Gewalt. Töten oder getötet werden. Es ist wie bei Macbeth. Du musst hart sein, um auf dem Thron zu bleiben.«

»Macbeth stirbt am Ende.«

»Ich wusste gar nicht, dass du es gelesen hast.«

»Nur die Zusammenfassung, aber ich bin fast hundertprozentig sicher, dass er stirbt.«

Mo sagte nichts.

»Außerdem dachte ich, Michelle Obama ist dein Vorbild als Führungskraft, nicht Macbeth«, fuhr Lou fort.

»Das war, bevor ich Vampirkönigin geworden bin. Jetzt sehe ich, wie schwer es ist. Ich muss tough sein. Richtig tough. Tougher als Michelle.«

»Was, wenn sie sich wehrt?«

»Michelle Obama?«

»Nein, Wanja.«

»Ich lasse ihr keine Chance.«

»Machst du Witze?«, fragte Lou. »Das ist ein grundlegender Überlebensinstinkt – außerdem hast du dich schon mal mit ihr geprügelt und mir gesagt, sie hätte dich fertigmachen können, hat es aber nicht getan. Wenn du mit einem Pflock auf sie losgehst, ist sie diesmal bestimmt nicht so rücksichtsvoll.«

Mo schüttelte wieder den Kopf, versuchte, die Wahrheit von Lous Worten abzuschütteln.

»Ich habe in der Zwischenzeit mit Dad trainiert. Ich ramme ihr den Pflock ins Herz. Jez kann mir helfen, wenn ich eine Rippe treffe oder so. Und dann ist es vorbei.«

Lou schauderte. »Mo, du machst mir Angst. Das ist gefährlich. Du hast etwas sehr Riskantes und Fieses vor und … Was ist mit dir passiert? Hat jemand dich nachts gegen eine Roboterfrau getauscht? Kann ich bitte die echte Mo Merrydrew zurückhaben?«

Mo antwortete nicht. Ihr Telefon klingelte. Luca. Jetzt? Ernsthaft?

»Hallo?«, sagte Mo. Sie hörte das Rauschen von Autoverkehr im Hintergrund.

»Mo?« Es klang dringend. »Ich habe Wanja im Auto.«

»Wanja?«

»Ja. Sie muss mit dir sprechen. Sie hat mich gebeten, sie zu dir zu bringen.«

Mo stöhnte.

»Luca, ich … Du weißt, was ich zu tun habe. Ich werde es heute tun. Keine Diskussionen mehr und …«

»Sie muss mit mir reden«, sagte eine dumpfe Stimme.

»Wer hat das gesagt? War sie das?«

»Ja, sie liegt in ihrem Reisesarg. Ist wohl aufgewacht. Wundert mich, dass du das gehört hast. Egal. Wo bist du?«

»Im Bus«, sagte Mo.

»Wo genau?«

»Keine Ahnung. Eine große Straße. Ich sehe ein paar Bäume, ein Feld …«

»Mo, finde heraus, wo du bist.«

Mo begann zu zittern, tat aber, worum Luca sie gebeten hatte. Sie ging nach vorn zum Busfahrer, Lou im Schlepptau, und setzte sich direkt hinter ihn. Er trug ein Namensschild, auf dem stand:

»HALLO, ICH BIN KEN – MEIN ANTRIEB IST EXZEL-LENZ!«

»Entschuldigen Sie, Ken, wo sind wir?«, fragte Mo.

»Auf der M5«, antwortete er.

»Stell mich laut«, verlangte Luca. Dann fragte er: »Wo auf der M5?«

»Kurz vor der Raststätte Pethering, Abzweig 24«, rief Ken hilf-reicherweise, damit Luca ihn hören konnte.

»Steig da aus«, sagte Luca. »Ich bin ungefähr in einer halben Stunde bei dir.«

Was zum … Das war nicht Teil des Plans. Des Den-Bus-nehmen-um-Wanja-zu-töten-Plans. Des Plans, aus dem Luca sich rausgezogen hatte, sowohl als Freund als auch als treuer Gefährte. Was war da los?

»Ich kann dich nicht einfach irgendwo rauslassen«, sagte Ken, den Blick strikt nach vorn auf die Straße gerichtet. »Dieser Bus fährt ohne Halt bis Nether Slaughter. Ohne. Halt.«

»Wir müssen dringend aussteigen«, sagte Mo.

»Welchen Teil von >ohne< und >Halt< hast du nicht verstanden?«, fragte Ken.

»Bitte? Wir springen ganz schnell raus. Die Raststätte ist nicht mehr weit entfernt. Da vorn ist ein Schild.«

Ken schüttelte verbissen den Kopf. Mo war übel vor Stress.

»Oh, das macht mich fertig«, stöhnte sie, aber Lou reagierte nicht. Sie war zu ihrem ursprünglichen Sitzplatz zurückgekehrt und hatte ihre Brotbox herausgeholt. Nun griff sie hinein, holte ein Sandwich heraus und zog die obere Scheibe Brot zurück. Kurz darauf humpelte sie zurück nach vorn.

»Das ist ein echter Notfall, Ken. Da kommt Eiter aus meinem Bein, sehen Sie?«

Nervös riskierte Ken einen Blick über die Schulter auf Lous Bein und verzog das Gesicht.

»Das ist wohl die Stelle, wo es gebrochen war. Ich glaube, die hat sich entzündet. Mo wollte Sie nicht beunruhigen, aber wir müssen wirklich aussteigen, damit unser Freund, ein auf Wunden, Infektionen und Skorbut spezialisierter Arzt, sich das ansehen kann.«

»Das kann ich nicht machen. Wenn mein Manager herausfindet, dass ich bei einer Fahrt ohne Halt gehalten habe …«

»Oh Gott, es tut *so* weh«, jammerte Lou.

»Es ist gegen die Unternehmensrichtlinien.«

»Mo, gib mir etwas, auf das ich beißen kann, um den Schmerz auszuhalten!«

»Ich könnte meinen Job verlieren deswegen. Ich habe zu Hause eine Frau und drei Kinder und eine Schildkröte.«

»Ich glaube, da kommen sogar Maden raus!«

»Na gut«, sagte Ken plötzlich und umfasste das Lenkrad so fest, dass seine Knöchel weiß wurden. »Ich tu's. Anschnallen, Leute, wir machen einen Abstecher über die Pethering-Raststätte.«

Er schlug auf die Warnblinktaste und haute den Blinker herunter. Dann riss er das Steuer scharf nach links. Als der Bus über die äußere Spur schwenkte, hupten einige Autos, aber Ken ließ sich nicht beirren. Mit unbewegter Miene lehnte er sich aufs Lenkrad und fuhr mit quietschenden Reifen auf die Zufahrt zur Raststätte.

»Großartig, Ken«, rief Mo. »Ihr Antrieb ist wirklich Exzellenz.«

Er bremste hart wie ein Jumbojet auf der Landebahn, sodass der Bus verlangsamte und schließlich zum Halten kam.

»Danke, Ken«, sagte Lou, als sie humpelnd den Bus verließ.

»Jez, wir steigen hier aus«, rief Mo und winkte ihm, dass er mitkommen sollte.

Ken nickte ihnen zu. »Ich hoffe, euer Freund kann euch helfen. Wenn nicht, ruft den Notdienst. Könnte sein, dass du damit ins Krankenhaus musst«, sagte er. Dann schloss er die Bustüren und fuhr weiter.

Mo sah hinunter auf Lous Bein. »Was ist das für ein Zeug?«

»Mayonnaise«, sagte Lou. »Und ein bisschen Schinken.«

»Okay. Danke. Sollen wir bei den Picknicktischen warten?«

36. Kapitel

Sie warteten schweigend. Jez starrte sein übliches Starren, Mo überlegte, was Wanja von ihr wollte – und was dann aus ihrem Plan wurde, sie zu töten –, und Lou war mit einem Spaniel beschäftigt, der ihr die Mayonnaise vom Bein leckte.

»Ich hoffe, das stört dich nicht?«, sagte der Besitzer und lächelte entschuldigend. »Er liebt Saucen. Einmal hat er eine ganze Flasche Hoisin-Sauce geleert.«

Irgendwann kam endlich ein Auto auf den Parkplatz gefahren und hielt in der Parklücke neben ihnen.

»Was will er denn hier?«, fragte Luca, als er Jez sah.

»Na ja, *du* wolltest mir ja nicht helfen«, sagte Mo, während sie die hintere Tür öffnete. Da war nicht viel Platz. In einem leicht aufrechten Winkel klemmte hinter dem Fahrersitz ein Sarg.

»Ich sitze vorn«, sagte Lou, sobald sie ihn sah.

Mo quetschte sich neben den Sarg und Jez rückte neben sie.

»Die Leute zeigen auf uns«, sagte Lou, als sie vom Parkplatz fuhren.

»Das liegt an meinen gepimpten Felgen«, sagte Luca.

»Wirklich?«, fragte Lou.

»Nein, natürlich nicht«, sagte Luca. »Es liegt daran, dass wir einen Sarg auf dem Rücksitz haben.«

»Ich wusste es«, sagte Lou.

Luca fuhr auf die Autobahn und trat aufs Gas. Mo gab sich Mühe, nicht seinem Blick im Rückspiegel zu begegnen. Sie starrte ihre Knie an, die Knie, die sie eng geschlossen hielt, damit sie weder Wanjas Reisesarg zu ihrer Rechten noch Jez' Bein zu ihrer Linken berührte.

»Wohin fahren wir?«, fragte sie und fühlte sich seltsam befangen. Mit Luca zu reden war immer einfach gewesen. Jetzt nicht mehr.

»Zurück zu Wanjas Haus«, sagte er. »Wenn es dunkel ist, bevor wir dort ankommen, soll ich anhalten, hat sie gesagt.«

»Schläft sie?«, fragte Lou flüsternd, blickte über die Schulter nach hinten und deutete auf den Sarg.

»Ich vermute es«, flüsterte Mo zurück.

Sie fuhren einige Minuten weiter, aber als das Schild für die nächste Raststätte auftauchte, zeigte Lou darauf.

»Können wir da anhalten und etwas zu essen kaufen? Mein Sandwich befindet sich größtenteils in diesem Spaniel.«

Luca nickte.

»Da, ein Drive-in, wo es Fried Chicken gibt«, sagte Lou, als sie auf die Raststätte fuhren. »Wir müssen nicht mal aussteigen.«

Luca fuhr bei Happy Huhn auf die Hand vor. Eine junge Frau mit dickem Lidstrich und einem gelangweilten Gesichtsausdruck erschien im Fenster. Auf ihrer orangefarbenen Kappe war das Logo von Happy Huhn – ein Huhn, das auf der einen Seite einen gefiederten Daumen hochhielt und auf der anderen Seite eine Pommes.

»Willkommen bei Happy Huhn auf die Hand«, sagte sie, als würde sie das Telefonbuch vorlesen. »Mein Name ist Hayley. Was darf's sein?«

»Ein Eimer Chickenwings«, sagte Lou.

»Ich nehme Pommes«, sagte Luca.

»Ich auch«, sagte Jez.

»Mo, möchtest du auch Pommes?«, fragte Lou.

Ich bin auf einer Mission, Wanja zu ermorden, und wir reden über Takeaway, dachte Mo.

»Okay, ja«, sagte sie. »Mit extra Ketchup, bitte.«

Hayley tippte die Bestellung ein und beugte sich dann vor, um weiter ins Auto sehen zu können.

»Sonst noch etwas, Leute …? Oh, krass!« Ihre Augen erwachten mit einem Funkeln zum Leben. »Ist das ein Sarg?«

»Ja«, sagte Lou.

»Cool. Leer?«

»Äh, nein«, sagte Lou.

Hayley riss die Augen auf. »Da ist eine Leiche drin?«

»Könnte man so sagen«, sagte Lou.

Hayley grinste verblüfft. »Abgefahren! Wohin seid ihr damit unterwegs?«

»Wir drehen bloß eine Runde«, sagte Lou. Mo merkte, wie sich ein Lächeln auf ihr Gesicht schleichen wollte, aber sie unterdrückte es. Luca dagegen grinste nun offen. »Sie wollte es so. Hat es in ihr Testament geschrieben. Es war ihr wichtig, aktiv zu bleiben, unterwegs zu sein, ein bisschen von der Welt zu sehen, weißt du?«

»Ja, das ist wirklich genial«, sagte Hayley. »Sich nicht durch den Tod von irgendetwas abhalten zu lassen, ne?«

»Genau«, sagte Lou.

»Wie war ihr Name?«

»Wa…«

»Valerie«, unterbrach Luca und beugte sich rüber zum Beifahrerfenster. »Ist unsere Bestellung fertig?«

»Oh, ja, Moment, ich gucke nach«, sagte Hayley und warf einen letzten Blick auf den Sarg, bevor sie verschwand.

»Valerie?«, fragte Lou und lachte Luca an.

»Hier, bitte schön«, sagte Hayley und schob den Eimer und die Pommestüten durch die Luke. »Habt einen tollen Tag. Gute Reise für alle Lebenden und Toten.«

Lächelnd sah sie ihnen hinterher, als Luca davonfuhr.

»Na, hast du Spaß, Jez?«, fragte Lou und drehte sich zu ihm um. »Ich wette, wenn du mit Tracey Caldwell abhängst, hast du nicht so viel zu lachen.«

Jez hatte den Mund voller Pommes und hob deshalb bloß die

Augenbrauen, als würde er »guter Punkt« sagen. Lou nagte gierig an ihren Chickenwings und machte nur Pause, um Luca Pommes in den Mund zu stopfen, während er lenkte.

Mos Appetit ließ jedoch bald nach. Sie starrte düster durch die Frontscheibe. Sie hatten die Autobahn verlassen und rollten nun durch eine offene Landschaft mit nackten Feldern und kahlen Hecken. Die Aufgabe, die vor ihr lag – Wanja zu töten –, rückte mit jedem Kilometer und jeder Minute näher. Vielleicht sollte ich sie in Gedanken Valerie nennen, dachte Mo. Um etwas Abstand zu gewinnen.

Ein Klopfen erregte ihre Aufmerksamkeit. Es kam aus dem Sarg.

»Hallo, ist da jemand? Ich bekomme Deckel nicht auf. Luca?«

»Er fährt gerade«, sagte Mo.

»Wer hat das gesagt?«, fragte Wanja und schob den Sargdeckel eben weit genug auf, um hinauslugen zu können. »Oh, hi, Mo.« Sie winkte mit dem Zeigefinger durch den Spalt. »Sind wir bald da?«

»Es ist nicht mehr weit«, sagte Luca. »Versuch noch mal zu schlafen. Wir wecken dich, wenn wir angekommen sind.«

Wanja zog die Finger zurück in den Sarg und ließ den Deckel zufallen. Schweigend fuhren sie ein paar Kilometer, bis Lou sagte:

»Tut mir leid, aber mir ist ein bisschen übel. Können wir anhalten?«

Luca seufzte. »Schaffst du es nicht, bis wir da sind?«

»Man kann nicht warten, wenn man sich übergeben muss, Luca, das ist biologisch unmöglich«, gab sie zurück und atmete nun wie eine Frau in den Wehen.

»Mach das Fenster auf, damit du frische Luft bekommst«, sagte Luca genervt und murmelte dann so etwas wie: »In diesem Tempo kommen wir nie an.«

»Bitte, Luca, ich glaube, ich muss wirklich brechen«, murmelte Lou und hielt sich eine Hand über den Mund.

»Okay, okay«, sagte er, »aber nicht im Auto. Ich habe es erst gestern gesaugt.«

Luca fuhr auf einen schlammigen Feldweg. Lou stieg stolpernd aus und erbrach sich in eine Hecke. Mo klopfte ihr auf den Rücken und gab ihr ein wenig Wasser. Dann spazierte sie ein Stück den Weg hinunter, atmete die kalte Januarluft ein. Am Horizont schlüpfte die gelbe Wintersonne hinter Fetzen einer grauen Wolke. Saatkrähen krächzten laut über ihnen, schwarze Flecken am dunkler werdenden Himmel. Mo sah zu, wie die Sonne vollständig unterging, und spürte dann Luca an ihrer Seite.

»Alles in Ordnung?«, fragte er steif.

»Jap«, sagte Mo.

»Ich denke wirklich, du solltest dir anhören, was sie zu sagen hat, bevor du deinen Plan in die Tat umsetzt.«

»Nichts, was sie sagen könnte, würde mich aufhalten«, sagte Mo.

Luca seufzte schwer. Er wollte etwas erwidern, doch dann blickte er über die Schulter. Er hatte etwas im Augenwinkel gesehen. Mo spürte, was es war, und eine Gänsehaut kroch ihr den Rücken hoch. Sie drehte sich um. Wanja stand auf dem Weg und starrte sie an.

37. Kapitel

»Ich lass euch mal allein«, murmelte Luca und ging zurück zum Auto.

Mo starrte Wanja kühl an.

»Du bist ganz schön früh auf«, sagte sie und ihre Hand ging automatisch zu der Manteltasche, in der sie den Pflock hatte.

»Wir müssen reden«, sagte Wanja. Sie wirkte anders. Sie hatte sich die Haare schwarz gefärbt, wie Mos, aber das war es nicht. Ihre Stimme war ungewöhnlich ruhig und leise. Mos Herz raste vor Wut.

»Ich war nicht ganz ehrlich, als ich gesagt habe, wer ich bin.«

»Bisschen spät dafür. Niemand vertraut dir.«

»Ihr wisst nichts über mich.«

»Ist doch egal.«

»Mir nicht.«

»Ich kann mir das jetzt nicht anhören.«

»Ihr müsst«, sagte Wanja mit Nachdruck.

Verärgert tat Mo einen Schritt auf Wanja zu und hielt anklagend den Zeigefinger in die Höhe.

»Ich habe momentan genug im Kopf, danke«, sagte sie und presste die Lippen aufeinander. »Verstehst du, was du getan hast, indem du gesagt hast, dass du den Mord an Bogdan gesehen hast?«

»Ich wollte nur helfen …«

»Wegen dem, was du gesagt hast, denken die anderen Vampire, dass du mit dem Vampirjäger zusammenarbeitest, dass er dich bezahlt. Sie sind aufgebracht und haben Angst und rufen nach Blut, Rache und Mord. Und die Sache ist, du hast Bogdans Mord wirklich gesehen, oder? Du warst den ganzen Abend da und hast mich beobachtet, bist herumgeschlichen, hast hinter Büschen hervorgelugt wie eine komische Stalkerin. Was zur Hölle sollte das? Wie kommst du dazu, mir in meiner Freizeit nachzuspionieren? Verdammt! Ich bin so wütend auf dich.«

»Dann lasst mich erklären.«

Aber Mo hatte begonnen, auf dem schlammigen Pfad Kreise zu drehen, und redete weiter auf Wanja ein.

»Als Vampirkönigin muss ich diese ganzen Probleme aus dem Weg räumen. Für alles eine Lösung finden. Immer mehr Probleme, mehr Dinge, mit denen ich mich auseinandersetzen muss, endlose E-Mails, Briefe, Forderungen. Rache, Mo. Wehr dich, Mo. Sei gnadenlos, Mo. Denk an die Vampirregeln, Mo. So wird es gemacht, das ist es, was wir wollen, hast du es schon erledigt? Ja? Hast du Wanja schon getötet?«

Eine Sekunde Stille, als der letzte Satz verklang. Mo sah Wanja an. Sie wirkte nicht schockiert. Sie wirkte traurig.

»Mo, ich kann es erklären. Ich habe den Vampiren gesagt, dass ich Bogdans Mord gesehen habe, um ihre Aufmerksamkeit von Euch abzulenken. Sie haben Euch drangsaliert. Ich musste etwas tun.«

Mo merkte, dass sie zitterte. »Du musstest? Wirklich? Na ja, es hat nicht funktioniert. Im Gegenteil, es ist nach hinten losgegangen. Total.«

»Ich hätte ihnen sagen können, dass Euer Vater Bogdan gepfählt hat, aber das habe ich nicht getan.«

»Toll! Du bist wirklich ein moralisches Vorbild für uns alle.«

»Denkt doch mal darüber nach, Mo«, sagte Wanja. »Ich habe versucht, Euch zu schützen.«

»Mich schützen!«, dröhnte Mo. »Wie kommt es dann, dass du diejenige warst, die mir an dem Abend hinterherspioniert hat? Die in meinem Privatleben herumgestochert hat? Es macht mich krank, daran zu denken. Warum warst du überhaupt da? Warum hast du mich beobachtet? Du hast kein Interesse daran, mich zu schützen. Du willst persönliche Dinge über mich herausfinden und mich stürzen, habe ich recht?«

Wanja schwieg. Mo war nicht zu bremsen.

»Warum tust du so etwas Abscheuliches? Was um Himmels willen hat dich dazu gebracht? Warum kümmert es dich, was ich tue?«

»Ich bin in Armut aufgewachsen, Mo«, sagte Wanja. »Wir hatten nichts.«

»Habe ich nach deiner Familiengeschichte gefragt?«, sagte Mo schnippisch, aber Wanja fuhr fort.

»Wir waren arm, nicht wie Ihr. Das Leben meiner Eltern war davon geprägt, nie genug zu haben, von Traurigkeit, Scham und Verlust. Ein Baby ist gestorben, als ich fünf war. Sie haben sich nie davon erholt. Ihre Trauer hat unser Leben vergiftet, meine Kindheit zerstört. Sie sind jung gestorben. Mein Vater, als ich dreizehn war, meine Mutter zwei Jahre später. Ich musste Schule verlassen, hatte zwei Jobs gleichzeitig und schlug mich allein durch, ohne Familie. Deshalb bin ich Vampirin geworden.«

»Schön, okay, nette, rührselige Geschichte, aber sie interessiert mich nicht. Du bist mir vollkommen gleichgültig.«

Wanja zuckte zusammen. »Bitte sagt das nicht.«

»Es ist die Wahrheit, und ich bin froh darüber, denn ich muss dich töten.«

»Hört auf, das zu sagen.«

»Nein, ich höre nicht auf. Es ist eine Tatsache. Genau genommen muss ich dich jetzt töten.«

»Ja? So, wie als Ihr mich mit dem Pieksstab bedroht habt?«, sagte Wanja herausfordernd und klang auf einmal schroff.

»Pikierstab«, knurrte Mo zwischen zusammengebissenen Zähnen hervor.

»Werdet Ihr mich pfählen?«, fragte Wanja. »Warum reißt Ihr mir nicht einfach den Kopf ab?«

»Du kannst froh sein, dass ich das nicht tue«, sagte Mo.

»Versucht es doch mal, das würde ich gerne sehen«, höhnte Wanja.

»Ach ja?«

»Ja!«

»Das würdest du gerne?«, fragte Mo.

»Echt gerne«, sagte Wanja.

»Bring mich nicht in Versuchung.«

Die beiden starrten einander mehrere Sekunden in die Augen, bis Wanja wegsah, was Mo als Sieg für sich verbuchte. Sie war sich nicht sicher, ob sie Wanja wirklich töten konnte, aber zumindest konnte sie sie beim Anstarren besiegen, verdammt noch mal.

»Mo, hört mir zu. Das ist noch nicht alles«, sagte Wanja, nun wieder ruhig. »Ich kannte Bogdan auch.«

Mo spürte, dass es ihr kalt den Rücken herunterlief. »Was hat Bogdan hiermit zu tun?«

»Er hat mich besucht, kurz nachdem ich verwandelt wurde, und gesagt, er suche meine Schwester. Sie ist gestorben, habe ich gesagt. Nein, sagte er, sie ist nicht gestorben, sie wurde adoptiert. Sie war besonders, ein vielversprechendes Kind, ein Kind, das Vampire gern für sich gehabt hätten.«

Mos Mund war trocken.

»Menschen aus einem anderen Land hätten sie zu sich genommen, um sie zu beschützen, aber nun wollte Bogdan sie finden. Er sagte, ihre Zeit sei gekommen. Er sagte, sie hätte wichtige Bestimmung.«

»Was redest du da?« Mo blinzelte heftig. »Ich verstehe nicht, ich ...«

»Doch, das tust du, Mo«, sagte Wanja fast flüsternd.

Mo schüttelte rasch den Kopf.

»Zuerst war ich wütend«, fuhr Wanja fort. »Dieses Mädchen, das meine Kindheit ruiniert hatte, das tot sein sollte, lebte in Wirklichkeit und es ging ihm gut. Sie war etwas Besonderes und zu Höherem bestimmt. Ich musste sie sehen, ihr in die Augen blicken, um sicher zu sein, dass wir wirklich Schwestern waren. Ich wollte, dass sie erfährt, dass sie das Leben von Mutter und Vater zerstört hat, sie traurig machen, so wie sie uns traurig gemacht hat.«

Wanja trat durch die Dunkelheit auf Mo zu.

»Doch dann bin ich ihr begegnet.«

Mit einem schmatzenden Schritt wich Mo zurück.

»Und ich habe mich nach ihr erkundigt. Ich habe sie beobachtet – nenn es Spionieren, wenn du willst – und ich lernte sie kennen.«

»Stopp«, rief Mo. »Stopp. Ich will nichts mehr hören.«

»So liebenswert, so gut, so großzügig … Meine Schwester.«

Mo stopfte sich die Finger in die Ohren. »La, la, la, ich kann dich nicht hören.«

Wanja wartete stumm, bis Mo endlich die Hände sinken ließ.

»Ich bin Mo Merrydrew«, sagte diese hastig. »Ich wurde vor fünfzehn, fast sechzehn Jahren im Krankenhaus von Middle Donny geboren, ich bin die Tochter von Mike und Kate Merrydrew, und du bist nicht meine … «

Sie verstummte. Wanjas blasses Gesicht, gerahmt von ihrem schwarzen Haar, leuchtete in der Dämmerung. Mo blinzelte heftig. Es war, wie in einen Spiegel zu blicken.

»Du bist nicht meine Schwester«, sagte Mo leise. »Du bist nicht … meine … «

Rasch griff sie in die Tasche und holte den Pflock hervor. Mit zitternder Hand hob sie ihn.

»Du bist eine Verräterin und ich bin die Königin und ich bin hier, um dich zu bestrafen. Das ist es, was ich tun muss. Ich muss es tun.«

Mo klang verzweifelt. Ihr Blick war der eines in die Ecke gedrängten Tiers. Sie packte den Pflock nun mit beiden Händen, versuchte, nicht zu zittern, und ging auf Wanja zu.

»Hol deine Reißzähne raus«, rief sie, während sie näher kam. »Wehr dich. Lou hat gesagt, du würdest dich wehren.«

Wanja stand still wie ein Stein.

»Los, komm schon!«, schrie Mo und ging weiter auf sie zu. »Kämpf mit mir. Räche dich. Wenn es wahr ist, was du sagst, habe ich dein Leben ruiniert, oder nicht?«

Wanja reagierte immer noch nicht. Der Pflock wackelte in Mos Händen. Sie tat die letzten Schritte auf Wanja zu, berührte deren Brust mit der hölzernen Spitze. Ihr Blick war wild und voller Grauen.

»Greif mich an!«, brüllte sie. »Warum greifst du mich nicht an? Warum …? Greif mich an!«

Wanja sah Mo ruhig in die Augen, wandte den Blick nicht ab. Mo spürte, wie die Spitze des Pflocks Wanjas Brust berührte, spürte die Spannung in ihren Armen, sah Wanjas ruhigen, freundlichen Blick. Sie schnappte nach Luft und zog den Pflock nach hinten, tat einige Schritte zurück und beugte sich vor, hielt sich die Seiten. Wanja trat auf sie zu und legte ihr sanft die Hand auf den Rücken.

»Nein!«, sagte Mo, richtete sich wieder auf und schwang den Pflock. Ihre Hände rüttelten wie eine uralte Waschmaschine. »Diesmal tue ich es.«

»Sieh mal, ich weiß, dass das viel ist«, sagte Wanja und hielt die Hände hoch.

»Sie wollen, dass du stirbst«, schrie Mo, das Gesicht voller Qual verzerrt. »All die anderen Vampire wollen, dass du stirbst. ICH WILL, DASS DU STIRBST! Du hast alles kaputtgemacht. Du darfst mich nicht deine Schwester nennen. Du darfst nicht behaupten, dass meine Eltern nicht meine Eltern sind. Wer ich war, was ich war … Alles zerstört. Das darfst du nicht machen. Das lasse ich nicht zu!«

Tränen strömten ihr nun die Wangen hinunter. Mit beiden Händen zog sie den Pflock über den Kopf, dann schloss sie die Augen und hieb mit Macht zu.

»Mo! Stopp!«, schrien Luca und Lou. Mo spürte keinen Fleisch-widerstand, nur einen stechenden Schmerz in den Handgelenken. Wanjas Hände.

Sie hielt Mo so fest, dass diese wie eingefroren dastand. Der Pflock war Millimeter von Wanjas Herz entfernt. Mo starrte wie im Wahn in Wanjas Augen und stieß einen erstickten Schrei aus, wütend, verzweifelt und geschlagen, und wurde dann schlaff. Wanja lockerte ihren Griff und Mo ließ den Pflock fallen. Sie stolperte an Wanja vorbei Richtung Auto.

»Bring mich nach Hause, Luca«, sagte sie und riss die Autotür auf. Sie kletterte hinein und schlug die Tür zu. Dann beugte sie sich vor, legte den Kopf auf die Knie.

Luca sah dorthin, wo Wanja stand.

»Fahr«, sagte sie.

»Sicher?«, fragte Luca.

Wanja nickte. Sie rührte sich nicht, ein schwarzer Schatten vor dem dämmerigen Himmel, als Luca und Lou ins Auto stiegen. Luca schaltete die Scheinwerfer an und als er rückwärtsfuhr, wurde Wanja erleuchtet, ihre Augen funkelten und ihr Gesicht war reglos wie ein Gemälde.

38. Kapitel

Mo starrte den ganzen Heimweg über in ihren Schoß.

»Sag doch etwas, Mo«, drängte Luca und warf ihr einen nervösen Blick zu, bevor er sich wieder auf die dunkle Straße vor ihnen konzentrierte.

Keine Reaktion.

»Wir haben gehört, was Wanja gesagt hat, Mo. Es ist bestimmt ein Schock für dich, aber es ist schön, Geschwister zu haben«, sagte Lou von hinten. »Manchmal macht es richtig Spaß. Vielleicht kannst du mit Wanja shoppen gehen.«

Stille.

»Und sie ist wirklich cool, wie du gesagt hast«, fügte Lou hinzu. »Eine coole große Schwester. Das ist genial.«

Mehr Stille. Mos blasse Wangen waren fleckig vom Weinen, ihre Augenlider rot und geschwollen. Sie rührte sich nicht. Erst als Luca herunterschaltete und vor ihrem Haus hielt, schien sie aus ihrer Starre zu erwachen. Ohne ein Wort stieg sie aus dem Auto und ging langsam zur Haustür.

Luca holte sie ein. »Was wirst du jetzt tun?«

»Ich muss mit meinen … «, sagte sie leise. Kate und Mike waren deutlich in der Küche zu sehen. Sie aßen zu Abend. Mo zeigte anklagend zum Fenster. »Ich muss mit *denen* reden.«

Geräuschlos öffnete sie die Haustür und blieb dann in der Küchentür stehen.

»Oh, Mo, da bist du ja. Du hast mich erschreckt«, sagte ihre Mutter, als sie sie schließlich bemerkte. »Wo warst du? Das Abendessen ist fertig. Wir hätten auf dich gewartet, aber wir haben dich nicht erreicht. Ach, und Luca und Lou und Jez auch. Kommt rein, alle Mann, ich decke für euch mit.«

»Warum habt ihr mir nicht gesagt, dass ich adoptiert bin?«, fragte Mo.

Mos Mutter wirbelte herum, um sie anzusehen. Ihre Hände umklammerten zwei Teller.

Ihr Vater stand abrupt auf. »Woher …?«, stieß er hervor.

»Komm, setz dich, dann können wir darüber reden«, sagte ihre Mutter sanft.

»Ich will mich nicht setzen«, sagte Mo. Ihre Stimme war rasiermesserscharf vor Wut. »Ich dachte, das größte Geheimnis in unserer Familie wäre gewesen, dass Dad ein Vampirjäger ist. Aber nein. Da ist mehr. Viel mehr. Warum habt ihr es mir nicht gesagt?«

»Das wollten wir«, antwortete ihre Mutter.

»Wann?«

»Wenn du sechzehn geworden bist.«

»An meinem Geburtstag, echt jetzt?« Mo sprach in einem übertriebenen amerikanischen Akzent. »Mo, Honey, komm mal her, wir haben 'ne kleine Überraschung für dich …« Dann donnerte sie in ihrer eigenen Stimme: »Das Geschenk, zu erfahren, dass dein ganzes Leben eine *Lüge* ist!«

Ihre Eltern zuckten zurück wie von einem Feuerstoß getroffen.

»Oh, Leute«, sagte Mo wieder mit amerikanischem Akzent. »Für mich? Ehrlich? Mensch, das wäre doch nicht nötig gewesen!«

Sie atmete ein paarmal heftig, dann setzte sie erneut an.

»Zuerst sagt ihr mir nicht, dass Dad ein Vampirjäger ist. Dann sagt ihr mir nicht, dass ihr gar nicht meine *wahren* Eltern seid. Noch irgendetwas, das ihr loswerden wollt, wo wir schon dabei sind? Irgendein weiteres großes, stinkendes Familiengeheimnis? Mum, bist du vielleicht eine lesbische Eidechse aus der Zukunft? Dad, bist du ein Hologramm?«

Mos Mutter ging auf sie zu und legte ihr die Hand auf den Arm. Mo zog ihn abrupt weg.

»Es tut mir leid, dass du es so erfahren hast.«

»*Wie* hast du es denn eigentlich erfahren?«, fragte ihr Vater wieder, der sich lieber an Details aufhielt, als auf Gefühle zu reagieren.

»Jemand hat es mir verraten«, sagte Mo.

»Wer?«

»Was spielt das für eine Rolle?«, klagte Mo. »Ändert es *irgendetwas*?«

»Es ändert nichts daran, wie sehr wir dich lieben«, sagte ihre Mutter dringend, bittend. »Oder dass wir deine Mum und dein Dad sind und immer sein werden.«

Ihr Vater nickte leicht und etwas unsicher. Er hielt sich an der Stuhllehne fest. Zum ersten Mal in ihrem Leben sah Mo Panik in seinen Augen.

Pech. Du kannst so viel Panik haben, wie du willst, dachte sie. Verächtlich schüttelte sie den Kopf und rannte nach oben. Luca sah zu Boden. Lou hielt sich selbst umschlungen. Jez checkte sein Handy. In betretenem Schweigen standen sie da und lauschten, wie Mo in ihrem Zimmer herumtrampelte, Schubladen aufriss und die Türen des Kleiderschranks zuwarf. Wenige Augenblicke später erschien sie wieder, eine Tasche in der Hand.

»Ich gehe zu Lou«, sagte sie. »Sie ist jetzt meine Familie.«

»Ich denke, wir sollten wirklich darüber sprechen«, sagte ihre Mutter.

»Wozu?«, fragte Mo. »Ihr hattet fast sechzehn Jahre Zeit, es mir zu sagen. Wir hätten jederzeit darüber reden können, aber nein. Nichts. Schweigen. Und jetzt wollt ihr nett und freundlich darüber plaudern, dass ich nicht die bin, von der ich dachte, dass ich sie bin. Dass ihr nicht die seid, von denen ich dachte, dass ihr sie seid. Dass ihr zu feige oder zu dumm oder was weiß ich wart, um mir zu sagen, dass ich nicht eure biologische Tochter bin.«

»Bitte geh nicht«, rief ihre Mutter, aber Mo hatte sich so schnell auf der Stelle gedreht, dass ihr die schwarzen Haare durch das Gesicht flogen, und dann rannte sie auch schon über die Einfahrt.

39. Kapitel

Bei Lou zu Hause wurde Mo herzlich von Mrs. Townsend begrüßt. Sie schien Mos Herzschmerz zu spüren wie eine Kuh den Regen. Sie brachte sie ins Bett und kam mit einem heißen Kakao und Mini-Muffins, aber Mo aß und trank nichts. Um acht Uhr schlief sie tief und fest.

Am nächsten Morgen, Dienstag, wachte sie auf und fühlte sich erschöpft. Ihre rasende Wut war in sich zusammengefallen wie ein sterbender Stern. Eine lähmende Zeitlupenleere hatte sie ersetzt.

Lou tauchte an ihrem Bett auf und blieb dort stehen.

»Da bist du ja, Dornröschen«, sagte sie. »Möchtest du etwas essen? Gestern Abend hast du nichts gegessen, nicht einmal Mini-Muffins. Du hast bestimmt einen Riesenhunger.«

Sekunden später erschien Lous Mutter mit einem Tablett voller Essen und von da an gab es stündlich mehr. Nicht nur Essen kam den ganzen Tag, auch nervöse Nachrichten von Mos Mutter, die fragte, wann sie nach Hause zurückkehre und ob sie bitte miteinander reden könnten.

Mo antwortete nicht. Sie starrte düster an die Zimmerdecke und sprach kaum. Sie war begraben in kaltem, feuchtem Elend wie unter einer nassen Decke. Sie war adoptiert. Ihre Eltern waren nicht ihre biologischen Eltern. Ihre wahren Eltern waren tot. Das waren die Fakten, aber Mo hatte nach wie vor keine Ahnung, was sie eigentlich wirklich bedeuteten.

Am nächsten Nachmittag schlüpfte Lou zu Mo unter die Decke und legte sich neben sie.

»Danke, Lou«, brachte Mo heraus, die ersten Worte nach fast

zwei Tagen. Ihre Stimme klang schwach und niedergeschlagen. »Was würde ich nur ohne dich tun?«

»Du wärst erledigt. Das sage ich ja die ganze Zeit.«

Mo versuchte zu lächeln, aber es gelang ihr nicht.

»Wie fühlst du dich?«, fragte Lou.

»Keine Ahnung«, sagte Mo. »Mir war immer klar, dass ich anders bin als Mum und Dad. Es war mehr, als nicht richtig zu ihnen zu passen. Es war größer, ging tiefer.«

»Du siehst ihnen auch überhaupt nicht ähnlich«, ergänzte Lou. »Ich weiß.«

»Zumindest bedeutet das, dass du nicht die Krampfadern deiner Mum erben wirst«, sagte Lou sanft.

»Oder Dads Kurzsichtigkeit«, fügte Mo hinzu. »Vielleicht hat es ein paar Vorteile. Ich habe nicht dieselben körperlichen Eigenschaften wie sie.«

»Du bist eine starke, unabhängige Frau«, sagte Lou. »Vor allem unabhängig.«

Mos Gesicht verknautschte sich, als sie ein gewaltiges Fremdheitsgefühl, eine schreckliche Einsamkeit überwältigte.

Lou bemerkte es und nahm die Hand ihrer Freundin fest in ihre. »Was wirst du nun tun? Du kannst hierbleiben, so lange du willst, aber irgendwann musst du wahrscheinlich zurück nach Hause.«

»Um mit meinen ›Eltern‹ zu reden?«

»Na ja, das, und du wirst auch ein paar saubere Unterhosen brauchen. Oh, und deine Schuluniform. Montag geht die Schule wieder los.«

Lous Mutter schob den Kopf herein und strahlte, als sie die beiden im Bett zusammengekuschelt sah.

»Das erinnert mich an früher, als ihr im selben Bett geschlafen habt, wenn du hier übernachtet hast. Dann habe ich die Decke um euch herum festgesteckt. So.«

Sie tat es auch jetzt – »schön gemütlich und warm« – und die beiden kicherten wie kleine Kinder.

»Sie sind so lieb zu mir, Mrs. Townsend«, sagte Mo.

»Das hast du verdient, Liebes. Du bist wie eine Tochter für mich«, antwortete sie, strich ihr über die Haare und umfasste ihr Gesicht mit ihrer großen, warmen Hand. »Du und Lou, ihr seid schon so lange befreundet. Du gehörst zur Familie.«

Familie, Familie, Familie. Was bedeutete das? Biologie, Gene, eher Natur als Umwelt? Oder etwas anderes? Liebe, Fürsorge, unzerstörbare Bindungen. Waren diese Verbindungen von Zeugung und Geburt abhängig oder waren sie etwas, das über die Jahre wuchs und stark wurde, so wie sich ein Schössling zu einem unerschütterlichen Baum entwickelt?

»Wie auch immer, ich bin sicher, deine Mum würde dasselbe tun, wenn es Lou schlecht ginge«, fügte sie hinzu, lächelte und ging dann wieder nach unten.

Ja, das würde sie, dachte Mo. Meine Mum ist wirklich lieb. Und lustig und fürsorglich. Sie bringt mir heißen Kakao, sie liebt Lou und hat Luca mit offenen Armen empfangen, wie es eine richtig gute Mutter tut. Dad ist auch super. Er will nur das Beste für mich. Okay, ja, ich wünschte, er hätte mir gesagt, dass er in seiner Freizeit Vampire pfählt, aber ich war ja auch nicht ehrlich, was mein Doppelleben als Vampirkönigin angeht. Anscheinend haben wir beide Geheimnisse. Große Geheimnisse. Dicke, fette Geheimnisse.

Mo seufzte laut.

»Ich wünschte, Mum und Dad hätten mir erzählt, dass ich adoptiert bin. Ich wünschte, ich hätte es von ihnen erfahren – ich hätte es von ihnen erfahren *sollen* –, um besser zu verstehen, wer ich bin.«

»Du bist Mo Merrydrew, warst es immer und wirst es immer sein. Du bist meine beste Freundin«, sagte Lou.

»Oh, bring mich nicht zum Heulen, Lou«, sagte Mo und presste die Finger auf die geschlossenen Augen.

»Sorry. Aber es ist wahr. Das ändert sich nicht.«

Den Rest der Woche verbrachte Mo bei Lou zu Hause, immer noch still und zurückgezogen, schlief viel. Ihre Mum schickte nach wie vor viele Nachrichten und kam Samstag und Sonntag zu Lous Haus, aber Mo weigerte sich, mit ihr zu sprechen.

»Ich kann sie noch nicht sehen«, sagte sie Lou. »Oder Luca oder Wanja. Nur dich.«

Zur Schule wollte Mo am Montag aber gehen. Die Vertrautheit, die Routine, die Gelegenheit, eine Uniform anzuziehen und in einer gewaltigen Menge anderer Schüler unterzugehen, das alles fühlte sich machbar, ja, beruhigend an. Um acht Uhr stieg sie mit Lou in den Bus wie so viele Male zuvor. Jez saß in der letzten Reihe, neben Tracey Caldwell und Danny Harrington. Alle drei nickten ihnen zur Begrüßung knapp zu.

Als der Bus die Schule erreicht hatte, ließ Mo sich zurückfallen und ging neben Jez her.

»Alles in Ordnung?«, fragte er.

»Ja, nein, keine Ahnung«, sagte Mo. »Jez, tut mir leid. Ich hätte dich nicht bitten sollen, mitzukommen zu Wanja. Das war falsch. Ich hatte Angst und Luca und ich hatten uns getrennt und du hattest das Vampirjägertraining gemacht und deshalb …«

»Ich verstehe das«, sagte Jez. »Kein Wunder, dass du Angst hattest. Hätte ich auch gehabt. Aber sie wirkte eigentlich ziemlich nett, diese Wanja. Sie hätte dich angreifen können, hat sie aber nicht. Dein Dad hat gesagt, sie sind immer bereit, zuzubeißen.«

»Mein Vater weiß nicht alles über Vampire. Oder über mich«, sagte Mo. »Und wie sich herausstellt, weiß ich nichts über ihn. Er ist nicht einmal mein richtiger Vater.«

»Ja, das war bestimmt auch ein Schock.«

Mo hob die Augenbrauen, als würde sie sagen: *Ach ja, meinst du?*

»Aber Mo, dein Vater ist, also, er liebt dich abgöttisch. Ehrlich. Ich meine, ich würde töten, um so einen Vater zu haben.«

Mo seufzte.

»Sorry, ich sollte wahrscheinlich nicht übers Töten reden …«

»Schon gut, und danke, Jez«, sagte Mo. Sie blieb stehen und sah ihn an. »Bitte erzähl niemandem von alledem. Versprochen?«

»Natürlich. Du kannst mir vertrauen. Nicht, dass du mich wirklich brauchst. Ich meine, Luca und Lou, die beiden sind cool, oder? Sie stehen hinter dir. Du kannst froh sein, sie zu haben.«

»Ich muss hier lang«, sagte Mo und zeigte nach links. »Doppelstunde Mathe.«

»Bis dann«, sagte er und sah Mo hinterher, als sie den Flur hinunterging.

In der Doppelstunde Mathe fühlte Mo sich doppelt taub. Die Worte schwebten durch den Raum, prallten an ihr ab und waren verschwunden. Sie konnte sich nicht konzentrieren. Als es zur Mittagspause läutete, ging sie zum Ende des Sportplatzes, wo sie und Lou immer ihre Sandwiches aßen.

»Wie läuft's?«, fragte Lou.

»Nicht gut«, sagte Mo, als sie sich neben sie setzte, und fing unvermittelt an zu weinen.

Lou umarmte sie, bis die Schluchzer nachließen, und gab Mo dann ein Taschentuch.

»Ich kann nicht richtig denken«, sagte Mo. »Ich bin so durcheinander. Es ist immer noch nicht ganz angekommen. Ich habe mich wütend, einsam, betäubt und verwirrt gefühlt. So verwirrt. Es ist, als glaubte man, beim *Familienduell* zu sein, in diesem netten, vertrauten Team – ich, Mum und Dad –, aber in Wirklichkeit ist man bei *Wer wird Millionär?*, sitzt allein auf dem Stuhl und alle Scheinwerfer sind auf einen gerichtet.«

»Ich wusste gar nicht, dass du *Familienduell* guckst«, sagte Lou.

»Plötzlich ist alles …« – an dieser Stelle wechselte Mo in einen todernsten TV-Moderatorinnen-Tonfall – »Mo Merrydrew, du bist Expertin dafür, nicht dazuzugehören. Du hast von jetzt an zwei

Minuten. Wie lang hast du geglaubt, Kate und Mike Merrydrew wären deine biologischen Eltern? Fünfzehn Jahre, zehn Monate und sieben Tage. Korrekt. Als du Wanja im Schuppen pikiert hast, hast du damals geahnt, dass sie in Wahrheit deine Schwester ist? Ja. Ich meine, nein! Ich meine, vielleicht. Oh Gott, ist das kompliziert. Es ist wirklich, wirklich kompliziert und chaotisch und verwirrend.«

Mo kaute auf der Unterlippe und fuhr dann fort.

»Ich wusste, dass irgendetwas mit Wanja komisch war. Wir haben uns gestritten wie Schwestern, jedenfalls so, wie ich mir vorstelle, dass Schwestern es tun. Ich habe noch nie mit jemandem so gesprochen wie mit ihr, nicht einmal mit dir, Lou. Sie sieht sogar so aus wie ich. Du hast es auch gesehen, oder?«

Lou nickte.

»Und sie hat mich beschützt, und Dad. Wir könnten alle tot sein, wenn sie den Vampiren erzählt hätte, was sie gesehen hat. Sie hat beobachtet, wie Dad Bogdan getötet hat, und hat es nicht verraten. Sie weiß von Luca und mir *und* sie weiß, dass ich ein Mensch bin, ganz sicher. Die größte Lüge von allen, die sie hätte aufdecken können, aber sie hat es nicht getan.«

»Natürlich nicht. Sie ist deine Schwester. Schwestern halten zusammen. Die guten jedenfalls.«

Mo biss von ihrem Sandwich ab und kaute langsam. »Ich wünschte, ich wäre ihr begegnet, als sie noch ein Mensch war«, sagte sie. »Und ich wünschte, es gäbe eine Chance, meine echten Eltern kennenzulernen. Jetzt ist es zu spät.«

Ihre Unterlippe zitterte, als eine Welle des Kummers durch sie hindurchwogte. Ihre leiblichen Eltern, die sie so sehr geliebt hatten, dass sie sie aufgegeben hatten, waren nicht mehr am Leben.

Lou hielt Mos Hand und sie saßen eine Weile schweigend da.

»Wow, meine Familie ist verkorkst«, sagte Mo und wischte sich die Nase am Handrücken ab. »Mein Vater ist nicht mein echter Vater und meine Schwester ist eine Vampirin.«

»Man kann sich seine Verwandten nicht aussuchen«, sagte Lou. »Du musst versuchen, mit denen zurechtzukommen, die du hast.«

Mo nickte traurig.

»Deine Mum und dein Dad sind immer noch deine Mum und dein Dad, und jetzt hast du zusätzlich eine Schwester bekommen. Du wolltest immer eine haben. Jetzt hast du eine. Irgendwie ist es ein Wunder.«

Mo lächelte Lou schwach an. »Vielleicht hast du recht. Es ist bloß so viel, weißt du?«

»Stört es dich, dass sie eine Vampirin ist?«, fragte Lou.

Mo zuckte mit den Achseln. »Vampire waren auch mal Menschen, sage ich immer.«

»Gut, dass du sie nicht umgebracht hast.«

Mo runzelte die Stirn. »Warum war ich bereit, das zu tun?«

»Menschen tun dumme Dinge, wenn sie von Vampiren unter Druck gesetzt werden«, antwortete Lou. »Das weißt du selbst am besten.«

»Ja, aber ich hätte nie zustimmen sollen, sie zu töten. Oh Gott, ich hätte beinahe meine eigene Schwester umgebracht.« Mos Gesicht verzerrte sich vor Entsetzen.

»Quatsch«, sagte Lou. »Das hättest du nie getan.«

»Das kannst du nicht wissen«, antwortete Mo und klang beleidigt. »Dad hat mich beim Training einen Schinken pfählen lassen und ich war gut darin.«

»Schinken ist Schinken.«

»Was soll das heißen, Schinken ist Schinken?«

»Das soll heißen, dass du Wanja trotzdem nicht umgebracht hättest.«

»Ich war kurz davor!« Mo war nun sauer.

Lou zuckte mit den Schultern, nicht überzeugt. »Ich bezweifle es.«

»Luca hat geglaubt, dass ich es tun würde. Er war richtig wütend deswegen. Deshalb haben wir uns getrennt.«

»Ihr habt euch getrennt? Wie konnte ich das verpassen? Warst du deshalb mit Jez zusammen?«

»Ich war nicht mit Jez zusammen, und, ja, Luca und ich haben uns über all das gestritten und ich habe gesagt, wir sollten eine Pause machen. Wahrscheinlich müsste ich mit ihm darüber reden, aber mein Kopf kommt kaum mit dem ganzen Familienkram klar. Er wird es verstehen. Egal, können wir noch mal zu Wanja zurückkommen und dazu, dass du dachtest, ich hätte sie auf keinen Fall umgebracht? Ich hätte es getan. Ich habe wirklich geglaubt, ich würde es tun.«

»Aber tief im Inneren wusstest du, dass du es nicht tun würdest, und wahrscheinlich noch tiefer drin, in den dunkelsten, unergründlichsten Ecken der Mo-Welt, wusstest du vermutlich auch, dass sie deine Schwester ist.«

Mo starrte in die Ferne und dachte nach.

»Ja, wahrscheinlich hast du recht, Lou«, sagte sie schließlich. »Indem ich Wanja getötet hätte, hätte ich mich selbst getötet. Wanja ist ein Teil von mir. Wir sind echte Blutsverwandte.«

Sie ballte die Hände zu Fäusten und führte sie an die Lippen.

»Und dann sind da meine Eltern«, sagte sie. »Sie sind, na ja, meine Eltern. Sie sind immer für mich da gewesen. Haben mich immer geliebt. Mich wie ihr eigenes Kind großgezogen, ohne Wenn und Aber. Ein Kind, das man nicht einmal selbst geboren hat, so zu lieben, wie sie mich geliebt haben …«

»Ja, sie hätten dich ja auch zurückgeben können, oder?«, sagte Lou. »Wie Klamotten von ASOS. Warte, wohin willst du? Das war ein Witz, Mo. Wir haben gleich Geografie. Komm zurück!«

Mo war aufgestanden und ging mit schnellen Schritten über den Sportplatz.

»Ich habe Dinge zu erledigen«, rief sie über die Schulter.

»Und was soll ich Mrs. O'Toole sagen?«

»Sag ihr, dass ich sie sehr liebhabe, mir aber etwas Wichtigeres als Plattentektonik dazwischengekommen ist.«

»Willst du eine Satsuma?«, rief Lou, aber Mo war schon zu weit weg, um sie zu hören, ging durch das Schultor und verschwand außer Sichtweite.

40. Kapitel

Mit flatternden Haaren rannte Mo die Gasse zu ihrem Haus hinunter. Vor dem Törchen blieb sie stehen. Sie konnte ihre Eltern in der Küche sehen. Irgendetwas daran, wie sie über ihre Becher gebeugt dasaßen, mit rundem Rücken und gesenktem Kopf, ließ ihr Herz zucken. Sie sprang über das Törchen und rannte ins Haus.

»Okay, ich bin bereit zu sprechen.«

Ihre Mutter schoss hoch. Sie strahlte. Ihr Vater zog einen Stuhl für sie hervor.

»Möchtest du vielleicht zuerst einen Tee?«, fragte er. So nervös hatte Mo ihn noch nie erlebt.

»Keinen Tee, nur die Wahrheit. Erzählt mir alles. Warum? Wie? Wann?«

Ihr Vater atmete tief durch und begann, aber obwohl ihm Mo an den Lippen hing und jedes Wort begierig aufnahm, konnte sie ihr eigenes Gehirn nicht davon abhalten, unablässig Kommentare abzugeben.

»Uns wurde von einem Baby in Osteuropa berichtet, ungefähr fünf Monate alt, das besonders durch die Vampire gefährdet sein könnte«, sagte ihr Vater. »Aus irgendeinem Grund wollten sie das Mädchen.«

Ich kenne den Grund, dachte Mo.

»Vielleicht wollten sie es töten … «

Nein. Neuer Versuch.

»Oder dazu benutzen, irgendwie Einfluss auf die Menschenwelt zu nehmen … «

Auch nicht.

248

»Vielleicht wussten sie, dass du gut im Diskutieren werden würdest«, vermutete er.

Ich *bin* gut im Diskutieren, dachte Mo. Das Kompliment war zu verführerisch. Trotzdem falsch.

»Wie auch immer, dieses Baby warst du.«

Was du nicht sagst.

»Natürlich haben wir keine Sekunde gezögert. Ich habe es mir zur Lebensaufgabe gemacht, dich zu beschützen. Jeder Vater will seine Tochter beschützen, aber zu wissen, dass sich die Vampirgemeinde für dich interessierte, ließ mich besonders wachsam werden.«

Nicht wachsam genug, dachte Mo.

Dann sprach ihre Mutter. »Wir hatten schon so lange ein Baby gewollt, Mo. Ich hatte drei Fehlgeburten, jede einzelne war herzzerreißend. Es wirkte alles so aussichtslos. Ich hatte die Hoffnung praktisch schon aufgegeben. Anscheinend war meine Gebärmutter nicht besonders einladend.«

Wie kann eine Gebärmutter nicht einladend sein?, fragte sich Mo. Keine Gästehandtücher aufgehängt?

»Aber dann kamst du«, sagte ihre Mutter und ihr Gesicht schmolz vor Zärtlichkeit.

»Ich hatte keine Ahnung von den Fehlgeburten, Mum«, sagte Mo. »Du hast immer nur gesagt, dass ich ein lang ersehntes Kind war.«

»So ist es ja auch! So sehr gewollt und so sehr geliebt.«

Kein schlauer oder ironischer Kommentar ploppte diesmal in Mos Kopf auf. Der Blick ihrer Mutter hatte all ihre Verteidigungsmauern durchstoßen. Sie spürte, dass ihre Unterlippe zu zittern begann.

»Und dann bist du älter geworden.«

»Tja, tut mir leid«, sagte Mo. Da! Gefunden! Der Hauch von Sarkasmus, der vielleicht gerade eben so den Damm verstärken konnte, der einen ganzen See an Gefühlen zurückhielt.

»Dann bist du älter geworden …«, wiederholte ihre Mutter unbeirrt, »… und zu einer so schönen, klugen, einzigartigen und inspirierenden jungen Frau herangewachsen, wie ich es mir nie hätte träumen lassen. Ich kann mein Glück immer noch nicht fassen, dass du hier bist und dass ich deine Mum sein darf. Du verblüffst mich jeden Tag, Mo. Jeden Tag machst du mich stolz. Durch dich ist mein Leben so wunderbar.«

Und da gab der Damm nach. Es war nicht nur ein kleiner Riss, er brach vollkommen. Mo warf sich ihrer Mutter in die Arme und weinte unkontrollierbar. Ihre enge Umarmung, ihr Schluchzen und die Liebesbekundungen, die sie sich gegenseitig, begleitet von Schnodder und Tränen, an den Hals und die Schultern murmelten, schienen sie vor der Welt abzuschirmen.

Schließlich tauchte Mo auf und atmete einmal tief und zitterig durch, nur um sich als Nächstes ihrem Vater in die Arme zu werfen. Er drückte sie an seine breite Brust, in einer starken, beruhigenden »Ich passe auf dich auf«-Umarmung, die außerdem ziemlich unbequem war.

»Aua, irgendetwas tut weh in meiner Brust«, murmelte Mo gegen seine Schulter.

»Ich spüre es auch, Mo, ich spüre es auch«, flüsterte er eindringlich. »Vielleicht brechen unsere Herzen vor Liebe.«

»Nein, ich meine, es tut *echt* weh.« Sie befreite sich und öffnete die Jacke ihres Vaters.

»Deine Pflöcke haben sich eingegraben«, sagte sie und zeigte auf sie.

Ihr Vater warf sie auf die Arbeitsplatte, murmelte »Sorry, sorry …« und wirkte so charmant aus der Fassung gebracht, dass Mo von einer großen Welle befreiender, übermütiger Liebe durchflutet wurde. Sie begann zu lachen und bald lachten sie alle, nahmen die Welle, surften auf ihr und kicherten in einer tränenreichen, fleckigen Gruppenumarmung.

Schließlich setzten sich Mo und ihre Eltern wieder an den Küchentisch. Die Atmosphäre war so frisch und belebend wie nach einem Gewitter.

Mo fühlte sich in der Lage, weitere Fragen zu stellen.

»Habt ihr meine biologischen Eltern kennengelernt?«

»Nein, wir haben dich über jemand Dritten bekommen«, sagte ihre Mutter.

»Was wusstet ihr über sie?«

»Nicht viel. Alles wurde absichtlich vage gehalten, damit nicht irgendeine Information unsere Verbindung erschwerte. Doch das wäre kein Problem gewesen. Ich war von der Sekunde, in der ich dich sah, verliebt.« Rasch griff sie nach Mos Hand.

»Sie haben uns auch nicht gesagt, ob du Geschwister hattest«, fuhr sie fort. »Aber ich bin immer davon ausgegangen, dass du keine hast.«

Falsch geraten, dachte Mo. Aber dazu später.

»Wenn du deine leiblichen Eltern suchen möchtest, unterstützen wir dich natürlich«, sagte ihre Mutter.

»Das möchte ich nicht.«

Sie nickten.

»Ich liebe euch beide«, sagte Mo. »Tut mir leid, dass ich weggelaufen und bei Lou geblieben bin. Ich brauchte Zeit zum Nachdenken.«

Sie nickten wieder.

»Wir lieben dich so sehr«, sagte ihre Mutter.

»Aber ihr hättet mir davon erzählen sollen.«

»Ja, du hast recht, wir hätten mutiger sein und früher darüber reden sollen. Aber das hätte auch bedeutet, über Vampire zu sprechen und Dads Tätigkeit als Vampirjäger, und das hat sich alles so kompliziert angefühlt. Wir hätten es trotzdem tun sollen. Wir waren feige. Es tut mir leid.«

»Wie hast du es denn nun erfahren?«, hakte ihr Vater nach.

251

Mo hielt den Zeigefinger hoch, um ihn zum Schweigen zu bringen. »Ja, ihr wart feige, aber ich kann es, glaube ich, nachvollziehen.«

Sie ging zur Tür und hielt inne. »Vielleicht geht es mir nicht immer gut damit. Okay? Ich muss über so viel nachdenken. *So* viel.«

»Natürlich, das verstehen wir«, sagte ihre Mutter und lächelte nervös.

»Aber wenigstens ist jetzt die Wahrheit auf dem Tisch.«

Ein Großteil zumindest.

»Gehst du wieder?«, fragte ihr Vater.

»Es gibt eine sehr wichtige Sache, die ich erledigen muss. Ich komme bald wieder. Ich möchte euch jemanden vorstellen.«

Mo rannte noch einmal zurück und umarmte ihre Eltern rasch, bevor sie nach draußen lief.

41. Kapitel

Es war bereits dunkel, als Mo am Tor zu Wanjas Haus ankam. Dort leuchtete kein Licht, aber Mo hörte, wie ein Motorrad gestartet wurde. Sie ging um das Haus herum. Dort fand sie Wanja in der Garage über ihr Motorrad gebeugt.

»Funktioniert es jetzt?«, fragte Mo.

Wanja wirbelte herum und sah aus, als wollte sie fauchen. Ach ja, erinnerte sich Mo, keine gute Idee, sich einem Vampir von hinten zu nähern, wenn er nicht damit rechnete. Aber dann wurde Wanjas Gesichtsausdruck sanfter und neugierig.

»Willst du mich wieder angreifen?«, fragte sie und wischte sich die ölverschmierten Finger an einem Lappen ab.

»Nein.« Mo öffnete ihre Jacke. »Siehst du, keine Pflöcke. Versprochen.«

»Das ist sowieso eine seltsame Waffe«, sagte Wanja und warf den Lappen beiseite. »Würde eine Vampirkönigin einem anderen Vampir nicht einfach den Kopf abreißen?«

Mo seufzte. Sie spürte, dass Wanja sie aufzog.

»Können wir reden? Bitte? Können wir reingehen?«

Wanja nickte und ging voraus.

»Hat Luca dein Motorrad nicht repariert?«, fragte Mo im Gehen.

»Nein, ich habe es gerade selbst erledigt. Luca meint es gut, aber als Mechaniker kannst du ihn vergessen.«

Sie waren nun im Wohnzimmer angekommen.

»Setz dich«, sagte Wanja.

Mo versank im Sofa wie in einem Schwamm, genau an der Stelle, an der sie schon einmal gesessen hatte, und Wanja setzte sich im Schneidersitz auf den Sessel.

Dann atmete Mo tief durch und begann zu sprechen. »Es tut mir leid, dass ich versucht habe, dich zu pfählen.«

Wanja nickte. »Mir tut es leid, dass ich herumgeschlichen bin und dich beobachtet habe«, sagte sie. »Ich hätte dir von Anfang an sagen sollen, wer ich bin.«

»Sind wir quitt?«, fragte Mo.

»Klar.«

»Super, das war einfach.«

Es gab mehr zu besprechen, das wusste sie, aber wie sollte sie das alles herausbekommen?

Zum Glück ergriff Wanja das Wort. »Ich habe eine Entscheidung getroffen. Ich werde weggehen, ins Exil. Ich werde mich selbst in die Verbannung schicken, damit du mich nicht pfählen musst, um die anderen Vampire zufriedenzustellen. Ich verspreche, dass ich vollkommen verschwinden werde, sodass du ihnen erzählen kannst, dass du es getan hast.«

»Okay«, sagte Mo. Ihr wurde eine super Lösung angeboten – warum fühlte es sich trotzdem falsch an?

»Nicht, dass du mich je wirklich hättest pfählen können«, fügte Wanja verschlagen grinsend hinzu. »Ich glaube nicht, dass es in dir steckt.«

»Das hat Lou auch gesagt!« Mo klang empört. »Ich hätte es tun können. Ich bin zu allem Möglichen fähig, wenn man mich unter Druck setzt. Einmal habe ich Danny Harrington gegen einen Hot-Dog-Wagen geschubst.«

»Uuuh, gefährlich. Wie auch immer, ich war bereit, das Risiko auf mich zu nehmen. Ich habe darauf vertraut, dass irgendein geschwisterlicher Instinkt einsetzen würde.«

»Du hast mir vertraut?«

»Vollkommen«, sagte Wanja nickend. Tränen kribbelten in Mos

Augen. Sie blinzelte rasch. »Ich wusste jedenfalls, dass du es nicht tun würdest, genau wie ich in dem Moment, als ich dich sah, wusste, dass ich dich nicht angreifen oder ruinieren konnte.«

»Wir sind beide völlig untauglich.«

»Total hoffnungslos. Liegt in der Familie.«

Beide lächelten.

»Wenn ich mich irgendwo weit weg sicher versteckt habe, sage ich dir Bescheid. Vielleicht können wir uns schreiben.«

»Ja, können wir machen.«

»Oder du kommst mal vorbei, wenn sich die Dinge beruhigt haben.«

Mo nickte schwach.

»Wir können natürlich auch chatten.«

»Ja«, sagte Mo und schüttelte dann den Kopf. »Was sage ich da? Ich meine eigentlich Nein.«

»Oh, das ist auch in Ordnung. Ich kann verstehen, wenn du keinen Kontakt zu mir möchtest.«

»Nein. Ich meine Nein zu dem Plan. Schick dich nicht selbst in die Verbannung. Ich bin nicht einmal sicher, ob man das überhaupt tun kann. Muss man nicht von jemand anderem verbannt *werden*? Wie auch immer, geh nicht. Ich habe gerade erst erfahren, dass ich eine Schwester habe, dass *du* meine Schwester bist. Bitte geh nicht.«

»Aber es ist gute Lösung. Du kannst in Ruhe weiterregieren, die Vampire werden zufrieden sein, der Vampirkönig auch …«

»Nein.«

»Wir könnten ein paar Fotos stellen. Ich, von dir umgebracht …«

»Nein, das ist nicht das, was ich will.« Mo klang nun sehr nachdrücklich. »Ich möchte dich kennenlernen. Hier. Ich will dich nicht gleich, nachdem ich dich gefunden habe, schon wieder verlieren.«

Wanja sah Mo an und ihr Blick wurde weich.

»Du gehörst zur Familie. Zu meiner Familie. Schwestern halten zusammen. Oder sie können es tun, wenn sie erfahren haben, dass

255

sie Schwestern sind, nachdem sie sehr lange nicht einmal wussten, dass die andere existiert.«

Langsam breitete sich ein Lächeln auf Wanjas Gesicht aus. »Bist du dir sicher? Die Vampire werden nicht begeistert sein, wenn sie merken, dass du mich nicht gepfählt hast.«

»Da müssen sie durch«, sagte Mo. »Ich erkläre ihnen, dass du meine Schwester bist und dass ich dich nicht töte. Und sie auch nicht. Ich nehme das Ruder wieder in die Hand. Ich bin die Königin. Basta. Okay?«

»Okay.«

»Komm mit mir zu Bogdans Beerdigung. Ich kann es ihnen da persönlich sagen. Alles in Ordnung bringen. Zuerst möchte ich dich aber jemandem vorstellen.«

»Wem?«

»Na ja, jetzt, wo wir eine Familie sind, solltest du wohl meine Eltern treffen.«

»Oh nein, nein, nein!«, sagte Wanja und machte sich ganz klein in ihrem Stuhl. »Ich glaube nicht, dass das eine gute Idee ist.«

»Aber es ist das, was ich möchte und brauche. Wir alle zusammen. Eine große, chaotische, geniale Familie. Keine Geheimnisse mehr. Bitte?«

In Wanjas kühlen, ironischen Blick hatte sich Nervosität geschlichen, etwas, das Mo noch nie zuvor gesehen hatte.

»Ich lebe übrigens noch bei ihnen, auch wenn du das wahrscheinlich schon herausgefunden hast.«

Wanja nickte.

»Und ich bin keine …«

»Keine was?«, fragte Wanja und wirkte auf einmal beunruhigt.

»Na ja, ich bin in Wirklichkeit keine …«

»Mo? Was willst du mir sagen?«, fragte Wanja, nun richtig besorgt.

»Ich bin keine Vampirin«, sagte Mo. »Bitte hasse mich nicht –

ich dachte, du hättest es sowieso schon vermutet. Oh Gott, du siehst wirklich schockiert aus. Ich war davon ausgegangen, dass du es bereits erraten hast. Ändert das jetzt alles?«

Wanja hatte eine Hand an die Brust gelegt. Sie blinzelte heftig, den Blick in die Ferne gerichtet. Doch dann wandte sie sich Mo zu und grinste. »Reingelegt!«, dröhnte sie und warf ein Kissen nach ihr. »Klar weiß ich, dass du ein Mensch bist.«

»Oh, Gott sei Dank«, sagte Mo, fing das Kissen und drückte es an sich. »Da bin ich aber erleichtert. Bisschen ärgerlich, natürlich. Ich meine, ich dachte, dass ich eine ziemlich gute Vampirin abgebe.«

»Na ja, ich habe dein Zuhause, deine Mum und deine Jeans gesehen.«

Mo zuckte zusammen.

»Entspann dich! Ich freue mich für dich. Vampirin zu sein ist nicht das Einfachste, und die Tatsache, dass du Vampirherrscherin *und* Mensch bist, ist wirklich beeindruckend. Ich habe allerdings keine Ahnung, wie du das Bogdan und dem Vampirkönig weisgemacht hast.«

»Bogdan wusste am Ende, dass ich ein Mensch bin. Ich habe es ihm gesagt. Der Vampirkönig hat beinahe Luca und Lou getötet und ausgesaugt, es war also nicht ganz einfach, aber ich bin die Auserwählte, also …«

»Bist du dir sicher? Dass Bogdan nicht vielleicht einen Fehler gemacht hat? Die Schwestern verwechselt hat?«

»Entweder du bist es oder du bist es nicht, Schwester, sorry«, feuerte Mo zurück.

»Autsch«, sagte Wanja, aber sie war nicht verletzt, sie lachte. »Schau mal, das ist es, was ich dir im Schuppen zeigen wollte, bevor du mich gepikst hast.«

»Pikiert.«

Wanja gab Mo ein verblasstes Foto. Ein Mann und eine Frau

mittleren Alters standen mit einem etwa acht- oder neunjährigen Mädchen zusammen. Es hatte Zöpfe und blickte ernst drein. Der Mann hatte die Hand auf seine Schulter gelegt. Das Gesicht der Frau war blass und ausdruckslos.

»Das bist du mit … « Mo legte sich den gekrümmten Zeigefinger an die Lippen.

»Mit unseren Eltern«, sagte Wanja leise.

Mo nickte. Sie konnte nichts sagen. Lange starrte sie das Bild an, bis Wanja aufstand.

»Komm, wir sollten gehen.«

Mo schüttelte sich. »Bereit, meine anderen Eltern kennenzulernen?«

»Eigentlich nicht«, sagte Wanja. »Bereit, auf meinem Motorrad mitzufahren?«

»Eigentlich nicht«, sagte Mo. »Ich bin eher eine Fahrradfahrerin.«

»Es wird dir gefallen. Halt dich nur gut fest.«

42. Kapitel

Mo zitterte, als sie schließlich am Törchen zu ihrem Haus von Wanjas Motorrad stieg.

»Das war furchtbar«, schnaubte sie, als sie sich den Helm mit einem Ruck vom Kopf gezogen hatte. »Du fährst wirklich schnell – und was sollte dieses ständige Hindurchfahren zwischen den Autos? Du hättest uns umbringen können.«

»Falsch, nur *dich*«, sagte Wanja.

»Untot zu sein lässt dich leichtsinnig werden.«

»Nee, so war ich schon, bevor ich verwandelt wurde. Aber ich weiß, was ich tue. Du lebst noch, oder nicht? Was dich zu einer schlechten Vampirin macht und mich zu einer echt guten Motorradfahrerin.«

Sie gingen zum Haus.

»Dein Vater wird mich doch nicht pfählen, oder?«, fragte Wanja, als sie die Haustür erreicht hatten.

»Ich sorge dafür, dass er es nicht tut. Vertrau mir.«

»Das tue ich tatsächlich.«

Mo nickte und klingelte dann.

»Oh, Mo, du bist es. Warum hast du nicht einfach deinen Schlüssel benutzt?«, sagte ihr Vater, als er öffnete.

»Dad, das ist Wanja.«

Mos Mutter tauchte nun ebenfalls auf.

»Oh, deine Freundin, die ich schon mal gesehen habe, in der Gasse. Ich erinnere mich, damals hast du mich als deine Fahrerin bezeichnet. Dann kommt herein, ihr beiden. Tee?«

»Ihr müsst sie hereinbitten«, sagte Mo.

Für ein paar Sekunden wirkten ihre Eltern verwirrt, dann verdunkelte sich das Gesicht ihres Vaters. »Was?«

»Bittet sie herein«, wiederholte Mo. Sie griff nach Wanjas Hand und drückte sie.

»Sie ist eine Vampirin? Sie sieht gar nicht so aus.« Die Hand von Mos Vater bewegte sich zu der Hemdtasche, in der er seine Pflöcke hatte.

»Nicht«, sagte Mo fest.

Er erstarrte.

»Ja, sie ist eine Vampirin, aber sie ist auch meine Schwester.«

»Was?«, sagte ihr Vater wieder.

»Wanja ist meine Schwester. Meine Blutsverwandte. Meine biologischen Eltern hatten noch ein Kind. Das ist sie. Sie ist keine Bedrohung. Sie ist diejenige, die mir gesagt hat, dass ich adoptiert bin. So habe ich es erfahren.«

Mos Mutter legte eine Hand an den Mund und sah aus, als wäre sie kurz davor zu weinen. Mos Vater starrte sie düster an, die Augenbrauen zusammengezogen. Die Muskeln in einer Wange zuckten.

»Jetzt gehört sie zur Familie. Unserer Familie. Ihr habt mich in euer Leben aufgenommen und geliebt, also könnt ihr mit Wanja dasselbe tun.«

»Aber … «, sagte ihr Vater.

»Kein Aber!«, sagte Mo streng. »Wir werden zusammenhalten und uns unterstützen. Du wirst sie nicht pfählen. Genau genommen wirst du niemals wieder einen Vampir pfählen.«

»Was?«, sagte er ein drittes Mal. Es entwickelte sich langsam zu einer Gewohnheit.

»Ich weiß, dass du es als Dienst für die Allgemeinheit betrachtest, aber ich sehe das anders. Ich bin auf der anderen Seite.«

»Auf welcher Seite? Von was für Seiten redest du?«, stotterte er.

»Du solltest vielleicht sitzen, wenn ich dir das erkläre. Können wir bitte reingehen?«

Sie gingen Richtung Küche.

»Äh, hallo?«, rief Wanja von der Treppe. »Bittet ihr mich nun herein oder passiert das nicht mehr?«

»Sorry, sorry«, sagte Mo und eilte zu ihr zurück. »Wanja, bitte komm herein.«

Wanja machte einen ironischen kleinen Knicks und trat über die Schwelle. Mo führte sie in die Küche und zog am Tisch einen Stuhl für sie hervor. Wanja setzte sich. Mos Mutter lächelte gezwungen, verwirrt, während ihr Vater seinen Stuhl zurückgeschoben und die Arme vor der Brust verschränkt hatte.

Mo sah in die drei Gesichter – Wanjas entspannt, das ihrer Mutter starr vor Stress, das ihres Vaters mürrisch und misstrauisch – und begann zu sprechen.

»Es gibt keine andere Möglichkeit, als es direkt zu sagen: Ich bin die Vampirkönigin Großbritanniens.«

Ihre Mum blinzelte heftig. Ihr Vater beugte sich vor. »Die was von was?«

»Von Großbritannien hast du gehört, oder, Dad?« Mo konnte sich den Sarkasmus nicht verkneifen. »Na ja, ich herrsche über alle Vampire, die dort leben. Ich bin ihre Königin.«

Er schüttelte den Kopf und hob beide Hände, als wollte er Mos Worte zurückdrängen.

»Bitte lasst mich erklären. Ich weiß, es ist eine Menge zu verdauen«, sagte Mo. »Ich wurde im Oktober von Bogdan angesprochen, dem Vampir, den du gepfählt hast. Er sagte, ich sei auserwählt, die Vampire hier anzuführen, und bat mich dringend, es zu tun.«

»Oh Gott, du bist aber keine Vampirin, oder, Mo?«, platzte ihre Mutter hervor.

»Nein. Ich habe nur so getan, als wäre ich verwandelt. Ich habe Bogdan vorgespielt, ich wäre eine Vampirin, und von da aus ging es weiter.«

»Weiter?«

»Ja, ich bin jetzt Königin, obwohl ich immer noch ein Mensch bin, und ich habe es mir zur Aufgabe gemacht, dafür zu sorgen, dass die Vampire gehört und respektiert werden und beginnen können, ein harmonisches Leben an der Seite der Menschen zu führen.«

Mos Vater stand nun auf, beide Hände an den Kopf gepresst.

»Alles in Ordnung?«, fragte Mo.

»Sieht aus, als würde sein Kopf explodieren«, flüsterte Wanja ihr zu.

»Aber, aber … «, stotterte er, während er auf und ab ging.

»Mo, ich kann nicht glauben, dass du das getan hast«, sagte ihre Mutter. »Du hast dich in große Gefahr begeben. Du hast dich mit Vampiren getroffen? Zeit mit Vampiren verbracht?«

»Ja.«

»Wie geht das überhaupt? Warum haben sie dich noch nicht getötet?«

Mo zuckte mit den Schultern.

»Sie mögen sie. Sie respektieren sie. Sie ist die Auserwählte«, sagte Wanja sachlich. »Sie leistet gute Arbeit.«

Mos Vater beugte sich nun vor, hielt sich den Kopf.

»Wann hast du das alles gemacht?«, fragte ihre Mutter.

»Wenn es dunkel war, natürlich. An den Wochenenden. Erinnerst du dich an den Weihnachtsmarktbesuch? Ich war nicht auf dem Weihnachtsmarkt. Ich hatte eine Versammlung mit den Vampiren.«

Mos Mutter schüttelte den Kopf und wollte noch etwas sagen, als ihr Vater plötzlich in die Höhe schoss und dramatisch die Hände zu Fäusten ballte.

»Ich habe *vollkommen* darin versagt, dich zu beschützen!«, sagte er mit einem verzweifelten Gesichtsausdruck. »Ich habe vollkommen versagt, als Vater *und* als Vampirjäger. Der Grund, weshalb wir dich adoptiert haben, war, dich vor den Vampiren zu schützen, und jetzt das! Ich bin ein Versager.«

»Dad, hör auf, ›versagen‹ und ›Versager‹ zu sagen.«

»Ich hätte spüren sollen, dass die Vampire schließlich doch gekommen sind, um dich zu holen, dass diese Kreatur – wie war der Name noch mal?«

»Bogdan.«

»Dass Bogdan deinetwegen hier war, dass sie dich aufgespürt hatten. Ich bin bequem geworden. Ich wusste, dass ich die Vampire nicht auslöschen konnte, aber ich hatte angenommen, die Säuberungen hätten eine klare Botschaft gesandt.«

»Vielleicht sind deine Vampirjägerfähigkeiten nicht mehr so gut wie früher«, sagte Mo. »Du wirst alt.«

»Ich bin fünfzig!«, explodierte ihr Vater.

»Nicht so alt wie manche Vampire«, meldete sich Wanja hilfreich zu Wort.

»Genau«, sagte Mos Vater, merkte dann, wem er damit dankte, und runzelte die Stirn.

»Oh, Mo, hätte ich nur gemerkt, dass er hier herumgeschnüffelt und dich unter Druck gesetzt hat … Ich hätte ihn früher getötet und du hättest all das nicht aufgebürdet bekommen.«

»Hätte nicht funktioniert«, sagte Wanja. »Mo wäre immer noch Auserwählte.«

»Aber ich hätte sie besser verstecken können, sie irgendwo im Nirgendwo untergebracht.«

»Lower Donny ist Nirgendwo genug, vielen Dank«, sagte Mo. »Wie auch immer, Dad, Vampirkönigin zu sein ist mein Schicksal. Ich kann davor nicht weglaufen. Das Schicksal hat mich ja auch zu euch geschickt. Es ist der Grund dafür, dass ihr mich von meinen leiblichen Eltern und Wanja weggenommen habt, damit ich hier in Sicherheit aufwachsen konnte.«

Mos Vater setzte sich. Er starrte ausdruckslos auf den Tisch. Mo dachte, dass sie ihn noch nie so am Boden zerstört gesehen hatte.

»Es hat bloß nicht funktioniert«, sagte er mit leiser, trauriger

Stimme. »Sie haben dich gefunden und ich habe dich überhaupt nicht beschützt.«

»Aber mit mir ist alles in Ordnung, Dad.«

»Mehr als in Ordnung«, sagte Wanja. »Ich glaube, ihr beiden begreift nicht, was für eine Tochter ihr habt, wer hier vor euch sitzt. Sie hätte den Drohungen nachgeben können und Vampirin werden oder sie hätte getötet werden können, aber sie hat es geschafft, beides zu vermeiden. Sie ist einem Weg gefolgt, der ihr ganz eigener ist – eine menschliche Vampiranführerin zu werden –, und das ist unglaublich! Sie hat nicht nur überlebt, sondern sie ist eine geniale Königin.«

»Na ja, ich weiß nicht«, sagte Mo errötend. »In letzter Zeit habe ich einiges vergeigt. Der Stress ist mir ein bisschen zu viel geworden. Ich war sogar bereit, dich zu töten.«

»Das Thema hatten wir schon, Schwesterherz«, sagte Wanja. »Mach dir darüber keine Gedanken. Du hättest es sowieso nicht getan, schon vergessen?«

Wanja zwinkerte Mo zu und sie lächelte zurück. Dann bemerkten sie beide, dass Mos Eltern sie beobachteten.

»Ihr solltet wirklich stolz auf sie sein«, sagte Wanja.

»Du hast an keiner Stelle versagt, Dad. Vampire sind erst seit ein paar Monaten in meinem Leben, aber du bist schon immer Teil davon. Du hast mich großgezogen und für mich gesorgt. Du und Mum, ihr wart immer da.«

Traurig schüttelte Mos Vater den Kopf und rieb sich eine Augenbraue.

Unvermittelt stand Mos Mutter auf, die Hände vor dem Körper gefaltet. »Tee?«, fragte sie. »Vielleicht ist es Zeit für einen Tee.«

43. Kapitel

Mos Mutter füllte den Wasserkessel und wandte sich dann besorgt an Wanja.

»Ist es okay für dich, wenn wir vor dir Tee trinken? Das ist doch nicht unhöflich, oder? Ich hatte noch nie Besuch von einem Vampir, aus naheliegenden Gründen, schätze ich. Mike hätte sich nicht besonders darüber gefreut.« Sie lachte nervös.

»Natürlich«, antwortete Wanja. »Tee erinnert mich an mein menschliches Leben. Ich wurde erst vor einem Jahr verwandelt. Ich vermisse ihn immer noch.«

Mos Vater warf einen kurzen Blick zu Wanja. Sein Gesicht verriet Schmerz. Mo hatte das Gefühl, sie könnte seine Gedanken lesen, könnte zusehen, wie die Fakten endlich bei ihm ankamen – dass Vampire auch einmal Menschen waren.

»Kann ich dir irgendetwas anderes anbieten? Ein Glas Wasser? Vielleicht habe ich noch etwas Hackfleisch im Kühlschrank. Daran könntest du eventuell lutschen? Würde das gehen? Wie ein Vampir-lolli?«

»Ich brauche nichts, danke«, sagte Wanja lachend.

Mos Mutter setzte den Kessel auf und ließ mit zitternden Händen Teebeutel in drei Tassen gleiten. Sie rieb Mos Schultern, ihre Augen schossen hierhin und dorthin. Wanja lehnte sich, nach wie vor ruhig und cool, in ihrem Stuhl zurück. Mo saß neben ihr und musterte ihren Vater, der vor sich auf den Tisch starrte, die Schultern zusammengesunken.

»Wie nett, oder?«, sagte ihre Mutter.

»Komm schon, Mum, natürlich ist das eine komische Situation, aber das muss nicht so bleiben. Können wir es nicht hinbekommen? Als Familie zusammen sein?«, sagte Mo.

»Warte mal, stopp, einen Moment«, sagte ihr Vater und schüttelte den Kopf, als erwache er aus einem Traum. »Ich bin seit dreißig Jahren Vampirjäger – du kannst nicht von mir erwarten, dass ich einfach so eine Vampirin in meinem Leben willkommen heiße. Wie soll ich ihr vertrauen?«

»Wie soll ich dir vertrauen?«, gab Wanja zurück.

Sie sahen einander unverwandt in die Augen.

»Guter Punkt«, sagte er.

»Wir müssen uns auf ein paar Regeln einigen«, sagte Mo.

»Irgendwelche Grenzen«, ergänzte ihre Mutter und nickte Mo zu.

»Wir werden Bedingungen festlegen, damit sich alle sicher fühlen. Wanja wird niemanden in der Familie oder aus dem näheren Umfeld verwandeln oder aussaugen und Dad wird sie nicht pfählen. Wir können einen Vertrag aufsetzen, um es offiziell zu machen. Ich liebe Verträge!«

»Und ihn mit Blut unterzeichnen«, schlug Wanja vor.

Mos Vater funkelte sie an.

»War nur ein Witz.«

»Ach so«, sagte er verwirrt. »Verstehe. Mir war nicht klar, dass Vampire auch Witze machen.«

»Vielleicht gibt es eine Menge, was du nicht über Vampire weißt, Dad. Dein Fokus lag darauf, sie zu töten, nicht darauf, sie kennenzulernen. Du warst an den Säuberungen beteiligt, oder?«

Er sah schockiert aus.

»Ich bin darauf gekommen, weil ich mit den Vampiren gesprochen habe. Der letzte Vampir, den du getötet hast, der sich in den Dachsparren versteckt hat …?«

»Was ist mit ihm?«

»Er war der Onkel von dreien meiner Untertanen. All meine

Vampire haben Freunde und Familie durch dich verloren. Jedenfalls versuche ich jetzt, ihr Leben zu verbessern, aber was ich tun kann, ist begrenzt. Ich kann ihnen mit ihrer Kleidung helfen, dafür sorgen, dass sie Internet haben, mir ihre Probleme anhören, aber was sie wirklich brauchen, ist, dass du, der letzte verbliebene Vampirjäger, seine Pflöcke wegräumt.«

»Ich soll meinen Job aufgeben?«

»Ja. Du kannst mit den Teppichen weitermachen, aber versprich mir, keine Vampire mehr zu töten.«

»Unmöglich!«, rief ihr Vater und schob seinen Stuhl zurück. »Wenn die Vampire das herausfänden, würden sie die Gelegenheit ergreifen und wären sofort hinter mir her. Ich wäre innerhalb weniger Tage tot.«

»Er hat recht«, sagte Wanja. »Du kannst deinen Vater nicht darum bitten, Mo. Es macht ihn zu angreifbar.«

Mo stand auf und ging zum Fenster. Sie hielt sich am Rand des Spülbeckens fest und dachte angestrengt nach. Die anderen starrten auf ihren Rücken, bis sie sich endlich umdrehte.

»Dann muss ich sie dazu bringen, einem Waffenstillstand zuzustimmen«, sagte sie.

»Was meinst du damit?«, fragte ihr Vater.

»Du versprichst, keine Vampire mehr zu töten, und sie versprechen, dich nicht zu töten.«

»Das werden sie nie tun«, sagte er sofort.

»Werden sie doch. Ich sorge dafür«, sagte Mo. »Aber du musst mich unterstützen, Dad, und du auch, Wanja. Wenn wir als Familie zusammenhalten können – eine Vampirin, ein Vampirjäger und die menschliche Vampirkönigin –, dann können die Vampire Großbritanniens und der letzte Vampirjäger sicher auch in Frieden Seite an Seite existieren.«

Mos Vater atmete lang aus. »Du meinst das ernst, oder?«

»Todernst«, sagte Mo.

»Wortspiel beabsichtigt?«, murmelte Wanja.

»Das ist die einzige Möglichkeit für meine Untertanen, jemals ein gutes Leben zu führen. Sie fürchten ständig die Vampirjäger, aber wenn ihr Frieden schließen könnt, wird sich ihr Leben vollkommen umkehren. Deins auch. Wäre es nicht toll, wenn die Vampirgefahr gebannt wäre? Statt deine Pflöcke überallhin mitzunehmen, könntest du darauf vertrauen, dass kein Vampir da draußen dir schaden will. Stell dir das mal vor.«

»Mo, das ist verrückt!« Ihr Vater stand nun auf. »Wenn du den Vampirjäger wegnimmst, gibst du den Vampiren praktisch die Erlaubnis, sich auszutoben. Großbritannien würde sich in ein All-you-can-eat-Buffet verwandeln. Nein! Dem kann ich nicht zustimmen.«

»Aber du hast selbst gesagt, dass du sie niemals vollständig loswirst, dass sie immer wieder zurückkommen, also wird deine Arbeit nie beendet sein. Außerdem hast du gerade erfahren, dass ich bis obenhin in Vampirangelegenheiten stecke – Vampire zu jagen, hat also genauso wenig funktioniert, wie mich vor ihnen zu beschützen.«

Mos Vater zuckte zusammen. Er wandte ihr nun den Rücken zu, die Arme verschränkt, den Kopf gesenkt. Das Schweigen senkte sich schwer über den Raum. Das Ticken der Wanduhr, mit dem sie die Sekunden zählte, klang so laut wie ein Feuerwerk. Schließlich drehte er sich um.

»Könnte das funktionieren?«

Er sah nicht Mo an, sondern Wanja. Sie räusperte sich.

»Ich weiß es nicht«, sagte sie. »Tut mir leid, Mo. Ehrlich, ich weiß nicht, ob sie eine Vereinbarung akzeptieren würden …«

»Ich wusste es!«, explodierte Mos Vater.

»Aber …!«, sagte Wanja laut und mit Nachdruck. »Sie *könnten* es tun … Und wenn sie sich von jemandem überzeugen lassen, dann von Mo.«

Mo schenkte ihr ein Lächeln.

»Es ist eine mutige Idee. Sie ist originell und aufregend und etwas, das sich nur Mo ausdenken kann. Und wie sie sagt, alle würden davon profitieren. Also warum nicht?«

»Aber das Blut!«, sagte Mos Vater, eine Hand zur Faust geballt. »Vampire ernähren sich von menschlichem Blut – ihre Ernährungsweise bedeutet, dass sie töten müssen. Wie soll ich damit einverstanden sein?«

»Wir werden an Alternativen arbeiten. Ersatzlebensmittel, Ersatzblut – Vegetarier und Veganer essen seit Jahren Fleischalternativen und pflanzenbasierte Ersatzprodukte. Warum sollen die Vampire das nicht können?«

»Ich weiß nicht, ich weiß es einfach nicht. Das ist alles so …« Ihm fehlten die Worte.

»Schau mal, komm mit mir zu Bogdans Beerdigung. Wir gehen dorthin als vereinte, bunte Familie – die menschliche Vampirkönigin, ihr nicht-leiblicher Vater, der außerdem Vampirjäger ist, *und* ihre Vampirschwester. Das wird ein Riesenerfolg! Verstehst du? Wir reden nicht nur, wir machen. Wir werden der lebende Beweis dafür sein, dass die Art von Toleranz und Gleichberechtigung, die ich anstrebe, funktionieren kann.«

»Lass mich darüber nachdenken«, sagte Mos Vater. »Jetzt muss ich mich erst einmal in meinen gemütlichen Sessel setzen.«

Er ging ins Wohnzimmer. Mos Mutter folgte ihm.

»Wo zur Hölle kam das denn her?«, fragte Wanja Mo. »Dieser Friede-Freude-Eierkuchen-Plan?«

»Ist mir eben eingefallen, als ich an der Spüle stand.«

»An der Spüle, natürlich. Quell so vieler Ideen. Wem hat die Spüle noch keine Eingebungen beschert?«

»Du hast selbst gesagt, sie könnten einverstanden sein.«

»Sie könnten ihm auch die Kehle zerfetzen, Mo – hast du daran gedacht? Außerdem wird seine Identität offengelegt. Du hast gesehen, wie wütend sie werden, wenn du Vampirjäger oder die

Säuberungen auch nur erwähnst. Geschweige denn, wenn ein Vampirschlächter leibhaftig vor ihnen steht.«

»Ich weiß, aber auch deshalb muss es passieren.«

»Und du willst es bei Bogdans Beerdigung tun.« Wanja ließ einen Pfiff hören. »Das ist extrem riskant, Schwesterherz. Der oder die Gesandte des Vampirkönigs wird dort sein und von allem berichten, was dort geschieht.«

»Mist, daran habe ich nicht gedacht«, sagte Mo stirnrunzelnd. »Aber ich kann den Waffenstillstand zwischen den Vampiren und dem letzten verbleibenden Vampirjäger nicht über Zoom organisieren. Es muss von Angesicht zu Angesicht passieren und zwar bald, bevor es zu weiteren Morden, Lügen oder Drohungen kommt. Bogdans Beerdigung ist die perfekte Gelegenheit. Außerdem ist es mutig, wenn der Vampirjäger bei der Beerdigung des Vampirs auftaucht, den er gepfählt hat.«

»Es ist merkwürdig.«

»Ich finde, es sendet ein starkes Zeichen der Versöhnung. Wir müssen es tun.«

»Wow, du bist ziemlich überzeugend, wenn du in Fahrt und im Anführerinnenmodus bist.«

»Ja, oder?«, sagte Mo.

»Okay, wenn du darauf bestehst, dass dein Vater zur Beerdigung geht, kümmere ich mich um die Vertretung des Königs. Ich lade sie auf einen Bluttrunk ein oder mache eine Schlosstour mit ihr, damit sie diesen Teil verpasst.«

»Cool, danke«, sagte Mo. »Da fällt mir ein, dass ich Bogdans Beerdigung noch gar nicht geplant habe.«

»Das ist das geringste Problem«, sagte Wanja. »Überlass das den anderen Vampiren.«

Mos Eltern kamen zurück in die Küche.

Sie setzten sich. Ihr Vater rieb sich die Stirn. Mo streckte ihre Hand über den Tisch aus und er nahm sie.

»Bitte komm mit mir zu Bogdans Beerdigung, Dad. Sie ist am Samstag.«

»Normalerweise gehen Mörder nicht zur Beerdigung ihrer Opfer«, sagte er.

»Das habe ich auch gesagt«, mischte sich Wanja ein.

»Es ist eine Gelegenheit, sich kennenzulernen und die Konflikte ein für alle Mal beizulegen. Außerdem muss ich sagen, Dad, es ist schön zu hören, dass du dich als Mörder bezeichnest und nicht als Tilger. Das zeigt, dass du dich weiterentwickelt hast.« Sie drückte seine Hand.

»Komm und erweise Bogdan die letzte Ehre. Lerne die anderen Vampire kennen. Ich werde ihnen erklären, dass Wanja meine Schwester ist und dass du, Mike Merrydrew, mein Vater *und* ein Vampirjäger – bald ehemaliger Vampirjäger – bist, und wir werden ihnen einen Waffenstillstand anbieten. Es ist an der Zeit, Jahrhunderte der Fehde und Gewalt zu beenden. Es ist Zeit, Frieden zu schließen.«

44. Kapitel

»Du siehst aus wie ein Zombie, nicht wie eine Vampirin«, sagte Lou, als Mo am nächsten Morgen in den Bus stieg. »Geht es dir gut?«

»Ich habe mich mit Mum, Dad und Wanja vertragen und sie alle zusammengebracht. Wir haben zu viert am runden Tisch gesessen und bis spätabends Tee getrunken. Na ja, drei von uns haben Tee getrunken, Wanja ist eine Vampirin, also …«

»Schon verstanden, Mo.«

»Sorry. Ich bin supermüde, aber auch superfroh. Ich habe eine Schwester! Kann es immer noch kaum glauben. Eine Schwester! Und ich habe Dad gebeten, mit den Vampiren Frieden zu schließen, einem Waffenstillstand zuzustimmen. Das könnte eine große Sache werden und alles verändern. Mein Vermächtnis!«

»Überall wird Frieden geschlossen. Wow, über dich werden irgendwann Musicals geschrieben werden.«

»Ich hoffe es«, sagte Mo.

»Was sagt Luca dazu? Weiß er es?«

Mos Herz sank.

»Oh, dein Gesicht«, sagte Lou und zeigte auf Mo. »Ihr redet nicht miteinander, oder?«

»Es waren ziemlich überwältigende Tage. Er ist ein bisschen in den Hintergrund gedrängt worden. Vielleicht sollte ich ihm schreiben.«

»Meinst du? Mensch, klar, Mo, du willst doch nicht, dass Luca verschwindet.«

Mo nickte und holte ihr Handy hervor.

Tolle Neuigkeiten. Ich habe mich gestern Abend mit

Wanja vertragen. Und sie hat Mum und Dad kennengelernt. Überall love & peace!

Sie hielt das Handy in der Hand in der Hoffnung, dass sofort eine Antwort käme, aber das war nicht der Fall. Auf dem Heimweg nach der Schule versuchte sie es erneut.

Heute Abend mache ich ein Zoom-Meeting, um Bogdans Beerdigung zu planen. Schicke dir natürlich auch eine Einladung.

Immer noch keine Antwort. Er wird bei dem Zoom-Meeting sein, sagte sie sich, da wird er erscheinen. Am Abend jedoch, als die Gesichter auf dem Bildschirm auftauchten, war Luca nicht dabei. Keine Zeit, darüber nachzudenken, beschloss Mo, und stürzte sich hinein.

»Viel zu besprechen, also lasst uns keine Zeit verlieren«, sagte sie. »Als Erstes Bogdans Beerdigung. Sie findet am Samstag statt. Heute ist Dienstag, also müssen wir sie planen. Wenn jeder eine Aufgabe übernimmt, wird alles wie geschmiert laufen.«

»Nur eine Frage, Eure Majestät«, sagte Derek. »Habt Ihr Wanja schon getötet?«

»Danke für die Nachfrage, Derek. Ich habe sie neutralisiert.«

»Was soll das heißen?«, fauchte Pat.

»Sie ist keine Gefahr mehr. Sie wurde aus der Gleichung gestrichen.«

»Ich habe nicht die geringste Ahnung, worüber die Königin redet.«

»Ich erkläre euch mehr, wenn wir uns bei Bogdans Beerdigung sehen«, sagte Mo. »Dort werde ich außerdem zwei besondere Gäste mitbringen, von denen ich möchte, dass ihr sie freundlich empfangt.«

»Wenn es der Vampirkönig plus Begleitung ist, bekommen sie einen sehr unfreundlichen Empfang von mir«, sagte Pat und bleckte die Zähne.

»Er ist es nicht, aber eine abgesandte Person wird dort sein und alles beobachten. Also benehmt euch bitte mustergültig. Gut, weiter mit den Details. Die Beerdigung muss an einem prächtigen, aber auch abgeschiedenen Ort stattfinden, um ungewollte Aufmerksamkeit zu vermeiden, und damit meine ich Wales. Pat und Richard, wir veranstalten die Beerdigung in eurem Schloss.«

»Wirklich? Aber es ist gerade ein bisschen unordentlich«, sagte Pat. Richard nickte ernst und zustimmend.

»Egal. Da es euer Schloss ist, könnt ihr beiden die Gesamtleitung vor Ort übernehmen. Derek, du bist zuständig für die Dekoration. Sven für die Sicherheit. Die Schottenrocker, ihr kümmert euch um alles, was mit Feuer zu tun hat. Natascha um die Sauberkeit. Die Mädchen um Haare und Make-up.«

»Könnten wir vielleicht auch noch etwas anderes machen?«, fragte Olga.

»Euch beim Schreiben der Rede helfen, zum Beispiel?«, schlug Lenka vor.

»Wir haben Michelle Obamas Autobiografie gelesen, Königin Mo. Sie hat uns sehr inspiriert und uns gezeigt, dass wir als junge Frauen einen wichtigen Beitrag zu leisten haben.«

»Das ist großartig«, sagte Mo. »Also, wenn ich eine Rede schreibe, werdet ihr die ersten Vampire sein, mit denen ich mich über den Inhalt berate.«

Die Mädchen strahlten.

»Okay, wo war ich stehen geblieben? Ach ja: Francis, der Bergsteiger, du kannst die Zinnen hochklettern und Banner aufhängen – aber keine Girlanden. In Ordnung? Die anderen arbeiten mit Pat daran, dass das Schloss fantastisch aussieht. Wenn ihr Pfauen findet, bringt sie mit.«

Die Vampire nickten.

»Super. Wissen alle, was sie zu tun haben?« Mo hielt ganz kurz inne. »Hervorragend. Wir sehen uns am Samstag.«

Sie klickte auf »Meeting beenden«, bevor irgendjemand irgendwelche Fragen stellen konnte, und klappte den Laptop zu. Dann schrieb sie Luca.

Habe dich bei dem Meeting vermisst.

Ist alles in Ordnung?

Sie wartete kurz und schickte eine weitere Nachricht hinterher.

Die Vampire organisieren Bogdans Beerdigung am Samstag. Sieht so weit gut aus. Und ich plane etwas GROSSES!!! Es könnte eine neue Area in der Beziehung zwischen Vampiren und Menschen einläuten. Aufregend!

Dann:

*Ära

Und dann: 😊

Luca antwortete immer noch nicht. Mo sah alle paar Minuten auf ihr Handy. Vielleicht schläft er. Vielleicht isst er auswärts zu Abend. Vielleicht hat er Kopfschmerzen, sein Handy verloren oder eine Augenentzündung, sodass er nicht auf den Bildschirm gucken kann (oh, bitte nicht das, nicht seine Augen, seine wunderschönen Augen …). Als sie gerade das Licht löschen wollte, um zu schlafen, schrieb er zurück. Ein einziger erhobener Daumen. Sonst nichts.

In den Tagen vor Bogdans Beerdigung war Mo vor allem mit der Schule beschäftigt, aber wann immer sich die Gelegenheit bot, schickte sie Luca Nachrichten im Plauderton und erhielt Stunden später enttäuschende Antworten: einen erhobenen Daumen, ein Like, ein OK.

Egal, sagte sie sich. Ich sehe ihn am Samstag. Wir haben den ganzen Weg nach Wales zusammen, jede Menge Zeit zu reden. Aber was sollte sie sagen? Mo war sich nicht sicher. Sie hatte die Beziehung beendet und die Ereignisse in ihrer Familie hatten sie in Anspruch genommen, aber nun war sie bereit, ihn zu sehen, und wollte ihn an ihrer Seite als ihren treuen Gefährten und mehr … Es war offensichtlich, dass es ihr leidtat, oder? Dass sie es nicht so gemeint hatte, als sie gesagt hatte, sie wolle sich trennen? Und natürlich hätte sie Wanja nie wirklich getötet. Seitdem hatte sie mit so vielem zu kämpfen gehabt. Das würde er sicher verstehen. Die Neuigkeiten über ihre Eltern, über Wanja. Das war eine Menge. Sie wusste, dass er es verstehen würde, also warum schrieb er nicht zurück?

Diese Frage blieb unbeantwortet. Und sie wurde immer wieder aus ihrem Kopf verdrängt durch eine Flut an Vampir-E-Mails mit Updates zu den Vorbereitungen, und von Wanja, die jeden Abend bei Mo zu Hause mit ihr und ihren Eltern verbrachte, und von ihrem Vater, der einen großen Teil dieser Zeit dazu nutzte, Wanja auszufragen (»Jemals einen Hamster ertränkt? Einer Eidechse den Kopf abgerissen? Mit Katzenbabys jongliert?«). Er zeigte ihr seine Sammlung an Pflöcken. Höflich machte sie ihm Komplimente zu jedem einzelnen, aber erst als sie die Scheibenwischer an seinem Auto repariert hatte, erwärmte er sich wirklich für sie, so schien es Mo.

Am Donnerstag, nur achtundvierzig Stunden vor der Beerdigung, schrieb Derek: »Ich habe schwarze und rote Flaggen anfertigen lassen, Eure Majestät. So dramatisch! Francis, der Bergsteiger, hat sie aufgehängt. Natascha hat geputzt – Ihr würdet nicht glauben, wie viele Leichen sie im Keller gefunden hat. Pat ist definitiv keine Haushaltsgöttin, LOL. Die Banner hängen und der Rasen ist gemäht. Das Schloss ist kaum wiederzuerkennen – als ich vor zwei Tagen hier ankam, war es noch ein feuchter Trümmerhaufen.«

Und dann Pat.

»Hat Derek über mich hergezogen und behauptet, dass ich mein verdammtes Schloss nicht in Ordnung halte? Frechheit. Ich wusste nicht einmal von diesen Leichen. Richard muss sie in seiner Massakerzeit da unten gelagert haben. Wollte wahrscheinlich nicht, dass ich etwas davon mitbekomme. Wie damals, als ich einen neuen Reitdreiteiler gekauft habe, der ein Vermögen gekostet hat. Ich habe behauptet, er sei von Primark.«

Freitag hatte Mo immer noch nicht vom Vampirkönig gehört, wann seine Vertretung ankommen würde. Vielleicht hatte er vergessen, eine zu schicken, zu abgelenkt vom jüngsten Aufstand. Das wäre super, dachte Mo, und sehr typisch. Es schien ihn ja auch nicht zu bekümmern, dass Bogdan gepfählt wurde.

Als sie von der Schule nach Hause kam, stand ihr Vater in der Küche und schlürfte seinen Tee. Er trug einen neuen schwarzen Anzug, ein gebügeltes weißes Hemd und eine schwarze Krawatte. Sein Haar war geschnitten und nun eine kürzere, ordentlichere Version seines üblichen Zottelkopfes.

»Wow, du siehst schick aus.«

»Ich bin bereit für die Beerdigung«, sagte er.

»Wirklich? Bist du dir sicher? Und auch für den Waffenstillstand?«

Er nickte. »Ich muss an deiner Seite sein, und wenn es nur auf diese Weise geht, dann ja.«

»Ich kann selbst auf mich aufpassen, versprochen, Dad. Aber ich glaube, dass es das Richtige ist.«

»Ich weiß«, sagte er und umarmte sie. »Und ich glaube an dich.«

45. Kapitel

Mo verbrachte den Rest des Freitagabends damit, Luca anzurufen, aber er ging nicht ans Telefon und aus ihrer Traurigkeit und Verletztheit wurde Wut. Um elf Uhr schickte sie ihm einen schnippischen Text.

Offensichtlich lässt du meine Anrufe nicht durch.
Warum sprichst du nicht mit mir?

Keine Antwort. Mos Ärger verbreitete sich in ihrem ganzen Körper. Ihre Daumen tanzten über ihr Handy und tippten die Wörter ein, ohne dass sie nachdachte.

Du bist doch nicht etwa immer noch sauer, weil ich
mit dir Schluss gemacht habe? Können wir das nicht
hinter uns lassen? Bei mir war so viel los. Ich dachte,
du würdest das verstehen.
Ich hätte nicht gedacht, dass du so selbstsüchtig sein
kannst.

Dann drückte sie auf Senden. Innerhalb weniger Sekunden erwachte ihr Handy zum Leben. Der Klingelton war laut und Mo erschreckte sich so sehr, dass sie es fast fallen ließ. Ein Name erschien auf dem Monitor: Luca.

»*Ich* bin selbstsüchtig?« Der Zorn in seiner Stimme war unüberhörbar.

Mo merkte, wie klein sie wurde. »Ich habe mich nur gefragt, warum du nicht reagierst, das ist alles«, sagte sie. »Das ist ungewöhnlich für dich.«

»Du meinst, weil ich normalerweise in der Sekunde, in der du mich anrufst, mit einem Lächeln im Gesicht für dich da bin?«

»Ja!«, sagte Mo, froh, dass er es verstand. Die Bitterkeit in seinen Worten bekam sie zu spät mit.

»Mo, wir sind nicht mehr zusammen, schon vergessen?«, sagte Luca.

»Aber ich habe Bogdans Beerdigung organisiert und Wanja ist jetzt Teil meines Lebens und ich habe sie nicht gepfählt und ich habe etwas wirklich Großes für morgen geplant, an dem Dad beteiligt ist – Dad! – und alle Vampire … Ich dachte, du wärst froh über all das. Vielleicht sogar stolz auf mich. Ich habe so hart gearbeitet.«

»Schön für dich«, sagte Luca ausdruckslos.

»Du kommst morgen, oder? Es ist auch dein Job, Bogdan mitzubringen. Wann sollen wir fahren?«

»Ja, was das angeht … «

Mo merkte, wie sie sich anspannte. Sie witterte Gefahr.

»Ich komme nicht.«

»Wie, du kommst nicht? Bogdan war dein Herr. Ich kann dir beim Ausgraben helfen, wenn das das Problem ist.«

»Es geht nicht um Bogdan«, sagte Luca. »Es geht um uns.«

Stille.

»Mo, wie gesagt, wir sind nicht mehr zusammen. Du hast Schluss gemacht.«

»Ich weiß, ich weiß, aber ich war gestresst und unglücklich, als ich das gesagt habe. Ich habe es nicht so gemeint. Ich dachte, das wäre klar. Mir war nicht bewusst, dass du es so schwernehmen würdest.«

»Wie sollte ich es denn nehmen?«

»Hör zu, es tut mir leid. Okay? Es ging mir nicht gut, Luca. Ich glaube, du verstehst nicht, wie schwierig es manchmal sein kann als Vampirkönigin.«

»Doch, das verstehe ich, Mo, aber was soll ich damit anfangen? Weiterhin geduldig sein? Weiterlächeln?«

Mo antwortete nicht. Die Hand, in der sie das Handy hielt, zitterte.

»Du hast keine Ahnung, wie Beziehungen funktionieren, Mo. Du hast dich in die Arbeit für die Vampire gestürzt, sobald du sie kennengelernt hast, genau wie du dich früher in deine Schulaufgaben gestürzt hast, obwohl du behauptet hast, du würdest dir mehr Zeit für mich nehmen. Dann warst du eifersüchtig auf meine Freundschaft mit Wanja, warst aber nicht in der Lage, darüber zu reden, und als ich deinen Plan, sie zu töten, infrage gestellt und dir gesagt habe, wie entsetzt ich war, war die einzige Lösung, die dir einfiel, dich von mir zu trennen.«

»Aber ich habe mich entschuldigt«, stammelte Mo.

»Wieso hast du dafür so lange gebraucht?«

»Luca, bitte! Ich habe gerade erst herausgefunden, dass ich adoptiert bin und dass Wanja meine Schwester ist! Sei nicht so.«

»Und ich hätte dir da durchhelfen können, wenn du mich gebeten hättest, für dich da zu sein. Aber du bekommst es anscheinend nur hin, einen Freund zu haben, wenn alles andere in deinem Leben okay läuft. Sobald es das nicht tut, werde ich rausgeworfen.«

Beide schwiegen einen Augenblick. Dann sprach Luca wieder, etwas ruhiger diesmal. »Mo, du bist mir wichtig, wirklich, aber ich kann nicht nur der gut gelaunte Nebendarsteller sein, während die Vampire, die Schule, deine Eltern und was auch immer von allen Seiten an dir zerren. Das hatten wir jetzt schon zu oft. Du behandelst mich schlecht oder tust irgendetwas Seltsames und ich lächle einfach nur und sage, ist schon in Ordnung. Das macht allmählich keinen Spaß mehr. Ich habe auch Gefühle.«

Mo nickte, konnte aber nichts sagen. Ihre Kehle war wie zugeschnürt und durch den Tränenschleier hindurch sah sie nichts.

»Ich möchte mit einem Mädchen zusammen sein, das mir wirklich vertraut und dem die Beziehung genauso viel bedeutet wie mir.«

»Sie bedeutet mir viel«, protestierte Mo mit einer Klein-Mädchen-Stimme.

»Ich möchte eine Freundin, die wirklich da ist und der es ernst ist mit uns, die uns an erste Stelle stellt.«

»Aber es ist schwer, Königin zu sein, zur Schule zu gehen und mit dir zusammen zu sein, und dann erfahre ich auch noch, dass ich adoptiert bin … Es ist alles so viel. Ich gebe mir Mühe, Luca, wirklich.«

»Ich verstehe, dass es viel ist. Deshalb möchte ich es dir leichter machen und eine Sache aus der Gleichung herausnehmen.«

»Welche Sache?«

»Mich.«

Mo warf das Handy von sich, als hätte sie sich daran verbrannt, und umarmte sich selbst.

»Mo, bist du da?«, hörte sie Luca fragen. »Viel Glück mit der Beerdigung. Ich bin mir sicher, was auch immer du planst, es wird großartig werden. Du wirst großartig sein. Ich gehe für eine Weile nach Hause zurück. Ich möchte zu meiner Familie. Lass uns in ein, zwei Wochen noch einmal sprechen.«

Mo griff nach dem Telefon, aber es war zu spät. Luca hatte aufgelegt. Sie starrte es eine Zeit lang an, während die Gedanken in ihrem Kopf wie ein wildes Pendel zwischen »Wie konnte er mich nur im Stich lassen?« und »Er hat vollkommen recht. Ich bin furchtbar darin, Beziehungen zu führen« hin und her wechselten.

Soll ich ihn noch einmal anrufen, mich entschuldigen, katzbuckeln, ihn anbetteln, es sich noch einmal zu überlegen? Woher soll ich wissen, was richtig ist?, dachte Mo. Ich bin furchtbar, was Beziehungen angeht. Sie hielt das Handy fest an die Brust gedrückt. Sie kroch unter die Bettdecke und rollte sich zu einer Kugel zusammen. Das Pendel schwang nicht mehr, es war bei einem Gefühl so stark brennender Scham und immensen Bedauerns stehen geblieben, dass Mo nicht sprechen konnte, nicht Lou anrufen, nur dort liegen, ganz klein und ganz reglos, bis zum nächsten Morgen.

46. Kapitel

»Mo, wir fahren um drei. Oh, noch im Bett? Geht es dir gut?«

Mos Vater hatte den Kopf durch die Tür gesteckt und runzelte die Stirn.

»Drei ist okay«, sagte sie.

»Wir holen Wanja ab, wenn es dunkel wird, und sollten gegen sieben am Schloss sein. Kommt Luca auch?«

»Nein.«

Ihr Vater wollte etwas sagen, schien die Worte dann jedoch herunterzuschlucken. Er nickte und schloss die Tür.

Lou schickte Mo später eine Nachricht.

Viel Glück mit der Beerdigung. Soll ich vorbeikommen und dir die Haare machen?

Mo schrieb zurück.

Nicht nötig, danke. Hab dich lieb.

Es wäre gut gewesen, Lou dort zu haben und von ihr die Haare gestylt zu bekommen, aber sie würde nach Luca fragen und Mo war noch nicht bereit, über die Sache zu sprechen. Ihre Gefühle waren noch frisch und durcheinander und nicht sortiert in Gedanken, die sie laut aussprechen konnte.

Etwa um zwei Uhr duschte Mo, wusch und föhnte sich die Haare und bürstete sie in zwei glatte schwarze Vorhänge auf beiden Seiten des Gesichts. Sie zog ihr schwarzes Kleid und ihren bestickten Mantel an, schob sich die goldenen Armreifen über das Handgelenk und die Spange mit den Edelsteinen ins Haar. Sie besprühte sich mit Anti-Vampirparfüm, steckte die Reißzähne in die Tasche und ging nach unten in die Küche.

»Ich bin so weit«, sagte Mo und fühlte sich plötzlich seltsam befangen, als Vampirkönigin vor ihrem Vampirjägervater zu stehen.

»Gut siehst du aus«, sagte er.

»Du auch.« Sie klappte seine Jackentasche auf.

»Keine Pflöcke«, sagte ihr Vater.

Er tätschelte ihr den Arm und kommentierte weder ihr blasses
Gesicht noch die dunklen Ringe unter den Augen oder die roten
Augenlider.

Dafür tat Wanja es.

»Sehr gruftimäßig, dein Look«, sagte sie, sobald sie Mo sah.
»Der rote Lidstrich gefällt mir.«

»Das ist kein Lidstrich. Ich habe geweint. Luca hat mit mir
Schluss gemacht. Ist schon in Ordnung. Ich habe es verdient. Ich
möchte nicht darüber reden.«

Wanja nickte und als sie alle im Auto waren – Wanja: »Ihr müsst
mich hereinbitten.« Mos Vater: »Das ist ein Auto, kein Gebäude.
Na gut, dann also … « –, fuhren sie schweigend, bis sie gegen sieben
Uhr vor den Toren von Pats und Richards Zuhause parkten. Als sie
die Auffahrt entlanggingen, ragte das alte Schloss hoch über dem
Hügel auf.

»Wow«, sagte Wanja. »Sieht toll aus.«

Die Vampire hatten seine wuchtigen grauen Mauern mit Wim-
peln geschmückt. Schwarze und rote Flaggen flatterten im Winter-
wind und überall schienen Feuer zu brennen. Fackeln säumten die
Auffahrt und auf dem Rasen knisterte ein gewaltiges Lagerfeuer.
Am Eingang flankierten zwei Feuerschalen voller brennender
Holzscheite die riesige Tür aus massiver Eiche. Mo bemerkte, dass
auch Richards Kanone dort stand, die sie bei ihrem ersten Treffen
mit den Vampiren zuletzt gesehen hatte. Wie lang *das* her zu sein
schien.

»Glaubst du wirklich, dass sie uns nicht angreifen werden – die
Verräterin und den Vampirjäger?«, fragte Wanja.

»Werden sie nicht«, antwortete Mo.

»Sicher?«, hakte Wanja nach. »Du klingst nicht besonders überzeugt.«

»Sie mögen mich, sie sind treu und ich werde ihnen Frieden und Wohlstand anbieten. Ich weiß, dass ich dich nicht getötet habe, wie sie es wollten …«

»Ja, was für eine Versagerin«, murmelte Wanja.

»Und, Dad, du hast Bogdan getötet, und beides wird ihnen nicht gefallen …«

»Untertrieben«, warf Wanja ein.

»Aber ich denke auch, dass sie genügend Verstand besitzen, um zu erkennen, dass ein langfristiger Waffenstillstand die einzig wahre Lösung ist.«

Mo hielt inne und sah zum Himmel hoch. Ein wilder Ausdruck schlich sich auf ihr Gesicht.

»Zumindest ist es das Einzige, was ich habe«, sagte sie und warf die Hände hoch. »Ich muss alles zusammenbringen, alle Teile meines Lebens, alle Teile von mir. Ich kann nicht nur die Vampirkönigin sein oder nur Mo, die Tochter, die Schülerin oder die Schwester. Ich bin all das und ihr beiden gehört auch dazu. Mein Vampirjägervater und meine Vampirschwester. Meine Familie.«

Ihr Vater und Wanja nickten.

»Ich weiß, es ist riskant, aber es nicht zu versuchen, fühlt sich noch riskanter an«, fuhr Mo fort.

»Du schaffst das, Schwesterherz«, sagte Wanja. »Jetzt geh rein und rock die Show. Lass voll die Königin raushängen. Ich weiß, dass du es kannst. Ich habe schon gesehen, wie du es tust. Nimm all deine Kraft zusammen und bring diese Blutsauger dazu, einem Waffenstillstand zuzustimmen. Dann können wir alle weitermachen mit unserem Leben.«

Mo nickte. »Ja, ich *schaffe* das«, sagte sie und umarmte zuerst Wanja, dann ihren Vater. »Wartet hier draußen. Ich komme euch bald holen.« Daraufhin schob sie die schwere Tür auf und betrat das Schloss.

In dem großen steinernen Kamin der Eingangshalle brannte ein Feuer. Es schien die Glasaugen der Hirschköpfe an den Wänden lebendig werden zu lassen. Mo erkannte eine weitere Doppeltür am anderen Ende des Raums und hörte die Vampire dahinter. Leise ging sie über den gefliesten Boden und lugte hindurch. Es war ein gewaltiger Raum – der große Saal – mit einer hohen Decke und weiteren Fackeln an den Wänden. Die hohen Bogenfenster waren mit schwarzen und roten Flaggen abgehängt. Ein zweiter Riesenkamin beherrschte eine ganze Seite des Raums. Ihm gegenüber befand sich ein langer, rechteckiger Tisch mit roten und schwarzen Tischdecken, Zinnpokalen und Tierschädeln.

»Eure Majestät, da seid Ihr ja«, sagte Derek, als er Mo in der Tür entdeckte, und eilte zu ihr. »Gefallen Euch die Ziegenschädel? Wir haben sie in einem von Pats nicht benutzten Zimmern gefunden. Ich dachte, sie in grüner Leuchtfarbe zu besprühen, würde ihnen einen funky Effekt geben.«

Mo nickte und lächelte. Alle Vampire versammelten sich nun um sie.

»Das ist wirklich beeindruckend«, sagte sie. »Danke für eure harte Arbeit. Und ihr selbst seht auch sehr gut aus. Diese Athleisure ist so vielseitig, nicht wahr? Selbst für eine Beerdigung geeignet.«

Die Vampire strahlten.

»Seid Ihr allein, Majestät?«, fragte Pat. »Kein treuer Gefährte heute dabei? Und was ist mit der Vertretung des Königs?«

»Luca hat frei«, sagte Mo, »und von der Vertretung des Königs habe ich nichts gehört. Vielleicht kommt doch niemand. Ich habe jedoch, wie angekündigt, meine eigenen Gäste mitgebracht. Bevor ich sie euch vorstelle, müsst ihr schwören, dass ihr sie nicht angreifen werdet.«

»Warum sollten wir das tun, wenn es kein Vampirjäger ist?«, fragte Malcolm.

»Oder diese Verräterin Wanja«, fügte Derek hinzu.

»Oder diese Verschwendung unserer Atemluft, der Vampir- könig«, warf Pat ein.

Na super, dachte Mo. Zwei von dreien. Es könnte schwierig wer- den, ihnen die beiden zu verkaufen.

»Hört mir zu! Diese beiden Personen sind wichtiger als jeder an- dere, den ihr je treffen werdet. Wenn ihr euch bereit erklärt, euch mit ihnen zu vertragen, wenn ihr sie in eure Vampirfamilie aufnehmen könnt und bereit seid, die Vergangenheit zu vergessen, dann, glaube ich, erwartet uns – uns alle – eine goldene Zukunft.«

»Ich liebe eine goldene Zukunft«, flüsterte Olga Lenka zu.

»Es wird Mut erfordern, es wird Großzügigkeit erfordern, aber wenn wir alle zusammenkommen, ihr, ich und die beiden Personen, die draußen warten, dann werden wir alle – jede und jeder Ein- zelne – davon profitieren. Das verspreche ich euch.«

»Wer ist es? Wer ist es?«, rief Derek, hüpfte auf der Stelle und schlug die Hände zusammen.

»Sind es die Obamas?«, stieß Olga hervor. Lenka sog vor Auf- regung die Luft ein.

»Ich werde eine von ihnen nun hereinholen. Es könnte sein, dass ihr schockiert seid, wenn ihr sie seht.«

»Hat sie Warzen?«, fragte Pat. »Warzen kann ich mir nicht an- gucken.«

»Bitte denkt an euer Versprechen, friedlich zu bleiben. Ich werde alles erklären.«

Gespannt griff Olga nach Lenkas Arm. Dereks Augen funkelten.

Mo eilte hinaus. »Es ist so weit«, sagte sie. »Dad, warte noch hier – dich hole ich gleich.«

Er nickte und Mo und Wanja gingen Arm in Arm zurück ins Schloss und durch die Tür des großen Saals.

Das Kreischen und Fauchen traf sie wie ein kalter Wind. Mo griff ihre Schwester fester am Arm und schritt mit ihr weiter.

»Das ist die verfluchte Wanja!«, brüllte Pat und trat auf sie zu. »Die verdammte Verräterin. Ich dachte, Ihr hättet gesagt, sie sei sterilisiert oder exzerpiert oder so was?«

»Warum habt Ihr sie nicht getötet?«, fragte Derek und klang beleidigt. »Königin Mo, Ihr habt es versprochen!«

»Und was hat sie mit einer goldenen Zukunft zu tun?«, murmelte Natascha.

»Verräterin!«, riefen die Schottenschocker wie aus einem Mund.

Wanja reckte das Kinn und starrte geradeaus. Mo wurde von einer Welle der Angst durchspült wie von Übelkeit. Dieselbe Wut und Gewaltbereitschaft, die sie bei ihrem Zoom-Treffen erlebt hatte, war wieder da. Sie musste sie eindämmen oder alles würde aus dem Ruder laufen.

»Ruhe, alle miteinander. Ich hatte euch gebeten, mich anzuhören, also hört mich an. Wanja arbeitet nicht für einen Vampirjäger. Sie ist ehrlich. Ihr könnt ihr vertrauen.«

»Pferdeäpfel!«, schrie Pat. »Sie ist eine Schlange und verdient es, zu sterben.«

»Schlange, Schlange, Schlange«, brüllten die Vampire im Chor.

Oh Gott, oh Gott, oh Gott, schrie es in Mos Kopf.

»Ich befehle euch, mir zuzuhören«, rief Mo. »Sie ist weder eine Schlange noch eine Verräterin. Sie ist meine Schwester. Sie gehört zur Familie.«

Mo erwartete ein Innehalten, irgendein Zeichen der Überraschung, eine Veränderung im Tempo, aber Pat fuhr, ohne zu zögern, fort.

»Ihr könnt auch Familienmitglieder töten, wisst Ihr«, sagte sie.

»Nein!«, sagte Mo. »Wir sind Vampire, keine wilden Tiere. Wir haben Anstand und Mitgefühl.«

Endlich schwiegen die Vampire, Verwirrung auf den Gesichtern.

»Das verstehe ich nicht. Wie kann Wanja Eure Schwester sein?«, fragte Derek.

»Habt Ihr es die ganze Zeit gewusst?«, fragte Malcolm.

»Ja, habt Ihr das etwa zusammen geplant?«, ergänzte Pat mit funkelnden Augen. »Seid Ihr beide Verräterinnen? Oh, bitte nicht. Bitte sagt nicht, dass wir verraten wurden und Ihr uns wie absolute Dummköpfe an der Nase herumgeführt habt.«

Die Vampire fauchten und schrien nun wieder. Panik verbreitete sich zischend im Raum wie Elektrizität. Mo zog Wanja näher an sich heran.

»Verräter, Lügner, Betrüger!«, brüllten die Vampire.

Sie sind völlig von der Rolle, dachte Mo finster. Ich werde niemals zu ihnen durchdringen.

»Wir haben Euch vertraut und Ihr habt uns hintergangen, Königin Mo«, schrie Pat, und das Gebrüll der Vampire wurde lauter und schärfer, bis es ein hohes Kreischen war – schlimmer, als wenn tausend Fingernägel über eine Schiefertafel kratzen.

Mo legte die Hände auf die Ohren und sah mit aufgerissenen Augen zu, als die Vampire die Reißzähne entblößten und zu ihr und Wanja vorrückten. Bei dem Theater konnte sie nicht denken, konnte nicht überlegen, was sie tun sollte, sie wollte nur, dass es aufhörte. Der Lärm überflutete sie, nagelte sie an Ort und Stelle fest. Sie versuchte, etwas zu sagen, aber ihre Stimme wurde übertönt, als aus dem Geschrei plötzlich ein allgemeines erschrockenes Einatmen wurde. Die Vampire sprangen zurück, die Arme hoch, in Verteidigungsposition. Oh, Gott sei Dank, dachte Mo, doch dann warf sie einen Blick hinter sich. Dort stand ihr Vater mit einem Pflock in der Hand.

47. Kapitel

»Dad! Um Himmels willen«, zischte Mo ihm zu. »Du hast versprochen, keine Waffen mitzubringen.«

»Ich habe immer einen Pflock in einer Socke stecken, Mo. Macht der Gewohnheit.«

»Ich habe dir gesagt, du sollst draußen warten.«

»Aber das ganze Gebrüll! Ich dachte, du bräuchtest Hilfe.«

Die Vampire zeigten nun alle ihre Reißzähne, zitternd wie Leoparden vor dem Sprung, Wut und Angst in den dunklen Augen.

»Königin Mo!« Pat trat näher, bebend vor Zorn. »Kennt Ihr diesen Vampirjäger? Habe ich richtig gehört, dass dieser mörderische Fleck in der Achselhöhle der Welt Euer *Vater* ist?«

»Ja, er ist mein Vater.«

Pat fauchte so heftig, dass sich ihr Gesicht verzerrte. Natascha heulte und zog die Mädchen an sich heran. Sven trommelte sich auf die Brust wie ein Gorilla.

»Bei allen Särgen der Hölle!«, schrie Pat. »Ihr bringt diesen … diesen *Teufel* hierher?«

»Er hat eine wichtige Botschaft für euch«, sagte Mo. Ihre Stimme drang nur mit Mühe aus ihrer vor Angst zugeschnürten Kehle.

»Er sollte den Pflock besser fallen lassen. *Sofort!* Sonst sehe ich mich gezwungen, ihm seinen allzu menschlichen Kopf abzureißen.«

»Ich lasse ihn fallen, wenn du von Mo und Wanja ablässt«, sagte er. »Die beiden sind meine Töchter. Na ja, Mo ist meine Tochter und Wanja damit gewissermaßen auch, man könnte sagen, sie ist so etwas wie eine Stieftochter oder … Egal. *Zurücktreten!* Los! Oder einer von euch bekommt diesen fiesen Pflock direkt ins Herz.«

»Vampirjägerabschaum«, fauchte Pat und zeigte ihre Reißzähne, bevor sie ein paar Zentimeter zurückwich.

»Blutsaugendes Geschmeiß«, knurrte Mos Vater und hob den Pflock höher.

»Schluss jetzt!«, rief Mo. »Dad, du solltest unbewaffnet sein. Pat, du hast dein Wort gegeben, nicht anzugreifen.«

Keiner der beiden schien sie jedoch zu hören. Mos Plan für Frieden und Versöhnung ging in Flammen auf wie ein Taschentuch in einem brennenden Mülleimer. Pat und Mos Vater starrten sich unverwandt an, ihre Augen bohrten sich ineinander, die Körper angriffsbereit und zitternd, bis sich die Vampirin ohne jede Vorwarnung blitzschnell auf Mos Vater stürzte. Die Hände vor sich ausgestreckt, fuchtelte sie wild in der Luft herum. Seine Vampirjägerreflexe setzten ein und mit Gebrüll stieß er den Pflock in ihre Richtung. Er verfehlte ihre Brust, durchstach aber ihre Hand.

»Seht ihr! Seht ihr, was er getan hat?«, brüllte Pat rückwärtstaumelnd. Sie hielt die Handfläche vor sich ausgestreckt und starrte entsetzt auf den Pflock, der darin steckte. Blut tropfte aus der Wunde, aber Pats Empörung schien größer zu sein als ihr Schmerz. Knurrend wie ein wütender Wolf stürzte sie sich erneut auf Mos Vater und versuchte, ihn mit ihrer nicht gepfählten Hand zu kratzen. Er duckte sich, hockte sich hin und griff, wie Mo bemerkte, nach dem Pflock, der in der anderen Socke versteckt war. Ohne nachzudenken, warf sie sich vor ihn, schubste Pat zurück und rief: »Aufhören! Sofort! Jetzt!«

Alle erstarrten.

Mo stand keuchend zwischen ihnen und musterte die versammelten Vampire.

»Ihr habt beide versprochen, nicht zu kämpfen«, sagte Mo mit machtvollem Zorn in der Stimme. »Bedeuten eure Versprechen gar nichts?«

Sie wandte sich an ihren Vater. »Gib mir den Pflock.«

Er reichte ihn ihr.

»Ist das der letzte?«

Er nickte.

»Sicher?«

»Sicher«, murmelte er.

Dann marschierte Mo auf Pat zu, packte den Pflock, der aus ihrer Hand ragte, und riss ihn mit Kraft heraus. Pat zuckte zusammen, gab aber keinen Laut von sich, sah nur mit versteinertem Blick zu, als Mo beide Holzpflöcke ins Feuer warf.

»Gut, machen wir weiter, in Ordnung?«, sagte Mo. Niemand sprach. »Ich betrachte das als ein Ja.«

Sie strich sich die Kleider glatt und sah die Vampire an, die in ihren Sportleggings und Trainingsjacken dastanden, die dunklen Augen misstrauisch auf sie gerichtet.

»Ihr habt gesagt, dass ihr euch unter die Menschen mischen und ein besseres Leben führen wollt. Das klang toll, aber mir ist klar geworden, dass ein gutes Leben nur möglich ist, wenn wir den ältesten aller Konflikte lösen. Weißt du noch, was das war, Pat? Weißt du noch, wie du gesagt hast, dass der Vampirkönig ihn die ganze Zeit ignoriert hat?«

»Der Konflikt zwischen Vampiren und Vampirjägern, ja, ja, ich weiß«, sagte Pat unwirsch. »Aber wir könnten ihn hier und jetzt beenden, oder nicht? Indem wir diesen Dummkopf töten. Seht ihn euch an in seinen billigen Kleidern und den albernen Schnürschuhen – wie ein Jugendlicher, der sich für ein Vorstellungsgespräch den Anzug von seinem Vater ausleiht. Ich würde sagen, wir töten ihn und trinken jeden Tropfen seines mörderischen Blutes.«

»Aber es könnte immer neue Jäger geben«, sagte Mo eindringlich. »Er hat einen ausgebildet. Ihr beendet also nichts, indem ihr ihn tötet, und er erreicht nichts, indem er euch tötet. Ihr könnt weitere Menschen zu Vampiren machen, der Jäger, den er ausgebildet hat, kann weitere Jäger ausbilden und diese wiederum neue Jäger

291

und so weiter. Es ist eine Spirale der Gewalt, es sei denn, ihr beendet sie, es sei denn, ihr bezieht Stellung und entscheidet euch für den Frieden.«

»Zwischen Vampiren und Vampirjägern kann es niemals Frieden geben!«, dröhnte Pat und stampfte auf wie ein frustriertes Kind.

»Warum nicht?«

»Weil … weil es immer so war.«

»Das reicht nicht aus als Grund.«

»Aber, aber …«, stotterte Pat und schwieg dann.

Die anderen Vampire hörten nun aufmerksam zu.

Mo senkte die Stimme. »Seht ihr nicht, was für eine Gelegenheit euch geboten wird? Hier, in diesem Raum. Das ist etwas zwischen uns und nur uns: die Vampire Großbritanniens und der letzte verbleibende, voll ausgebildete, super erfahrene Vampirjäger. Wenn wir uns alle gemeinsam auf einen Waffenstillstand einigen, dann haben wir es geschafft. Keine Angst mehr, keine Gewalt, kein Misstrauen, keine Säuberungen. Ein Wandel zum Wohle aller, für jeden Einzelnen von uns. Wollt ihr das nicht? Ist das nicht *großartig*? Ihr alle habt die Macht, es in die Tat umzusetzen. Vergesst das Köpfeabreißen – das ist wahre Macht. Die Entscheidung, in Harmonie zusammenzuleben. Den Krieg zu beenden. Einen langfristigen Frieden herbeizuführen.«

Mos Augen loderten, als sie den Blick über die Gesichter der Vampire schweifen ließ. Sie bemerkte weder, wie stolz ihr Vater sie ansah, noch die Wärme von Wanjas Blick.

»Vielleicht hat Königin Mo recht«, sagte Derek leise. »Ich meine, niemand von uns hat heute damit gerechnet, aber vielleicht hat sie recht.«

»Was würde Michelle Obama tun?«, fragte Olga.

»Ich glaube, sie würde Mo unterstützen«, sagte Lenka.

»Tja, Michelle hat recht, wer auch immer das ist«, sagte Natascha. »Ich war nicht darauf vorbereitet, aber ich stelle fest, dass ich Königin Mo zustimme.«

»Aye, wir drei ebenfalls«, sagte Malcolm. Donald und Duncan nickten.

»Auch ich wähle ruhige Waffen«, sagte Sven.

Andere Vampire nickten zustimmend. Die Atmosphäre wirkte erwartungsvoll und ernst. Es passiert wirklich, dachte Mo kurz. Sie entscheiden sich für den Waffenstillstand. Ich habe es geschafft, ich bin tatsächlich hingegangen und habe es geschafft. Meine Herrschaft, meine Regeln – *endlich!*

Dann warf Pat die Hände in die Höhe.

»Was tut ihr alle da? Ich verstehe es nicht. Ich sehe einfach nicht, wie das möglich sein soll. Die Angst und der Hass sitzen zu tief. Wie können wir einander je vertrauen?«

»Ihr vertraut mir«, sagte Mo, »und ich bin ein Mensch.«

Ups. Das war ihr einfach so herausgerutscht.

»Ja, aber Ihr seid keine Vampirjägerin«, sagte Pat.

»Nein, aber ihr versteht die Idee, oder? Wir können über die Kluft zwischen uns zusammenarbeiten und … Moment mal, ich habe euch gerade gesagt, dass ich ein Mensch bin.«

Pat schnalzte wegwerfend. »*Das* wissen wir doch alle.«

Mo fiel die Kinnlade herunter.

»Wir haben es am ersten Tag, als wir Euch in diesem Hotel getroffen haben, gemerkt«, erklärte Derek lächelnd.

»Aber ich habe besonderes Parfüm aufgetragen, um meinen Menschengeruch zu überdecken. Ich benutze es immer noch!«

»Ja, das stinkt, aber wir haben es alle vermutet.«

»Ich habe auch ab und zu meine unechten Reißzähne eingesetzt«, fügte Mo hinzu.

»Die waren *offensichtlich* unecht.«

»Sie haben viel Geld gekostet!«

Er zuckte mit den Achseln.

»Und warum habt ihr mich nicht umgebracht?«, fragte Mo, nun ärgerlich.

»Pat wollte es tun.«

»Wollte ich nicht! Derek, du Erdnussgehirn, warum hältst du nicht einfach mal deinen dummen, albernen Mund? Seht Ihr, Eure Majestät, ich habe beschlossen, es mit Euch zu probieren. Wir alle haben uns dafür entschieden.«

»Wir mochten Euren Look«, sagte Olga.

»Wir nennen ihn glamouröser Grufti«, ergänzte Lenka.

»Ihr habt leidenschaftlich gewirkt und hattet starke Ideen, wie Ihr regieren wolltet«, fügte Derek hinzu. »Ihr habt Euch für uns interessiert, was weit mehr ist, als der Vampirkönig jemals für uns getan hat.«

»Wenigstens hält *er* mich für eine Vampirin!«, sagte Mo, immer noch verärgert.

»Er hält sich außerdem für geistreich, gut aussehend und sehr beliebt, also … «, sagte Pat.

Mo sah von einem zum anderen und stieß dann ein kleines »Hm!« aus. Sie ließ die Schultern sinken. Langsam zog sie sich die glitzernde Spange aus den Haaren und fuhr sich grob mit den Fingerspitzen durch die lange, dunkle Mähne. Sie warf den bestickten Mantel ab und er sank zu einem Haufen zusammen. Sie schob sich die goldenen Reifen vom Arm und mit einem metallischen Klappern fielen auch sie zu Boden.

»Hier bin ich also«, sagte sie und breitete die Arme aus. »Ein fünfzehn Jahre alter Mensch und eure Anführerin. Ihr habt nie daran geglaubt, dass ich eine Vampirin bin, was mich, um ehrlich zu sein, schon enttäuscht – ich habe *so viel Mühe* hineingesteckt –, aber ihr habt mir trotzdem eine Chance gegeben. Ihr habt mir eine Chance gegeben, obwohl ihr wusstet, dass ich nicht verwandelt worden war. Ihr *seid* also in der Lage, euch anzupassen. Ihr könnt euch auf jemand Neues einlassen, jemand *Menschliches*. Ihr habt es bereits getan.«

Die Vampire murmelten untereinander.

»Denkt darüber nach. Ich bin eure Königin und ein Mensch. Wanja ist meine Schwester und eine Vampirin. Mein Vater ist mein Vater, aber nicht mein leiblicher. Was spielt das für eine Rolle? Wenn wir uns verstehen, einen gemeinsamen Nenner finden, uns gegenseitig mit Respekt begegnen, können wir eine Familie sein. Wollt ihr das nicht? Kein Verstecken mehr, kein ständiges Über-die-Schulter-Blicken nach Vampirjägern. Gleichberechtigung, Toleranz, Frieden.«

Die Vampire schwiegen. Die einzigen Geräusche waren der Regen draußen und das Knistern des Feuers.

»Dad, was sagst du?«, wandte sich Mo an ihn. »Versprichst du, ein für alle Mal die Pflöcke wegzuräumen?«

»Ich verspreche es.«

»Pat?«

»Muss ich wohl«, sagte sie und beäugte Mos Vater, als wäre er ein Hundehaufen, in den sie hineingetreten war.

»Ihr anderen?«

Alle nickten.

»Können wir uns darauf einigen, alle einen Pflock zurückzustecken?« Mo hielt nach diesem sprachlichen Volltreffer kurz inne und fuhr dann fort. »Vampire, ihr werdet keine Vampirjäger mehr töten. Und damit meine ich, ihr sollt meinen Vater nicht umbringen. Vampirjäger – Dad –, du wirst keine Vampire mehr töten. Das ist die Abmachung. Okay?«

Ein paar Augenblicke herrschte Stille, dann streckte Pat die Hand aus, rot durch das Blut, das aus ihrer Wunde getropft war. Auch Mos Vater streckte langsam die Hand aus und ergriff, um die Wunde nicht zu berühren, Pats Fingerspitzen.

»Waffenstillstand?«, fragte Mo.

Ihr Vater und Pat starrten einander in die Augen. Einen Moment lang fürchtete Mo, sie würden sich erneut angreifen, aber dann nickten beide.

»Waffenstillstand«, sagten sie.

Die anderen Vampire applaudierten. Wanja umarmte Mo. »Glückwunsch«, flüsterte sie ihr ins Ohr. »Meine Schwester hat es echt drauf. Ich bin stolz darauf, mit dir verwandt zu sein.« Mo erwiderte die Umarmung und genoss den Jubel, der bis zur hohen Decke des Saals klang. Unbemerkt von allen anderen hatte Pat sich zu Mos Vater vorgebeugt.

»Ich reiße dir den Kopf ab, wenn du diesen Waffenstillstand brichst«, flüsterte sie.

»Vorher pfähle ich dich«, antwortete er.

Schließlich verebbte der Jubel und Mo strahlte die Vampire an.

»Dies ist ein neues, mutiges Kapitel in der Geschichte der britischen Vampire«, sagte sie. »Man hat im Leben immer die Wahl, und heute haben wir alle Frieden, Sicherheit und … «

Ein ohrenbetäubender Stoß in ein Horn brachte sie zum Schweigen. Die eichenen Eingangstüren des Schlosses waren aufgestoßen worden. Ein kalter Wind pfiff herein und blähte die schwarzen und roten Banner auf. Schritte näherten sich und dann erschien eine Gestalt im Türrahmen.

»Seid gegrüßt, Blutsauger!«, sagte die Gestalt. »Ratet, wer vorbeigekommen ist, um Beerdigung zu spielen!«

48. Kapitel

Der Vampirkönig Matislaw Rosstiewelwitsch – Steve für seine Freunde – stand, eingerahmt durch die große Rundbogentür, vor ihnen und zog sich die schwarzen Lederhandschuhe von den Fingern.

Mo merkte, wie ihr Mund trocken wurde. Was tat er denn hier? Was zur absoluten Hölle tat *er hier*? Er sollte Aufstände niederschlagen, sein Lieblingszeitvertreib. Er sollte an seiner Stelle einen Gesandten oder eine Gesandte schicken. Er sollte *nicht* in seiner ganzen medaillontragenden Pracht auf Bogdans Beerdigung erscheinen. Mo verbeugte sich, während ihre Gedanken rasten. Die anderen Vampire taten es ihr nach. Sie blieb einige Sekunden in der Verbeugung und bemühte sich, einen etwas erfreuteren Ausdruck auf ihr panisches Gesicht zu bekommen.

»Großer Herr«, sagte sie, nachdem sie sich wieder aufgerichtet hatte.

»Überraschung!«, rief er, warf die Handschuhe beiseite und nahm den Hut ab. Es war ein Dreispitz mit einer gewaltigen roten Feder. Mo fand, der Vampirkönig sah damit ziemlich piratenmäßig aus. Seine Haare darunter trug er anders als bei ihrer letzten Begegnung. Er hatte die Seiten rasiert, während der Rest nach wie vor lang, blond und strähnig war und sich über die schwarze Satinjacke mit silberfarbenen Epauletten und riesigen, glänzenden Knöpfen ergoss. Medaillons – natürlich verzichtete er nicht auf Medaillons – baumelten auf seiner blassen, nackten Brust, und um die Hüfte trug er eine ebenfalls silberfarbene Schärpe. Er warf den Kopf zurück und schüttelte sein Haar, die Augen ein paar Sekunden geschlossen, als wäre er ein Model in einer Shampoowerbung.

Nervös warf Mo einen Blick hinter sich. Wo war ihr Vater? Nicht da. Gott sei Dank. Dann wandte sie sich wieder nach vorn.

»Es ist eine Ehre, Euch hier zu empfangen, Eure Majestät«, sagte Mo. Sie hörte Pat leise knurren.

»Selbstverständlich ist es das«, sagte er. »Ich habe entschieden, dass ich Bogdans Beerdigung unmöglich verpassen kann. Er hätte gewollt, dass ich komme. In dem Moment, als er umgebracht wurde, habe ich das so stark gespürt, es war wie ein Schaudern in meinen Eingeweiden.« Er schlug sich auf den Bauch. »Fast, als wäre er mir wichtig gewesen, weißt du? Also musste ich kommen.«

»Und die Aufstände?«

»Niedergeschlagen«, sagte der Vampirkönig, schnippte mit den Fingern und trat dann näher auf Mo zu. Mit einem Fingernagel zwang er sie, das Kinn zu heben, und musterte ihr Gesicht für einige Sekunden. Dann ging er zu Wanja.

»Wer ist deine Freundin, Mo?«

»Das ist Wanja, meine Schwester.«

»Wie nett, dass du deine Familie um dich hast«, sagte er.

Mein Vater ist hier auch irgendwo, dachte Mo und erstarrte, als der Vampirkönig Wanja eine Hand um die Hüfte legte, sie nach hinten beugte und ihr einen dicken Kuss auf die Lippen drückte. Mo sah, wie Wanja die Hände in die Luft reckte und zusammenballte und sich gerade noch beherrschte, ihn nicht wegzuschubsen.

»Köstlich«, sagte der Vampirkönig, als er sich wieder aufgerichtet hatte und sich den Mund mit dem Handrücken abwischte.

Mo versuchte in Wanjas Gesicht zu erkennen, wie es ihr ging, aber es verriet nichts. Ihr blieb keine Zeit, herauszufinden, ob alles in Ordnung war, denn nun schritt der Vampirkönig durch den großen Saal.

»Das ist wirklich ein angemessener Ort für eine Beerdigung. Liebe die Gruftidekoration. Leuchtschädel, kreative Idee.«

»Das war ich, Eure Mächtigkeit«, sagte Derek, während er die Hand hob und errötete.

»Ah!«, sagte der Vampirkönig, als hätte er ein Steak bestellt, aber Salat bekommen. »Und du bist …?«

»Derek, Eure Ungeheuerlichkeit.«

»Und ihr Übrigen?« Er musterte die anderen Vampire und verzog den Mund. Sie standen da wie eingeschüchterte viktorianische Waisenkinder vor ihrer tyrannischen Hausmutter. »Ach, spart euch die Mühe. Ich merke mir eure Namen sowieso nicht. Nennt mich einfach *Herr* oder *Held* oder so und gut ist, ja?«

Dann winkte er Mo beiseite und sprach in deutlich hörbarem Flüsterton mit ihr.

»Königin Mo, ich dachte, diesen Vampiren würde es gut gehen, aber sie machen einen recht erbärmlichen Eindruck auf mich. Was haben sie denn für Kleidung an?«

»Das ist Athleisure«, antwortete Mo. »Bequem, modern … «

»Abscheulich, aber du hast ja auch so ekelhafte Jeans getragen, als wir uns das erste Mal getroffen haben. Freut mich zu sehen, dass du dir heute ein kleines bisschen mehr Mühe gegeben hast. Das schwarze Kleid ist ein wenig altjungfernhaft, aber egal. Tu, was du für richtig hältst, Mo, ich tue, was ich für richtig halte. Wenigstens ich habe mich für diesen besonderen Anlass in Schale geworfen«, sagte er. Alle zuckten zusammen, als er in lautes Gelächter ausbrach. »Scherz! Ich ziehe mich immer so an. Ziemlich extravagant, oder? Die Damen lieben das.« Er zwinkerte Natascha zu, die ein wenig zu schrumpfen schien.

»Also gut, lassen wir die Party steigen? Ich werde ein paar Worte sagen.«

Der Vampirkönig räusperte sich.

»Lieber Bogdan, tut mir leid, dass du gepfählt wurdest. Das war uncool. Du warst ein treuer Gesandter, du hast hart gearbeitet, du warst immer elegant gekleidet, wenn auch nicht so exquisit wie ich,

wie wir gerade schon besprochen haben. Was sonst? Du warst alt.
Also richtig alt! Okay, ruhe sanft und hoffentlich saugst du gerade
im Vampirhimmel all die Menschen aus, die du in deine nun end-
gültig toten Finger bekommst. Ciao, Baby.«

Für einige Sekunden hob er die Augen zum Himmel, dann schlug
er die Hände zusammen.

»Fertig! So, Zeit für die Einäscherung. Wo ist er?«

»Wer, Eure Majestät?«, fragte Mo.

»Bogdan, natürlich«, sagte er und sah sie an, als wäre sie dumm.

»Ach ja, Bogdan«, sagte Mo und ihr Magen verkrampfte sich.
Bogdan, der nach wie vor in ihrem Garten vergraben war. Rasch
wischte sie sich mit den Fingerspitzen über die Stirn. Das prasselnde
Feuer trieb ihr den Schweiß ins Gesicht. Oder vielleicht war es die
Situation. »Luca, mein treuer Gefährte, war für Bogdans Transport
verantwortlich, aber er hat heute frei. Hat jemand anders Bogdan
hergebracht?«, rief sie.

Alle blickten sich um. Pat schüttelte den Kopf. Natascha zuckte
die Achseln. Malcolm klopfte seine Taschen ab, als würde er seine
Schlüssel suchen und nicht einen im Alter von sechshundert Jahren
gestorbenen Vampir. Die Mädchen lächelten nervös.

Der Vampirkönig sah mit verschränkten Armen zu. »Nun, ich
muss sagen, ich bin sehr enttäuscht. Ich bin in meiner besonderen
Kutsche hierhergekommen – die superschicke schwarze, die ich
ausschließlich für Staatsangelegenheiten benutze –, von Vampir-
pferden gezogen. Nur die animistischen Schamanenvampire aus
den Ropoli-Bergen haben die Macht, Tiere dieser Größe zu verwandeln. Diese Pferde haben Reißzähne wie Schwerter. Sie ernähren
sich von dem Blut von Schweinen und Bisons.«

Er öffnete den Mund, rieb sich mit einem langen schwarzen
Fingernagel über die Unterlippe und starrte dabei Mo an. Seine
Reißzähne waren deutlich sichtbar. »Und jetzt ist hier kein Bogdan!
Bogdan bog dann wohl falsch ab, was? Ha! Was für eine Katastro-

phe. Ich bin überrascht, dass du nicht absolut sichergegangen bist, dass er hier ist, Königin Mo. Das ist nachlässiges Herrschen.«

»Ich, äh …«

»Wieso hast du nicht selbst dafür gesorgt, dass er hier ist?«

Mo trat von einem Fuß auf den anderen. Die Vampire um sie herum schwiegen angespannt.

»Na ja, ich … Luca sollte, äh …« Mo hörte selbst, wie nervös sie klang.

Der Vampirkönig kam näher. »Ich weiß! Du hättest dich hierher materialisieren können mit ihm in deinen Armen. Mit Bogdans Leichnam an deiner Brust hättest du vor uns erscheinen können wie ein Vampirengel. Wow! So dramatisch!«

»Tut mir leid, ich habe nicht daran gedacht …« Mo zuckte mit den Schultern und lächelte.

»Nein, du hast nichts gedacht. Bogdans Beerdigung und kein Bogdan. So was Dämliches. Bist du dumm?«

»So redet Ihr nicht mit der Königin.«

Der Vampirkönig wirbelte auf dem Absatz herum, um zu sehen, wer da gesprochen hatte.

Mo schluckte. Sie kannte die Stimme, klar und stark, die sich so oft darüber beschwert hatte, was Mo tat, und die sie nun verteidigte.

»Was sagst du da, Oma?« Der Vampirkönig schoss über den Boden hinüber zu Pat.

»Ihr sollt respektvoll mit Königin Mo sprechen«, antwortete Pat und erwiderte seinen Blick mit einem kühlen Starren. Mo hielt die Luft an. »Und mein Name ist übrigens Pat. Freut mich, Euch *endlich* zu treffen.«

Sie machte einen ironischen kleinen Knicks.

Der Vampirkönig kniff die Augen zusammen.

»Was sagst du, Pat?«, fragte er und ließ das T am Ende ihres Namens explodieren. »Ich spüre da ein winzig kleines bisschen Aggression.«

»Ich beziehe mich auf die Säuberungen.«

»Darüber müssen wir jetzt nicht sprechen, oder?«, sagte Mo und ging auf den Vampirkönig zu, doch der hielt abwehrend eine Hand in die Höhe.

»Erinnert Ihr Euch daran?«, fuhr Pat fort. »Vor ungefähr zwanzig Jahren? Nein, wie auch? Ihr habt sie einfach ignoriert.«

»Säuberungen, Säuberungen …« Er trommelte sich mit den Fingern gegen die Lippen und blickte an die Decke, als würde er sein Gedächtnis durchsuchen. »Ah ja, da *war* was«, sagte er schließlich und lächelte Pat gütig an. »Ziemlich unangenehme Geschichte mit einem Vampirjäger, richtig?«

»Mit vielen Vampirjägern«, fauchte Pat. »Die viele Vampire getötet haben.«

»Na ja, du hast es ja gut überstanden«, sagte der Vampirkönig, musterte sie von oben bis unten und schaute dann zu den anderen Vampiren, als würde er fragen: Worüber regt sie sich so auf? »Und wer ist dieser Kerl da? Dein Berg von einem Ehemann? Wie heißt er?«

»Richard.«

»Ich nenne ihn Rick. Er hat auch überlebt. Spricht er auch oder ist er der starke, schweigsame Typ?«

Er stach Richard mit dem Zeigefinger in die gewaltige Brust. Richard starrte weiter geradeaus, sein Gesicht verriet keine Regung, aber Pat vibrierte vor Zorn.

»Fasst meinen Mann nicht an.«

»Ich fasse an, wen ich will, Pat, und ich möchte dich daran erinnern, Pat, dass ich der Vampirkönig bin.«

»Und ich möchte Euch daran erinnern, dass ich Königin Mos treue Untertanin bin. Sie ist eine bessere Herrscherin, als Ihr es jemals wart.«

Allgemeines Luftanhalten. Mo spürte, wie ihr die Hitze aus dem Gesicht wich.

Der Vampirkönig fixierte sie mit einem hassgetränkten Blick. »Interessant«, sagte er schließlich. »Aber auch falsch. Mo kümmert sich hier bloß an meiner Stelle, weil ich Besseres zu tun habe, aber ich bin der Gebieter, der König, der eine wahre Herrscher aller Vampire in diesen Landen und weit darüber hinaus. Capito?«

»Aber Ihr wolltet es nie tun, oder? Ihr habt Euch nie um uns geschert. Anders als Königin Mo.«

Mo spürte, wie sie in ihren königlichen Gewändern zusammensank. Gelobt zu werden hatte sich nie lebensbedrohlicher angefühlt.

Sie sah, wie sich der Vampirkönig zu seiner ganzen Größe aufrichtete. »Vorsicht, Pat, das klingt alles ziemlich abtrünnig. Du schwörst mir besser deine Treue oder es könnte sein, dass ich dir den Kopf abreißen muss.«

Stille. Niemand atmete. Pat starrte dem Vampirkönig in die Augen, er starrte zurück und dann ließ sie ihre aus einer Silbe bestehende Bombe fallen.

»Nein.«

Oh Pat, Pat, Pat …, bat Mo innerlich. Was *tust* du da?

»Ich habe meine Treue bereits Königin Mo geschworen.«

»Ich auch«, sagte Wanja und trat neben Pat.

Wanja! Du nicht auch!

»Und wenn du es wagst, meiner Tochter auch nur ein Haar zu krümmen, dann ramme ich dir meinen Pflock so fest ins Herz, dass es in Millionen Stücke zerplatzt.«

Dad!

Er hatte sich hinter Richard versteckt und trat nun ebenfalls nach vorn. Vor Entsetzen bekam Mo weiche Knie. Sein Gesicht war hart und furchtlos und in der rechten Hand schwang er eins von Dereks mit Leuchtfarbe bestrichenen Geweihen.

49. Kapitel

Die drei standen in einer Reihe, Richard ganz hinten, und funkelten den Vampirkönig an. Mo wollte etwas sagen, aber sie war nicht in der Lage dazu. Ihr Vater, ihre Schwester und Pat, die Aufmüpfigste aller Vampirinnen, aber anscheinend auch ihr größter Fan, standen zusammen für sie ein. Sie waren so mutig, so vereint, so *dumm*. Sie hatten den Vampirkönig nicht im Gemeindesaal von Lower Donny erlebt, als er Bogdan mit einer Geste aus dem Handgelenk quer durch den Raum geschleudert oder Luca schneller hypnotisiert hatte, als man »Du fühlst dich sehr müde« sagen kann. Ihr Vater hatte sie gewarnt, dass Vampire stark und hinterhältig waren, aber der Vampirkönig? Der spielte noch einmal in einer ganz anderen Liga. Sie begriffen nicht, mit wem sie sich anlegten.

Der Vampirkönig wirkte schockiert und dann plötzlich verängstigt. Richtig panisch. Auf wackeligen Beinen wich er zurück. Mo sah, wie ihr Vater einen erfreuten Blick mit Pat austauschte. Sie denken, sie haben ihn im Griff, dachte Mo und fühlte sich ganz schwach vor Elend – denn das stimmte nicht. Natürlich nicht. Der Vampirkönig spielte mit ihnen wie eine Katze mit einer Maus, bevor sie ihr den Kopf abbeißt.

»Oh nein, es tut mir so leid«, sagte der Vampirkönig und hielt abwehrend die Hände hoch. »Hört zu, Leute, bitte tut mir nicht weh. Pat, Wanja, ihr seht so gefährlich aus. Ihr könntet mich, ich weiß nicht, schlimm zerkratzen oder so. Und was den winzigen Mann angeht, der gerade aus dem Nichts aufgetaucht ist, Mr. Furchteinflößender Mensch, bitte, *bitte*, schlagen Sie mich nicht mit Ihrem kleinen Spielzeuggeweihding.«

Er tat, als würde er vor Angst beben, wimmerte und kauerte sich nieder, rollte sich zu einem kleinen, zitternden Ball zusammen. Verwirrung machte sich in Pats Gesicht breit, Mos Vater packte das Geweih fester und blickte finster, und dann sprang der Vampirkönig plötzlich auf, die Augen glühend vor Wut.

»Ihr Dummköpfe!«, dröhnte er. Seine Stimme verdrängte sämtliche Luft aus dem Raum. Mo fühlte sich, als würde sie ersticken. »Ihr wagt es, euch mit mir anzulegen? Wo ich das hier kann?«

Er schlug in die Luft und hob den ersten Vampir, den er erwischte, in die Höhe. Es war Francis, der Bergsteiger, der einen Augenblick später gegen eine Wand flog, dann gegen die nächste, mit jeder Armbewegung des Vampirkönigs, und schließlich über die Zinnen in die Dunkelheit.

Die Vampire heulten und schrien auf. Sie zitterten nun und drängten sich aneinander.

»Psychokinese, Baby! Wuha!«, rief der Vampirkönig. »Wer ist als Nächstes dran?«

Er hob die Hand und zeigte auf Pat.

»Patricia.« Er zog ihren Namen in die Länge. »So erpicht darauf, den Mund aufzureißen, aber jetzt wohl nicht ganz so scharf darauf, vorzutreten.«

»Ich habe keine Angst vor Euch«, sagte sie und marschierte auf ihn zu.

»Solltest du aber«, sagte er in gelangweiltem Ton und machte eine rasche Bewegung mit dem Handgelenk. Er schleuderte sie quer durch den Raum, ohne sie auch nur zu berühren. Richard brüllte und rannte auf ihn zu wie ein Stier, aber der Vampirkönig winkte ihn fort und ließ ihn in einen Tisch krachen. Der Tisch zerbrach in zwei Teile und die Zinnkelche fielen klappernd auf den Steinboden.

»Bleiben noch zwei treulose Idioten«, sagte der Vampirkönig und lächelte Mos Vater und Wanja an.

»Bitte lasst sie in Frieden«, sagte Mo.

»Aber warum denn, wo ich doch gerade so viel Spaß habe? Also wirklich, Königin Mo, das ist mal eine Beerdigung! Ich hatte keine Ahnung, dass Ihr für eine solche Unterhaltung sorgen würdet. Rebellische Vampire und ein sehr törichter Mensch, die meine Autorität infrage stellen. Was für ein Spaß!«

»Der Mann ist mein Vater«, sagte Mo.

»Was, der da? Der, den ich gerade gegen das Schlossgemäuer werfen wollte, sodass kein einziger Knochen in seinem sterblichen Körper heil bleibt?«

»Ja«, stammelte Mo.

»Wirklich?« Der Vampirkönig lachte. »Deine Schwester und dein Vater. Kleine Königin Mo kann nicht ohne ihre Familie aus dem Haus gehen. Ich dachte, du wärst der starke, unabhängige Typ. Das hast du mir jedenfalls erzählt. Ich habe sogar vorgeschlagen, dass wir heiraten, aber du sagtest, du würdest lieber allein herrschen.«

»Ich habe mich geirrt«, sagte Mo und hielt seinem Blick auf einmal stand. »Ich bin nicht unabhängig. Nicht so, wie ich dachte.«

Das stimmte sogar, wurde Mo auf einmal bewusst. Sie warf einen Blick zu Wanja und ihrem Vater, wandte sich dann jedoch wieder dem Vampirkönig zu. Sie begann zu lächeln, ein breites Strahlen, als hätte sie eine Vision. Sie trat langsam auf ihn zu. Sie spürte die Blicke ihres Vaters und ihrer Schwester auf sich und diese schienen sie anzuheben, dafür zu sorgen, dass sich ihre Beine bewegten und sich ihre Stimme vergoldete.

»Ich bin es leid, allein zu regieren, großer König«, sagte Mo.

»Heißt?«

Mo ergriff seine Hände. »Heiratet mich, fürchterlicher Herr«, sagte sie und schaute ihm verzückt in die dunklen Augen.

»Tu das nicht!«, rief Wanja, doch Mo schien sie nicht zu hören. Sie hob die Hände des Vampirkönigs an ihre Lippen und küsste zuerst die eine, dann die andere.

»Heiratet mich, oh großer Meister. Ich bin die Auserwählte. Ich bin jetzt bereit. Gemeinsam können wir mit unbegrenzter Macht herrschen. Nehmt mich. Wählt mich. Macht mich zu Eurer Braut!«
Der Vampirkönig sah fasziniert aus. »Mo, was ist *los*? Du verhältst dich noch seltsamer als sonst. Beim ersten Mal, als ich dich getroffen habe, hast du darauf bestanden, du seist ein Mensch, heute benimmst du dich eher wie …«

»Eine Vampirheilige«, sagte Mo, strahlte zu ihm hoch und breitete die Arme weit aus. »Nicht mehr nur eine Königin, sondern eine Heilige, deren Schicksal es ist, Eurer Stellung heilige Autorität zu verleihen.«

»Ha!«, sagte der Vampirkönig und schlug die Hände zusammen. »Ich *liebe* das. Was für eine Wundertüte. Du bist voller Überraschungen, Mo. Zuerst sagtest du, du wolltest allein herrschen, aber jetzt hast du deine Meinung geändert. Nun, das ist wohl das Vorrecht einer Dame, nehme ich an.«

»Habt Ihr sie hypnotisiert?«, rief Wanja.

»Es ist mein ehrlicher Wunsch«, sagte Mo. »Lasst diese beiden hinter Euch. Verschwendet Eure gottähnliche Macht nicht an sie. Seht mich an, nur mich. Ich bin diejenige, die Eure Herrschaft sichern wird. Alle Vampire werden vor uns erzittern.«

»Was bedeutet, dass es keine Aufstände mehr geben wird! Ausgezeichnet. Sie sind in letzter Zeit ein bisschen nervtötend geworden, weißt du?«

»Mo, hör auf, bitte«, sagte Wanja, lief zu ihr und fasste sie am Arm. Wie in Trance schüttelte Mo sie ab.

»Zurück, Wanja, oder ich töte dich *wirklich*«, fauchte der Vampirkönig. »Und, um ehrlich zu sein, Mo, Baby, ich will auch diesen dummen Idioten töten, der dein Vater ist. Er geht mir mächtig auf den Senkel.«

Er hob eine Hand in die Richtung von Mos Vater, doch Mo ergriff sie und führte sie sich wieder an die Lippen.

»Ich möchte nichts, als diese Hände zu küssen«, sagte sie. »Erhebt sie nicht gegen feige Sterbliche wie ihn. Ein großer Anführer vergeudet seine Macht nicht an ein Schwein.«

»Hmmm«, machte der Vampirkönig nachdenklich. »Du hast ja so recht. Oh, das ist gut, das ist exzellent. Ich sehe bereits vor mir, wie das funktionieren wird, Babe. Okay, packen wir es an.«

Er griff Mos Hand und riss sie in die Höhe wie ein Schiedsrichter, der beim Boxen den Sieger bekannt gibt. »Jetzt wird geheiratet, alle Mann! Juchu!«

Er zeigte auf Derek. »Du da. Du führst die Trauung durch.«

Derek kam eilig zu ihnen gelaufen. »Aber, äh, ich weiß gar nicht, was ich sagen muss.«

»Egal. Denk dir was aus. Ich bin der König, Junge. Ich mache die Gesetze. Ich *bin* das Gesetz. Wenn ich sage, dass Mo und ich verheiratet sind, dann sind wir verheiratet. Guck nicht so verschreckt. Das ist ein fröhlicher Anlass. Alle, die nicht einverstanden sind, bekommen den Kopf abgerissen.«

Mo spürte Wanjas Blick und hörte ihren Vater leise aufstöhnen, aber sie ignorierte sie.

Derek räusperte sich. »Wollt Ihr, Königin Mo …«, sagte er stockend. Seine Hände zitterten.

»Na los, weiter«, blaffte der Vampirkönig.

»Wollt Ihr, Mo Merrydrew, Vampirkönigin von Großbritannien, Euch, Matislaw Ross … Rossstiefel …«

»Rosstiewelwitsch!«, brüllte der Vampirkönig. »Warum kann niemand meinen Namen aussprechen?«

Derek bebte.

»Weitermachen.«

»Den Vampirkönig des Ostens zu Eurem rechtmäßigen Ehemann nehmen?«

Pause. Niemand sagte etwas. Mo wirkte traumverloren, doch dann lächelte sie den Vampirkönig wie benebelt an. »Ja, ich will«, sagte sie mit einer tiefen, süßlichen Stimme, die ihrer normalen, mädchenhaften überhaupt nicht ähnelte.

»Alles klärchen!«, sagte der Vampirkönig. »Ich auch!« Dann zog er Mo grob an sich und gab ihr einen dicken Kuss auf den Mund. Mo spürte es kaum. Seine dünnen, kalten Lippen, der Druck seiner Zähne dahinter, der seltsame Geruch wie nach nassem Handtuch, der von seinen langen blonden Haaren ausging. Sie nahm es kaum wahr. Dann war es vorbei und er rief den anderen Vampiren triumphierend zu.

»Das nennt man ein Powerpaar. Ihr reißt euch von jetzt an besser zusammen. Keine Nettigkeiten von Mo mehr. Sie herrscht mit mir, auf meine Art. Zusammen werden wir *soooo* gnadenlos sein! Das wird wild!«

Pat hatte sich mittlerweile aufgerappelt und hockte neben Richard. Sie fauchte den Vampirkönig an, blieb aber, wo sie war. Olga und Lenka starrten Mo entsetzt an. Derek eilte zu ihr und küsste ihr die Hand. »Verzeiht mir«, sagte er, doch Mos seltsam glasige Augen starrten geradeaus, als würde sie schlafwandeln.

Als die beiden zur Tür gingen, rannte Mos Vater mit erhobenem Geweih hinter ihnen her, doch ohne sich auch nur umzudrehen, ließ ihn der Vampirkönig mit einer wegwerfenden Handbewegung durch die Luft schießen. Mo hörte, wie er auf dem Boden landete, wandte sich jedoch nicht um. An der Hand ihres neuen Ehemannes glitt sie durch die Tür wie ein Geist.

Der Vampirkönig blieb auf der Schwelle stehen und funkelte die versammelten Vampire an. »Ich kann übrigens eure erbärmlichen Gedanken lesen. Ich weiß, was ihr denkt.« Jammernd fuhr er fort: »*Oh nein, unsere wunderbare Königin wird in den Osten gebracht, dabei wollen wir doch, dass sie hierbleibt.* Ich sehe, wie sehr ihr sie alle verehrt. Tja, ihr fangt besser an, auch mich zu verehren. Sie gehört jetzt mir. Wir regieren vereint, nicht wahr?«

Mo starrte ausdruckslos nach vorn.

»Versucht nicht, uns aufzuhalten«, drohte er und wedelte mit dem Zeigefinger, als wäre der ein Metronom. »Ihr habt gesehen, was ich mit dem großen starken Kerl, diesem Richard, getan habe, und dem anderen mickrigen Typen, der aus dem Fenster geflogen ist, und Wanja und der dummen, dummen Pat. Ich mache dasselbe mit euch allen. Danach reiße ich euch die Köpfe ab. Und zwar mit *Genuss*. Klar?«

Die Vampire schwiegen. Der Vampirkönig wirbelte auf dem Absatz herum und führte Mo davon.

50. Kapitel

Die Kälte draußen schien Mo wiederzubeleben. Ihr seliger Tagtraum entglitt ihr, wie ein Seidenschal durch die Finger eines Zauberers schlüpft. Sie landete wieder in ihrem Körper. Der Vampirkönig hielt sie nach wie vor fest an der Hand und führte sie mit schnellen Schritten zu seiner Kutsche.

»Verschwinden wir aus diesem Saftladen und fahren zurück in meinen Palast. Du wirst dein neues Zuhause lieben, Mo. Ich habe gerade erst einen neuen goldbesetzten Whirlpool einbauen lassen.«

Mo spürte, wie ihr der eisige Regen ins Gesicht schlug und der kalte Wind an ihren Haaren zerrte.

Der Vampirkönig schritt ihr nun voraus und zog sie hinter sich her. Als sie die Kutsche erreicht hatten, stieg er hinein, doch Mo riss sich los.

»Ich möchte mir die Pferde anschauen«, sagte sie.

»Was? Warum?«

»Ich habe noch nie Vampirpferde gesehen.«

Der Vampirkönig seufzte schwer. »Wenn es sein muss.«

Ihr kohlschwarzes Fell war vom Regen durchnässt. Ihre langen schwarzen Mähnen trieften. Sie zappelten herum und schnaubten, begierig darauf, loszutraben.

»Schhh«, machte Mo und strich einem von ihnen über den glitzernden Hals und die Schulter. Es hob den Kopf und zeigte Mo für einen Augenblick seine riesigen Hauer, die aussahen wie angespitzte Stoßzähne. Vorsichtig löste sie sein Geschirr von der Deichsel der Kutsche, dann ging sie rasch zum nächsten und tat dasselbe, während sie die ganze Zeit beruhigend auf die Tiere einflüsterte.

Dann ging sie wieder um die Kutsche herum und achtete darauf, erneut den verträumten Gesichtsausdruck aufzusetzen, bevor sie den Vampirkönig ansprach.

»Ich habe es mir anders überlegt«, sagte sie. »Mein Wunsch ist es, den Menschen, der einst mein Vater war, für mich zu beanspruchen. Als Snack für die Reise.«

»Ja!«, sagte der Vampirkönig mit funkelnden Augen. »Das hört sich gut an. Was könnte ein besseres Geschenk für eine frischgebackene Braut sein als eine große Portion väterlichen Blutes. Mjamjam!«

»Haargenau«, sagte Mo und unterdrückte eine Grimasse, dann entfernte sie sich vom Kutschenfenster. Sie ging zuerst langsam, doch als sie sicher war, dass der Vampirkönig sie nicht sehen konnte, lief sie los.

Olga und Lenka, die alles von den Zinnen aus beobachteten, rangen nach Luft. »Was tut sie da?«, fragte Olga.

»Oh wow«, sagte Lenka.

Sie rannten zurück nach drinnen.

»Königin Mo ist aus der Kutsche gestiegen und hat eine der brennenden Fackeln dabei!«, riefen sie. »Seht euch das an!«

Alle Vampire versammelten sich an den Zinnen.

»Zündet sie das Schloss an?«, fragte Derek. »Will sie uns alle vernichten? Sie wirkte, als hätte sie den Verstand verloren.«

»Nein, seht, sie geht zu Richards Kanone«, sagte Natascha. »Sie hat die Fackel abgesetzt und nun versucht sie, die Kanone zu bewegen, aber sie ist zu schwer. Oh, Vorsicht, Königin Mo, Ihr könntet Euch den Rücken verrenken.«

Plötzlich erschien eine Gestalt an Mos Seite. Eine riesige Gestalt.

Pat schnappte nach Luft. »Richard!«

Er war auf noch wackeligen Beinen vom Angriff des Vampirkönigs zu Mo gerannt und hatte seine schaufelartigen Hände auf Mos gelegt. Pat raste ebenfalls zu ihnen nach unten, gefolgt von

Wanja. Gemeinsam gelang es ihnen, die Kanone herumzuwuchten, sodass sie nun gerade die Auffahrt hinunterzeigte. Richard griff nach der brennenden Fackel und reichte sie Mo.

»Bereit?«, fragte er. Es war das erste Mal, das Mo je seine Stimme gehört hatte. Sie war tief und sanft.

»Wartet, das will ich sehen.« Mos Vater war, gestützt von Sven, zu ihnen nach draußen gehumpelt. Mo nickte ihm über die Schulter zu, er nickte zurück und dann hob sie die Fackel.

»Lasst uns das zusammen machen«, sagte Pat und legte ihre Hände auf Mos. Wanja tat es ihr nach und Richards mächtige Pranken bedeckten sie alle. Mo starrte einen Augenblick in die flackernden Flammen und murmelte dann leise: »Drei … zwei … eins!«, und sie senkten die Fackel, bis sie die Zündschnur der Kanone berührte.

Die Explosion schleuderte Mo nach hinten. Als sie wenige Sekunden später die Augen öffnete, lag sie auf dem Rücken im nassen Gras. Sie setzte sich langsam auf. Ihre Ohren dröhnten, sodass sie kaum das entsetzte Wiehern der Vampirpferde hörte, als diese davongaloppierten, und auch nicht das Triumphgeheul von der Wallanlage, als die Vampire jubelten und sich gegenseitig umarmten.

Wanja half ihr auf die Beine und sie starrten schweigend die Zerstörung auf der Auffahrt an. Die Kutsche war zerlegt, Rauch stieg von ihren verstreuten hölzernen Resten und zerbrochenen Rädern auf. Nichts rührte sich.

Mo umarmte Wanja und rannte dann zu ihrem Vater, der immer noch an Svens Arm hing.

»Alles in Ordnung?«

»Ich glaube, ich habe mir den Knöchel gebrochen«, sagte er. »Hätte schlimmer kommen können.«

»Er trägt eine Schutzweste«, sagte Wanja. »Ist das zu glauben? Als hätte er gewusst, dass er so etwas Dummes tun würde wie den Vampirkönig herauszufordern.«

Mo lachte und schluchzte dann vor Erleichterung.

»Komm her«, sagte Wanja und zog Mo an ihre Schulter. So blieben sie einige Minuten stehen.

»Entschuldigt, Königin Mo?«

Mo löste sich abrupt aus der Umarmung. Sie erkannte die Stimme nicht.

»Oh, Richard, hi«, sagte sie. »Sorry, ich habe mich noch nicht daran gewöhnt, dass du sprichst.«

Er lächelte. »Ich habe mir die Trümmer angeschaut«, sagte er. »Das ist alles, was von Matislaw Rosstiewelwitsch, dem mächtigen Vampirkönig des Ostens, übrig geblieben ist.« Er ließ ein paar verknotete, angeschlagene Medaillons wie die Reste eines uralten Münzschatzes in Mos Hand fallen.

»Gibt es irgendeine Möglichkeit, dass er überlebt hat?«, fragte sie.

Richard schüttelte den Kopf.

»Klar, dass Vampire traditionell nur durch Pfählen, Köpfen oder Sonnenlicht getötet werden können, aber mit einer echten, verdammten Kanone in die Luft gejagt zu werden, ist auch unter den Top Five!« Pat war nun an Mos Seite, jauchzte, lachte und klatschte in die Hände. »Ich wusste, dass diese Kanone noch einen anderen Sinn hat, als mich zu nerven, bis mir die Hutschnur hochgeht. Der Vampirkönig, ein für alle Mal besiegt. Futsch.« Sie stieß mit der Faust in die Luft.

»All meine Träume sind wahr geworden, Königin Mo. Der Vampirkönig ist tot und ich habe meinen Mann zurück – er hat seit Jahren nicht so viel gesprochen!« Dann lief sie zu Richard, stellte sich auf die Zehenspitzen und gab ihm einen begeisterten Kuss. Er hob sie hoch und wirbelte sie herum, sodass ihre Beine hinter ihr her flogen, und sie jauchzte wie ein Kind.

»Und wir haben einen Waffenstillstand zwischen Vampiren und Vampirjägern, nicht zu vergessen«, sagte Mo.

»Ja, das stimmt. Aufregend! Alles verändert sich. Damit meine ich Sie, Mr. Mos Vater«, sagte Pat und salutierte vor ihm. »Wir haben uns mit vereinten Kräften gegen diesen miesen Vampirfiesling gewehrt, nicht wahr? Das war ziemlich große Spitze!«

Mos Vater lächelte zurück und zuckte zusammen.

»Wir bringen Sie besser rein«, sagte Pat. »Und dann schaue ich mir Ihren Knöchel an. Als ich noch ein Mensch war, konnte ich ganz gut Verbände anlegen.«

Sven half Mos Vater zurück ins Schloss, Pat und Richard folgten. Mo hörte, wie ihr Vater Pat fragte, ob sie jemals einen Zeh amputiert, einen Esel operiert oder einen Hamster Mund zu Mund beatmet habe.

»Sieh einer an – Vampire und der letzte Vampirjäger Seite an Seite. Du hast es geschafft, Schwesterherz«, sagte Wanja. »Du hast den Waffenstillstand durchgesetzt.«

»Aber ich habe den Vampirkönig umgebracht«, sagte Mo leise. »Ich habe gesagt, dass ich nie so gnadenlos sein wollte wie er. Ich wollte die Dinge anders machen …«

»*Du* hast Vampirkönig umgebracht? Entschuldigung, das warst nicht du allein, sondern du, ich, Pat und Richard – und von deinem Vater kam moralische Unterstützung. Eine Teamleistung. Du musst das nicht allein auf deine Schultern nehmen.«

»Aber die Spirale der Gewalt?«

»Die endet jetzt, da er tot ist.«

»Werden seine Untertanen nicht hinter mir her sein?«

»Machst du Witze? Sie hassen ihn noch mehr als wir. Du hast ihnen Gefallen getan.«

Wanja hakte sich bei Mo ein und sie standen still da. Es hatte aufgehört zu regnen und die Kanone schien ein Loch durch die Wolkendecke geschossen zu haben. Ein gewaltiger Vollmond leuchtete hindurch. Dadurch konnten sie sehen, wie die anderen Vampire zwischen den Bäumen hervorkamen. Sven trug Francis, den Bergsteiger.

»Ist er tot?«, rief Mo.

Sven nickte. »Bedauerlicherweise stürzte er mit hoher Geschwindigkeit auf einen Zaunpfahl und wurde grausam aufgespießt.«

»Siehst du?«, sagte Wanja. »Der Vampirkönig hätte uns alle umbringen können, nicht nur Francis. Er war eine Gefahr, Mo. Er hat ausschließlich sich selbst gedient. Das ist keine gute Art zu herrschen. Wir sind nun frei von ihm. Du kannst weitermachen und auf die Art und Weise regieren, die dir richtig erscheint.«

Mo nickte.

»War das alles gespielt, dieses Heilige-Braut-Ding?«, fragte Wanja.

»Ja«, antwortete Mo. »Und nein. Schwer zu sagen. Ich habe es gespielt, aber irgendwie auch nicht. Ich wusste einfach plötzlich, was ich zu tun hatte, um ihn von dir, Dad und Pat wegzubekommen.«

Sie gingen langsam zur Tür.

»Er ist ein furchtbarer Küsser, oder?«, fragte Wanja und stieß Mo sanft in die Rippen.

»Voll!«

»Siehst du, deshalb könnte ich nie mit einem Mann zusammen sein.«

»Nicht alle Männer küssen so«, sagte Mo und dachte an Luca.

»Ich glaube dir nicht und ich hoffe, ich werde es nie herausfinden.«

Mo lächelte Wanja an und blieb an der Tür stehen. »Du, geh schon mal rein. Ich komme nach. Ich muss noch einen Anruf machen.«

Wanja nickte und ging ins Schloss.

Mo holte das Handy heraus, tippte Lucas Namen ein und hörte es klingeln und klingeln.

Dann …

»Hi, Luca hier, hinterlass eine Nachricht.«

Piep.

»Hey, ich bin's, Mo. Ich wollte nur mal hören, wie es dir geht.«

Sie machte eine Pause und biss sich auf die Lippen. »Also, wir haben gerade den Vampirkönig getötet. Mit einer Kanone. Richards Kanone. Erinnerst du dich an die?«

Sie lachte schwach.

»Alle feiern, also lege ich jetzt besser auf.«

Sie machte wieder eine Pause.

»Ach so, und die Vampire und Vampirjäger haben sich auf einen Waffenstillstand geeinigt, und jetzt, wo der liebenswerte alte Steve tot ist, habe ich viel mehr Zeit für, du weißt schon, eine Beziehung?«

Sie starrte zu Boden.

»Aber wahrscheinlich ist es zu spät, oder? Ja, vermutlich. Dumme Mo. Kann einen Vampirherrscher umbringen, aber Beziehungen bekommt sie nicht auf die Reihe. Sorry, Luca. Es tut mir wirklich leid. Ich hoffe, dass es dir gut geht. Ich, äh … Ich hoffe wirklich, dass es dir gut geht.«

Dann legte sie auf und schlang sich die Arme um den Körper. Es war kalt. Ihr Kleid war völlig durchnässt und ihr wurde bewusst, dass sie einen Bärenhunger hatte. Sie zitterte.

»Mo, komm rein, du erfrierst ja da draußen.« Wanja stand in der Tür und winkte sie herein. »Richard hat etwas von dem Holz der Kutsche in den Kamin geworfen und es brennt lichterloh und alle tanzen. Komm rein. Sofort!«

Mo lächelte Wanja an. »Ich komme«, sagte sie. Sie blickte ein letztes Mal auf ihr Handy, hinauf zum Mond und atmete tief durch. Dann lief sie hinein, ihrer Schwester hinterher, um mitzufeiern.